最初 最后

微笑谢幕 著

中国言实出版社

图书在版编目（CIP）数据

最初最后 / 微笑谢幕著．—北京：中国言实出版社，2014.12

ISBN 978-7-5171-0994-5

Ⅰ．①最…　Ⅱ．①微…　Ⅲ．①长篇小说－中国－当代　Ⅳ．①I247.5

中国版本图书馆CIP数据核字(2014)第275339号

责任编辑：陈昌财

出版发行　中国言实出版社

地　址：北京市朝阳区北苑路 180 号加利大厦 5 号楼 105 室

邮　编：100101

编辑部：北京市西城区百万庄路甲 16 号五层

邮　编：100037

电　话：64924853（总编室）　64924716（发行部）

网　址：www.zgyscbs.cn

E-mail：zgyscbs@263.com

经　销　新华书店

印　刷　北京市玖仁伟业印刷有限公司

版　次　2015 年 2 月第 1 版　　2015 年 2 月第 1 次印刷

规　格　710毫米×1000毫米　1/16　19.5印张

字　数　308千字

定　价　38.00 元　　ISBN 978-7-5171-0994-5

目录

偶遇 Chapter 01

姜琪有生以来从不相信偶遇这个词，但这回，她信了。

这是她来到HM金融工作的第二周，秉承新人就是被欺负的光荣传统。怀揣一颗忐忑的心，身穿修身西服小短裙，脚踩恨天高。手臂里抱着一摞死沉死沉的资料，一路连跑带颠紧追在主管身后，生怕会掉队。

今天是开每月总经理例会的日子，各部门都紧绷着神经。起初姜琪就根本没把这事当什么大事来对待，谁承想，她那母夜叉上司指着她这一身休闲服一千个不满意。最后，愣是特批她在半小时内就近选购西服，着装正规后再回来。

办公楼附近的商圈对应购物人群专注于高薪白领，姜琪本就干瘪瘪的钱包，这回算是被扒层皮喽。

“一会儿的总经理例会你们都得给我精神点，不许给我出任何差错。但凡被欧阳总挑出什么毛病来，我让你们吃不了兜着走。听见没有！”训话的人正是姜琪顶头上司王主管，公司里出了名的母夜叉。虽说姜琪刚来两周，可对这位母夜叉的威武倒是领教了不少。

走进会议室，姜琪在门前驻足小观了一下。这可是总裁会议室，只有总经理以上级别的人才能使用，里面的装潢和摆件简直秒杀公司内所有大小会议室。

“姜琪，让你来不是让你观景来了，快去摆资料！”母夜叉催命的声音回荡在偌大的会议室内，姜琪被这声音喊的一颤。心想要是跟母夜叉身边久了，必然能练就一颗强悍的心脏。

部门总监经理一级的坐在会议桌内圈，主管以及像姜琪这样的小兵则坐在外圈。论资历，姜琪光荣地被安排到了最偏僻的角落里。角落里也好，视线不好，母夜叉看不到。不过，这里充其量只能看到投影仪。其实也无妨。

姜琪坐在角落里拽了拽西服短裙，实在是太短了，这么短的裙子除了高中跟前男友约会时穿过，光荣被“狮子”咆哮后就再也没穿过了。以前穿短裙纯粹是为了臭美，现在穿短裙纯粹是为了便宜。完全是两码事，但同样引来了不少异样的目光。

姜琪把资料放到大腿上试图遮挡一下，将散落下的头发别到耳后，整理了一下仪容仪表，然后坐正。

只见会议室门前突然呜呜呀呀来了一群人，领头的岁数不大，看样子很年轻。想来平日里比较注重健身和保养，身材相当棒。身后跟着四五个中年人，明显已经发福的样子，一个个挺着大啤酒肚。

一群人落座后，公司有名的公关交际花张霞，扭着杨柳细腰，迈着小碎步走向演讲台。走在正中时还特意甩了一下秀发，眼神那叫一个妩媚。

“各位同事，大家上午好！今天是月度例会的日子，在这过去的一个月中，我们公司不论是在收益还是在公共关系方面都提升了不少。首先，需要对我们年轻有为的欧阳总表示祝贺，成功拿下霖豪项目为公司效益提升了20个点。”

姜琪跟随着大家一起鼓掌，说实话，除了听这声音有些甜到腻。其他，根本就没听懂。什么霖豪？什么20个点？根本不懂！索性拿着笔，潦草地在本上做做样子。

总经理会可比上学时候的开学典礼累多了，姜琪看了看表，会议已经说三个钟头了，会议桌两旁的人根本就没有要散会的意思。她的肚子已经抗议了许久，早上光顾着买衣服了，没顾上吃早餐。

姜琪无奈地转着手中的笔，好在之前在同事那里做过功课，只要听到总经理讲话，这个会就已经快到尾声了。终于到总经理讲话了，姜琪拍了拍肚子，小声地嘀咕了一句："马上就能吃东西了。"

音响中回荡着总经理的声音，姜琪只觉这个声音太过熟悉，似乎是午夜梦回那久久回荡在耳畔的音调。旋转在手中的签字笔突然脱离指尖，敲击在大理石地面上发出清脆的声响。

坐在姜琪身旁的同事拍了拍她的手臂，姜琪这才缓过神儿来，连忙起身道歉："对不起"。

王主管顿时傻眼，锋利的目光投向姜琪，恨不得将她千刀万剐都不解气。音响中的声音也停顿了下来，姜琪低着头不敢看，就觉得身旁阴气沉沉带着杀气。姜琪心想完了，费了千辛万苦才找到的工作，这回算是要丢了。

"欧阳总，实在不好意思，新来的同事不懂规矩。您继续，您继续。"看着王主管点头哈腰的样子，虽说难得一见但姜琪却一点都不觉好笑。反而心中满是感激，稍稍抬起头，目光中满是对主管感激之情。

只见远处坐在最中央位置上的人，双手撑了一下桌子，似乎要站起来，但又收回了手，坐了回去。离得太远，姜琪根本看不清这位年少有为的总经理面容。想必这次自己是犯了大错。

不知是因为姜琪的冒失使会议时间变短，还是因为其他什么原因，这次总经理会议居然奇迹般地缩短了半个小时。

刚散会，姜琪就被主管扭到了角落中动弹不得。

"主管，对不起。我知道错了，下次不敢了。"姜琪一脸委屈的模样央求着。

"你还想有下次！你知不知道有多少人想开总经理例会都进不来这个门！你知不知道公司不成文规定新员工是不能参加例会的！给你梯子你怎么都不知道往上爬啊！这回算是好了，HR 部门经理刚刚通知了我，午饭后她的办公室见。你说你，做事平时挺麻利的一个人，怎么能在这种场合犯这样的低级错误呢！欧阳总比较严谨，他说话时别人连大气都不敢喘。你倒好，先是把笔掉到了地上，后又大声打断他讲话。你到底有多大胆儿啊！你跟我说说，你这大胆儿是不是与生俱来的。"

"咕噜噜……"姜琪捂着肚子尴尬地笑了笑，肚子抗议的声音越来越大，这回居然在这么严肃的时候叫了起来。

王主管叹了口气，对姜琪有种烂泥扶不上墙的感觉，只得挥了挥手说了句：

“先去吃饭吧！下午再找你算账。”便转身先走出了会议室大门。

姜琪把所有椅子都摆放整齐后才走出会议室，临出门前再次回头看了看这间会议室。她就不明白了，别的会议室中都铺放了厚厚的地毯，单独就这间是明亮的大理石地面。干净的大理石地砖上都可以倒映出她的影子，可却感觉冷冰冰的没有半分暖意。

关上会议室的门，姜琪踏着恨天高往食堂的方向走去。这会儿办公区只剩下零零散散的几个人，不是在看电视剧，就是在赶工。

在穿过岔口时，姜琪的手臂突然被一只炙热的手掌握住，手掌的力度拉的她一踉跄。脚下踩着恨天高，本就重心不稳，被这么一拽姜琪骂娘的心都有了。

刚想张嘴指责，可面前的这个人却让她瞬间愣住。姜琪就觉得时间瞬间凝固一般，空气中充满呼出的二氧化碳，使她倍感呼吸艰难。

面前的人目不转睛直视着她，姜琪别扭的眼神四处飘浮着不敢看那双眼睛。

欧阳宸抬起左手捏住姜琪的下巴，强迫她与自己对视。就不信这强盗还能那么理所当然地躲藏起来。

姜琪闪躲不开，只好与其对视。下巴回馈给她的不只是疼，还有一丝丝凉意。姜琪稍稍低了下头，这才找到凉意的源头。欧阳宸无名指上银色的戒指在阳光下一闪一闪的，有些轻微刺眼。

他结婚了？

姜琪心里咯噔一下，双手使劲掰开了他的手，向后退了几步。本要开口问他是不是已经结婚了，可却硬生生把话给咽了下去。欧阳宸现在与自己连半毛钱关系都没有，自己有需要知道结果的必要吗！

算了，姜琪不想理会这些，只想远离这是非之地。

“你是在无视我吗！”

欧阳宸的语气中听不出半分久别重逢的味道，姜琪果断无视，继续向前走。

“姜琪琪，你要再敢往前走一步，信不信我让你好看！”

姜琪嘴角挂起了冷笑，停住了脚步。他刚刚叫她“姜琪琪”这曾经专属于他的称呼，如今听来确实带有那么几分怀念。可他霸道的性格却比以前更加变本加厉了不少。那只“疯狮子”如今蜕化了圈养气息，多了不少野性。

“如果你觉得当初你报复的我还不够，好啊！现在我随时奉陪！”那夜零散的景象如同幻灯片一样，一一闪过姜琪的脑海。她曾用四年的时间让自己选择性失忆，选择性忘掉那夜发生的一切。

欧阳宸皱了皱眉头，报复？什么报复？自己刚刚那么一说，本想是让她能停下脚步。可她刚刚的话语，句句带刺。也对，这样的话只能让姜琪琪倍感束缚，却无法留住她。

“姜琪琪你站住！”欧阳宸见她越走越快，离自己越来越远。顾不得那么多了，只好大声叫住她。

姜琪又怎么会顾虑这些，干脆撒腿就跑。跑着，跑着，就觉得脚疼得不行。这恨天高真是磨人，她这辈子都不想再穿了！

姜琪这双恨天高理所当然地跑不过平底皮鞋。姜琪觉得自己就像小鸡仔一样被欧阳宸从背后给拎了起来。

拎起来的同时，还伴随着衬衫纽扣崩开的响声。姜琪顿时脸都绿了，连忙护住胸前。“欧阳宸，你混蛋，放我下来。”

“姜琪琪，我刚刚已经警告过你了，你不听啊！这就是不听话的下场！”

姜琪执拗着扭动着身子，可没成想，上衣衬衫扣全部都崩开了。姜琪这回可算明白了，什么叫欲哭无泪。

姜琪上衣扣崩开的声响，全部传到了欧阳宸的耳朵里。本想在惩罚一下这强盗的，但为了避免她走光被其他人员路过撞见，只好将她放了下来。

看着她一颗颗扣着纽扣，欧阳宸压制着心中沉积多年的怒火，脱下外套给她披在了身上。

“姜琪琪，我再警告你一遍，以后我叫你站住，你必须给我原地不动地等着！”

“你做梦！想都别想的事！”姜琪把外套脱了下来，甩到了欧阳宸的身上。

接住外套，欧阳宸挑起好看的眉，略微勾起嘴角，从牙缝中挤出一句：“这可是你自找的！”之后，箭步上前，把外套圈在了她的身上，一把将她抱起，扛到了肩上。

偶遇 Chapter 02

姜琪被他扛到了他的办公室内，转身关门时，才看清门上的牌子。总经理办公室。

真晕，这变态居然是总经理，怪不得弄的下面人心惶惶呢。当初他是学生会主席时就已经显示出了他高超的控制本能，看来现在更加严重了。

姜琪被他扛着在办公室内，先是到窗旁拉上了窗帘，后又打开了中央空调，最终才把她丢到了沙发上。

真是用丢的，姜琪都听到骨头磕在沙发扶手上的声音了。忍着疼，从沙发上爬了起来，拽了拽已经扭曲上窜的短裙。

“欧阳宸，你有病吧！我招你惹你啦！你没事跟我一小员工有什么过意不去的！我不就在你讲话的时候掉了根笔吗，你至于的吗？！这么多年不见，你的心眼怎么变得跟针鼻一样大了！”

“呵呵……姜琪琪，你是最没有权利说我的，我怎么样你又不是不知道！”

“我知道什么啊！我什么都不知道！你手上的婚戒别以为我没看见，你都已经结婚了，我们再有什么牵扯也都只是过去！”

“姜琪琪，你知不知道，我现在弄死你的心都有！”

“我就在这里，要杀要剐悉听尊便！”

欧阳宸冷笑着朝姜琪一步步逼近，姜琪看不懂他眼眸中是什么意图，只好故作镇定地戳在原地。

“很好啊！姜琪琪，生活教会了你不反抗。”

“你什么意思？！”

“我还能有什么意思，当然是把多年前的遗憾实现。”欧阳宸故意让自己身体贴她很近，看着她倔强的脑袋一点点扬起，目光坚定地对视着自己。

姜琪知道对待欧阳宸硬碰硬只有两败俱伤，射手和狮子的碰撞必有一方要先示弱，而自己往往就是那个先示弱的。过多的挣扎只会更加激发他的野性，她只得被迫投降。

“欧阳宸，这么多年过去了，现在的我们充其量只是普通校友关系。你的报复我已经领略过了，如果你觉得那样的教训还不够，那你干脆弄死我吧！”

“呵……说的跟自己有多委屈一样。你说说我怎么报复你了，你说说，我听听。”欧阳宸最不能忍受被诬蔑，而现在姜琪居然一句一个报复，弄的真跟自己对她犯过什么滔天大罪一样。

“你混蛋，你觉得那件事对你来说是件趣事，但对我来说是一块永远不会愈合的伤疤！滚开！”

姜琪推开他跑出了办公室，原本的饿劲儿已经过了，肚子里有些胀气。这么一折腾也过了午休时间，只好硬着头皮走回行政部。

好事不出门，坏事传千里。她不就开会时候不小心把签字笔掉地上了吗，这会儿都成爆炸新闻啦，走到哪儿都有指指点点的声音。这声音就跟一群苍蝇在耳边转啊转一样，忽近忽远。

“姜琪，听说你今天上午打断了欧阳总的讲话，你胆儿可真大。自打他上任以来你是第二个撞枪口的，听说第一个撞枪口的人被他惩治得很惨，提醒你小心为妙。刚我看主管脸色特别难看地去了HR经理办公室，八成说你的事去了。但愿上帝能保佑你！”

同事琳达的提醒，姜琪听不出她是好心还是在落井下石，干脆不予理睬，自顾自地收拾着东西。想来在这里是待不住了，别看公司不小，没想到被这只“狮子”带的这么封建，等级制度如此分明。

“姜琪，你来我办公室一下。”王主管站在过道旁传唤着她。

姜琪放下手里的东西，不紧不慢地朝她走去。周围的“苍蝇”又开始活动，一团团再次议论起来。

走到办公室门前，姜琪刚抬起手准备敲门，里面就传来了一句：“别敲了，直接进来。”语气倒没有上午那么吓人。难道这是临死前的特别关照吗？算了，顺其自然吧，再挣扎该来的总会来。

姜琪走进主管办公室，站在桌子前，低着头抠着手指。抠手指是她的惯性动作，以前每次被批评她都会这样。

王主管指了指椅子：“坐吧！”

“我还是站着吧，我已经准备好了，您说吧！”姜琪已经做好了最坏打算，大不了一走，也没什么。

“我让你坐，你就坐下。哪儿那么多废话啊！非让我仰视你对吧！”

无奈，她只好乖乖坐下。拽了拽椅子，尽量离母夜叉保持伸手也拽不到的距离。

“姜琪，你来咱们公司今天正好两周对吧！”

明知故问嘛！姜琪点了点头。

“你觉得咱们公司怎么样啊？”

“还行，股票看涨，挺好。”

“我没问你股票，你现在还在试用期，还没到参股的标准。我问的是其他方面，比如说企业文化啊，公司管理啊，人际关系啊。”

“主管，我才来两周，对这些还没什么明显的感觉。”

“也对！刚刚HR经理跟我谈话了，内容你大概也猜到了吧！”

“嗯，您不必顾虑我的感受，直接说结果吧。”

“你倒痛快，横竖都是一刀对吧！”

姜琪目光游离，应付地点了点头。

“经过讨论，决定给你劳动惩罚处分。”

“What？”姜琪完全不理解，怎么个惩罚？劳动？

“你嚷嚷什么啊，跟踩鸡脖子一样。”

“不好意思，不好意思，我只是没明白这话什么意思。”

“亏你还是F大毕业的呢，这你都不明白！就是罚你打扫一个星期的公司卫生。在此期间不能耽误正常办公，也不能打扰别人办公。懂了没有？”

姜琪冷汗都下来了，这馊招也行。用脚趾头想也能想到，八成这犯错误罚打扫卫生的烂规定，除了欧阳宸能想出来，其他没别人。他绝对是上学时候当学生会主席上瘾了，拿公司当学校管理。

“你这是什么表情啊！既没开除你，又没扣你工资，你还这副表情。欧阳总是体谅员工才订下的这项处分方式，你应该觉得感激才对。”

真没猜错，还真是他。这馊招真让人郁闷。

“谢谢主管给我机会，谢谢公司给我机会，我今后一定好好表现。”万幸上学时候总犯错，不然上哪儿学习这么好的认错态度啊。姜琪连自己都很佩服自己太会伪装了。

“行了，回去干活去吧！对了，记着要想好好表现，一定要把总裁会议室的地面擦得跟镜子一样。欧阳总最喜欢泛亮的大理石地面了。”

看吧，说他变态，他还真是变态。还泛亮，他不怕洒点水摔个大马趴啊！

姜琪从主管办公室出来就被带去了劳动室，看来被罚打扫卫生的人还真不少，全这聚齐呢。犯错误的原因有轻有重，轻的莫过于像她这样的，重的则是招标时拿错了文件造成财务损失的。只不过被罚周期不同罢了。

“唉，你叫姜琪对吧！”

姜琪笑着点了点头，面前的姑娘看样子岁数跟她差不多大，圆溜溜的一双大眼睛一眨一眨的。

“哇！我可见到名人了。听说你今天上午打断了总经理讲话。是不是因为这个被罚了啊？你可真是万幸，只是被处罚打扫卫生。”

我去，这怎么话儿说的。姜琪无奈干笑了几声。

大眼睛姑娘紧接着又问：“后勤部分配你打扫哪儿了吗？”

姜琪心想，我连后勤部的人长什么样都不知道，怎么给我分配啊！“还没！”

“我想打扫总经理办公室，说好了一会儿你可不能跟我抢啊！”

姜琪彻底被这位大眼睛姑娘给弄无语了，谁爱跟你抢似得，我现在正想躲他远远的呢。你们一群人，难不成都被压迫上瘾吧！

“听说上午打断总经理讲话的姜琪也被分配到了这里，你们谁是啊？”一位打扮得花枝招展，脸上涂了厚厚腻子粉的老女人半倚在门上。她这声音八成用了假嗓。腻得发怄。

不至于吧，这是什么大事吗？用得着谁都得说一遍吗？姜琪无奈地回应了一声：“我是。”

“看你这样子挺机灵的啊，也不傻啊，怎么能犯这种低级错误呢！”

你才傻呢！姜琪白了她一眼，懒得理她。走到柜子边，摆弄着上面的胶皮手套。

“我跟你说话呢，你听没听见！”看来假嗓捏不住了，整个一女高音。姜琪拿了双手套后转过身，不屑理她，随口说了句：“听见了。”

“听见了你不吱声！别以为你打断总经理讲话你就牛气了。我告诉你，道高一尺魔高一丈。你一新来的牛气什么啊！去，你打扫总经理办公室和总裁会议室。我就不信了，还治不了你！”

越不想什么越来什么，姜琪拎着水桶和墩布站在总裁会议室门前，这间会议室看着是气派，打扫起来可真费事。

“还喜欢泛亮的，你怎么不干脆买几面镜子镶地上啊！你这死变态！”姜琪一边费力擦着地面，一边嘴里不饶人地嘟囔着。

“姜琪琪，背地里说人可不是什么好习惯！”欧阳宸突然出现在她的身后，着实吓了她一跳。一下子喊了出来，震得欧阳宸耳膜都疼。

偶遇 Chapter　03

“欧阳宸，你有病吧！你没事学什么孤魂野鬼啊飘过来飘过去的。”姜琪一点不客气地举起墩布冲着他指了过去。

“给我把墩布放下！”姜琪最受不了他命令人的口气，就跟生怕别人不知道他是狮子座。

“我告诉你欧阳宸，你少命令我！我现在最不想见到的人就是你，看见你就不烦别人！”姜琪放下墩布，继续擦着地。她不得不承认，这个男人曾经让她又爱又恨，致使直到如今她还时不时活在那时的记忆里。但她不得不承认，原来老天真的会安排人们偶遇。

之后的一星期里，欧阳宸如同水蒸气般的消失了，公司中没有了议论，一切都恢复了正常。姜琪除了要处理手里的工作，还要接受处罚打扫着卫生。只是偶尔会感觉 HR 经理有些莫名其妙地对她比较关照。

“姜琪，你听说了吗？咱们公司在做并购计划。”不知道从什么时候起琳达对她的态度越来越近乎，时常还会说一些小道消息给她听。

但姜琪一贯采取一耳朵听一耳朵冒战术，不多说，不多想，听听就罢。随口附和了一句：“不知道。”继续手头上的工作。

“也对，你刚来三个月，又怎么会知道这些呢。”琳达将椅子拖到了姜琪身旁，然后坐下趴在姜琪耳边悄悄地说：“咱们公司最近在并购一些小型金融投资企业，但是呢……欧阳总并没有怎么着手去做这事，一直保持着后台观战的态度。可是……”

琳达突然的戛然而止，使姜琪稍稍有些好奇，这才放下手里的工作转过头来等着听下文。

“可是，不知道怎么回事，欧阳总突然说放弃并购。总裁上周下了批文，让他立刻回曼哈顿。这不突然就消失了嘛！最近公司里传的沸沸扬扬……”

“你能不能一口气把话说完啊，一会儿一断，一会儿一断。你难受不？”姜琪耐着性子等着听结果，可琳达总在卖关子，听得她真挠心。

“刚你还不乐意听呢，这会儿一说欧阳总你怎么一下就关心起来了呢！这情况不对啊！”

“爱说不说，懒得理你，继续写我的年度计划了！”经过这些天的接触，琳达这人的性格她还是有些懂的。平日里喜欢到处打探小道消息，典型小话筒，该说不该说的她倒是都毫无保留。说起话来总喜欢弄得神神秘秘，尤其爱卖关子。对付她最好的办法就是不理她，不接话茬，立马她就能全抖搂出来。

见姜琪一副打算埋头苦干的模样，琳达撑不住了，继续道：“你先别写呢，我还没说完呢。公司里上上下下都在传，欧阳总可能位置不稳。据说美国总部那边要派新总经理过来。唉……真不知道是该喜呢！还是该悲呢！”

“无聊！”

“难道你就一点不关心吗？难得总部那边肯下狠心挖肉把欧阳总给派了过来。现在啊……唉……”

“别唉声叹气了，一会儿要是被母夜叉发现咱俩上班时间聊天，你就陪我一起去打扫卫生啦！”

琳达走后，姜琪也无心再写这乏味的年度计划，只得起身走动走动。虽说是被处罚期，但也是有好处的，那就是可以在被处罚打扫的区域内肆意走动。

欧阳宸虽说平日里强势，但他从来不会做没用的，想必这次也是一样吧。可能不并购有他自己的理由，又或者又一些什么突发状况。他一向不是那种拿自己身份开玩笑的人，如果因为失算那也太得不偿失了吧！

想着想着，姜琪不自觉地走到了总经理办公室门前。这间办公室一直锁着门，虽然打扫有这里，可就没人敢拿钥匙给开门。

姜琪随手按了一下门把手，原本只是想按一下，打不开就算了。却没想到门竟然开了……

姜琪的手顿时就僵在了半空中，反应过来后想再把门关上时为时已晚。

只见里面的人正半裸着上身。起先是一愣，之后是有些怒，定神看清门前站着的人后，嘴角又很自然地上勾起来。那感觉就跟看着一幅扑克牌变换品牌一样，典型有板有眼扑克脸。

“看来上学时候喜欢偷窥人的毛病一点没改啊！”典型嘲讽的语气。

“你别自恋了！我……我……”姜琪有点语塞。本来就是想按一下，又没想真打开。

“我什么我，我不出来了吧！”

姜琪眨巴了半天眼睛，终于想起来了：“我是来打扫卫生！”话音刚落，她就想找地缝了。哪儿有人这么上赶着打扫卫生的啊，再说了，一星期都过了，没必要再去自己找罪受。

“我记得，好像你们部门主管就给你申请了一个星期的劳动处分，你怎么还自己找上门来了。上学时候怎么没见你这么积极过！但凡有一点现在这般积极，您也不至于被罚打扫一个月卫生区吧！”

虽说当初被罚打扫一个月卫生区时每天都要挟他一起陪同吧，但也不至于到现在还记着吧！典型记仇！姜琪果断白了他一眼，懒得理他。

“啊！”姜琪真怕自己的耳膜被这声尖叫给喊破喽。连忙捂住。回头寻找声音来源。

这不是一脸腻子粉吗！看见什么了，值得她这么惊声尖叫！欧阳宸不就没穿上衣吗，有什么的啊。就跟上辈子没见过光膀子男人一样。

不过，接下来搞笑的一幕居然明晃晃地展现在姜琪眼前。

欧阳宸以迅雷不及掩耳之势穿上了衬衫并扣好了纽扣。这……这……这完全不是欧阳宸的作风啊！他一向不会介意这些的啊！至少在她面前，他从来没介意过……

最可笑的是，欧阳宸居然脸通红，耳朵都没能幸免一样也特红……

姜琪想笑，但又不能笑只能憋着。只看瞬间办公室门前聚集了一群看热闹的人，大脑突然灵光一现，现在正是趁乱解脱的好时候。此时不走，又待何时。穿过人群，她还不忘回头看看情形。

可这一回头，恰巧正对上那双满是怒火与尴尬的眼睛。随后巨大的关门声，一瞬间压盖了所有呜呜丫丫的苍蝇声。

她不得不承认，有时候让狮子难看，那就等于自取灭亡。

接下来的几天里，公司内从上到下一片死气沉沉，压得人快要窒息。

借用黎叔的话，某人很生气，后果很严重。

那小肚鸡肠的欧阳宸，居然有事没事就在走廊和工作区以及会议室间巡查。上学时候烙下的病根，看来是治不好了。

腻子粉这些天也安分了不少，倒是对待工作任劳任怨了些。一看那没事献殷情的样儿，典型是在尽力弥补过错。关键得看某人领不领情才行！

不过这种情形倒是让姜琪有些怀念，似乎又回到了高中时一样。她刚入学那年，欧阳宸正式从副主席转为正主席。俗话说：新官上任三把火。欧阳宸愣是让这把火烧到了他毕业。虽说中途里出现了她这个小插曲吧，但并不影响他在师生心中那屹立不倒的领导者形象。

不过说实话，在他领导下的新生们都不能用一个“惨”字来形容。简直是“生不如死”般痛苦。他这人选择理科简直是屈才！就他那口才，不当律师都是律政界的重大损失。没理搅三分，有理不让人。

“姜琪，看样子你那一根笔引发的血案貌似还残存着余温。”

What？怎么个意思？姜琪有些木讷，不太懂琳达怎么突然冒出了这句话。

只听母夜叉如同索命般的声音划破苍穹回荡在办公区内：“姜琪，马上跟我到办公室来！”

再看琳达一脸同情用眼神说着“保重”，姜琪似乎知道了些。八成某人又在用权力打压下属。

“姜琪，你懂不懂偏疼的果子不上色？”

她有些懵，心里的小算盘不断扒愣着算珠，盘算着母夜叉准备说哪笔帐。

见她不语，王主管更来气：“你说说你！让你打扫个卫生，你都不认真！还能让你干点什么！”

卫生？姜琪心想，那变态要的泛亮地面自己擦得很干净啊！准是又想出什么馊招准备整人呢！

“主管，总裁会议室我被处罚的那几天每天都一点一点擦到泛亮。再说了，现在我已经过处罚期了啊？为什么还要纠结半个月前的事啊？”

“没跟你说总裁会议室。我说的是总经理办公室！少给我岔开话题。今天早会欧阳总点名批评你，说打扫的卫生像被沙尘暴袭过。”

死变态，狮嘴里永远吐不出象牙来。什么叫沙尘暴袭过啊，怎么不把他也一起埋没了啊。

“我跟你说，我是看在白帆的面子才把你介绍到公司来，您就不能不蒸馒头争口气？”

可算知道缘由了。姜琪从面试到入职出乎意料地顺利。起先一直认为纯是自己运气好，后来才觉得越来越不对劲儿，可又说不出哪儿不对劲儿来。现在可好，原来是白帆一直在幕后。

说起她这位现男友白帆，待人一向温文儒雅，对她照顾得更是细致入微。没想到一向不喜欢求人的他，居然能为了女朋友肯放下一贯的原则。完全难以想象他求人时会是什么样子。

“您认识白帆？”出于疑惑，她必须问个明白。

“他是我表哥家的孩子。”

王主管轻描淡写的一句，就已经让姜琪瞬间风化。

这一句话，代表的意思太多了，多得让姜琪心里一阵反思。反思这段时间做没做过什么对不起白帆的事情，茶余饭后与琳达谈论过他没。

“你跟白帆的事，他那天都跟我说了。你说你究竟哪儿那么吸引他了，给他吃迷魂药了吧！”

天啊！这话怎么说的。虽说跟白帆在一起缘于意外吧，但也不至于给他灌药吧！

“我向毛爷爷保证，我没有。我们在一起保证干干净净没有一丝污点。”

偶遇 Chapter 04

“那样最好，告诉你啊，他们家准备送他去美国深造呢！提醒你到时候给我识趣点。”

这么明晃晃的警告，姜琪以前听过太过。不过，这次她并没有像以往一样回击。这次，她沉默了。

办公室内安静了很久，久到听着母夜叉手腕上的指针“噔……噔……噔……”转了许多圈。

姜琪不知道现在究竟是什么心情，不是心疼，不是反抗。

“行了，你也别跟我这站着了。去劳动室领东西，重新把欧阳总办公室打扫一遍。必须给我打扫干净！出去吧！”

母夜叉连眼皮都不抬一下，像轰苍蝇一样将姜琪轰出了办公室。

姜琪像丢魂儿一样晃晃在走廊里。这几年来白帆对她有恩，她真不希望阻拦他去追逐向上。可白帆如同蓝颜一样出现在她的生命里，是难得的知心人，就这样远走海外，未免会舍不得。

“姜琪琪，我跟你说过很多遍，不许低着头走路，不许走路时想事。你都就着饭吃了吗！”

万幸这可恶的声音及时响起，不然姜琪这小脸今天非破相不可。面前是一面棱角玻璃墙，这墙在办公区里不伦不类不说，危险程度堪比自杀。

“欧阳宸，就这破墙又是你的主意对不对！有时候我真怀疑你这脑袋是被门挤了，还是被驴踢了。”

“曾经被马蹄子给踩过，至今还未愈！”

姜琪望着他那张欠揍的脸，尤其是他那不屑的表情，真想把鞋脱下来砸他脸上。

见他一步步逼近，姜琪往后退了两步，离棱角玻璃墙保持安全距离后停下。

“你抽多少烟啊，离我远点，真臭！”远远就嗅到了他身上的烟味，他以前不抽烟的。时间真的会改变一切，他也并不例外。

“臭吗？我怎么没觉得。你以前不是总说抽烟的男人很帅吗！女人真善变！”欧阳宸挑着好看的眉，双手自然地插在西服裤兜里。脚步依然向她逼近。

“是！我以前是说过，没错！那时候小不懂事，完全对感情混淆。现在回想起来，那时候喜欢的，现在只觉幼稚。”姜琪回避不开他勾人的目光，嘴上却句句如刀。

欧阳宸嘴角挂着嘲讽：“包括人对吗？”他停下了脚步，单手握住她的肩头。就连语气中都夹杂着几分嘲讽，“也包括人对不对？”

在他的魔掌下，姜琪现在只有些担心她这并不结实的肩头。生怕他稍一用劲儿给捏碎咯。

“我问你话呢，回答我！也包括人对不对！”欧阳宸控制不住眼中的怒火，恨不得要用目光将她化成灰烬。手上不由自主地加重了力道。

“欧阳宸，你有病吧！疼！放手！”姜琪有种不详的预感，如果这厮真下狠手的话，自己这小肩膀今天就要去看医生了。

“你知道疼吗！你知道疼是什么感觉吗？这算疼吗！”欧阳宸眼底深邃，俊俏的面容逐渐变得有些扭曲。

“我不想跟你理论这些没用的，至少现在，我身体上的细胞和神经都告诉我这叫疼！放手！”姜琪双手用力掰着握在肩膀上已经泛白的手指。

“姜琪琪，你有心吗？”见她肩膀因为疼痛侧偏下滑，欧阳宸稍稍减轻了力道。

“废话，没心的是空心菜。放手！离我远点。”感觉他逐渐减轻力道，姜琪顺势往一旁大跨了一步，意料之中地脱离了魔掌。后背却硬生生地撞到了棱角玻璃上，磕得她生疼。微皱了下眉头，准备撒腿开跑。

欧阳宸跟她好了一年半左右的时间，她的那些小心思自然猜得八九不离十。见她要跑，一把拽住了她的后衣领，硬生生地给拽了回来：“姜琪琪，我跟你说过，在我面前耍无赖等于自讨苦吃！呵……看来，这些年你是光长年纪不长记性。”

姜琪被他拽着，被迫与他对视。愤怒地只咬后槽牙，亏了他这幅好皮囊却只是个伪装，里面装的如同一只大尾巴狼一样。

“欧阳宸，我的记忆力有限，上学时候留给学习，现在只留给工作。没有多余的地方记那些没用的东西。而且你也知道，我是个从来不会让自己刻意死记硬背什么东西的人。就连你的名字，我也不记得怎么写了。万幸，我还记得，你叫欧……阳……宸！”

见他面容从愤怒一点点变成不自然的冷笑，看来她的讥讽很奏效。欧阳宸最痛恨什么样的人，姜琪心知肚明，如果不用这招，她是别想能顺利脱离魔掌。

意料之中，她是被他用丢的方式，扔出去很远。就跟扔棒球一样，被狠狠地抛了出去。

还好姜琪一项都是运动鞋，除了手腕撞到了墙上磕得生疼，也算是平稳着陆。头也不回，撒腿就跑，迅速撤离这不安之地。身后那个人究竟是什么样的表情，她真不想去猜。其实，他的每一个表情早已硬生生地刻在她的大脑中，只是她很少拿出来用罢了。

接下来的几天，整个公司都笼罩在乌云下。欧阳宸采取不急不怒地战略，硬生生让几位高层头顶也乌云密布。下面的小兵们更是人人自危，大气都不敢喘。

迫于这种无形压力，一向话唠的琳达坐不住了。扭动着座椅滚轮，坐到了姜琪身旁捅了她两下。

“唉！姜琪，你说咱们这欧阳总是不是这几天吃错药了？以前吧，天天盼着他能来，结果一个月就能见着他一面。现在吧，不盼着他来，他到是每天朝九晚五挺带劲的。弄得怪压抑的，太难受了。大气都不敢喘。”

姜琪将食指放到嘴前“嘘”了一声，提醒她小点声，以免被王主管听到。“想从万恶的资本家手中拿点钱，你不卖点血，陪个笑，那也太顺利了吧！”

“哎呀，我真是受够了，不如晚上咱们去放松放松。我去跟主管提，咱们部门已经很久没有聚餐了。你来也快半年了吧，是不是还没一起吃过饭，唱过歌啊？”

“唱国歌？唱国歌干嘛？难道是准备，起来，起来……造反吗？”姜琪特别不解，为什么聚餐还要唱国歌？

“你这是什么耳朵啊！我说的是唱过歌，不是唱国歌！再说了，你看在座的人当中，谁敢带头造反？”琳达狠狠地白了她一眼，内心却是无比佩服她的听觉能力。

“哦……哦……看来是我听岔了。那咱们部门今晚的幸福就托付到琳达大美女的手中啦，争取拿下母夜叉，造福全人类。”

“你应该让我拿下欧阳总，造福全宇宙才对！不跟你胡扯了，我去跟主管提提这个建议去啦。等待我的好消息吧！”

见琳达信心满满地敲了敲主管办公室的门，姜琪低下了头继续手中的工作。又是枯燥的报表，现在的行政部，貌似除了一大堆乱七八糟的报表，剩下的时间还是挺悠闲的。

“姜琪，市场部齐总找你。好像是问你他的车在什么地方，你去一趟吧！”前台李美人扭着小蛮腰，边向她走来，边风情万种地说着话。要不是之前叫了一声她的名字，她绝对认为这位李美人是在宣布什么诱人的消息。

“好！谢谢！”出于礼貌，姜琪向她点头致谢。说实话，这种根本一通线内电话就能解决的小事，她大可不必坐着电梯，跑三层来走一遭。况且行政部又在走廊末端，途中还需穿越 IT 部和 HR 等部门。

姜琪拿着工牌刷了一下电梯门禁，按了向上按钮，等待着电梯上来。

市场部和销售部乃是公司心脏左右心房，自然要设置在风景较好的楼层。只是可恶，欧阳宸的办公室也在那层。

人有时候不顺吧，喝凉水都塞牙。姜琪特别认同这一观点。电梯门打开时，里面愣是只有欧阳宸一个人。姜琪犹豫了半天才踏了进去，没办法欧阳宸按着开门就是不让门关上，她不上去不合适。

很出奇，欧阳宸意外地安静，从电梯上行，到走出电梯愣是一句话没说。这完全不是他的作风，姜琪跟在他后面偷偷瞄了他好几眼。

市场部位于电梯不远处，是一片办公场地极大的区域。齐总的办公室采光更是不错，虽说有磨砂玻璃分隔，但阳光一样可以投射到外面。

姜琪站在门前整理了一下衣服，毕竟要见的这个人是市场部的顶头上司。虽说刚刚三十出头，但确是十足的黄金单身汉，私生活更是干净得不得了。

轻敲了几下门，里面传出了特别富有磁性的声音，唤她进去。在姜琪心里，这位齐总学生时代八成不是音乐系出来的，就是校歌唱队领队。

“齐总，您找我？”

“你先坐，我现在手里有点事需要处理一下，稍等会儿。”齐总指了指办公桌对面的座椅，继续翻阅着手中的文件。

落座后，见到桌上的名牌，姜琪这才算是知道这位齐总的全称，原来是叫：

齐萧寒。这个名字直接让她联想到一句诗词：“风萧萧兮易水寒。”

姜琪在齐萧寒办公室坐了快半个小时，安静的空气中只有呼吸声和翻阅文件的声音。弄得姜琪自己都有些怀疑自己是不是有多动症，在这样坐下去，她不确保自己能不动换。腰板疼，屁股痛，腿也疼，没有一个地方不是在叫嚣的。

“齐总，要不我一会儿再来吧。您先忙。”姜琪小声地说，怕吵扰他认真工作。

“再坐一会儿，马上就好。这个投标文件下午就要用，有些地方需要改动。”依然没有抬头，目光始终专注在文件上。

姜琪不得不承认，专注于事业型男人，真的很有魅力。只是她现在真的坐不住了，要是再不起来走走，跟如坐针毡真没什么两样。

齐萧寒似乎感觉到面前的人的异常。“我窗台上的花儿好像很久没浇水了，能帮我浇一下吗？谢谢。”

姜琪一听，噌一下站了起来，快步走到窗前。拿起一旁的喷壶按了几下，借此机会终于可以活动活动啦。

给花浇完水，她也不好再死乞白赖地站在窗前不走，只得继续回去坐着等着。

手腕上的表针，眼瞅着就要到吃午饭的点儿了，这位“仙人”要是再不把文件修改完，她就要在这儿饿肚子了。

玻璃隔断外的办公气氛逐渐变得活跃起来，边说边笑的声音由近到远。再看看表针，已经十二点二十多了，姜琪只好认命。美好的一上午时光，在这间办公室里耗去了快两个小时。就算现在让她狂奔到食堂，估计也就只剩下些残羹了。

“不好意思，让你等了那么久。我不习惯在看文件时说其他事情。饿了吧？”齐萧寒很是抱歉，虽说这已经不是第一次让人等那么久了，但他的习惯，他总是克制不住。

偶遇 Chapter 05

大哥，您还真知道啊！坐得我腿都酸了。就算内心再挣扎也不能表现出来，姜琪连忙笑着摆了摆手：“还好，还好。齐总您找我什么事啊？”

“哦，我今天没开车，想问问行政用车哪辆今天可以开。我下午要去投标。”齐萧寒边说边将文件放到文件袋内，装进随身公文包里。

我去，我当什么大事呢。大哥咱不必因为一辆车让我白白在这里坐两个小时吧？难道怕我不给您用不成。姜琪明显觉得自己的脸上有点挂不住笑容，无奈地扯了扯嘴角。“我回去帮您查查吧，应该有空闲车。”

“好！”齐萧寒起身拔掉了电脑插销。整个对话过程他都没有过多注视姜琪的面容。

见他起身，姜琪也跟着站了起来，犹豫了下，随后说：“齐总，还有其他事情吗？要是没什么事我先出去了。”

“等等，一起下去。正好是饭点，楼下有一家西餐厅西冷牛排味道还可以，我请你。”

不会吧，用辆车还请客！弄得姜琪都有些不好意思，这怎么吃得下去啊。“不用！不用！我去食堂吃就好。正好我先去给您查查有没有空车，顺便去拿车钥匙。”

“拿完车钥匙，你不一样得给我送到餐厅吗！这样吧，你先去拿车钥匙，我在餐厅等你。”齐萧寒拎起包，先一步走出自己的办公室。

姜琪一看这架势，摆明了这顿饭吃也得吃，不吃也得吃。算了，不就是一顿饭吗，又不是去战场，去就罢了。

回到工位，调出车辆使用表，正好今天空闲了两辆。一辆宝马7系，一辆奔驰S600，斟酌一下还是选择了奔驰。

王主管曾经跟她说过，行政用车乃是公司的门面，虽说不是最贵的，但必须显着大气上档次。不管从车辆保养，到车辆日常管理都要上心，必须就像对待自家车一样。只是当时姜琪不明白，这管车的工作为什么非要分给她。现在总算是明白点了，原来是觉得她比较悠闲啊！

姜琪拿着车钥匙，沿街找着哪家是西餐厅。这地带什么都贵，别说是西餐厅了，就连普通小饭馆也够花费她半天工资的啊。

“姜琪，这里！”

闻声回头，只见齐萧寒一身笔直西服手提公文包站在西餐厅门前向她招手。

怪不得没找到呢，原来是在马路对面啊。姜琪握了握手中的车钥匙，站在人行横道上等着红灯变成绿灯。

姜琪走到齐萧寒身旁才发现自己这身运动服真不适合出现在西餐厅内，看样子齐萧寒经常来这里，穿越七扭八歪的过道时不少食客跟他打着招呼。只是跟在他身旁，那些异样的目光一路相伴。

齐萧寒礼貌地帮她拉开座椅，待她坐稳后，步伐轻快地走到对面坐下。

“齐先生，今天的餐还是跟往常一样吗？”服务员递上了菜单。

齐萧寒把菜单转递到了她面前：“他们家西冷牛排是特色菜，你看看有没有你喜欢吃的？”

“我随您就好，您来选吧。”姜琪把菜单又递回给他，余光看了一眼上面的价钱。说实话，她现在拔腿就走的心都有了。忒贵了吧，一份牛排六大张粉红色毛爷爷，按斤能买多少牛肉啊！

“那好，两份特色西冷牛排，一份水果沙拉。”齐萧寒把菜单递回给服务员，转过头问：“你喝什么？”

“橙汁就好。”

“一杯鲜榨橙汁，一杯苏打水。OK，就这样吧。”

姜琪不得不承认，齐萧寒确实是属于成熟干练型，看腕表的样子最好看。轻轻转动手腕，微侧着头，目光在指针停留几秒后移开。为什么这么认真的男人，到现在都不娶呢？

“难道我脸上的胡子没刮干净吗？”他修长的手指轻轻摩挲了一下侧脸，用手感检查着。

“没有，没有。很干净。”发现自己目光太过关注后，姜琪连忙尴尬地摆着手。

“打扰一下，特色西冷牛排，水果沙拉，鲜榨橙汁，苏打水。齐先生，您的菜齐了，请慢用。”服务员上完菜便离开了。

“好的，谢谢！”齐萧寒整理了一下餐巾布，随手拿起了刀叉，熟练地将盘中整片牛排切成了规规矩矩的小块。

“这是七分熟的牛排，切起来稍稍有些费劲儿，给你吃这份。”说完便把切好的牛排换给了她。

姜琪只觉受宠若惊，想推脱也不好推脱，只得尴尬笑着接受。

小块牛排放在口中细细品尝，确实和那些快餐店中的不同。汁料浓香绕口，牛肉嚼劲适中，味道真是不错。看来齐萧寒也是个吃货。

“怎么样？味道还可以吧？”

“嗯，很好吃！”就是太贵了。姜琪抿了一口橙汁，那叫一个酸啊，这浓度可真是百分之百的。

很明显，齐萧寒看出来她脸上轻微的变化，“特别酸是吧？”曾经自己也被这味道酸倒过牙。

姜琪撇了撇嘴，点头肯定：“是够酸的，味道更像是橙子和柠檬的混合体。”

“呦……喝出来了！这里的橙汁就是和柠檬一起压榨的。”

不会吧，这样也行，酸不死谁！

齐萧寒把自己的苏打水推到了她手旁：“我还没动过，你喝这个吧。”

姜琪嚼着牛肉来压盖酸味，连忙挥手：“不用，不用，这橙汁很好喝。还是您喝吧。”又将苏打水推了回去。

“嘿！萧寒，你也在这啊！”这个声音就跟魔咒一样，总是躲闪不开。又是欧阳宸。

姜琪没有抬头，继续一口橙汁一口牛排。

“是啊，真巧！今天你怎么有空来这吃啊？”

听语气俩人关系应该很好。

“我约了朋友，在那边。这位是？”

这位是什么啊，这位是。欧阳宸我就不信你不认识我这身衣服，你个混蛋。姜琪决定回击，起身，礼貌伸出手：“您好！我是HM行政部专员姜琪。”

看到欧阳宸面容细微的变化，姜琪觉得特别解气。叫你故意装不认识我，我也不认识你。

“您好！”欧阳宸手指尖传来的温度有些冰冷，似乎被外面空气浸透一般。

“齐总，我吃好了，车钥匙给您。快到上班时间了，我先回去了。”姜琪快速收回手，将桌旁的钥匙放到齐萧寒一旁，准备离开。

“等等，会开车吗？”齐萧寒拿起了车钥匙，看了看。

“会，但是开得不太好。”姜琪没多想齐萧寒这么问是什么意思，只想赶紧离开这里。

“那好，你今天下午跟我一起去吧！我现在还不能开车，昨晚喝了酒，现在还有些头疼。”

“可是齐总，行政部那边——”

“行政部那边我会去说。”齐萧寒打断了她的话。

看这架势，这不摆明了准备赶鸭子上架吗！站在一旁的欧阳宸一直安静地听着他们的对话，不过是以旁观者的心态去看。没有插话，也没有离开。

“欧阳，我下午两点半的会议，要先走了，有空一起吃饭。”齐萧寒拿起公文包，把车钥匙又重新递回到姜琪手中。

“萧寒，你不会准备带着一身运动服的她去投标会吧？这也太丢咱们HM的颜面了。”

欧阳宸你不损人会死啊！姜琪狠狠地白了他一眼，完全不顾齐萧寒此时也在审视着她这身着装。

“没关系，旁边就有服装店，随意挑一件换上就好。时间有些来不及了，我们先走了。”齐萧寒眼神示意了一下，让她走在前面。

姜琪头也不回就离开了，欧阳宸此刻早已握紧了拳头，恨不得想把她捏碎。约了人，那只是个借口，路过这里时恰巧看到他们有说有笑的样子，心里特别不痛快。

为了节省时间，姜琪随意挑选了一身连衣裙，看样子也算是正规，就是这价格让她肉疼。为了开车，齐萧寒递给了她一双平底皮鞋让她换上。

结账时，她掏出了工资卡，里面的钱原本是打算年假去新加坡找哥哥时用的，现在却要支付这身高额的衣服了。

“小姐，刚刚跟您一起来的那位先生已经给您结完账了，他还说让您在店外稍等他一下。”

What？这身衣服他也给报销啊？这算什么事儿啊！

原本让她陪同是让她来开车，可现在完全是她坐车，齐萧寒开车。姜琪彻底被弄懵了，完全不明白齐萧寒这是什么意思。她这爱乱想的大脑，闪现出的都不是什么好词。

手机在手里震动了好久，姜琪一直犹豫要不要接，毕竟现在车内安静得出奇，就琳达那嗓门，说的话几乎都能被齐萧寒听到。

齐萧寒有意按下了些车窗，随口说了句：“接吧，一会儿开会就不能接了。”

姜琪“嗯”了一声，按下了接听键。电话那端的兴奋劲儿简直要把手机话筒给震螃喽。

“姜琪，母夜叉批准啦！你跑哪儿去了？母夜叉让咱们自己订饭店和KTV呢！你那边有什么特别要求吗？没有的话我就订我们以前常去的那家了。”姜琪看了一眼后视镜，齐萧寒此时正强忍着笑，八成是听到母夜叉这个称呼了。“我随便，到时候把时间和地点发给我就好。”草草挂断电话。只见齐萧寒将车窗按了上去，外面的温度确实有些冷，眼看就要入冬了，总这么吹着也受不了。

齐萧寒一边单手开着车，一边打趣的说：“看来王妮的作风让你们都很惧怕啊！”

完了，这回可算是被琳达给害惨了，他都听见了。姜琪尴尬得脸有些发烧，给上司起外号本来就不对。可听见这个外号的人还是市场部顶头上司，看来自己的坎坷在职路快要到头了。

偶遇 Chapter 06

算了，实话实说吧。“王主管平日里对我们确实是比较严厉，但她也是为我们好。我刚来时候犯错误她没少帮我。”其实姜琪更想说，她是她现男友的表姑。

“哦，因为一根笔？”齐萧寒说得轻描淡写。

姜琪狂晕，看来这一根笔真让她出名了，居然都惊动高层了。

“您都知道一根笔的事情了。其实我当时真不是故意的。”想想就觉得又气又恨，死欧阳宸就是个奇葩，对待规章制度有些变态。

齐萧寒熟练地转动方向盘，将车转入右侧车道准备右转弯，顺势看了她一眼：“我当时也在场。”

也对，总经理会议他这个市场部总监怎么可能不在场。“看来我当时真的有够丢脸的。”姜琪低下头抠着手指。

“没有啊，我觉得很正常。欧阳他就是那个脾气，强势惯了。再加上这属于他的家族企业，他当然会对公司中的每一项都很苛刻。没关系，你别太往心里去。”齐萧寒安慰地摸了摸她的头。

姜琪完全被家族两字给惊住了，认识欧阳宸那么久居然不知道他身后有那么殷实的家底。怪不得他会如此强势，原来一半是遗传基因，一半是后天培养。

“嗯，事情都过去半年了，也没什么，也被罚了。现在不是一样在公司里安稳的吗。这样就行了。”

“你倒是挺知足！不过这种心态真是很难得。有没有意向来市场部工作啊？”齐萧寒有意把话说的很随意，其实他真的很需要一个合适的助理，有意无意间发现她很合适。

“市场部？您的部门？我能吗？”姜琪只觉有些惊讶，但却没有细考虑，想必他只是一说，自己只需要一听就好。

“我觉得你挺好！到了。一会儿开会时你在一旁听着就好，对方是个比较难缠的主儿。若是问你关于企业文化，你应该比我清楚。毕竟你们行政部主管这一板块，你直接回答就好。下车吧！”

这真是姜琪头次参加如此正规的投标仪式，一起竞争的公司规模也是业界有名的。姜琪有些紧张，生怕会犯那次总经理会议的错误。齐萧寒就泰然自若了很多，这样的会议他大大小小参加过无数次，这也不算什么了。能拿下当然是好，拿不下也造不成什么损失，毕竟市场是他来开拓的。

这个竞标会议开到了晚上七点才结束，姜琪只觉跟齐萧寒一起绝对能磨练意志。今天一天，她除了在齐萧寒的办公室坐着，就是在这个竞标会坐着，坐的她腿都软了。

散会后，齐萧寒坐在坐位上轻揉着太阳穴，似乎很疲惫。也是，今天的竞争很是激烈，不疲惫才怪呢。

“我来开车吧，您休息一下。”姜琪从他手中拿过钥匙，坐到了正驾驶位置上。还好这车是自动挡，难不到哪儿去。

“今天不是你们部门聚会吗？这点不耽误吧？”齐萧寒看了看手腕上的指针，已经快七点半了。

姜琪摆了摆手：“没事，不耽误！您去哪儿，我送您。”

“开到你聚会的地方吧，我把车开回去就行。认识路吗？”

姜琪特想说不认识，但又怎么好意思让他开呢。“不太熟，该转弯或是并线的时候您告诉我一声就好。”

齐萧寒点了下头，放松地靠在椅背上。昨晚应酬客户喝得醉咕隆咚夜里三点多才到家，早上又要做投标文件七点多就赶到了办公室，现在终于可以放松一下了。

最终车还是停在了行政部聚会的饭店前，看着齐萧寒略显疲惫地坐在主驾驶的位置上，姜琪只得叮嘱他注意安全。

“姜琪，你怎么才来啊？我们都快吃完了，这都八点了，今儿一天也没见着你，你干嘛去了？”一见她走进包间，琳达立马开始询问。

平日里大家都死气沉沉地低头工作，现在一放松起来还真是够嗨的。要不是琳达跟她说话，她绝对是认为自己走错包间了呢。前台李美人一身紧身小短裙，该凸的地方凸显着，不该露的地方若隐若现，十分惹火。

“我今天跟齐总去开会了。”没有过多解释，姜琪拿起筷子开始埋头苦吃。中午牛排虽好吃，但是遇见那么个倒胃口的人自然也吃得不是顺畅。开会的时间就已经饿了，没办法只能忍着。

“帮我倒杯饮料，渴死我了。”姜琪把杯子推到琳达边上，一下午都没敢喝水，怕中途总去洗手间。

“看你这副狼吞虎咽的德行，跟齐总混还饿着你了不成！我听说齐总要在咱们部门选一位助理。市场部总监助理唉，不管是工资还是脸面都是大增的哦！”

看来琳达很期待被选中的能是自己，笑容都是信心满满。

今天一天的市场初体验，真真让姜琪对这个职位心生恐惧，就单单坐着不动就已经够她受得了。

“别盼着，这可不是什么好差事。往那一坐，一坐就是几个小时，坐得你腿都软了。”这可真是发自肺腑的感言啊。

“那有什么，齐总可是位十足的黄金单身汉。学历好，人品好，性格也好。没准到时候发展发展，还能钓得金龟婿呢。”琳达似乎胜利在望一般，颇有些傲气地勾着嘴角。

“我就特纳闷，他这么好，为什么到现在都没有结婚啊？”对啊，这才是疑问点。相信小话筒一定知道些什么。

“嗨，别提了，其实这也不算什么。在欧阳总没来公司的时候，公司最强势的人就是齐总，对待工作简直属于自虐，所有时间和精力都放在了工作上。以前是有一位女朋友，可人家嫌弃他对待工作比爱情重要就跟他分手了。后来他就更自虐了，你是没见过他认真时候的样子，特别迷人，特别专注。后来欧阳总来了，他就逐渐不再那么强势，但是却始终没有再找女朋友。公司里都有传言，说他是圈里的人。”

“圈里？”姜琪有些不解。

“对啊，就是同性恋。他根本就不近女色，身边那些人也几乎都是男人，能不让别人误会吗！行了，行了，不说他了。你吃好了吗？吃好了咱们就转战KTV吧，好久没唱歌了，嗓子早就痒痒了！”

没等姜琪回话，琳达就已经招呼大家起身去KTV了。无奈，姜琪只好捏起一小块西瓜，拎起装着运动服的袋子追了出去。

“姜琪，你给我站住！”这个魔咒声音再次在姜琪耳边响起。

回过身，只见欧阳宸倚在不远处的窗旁注视着她。见她停住脚步，便不紧不慢地朝她走了过来。

“姜琪琪，不错啊！刚来半年成功钓到了齐萧寒这只金龟啊！”欧阳宸似笑似不笑地拍着掌。

无聊，懒得接他的话茬，姜琪转身就要走。

“呦呵，现在脾气还真挺见长啊！有齐萧寒撑腰，小腰板硬实了不少吧！”依然是冷嘲热讽的态度，欧阳宸觉得只有用这种态度，才能让自己保持理智些。

“欧阳宸，你有病吧！没事吃饱了撑的闲的没事干吧！该干嘛干嘛去，我现在跟你连半毛钱关系都没有，你别再有事没事就出现在我面前了好吗？”她知道只有把话说毒了，伤到他自尊他才会自己后退，毕竟狮子是好面子的人。

欧阳宸实在是忍无可忍，自己一再地退让，只会让这小妮子更加得寸进尺地羞辱自己。他一把抓住她的肩膀将她拉到了自己身前，强迫她与自己对视。

“姜琪琪，我警告过你，不要招惹我！以前我就警告过你，不要随意招惹我，你不听。玩够了，说什么狗屁的需要自由，拍拍屁股滚出了我的世界。现在你又悄无声息地闯入了我的视野。分手时我警告过你，要滚蛋就最好滚远点，滚到我看不见的地方。如果再让我看见你，不管你怎么逃，怎么躲，我挖地三尺也会把你揪出来！现在可好，你自投罗网来了，还装出一副很清高的模样，你知道你现在的样子让我有多恶心吗！”

“对啊！是恶心，而且还很肮脏呢！比起我身体上的肮脏，你的心更肮脏！”她不得不将伤口扒开，来审视拜他所赐的痛苦。

身体？肮脏？“呵……”欧阳宸冷笑着。他完全不明白姜琪一直在旁敲侧击着什么，仿佛这件事件与自己有关：“那你说说，我对你做了什么？”

“我告诉你欧阳宸，你少猫哭耗子假慈悲了！连你自己做过的事情都不敢承认，欧阳宸我真替你感到悲哀。”姜琪右手握紧袋子提手，努力克制自己不要将袋子丢到他懵然的脸上。沉住气，转身，离开。

可能是欧阳宸还存有些自知之明吧，姜琪走出很远他都没有再追出来。

这么一闹，姜琪一点唱歌的心情都没有了。坐在 KTV 里发了半天呆，拿着手机翻看了好几遍通讯录，最终还是按下了白帆的号码。

“喂，帆哥，你还在医院吗？”姜琪一边打着电话，一边摆弄着手机挂链。本就嘈杂的环境，她在这么一弄挂链叮了咣啷的根本就听不见电话那头到底有没有人接通电话。

此时白帆正在收拾东西准备下班，夜深人静，医院走廊的脚步声都很清晰，手机听筒隔空传来的声响就像是在大喇叭广播。嘈杂的环境，歌喉高的唱不上去，低的低不下来。很显然，她在 KTV。

“琪琪，地址告诉我，我去接你。”白帆的声音就像是一剂镇定剂，音量不大不小，却可使姜琪瞬间安稳下来。

可能是多年来的习惯，姜琪报上了地址，然后挂断了电话。

白帆所在的医院离这里并不是很远，没多会儿就到了 KTV 门前。多年的默契，拿出手机按下快捷键，话筒等待音响了三声后就被对方挂掉了。白帆将车掉头停到门前，下车，倚在车门上等着姜琪出来。

姜琪刚说要先走，琳达死活不放，无奈只好带着琳达一起出来了。拐出走廊，走到大厅，正好能看到一辆白色帕萨特停在门前。姜琪指了指，对着琳达说：“瞧，我跟你说了，我男朋友来接我了。我先回去了。”

“不行，不行。我还没看见你男朋友正脸呢。再说了，这万一是你叫来的黑车呢，大晚上的，不安全。我必须过去确认一下。”

面对琳达的好意关心，姜琪只好带她去见见白帆喽。隐藏半年的男友，也是时候浮出水面了。小喇叭也该派上用场了。

偶遇 Chapter 07

“帆哥，这是我同事琳达。琳达，这是我男朋友白帆。”姜琪中间人一般介绍着对方姓名。

白帆礼貌地微笑点头致意。

琳达活跃惯了，一见白帆眼睛都亮了，嘴里还不忘小声地对姜琪说：“你算是捡到宝了。”

这是什么话啊，姜琪还击了她一个大大的白眼。“行了，人你也见到了，可以放我走了吧！”

琳达轻拍了一下姜琪的肩膀，“既然人家都来接你了，我哪还有不放人的道理。快点回家享受二人世界吧！上车吧！”

本来白帆打算帮姜琪开车门的，可却被琳达抢先了一步。姜琪被她推着走到副驾驶车门前，隐隐约约听到“你这小妮子艳福不浅”这类的小声嘀咕。

跟琳达道别后，姜琪真想用‘脱离苦海’这四个字来形容此时此刻的心情。白帆开车很稳，车内放着舒缓的钢琴曲，理查德·克莱德曼是他最喜欢的钢琴家。这么多年来，姜琪逐渐被白帆传染。以前喜欢的重金属，摇滚，远不如钢琴演奏更让人安逸。

“琪琪……”

见白帆没往下说，姜琪回应了一声“嗯？”

“今晚，去我家住……好吗？”这是他们交往三年多来，白帆第一次提这个要求。他知道，姜琪可能还没有走出阴影，自己也愿意给她时间去整理。可情侣间总是像好友一样相处，久而久之爱情会多多少少有些变质。姜琪从不愿将他介绍给她的那些朋友或同事，今天她能这么做，真的很惊喜。如果此时再不乘胜追击，那可能又要等上很久，久到不知道会多久。

“啊？”姜琪怎么会没听清白帆说了什么，本能地装作没听清。白帆的性格她还是很了解的，如果故意躲避的话题，他从来不会再询问第二遍。但愿这次也可以像往常一样，虽然一直这样做对白帆很不公平。

看来姜琪的小心思泡汤了。白帆已经摆出一副准备促膝长谈的架势，将车停到了路边，转过身与她对视。

“琪琪，我知道你在躲避什么。可你不能总像鸵鸟一样，一遇到危险就把头扎到土里吧！从我们交往到现在已经三年五个月零六天。这段时间里，我知道你一直都忘不了那件事，可是你不能总把自己关在那件事的小黑屋里不出来啊！琪琪，我知道有时候你的快乐是装给大家看的，你在我面前真的不必这样。我喜欢真实的你，我喜欢那个下雨天举着伞漫步在公园中的你，我喜欢那个看到感人情节就会落泪的你，我喜欢那个拿出零钱帮没有零钱的陌生人付车票钱的你。琪琪，你真的不用太过坚强，我就在你身旁。如果你累了倦了，我的肩膀随时供你依靠。如果你愿意，我随时都愿意娶你。”

在一起这么长时间，白帆第一次跟她这样讲话。姜琪顿时语塞。这段时间来，白帆一直在无怨无悔地付出，她又怎会感觉不到。只是这一切都来得太突然了，白帆从不会强求她，甚至在一起这么多年都没有接过吻。

恍惚间，白帆修长的手指已将她的后脑锁定，他的面容缓慢在靠近。逐渐放大的双眼，越来越接近的唇。姜琪甚至忘记了闭眼，只见他闭上了双眼，他的唇轻轻地印在了自己的唇上，软绵绵的。白帆吻得小心翼翼，百般珍惜地辗转。

她没有拒绝，她没有将自己推开。白帆心里激动到不行。吻了许久后，才肯将她放开，目光温柔地注视着她。略有些红肿的薄唇，稍稍带有一抹红晕的脸颊，一双水汪汪的的大眼睛一片茫然。弄的白帆哭笑不得，这难不成是在无声谴责吗？

“好吧，你不想住我家就不住吧！我送你回你那。”启动车子，向左轻打半圈方向盘，将车子重新驶入车道。

很显然，白帆妥协了，只是姜琪还没有反应过来。直到车子驶入熟悉的小区，她才缓过神。

“不是说去你家住吗？”

姜琪的一句话，杀了白帆一个措手不及，一脚刹车就踩了下去。还好现在是晚上，不然后面要是跟着车，非追尾不成。

“你说什么？”这次换他没听清了。白帆必须确认一遍。

“你刚才不是说去你家住吗？怎么开我家这边来了？你路痴啊？这么多年我怎么没发现啊！再说了，你自己家都能记错了，还好你开回来的是我住的地方。万一一不留神，你要是开到你情妇那里去了，我看你怎么跟我解释。”姜琪说得振振有词，完全没有意识到，刚才是自己没反应过来白帆说了什么。

“我有你一人就够了。”白帆指了指心脏的位置，双眼注视着她说：“这个地方小，从你无意间闯进的那天起，就没再容下第二个人。所以，你完全不必担心我婚后会出轨这个问题。”

“那可说不定，不怕一万就怕万一。你还是别那么肯定地打保票了。既然都到我家了，就不陪着你折腾了。我下车了，你回去慢点。”说完，姜琪解开安全带就准备下车。

“晚了，今天你是必须要跟我回家了。”白帆锁住了门锁。没有去前面掉头，而是直接倒出了小区大门。转过车头，才发现有辆牧马人停在路旁，开着近光灯，似乎是在等人。可是这车看着却格外眼熟，貌似刚刚在KTV门前见过。白帆觉得自己肯定是记混了，踩了脚油门从牧马人车旁开了过去。

“都到我家楼下了，你还折腾什么啊？住我这里不也行吗！”虽说房子有点小，四十多平吧，但租金也不便宜呢。

“琪琪，你干脆搬过来跟我一起住得了。我那又不是没你住的地方，为什么非要在外面租房呢。这地方又远又偏，离你公司又要挤公交又要挤地铁的，每天四个多小时都花在了路上。你不觉得亏吗！”

“亏有什么用啊，自己住方便，住习惯了。我住的那楼后面就是一个小公园，你又不是不知道。早上的空气多新鲜呢，你住的地方交通便利，空气可不如这里。”

“这边有新开的楼盘吗，我干脆跟这边也买一套算了！工作日你在那边享受交通便捷，休息日你在这边享受新鲜空气。这个想法不错吧！”

“得了吧你！有钱烧的吧！难不成你准备当房哥？”

“想，可是现在能力还不达标，我继续努力。”

“你今天搭错神经了吗？明天记着找神经内科的同事帮你检查检查，看看有没有问题！”

“我很正常，放心！”白帆宠溺地抚摸着她的头。今天所发生的一切都是那般来之不易，他以前从没有像今天这样，心中真实地装满幸福。

临近楼门的停车场都已经没了空位，白帆住的小区停车是不收费的，所以每天下班找车位是一件特别枯燥乏味的事。白帆开着车围着停车场转了好几圈都没找到可以停车的地方，索性将车停到了小区一旁的商场停车位上。

“先生您好，请问您是按小时停放？还是按一晚停放？”商场停车场管理员，穿着反光外衣，手拿计时小本。还没等白帆将车熄火就已经凑了过来。

姜琪打开车门，下车，走到了管理员身边询问：“按小时划算，还是按一晚划算？”

还没等管理员回答，白帆就插了一句：“按一晚停放！”

负责的管理员闻声后开始在计时本上大笔挥舞，一边写着还不忘回答姜琪的问题，“按小时停放，头一个小时五元，之后按每小时百分之八十上涨。按一晚停放，到明天一早九点前都是四十元。过了九点就要按照小时计算了。”

“哦！”姜琪必须承认，她这个文科生对百分比真的很不来电，完全计算不出到底哪个更划算。

接过停车管理员给开的计时条，白帆挽着她的手往小区方向走。还不忘打趣地问：“换算出来哪个更划算了吗？”

姜琪这点三脚猫的数学知识，除了上班时借用电子器材换算，口算笔算根本就不能用目瞪口呆来形容了。白帆已经领教这么多年了，这也成为了他唯一能打趣她的地方。

姜琪嘴撅得老高，将眼睛皱成三角形，无声地抗议着。

“行了，别撅嘴了。再撅真变成这样怎么办！怪难看的。”白帆没敢笑出声，他最受不了这种表情的姜琪，简直可爱到不行，让他爱不释手。

白帆拉着姜琪刚走进小区，恰巧又看见了一辆牧马人。这回白帆心里有些犯嘀咕了，侧过头，小声地跟姜琪说：“琪琪，这已经是我今天晚上见到的第三辆牧马人了。”

一听牧马人，姜琪立马兴奋了起来：“哪呢？哪呢？”牧马人可是她最喜欢的车了。如果在街上能偶遇牧马人她的目光肯定是追随车一点点远去的。

“就在路边停着呢！”白帆随手指了一下，手收回得很快，因为车灯亮了，正好投向了他们。

姜琪条件反射地用手挡了一下突如其来的强光，往白帆的怀中靠了靠。这个光在夜晚真的太过刺眼，姜琪索性拉着白帆快走几步，到光较弱的地方去。

“什么人啊，大晚上的不回家睡觉，在小区门前开远光灯玩儿！有病。”姜琪边走边小声嘀咕着。“开好车的，不一定都是正常人！”说完这句，她脑子里马上闪现出了一个人，欧阳宸。

“司机没准也是好心，怕天黑行人看不清路。”白帆搂着她的肩膀，继续向楼门走。

刷卡进楼门，刷卡进电梯，刷卡开启防盗门第一道锁。白帆拿着钥匙转了几圈，防盗门应声而开，门厅的感应灯随门响变亮。

姜琪从没这么晚来过白帆的家，以往白天来的时候，没觉得门厅的灯怎么样，敢情它还是声控的啊！

“你觉没觉得，一张门禁卡解决了所有开锁问题？”姜琪站在门厅换着拖鞋，见白帆将门禁卡和钥匙分别挂到挂钩上。

“嗯，所以说，你以后可不能把门禁卡丢喽！要是弄丢了，那你的罪过可就大了。”白帆换好鞋，随手打开了客厅的灯，瞬间光明。

“那我还不如不要呢，这要是只带钥匙没带卡，那岂不是要在楼下坐等，随时准备蹭着进门。”

“就算你蹭进来了，防盗门的第一道锁你也打不开啊！顶多不用在外面忍受风吹雨淋。”

偶遇 Chapter 08

“没有睡衣，我洗完澡穿什么？”姜琪站在卫生间前侧身问着在卧室里倒腾的白帆。

白帆侧过头，眨着眼看了她有一会儿，这才转身到衣柜前开始找衣服。可站在衣柜前翻了好久，就是没找到件能代替睡衣的衣服。姜琪趴在门框上又呜呜了半天，他灵机一动，干脆拿出了学生时代常穿的球衣递给了她。

“你是准备让我扮篮球宝贝，还是足球宝贝？”姜琪接过大大的球衣，在身前比了比，距离膝盖也就差三四公分左右。

白帆宠溺地敲了一下她的脑门：“傻帽，这是巴萨的队服，你说是足球还是篮球！”本以为一说队名她就明白了。谁承想，他可爱的琪琪居然冒出句“巴萨是干嘛的？”简直让他大跌眼镜。枉费她平日里还陪着一起看球呢，原来就是为了打发时间啊！完全汗颜。

“球队。”白帆轻描淡写地一说。随后将她推到卫生间旁，说了句：“先洗澡吧！”便走到客厅继续看体育频道。

白帆喜欢简单的生活，卫生间洗澡用品，除了必备的洗发液和沐浴露就剩下刮胡子的东西了。最重要的是，他用的几乎是运动品牌，香味并不算很浓，是那种淡淡的味道，很好闻。

“我说你身上为什么总有股淡淡的香味儿呢，我一直以为是洗衣液或是柔顺剂呢，原来是沐浴露的味道啊。”姜琪顶着一头湿漉漉的头发，坐到了沙发上。

“为什么不把头发擦干啊？”白帆见她湿湿的头发将球衣浸湿了一片，无奈，去卫生间拿了条干毛巾递给了她。

姜琪接过毛巾也只是往肩上一搭，充其量也就是不让头发上的水在渗到衣服上。“太累，懒得擦。让它自然干吧！”她已经习惯让头发自然干了，每次擦头发都累得胳膊酸疼，甚至有时候会时不时会冒出剪短发的冲动。

白帆叹了口气，将她拉到自己身边，拿起她肩上的毛巾手法轻柔地帮她擦拭着。“你还能有多懒，明天放假，是不是准备在被窝里窝上一天！”

“我倒想睡一天，可是你明天要上班啊。我明早跟你一起走，你上班，我回家补觉！”姜琪很享受别人帮她擦拭秀发的感觉，小时候哥哥总会帮她擦头发，怕她湿着头发睡觉会头疼。

“那倒不用，反正你早晚有一天要搬过来住，不如提前适应。我明天也休息，医院难得给我安排一回双休日的假。”在医院实习也有小两年的时间了，白帆一直属于特别好说话型。一到排班时候就有人找他协商可不可以更换假日，他又碍于面子不好推脱，只得将宝贵的节假日休息让给那些已经有孩子的医生们了。这回能六日双休，堪称意外，如同漏网之鱼。

“那更不能睡一天了，我们一起去郊游吧，好久没去爬山啦。干脆我们去登山吧！”一想到玩儿，姜琪瞬间眼前一亮，也许射手座就是这样吧，一点也闲不住。

“好！你想去哪儿都行！就算你说明天想去西湖畔骑行，我都陪你去！”白帆对姜琪的性格了解的八九不离十，不能圈养，只可放养。只要她说想去旅游，一定要放她去，不然她会很久都提不起神儿来。

“嗯，嗯。你去洗澡吧，我先去睡啦。今天一天简直累毙了，我们的齐总简直是坐神，我已经佩服得五体投地了。”

姜琪晃晃地起身，拖着有些疲惫的身体，走向主卧。眼看就要走到床畔，飞身一跃，跳到了床上，整个人呈现出一个大字。

“你要是准备用这个睡姿睡一宿，那我睡哪儿？”白帆从壁柜里取出一条毯子，把她从床上拉了起来。掀开被子让她躺进去，并将毯子平整地铺在了被子的下方。

见她乖乖听话地躺好并闭上了眼睛，白帆轻吻她的额头道了声：“晚安！”

姜琪真是累坏了，可能刚躺下就进入了梦乡，根本就不知道白帆是什么时候睡觉的，只是隐约感觉自己被拥入了一个温暖的怀抱中。

闹人的手机震动声一直在耳畔嗡嗡地响，姜琪闭着眼有些不耐烦地瞎乱摸着声音的来源。直到耳畔传来极具诱惑力的磁性嗓音，声音中还夹杂着几分朦胧睡意。她才停下来混乱寻觅手机的手，微眯着眼打开了台灯。

“琪琪，你先睡吧！我得去趟医院。主任刚给打的电话。人手不够，需要我去帮忙。”白帆手脚麻利地穿上了衣服，去洗手间洗了把脸，在她额头轻吻了一下便匆匆忙忙走了。

姜琪摸到手机看了一眼上面的时间，凌晨三点多钟。不禁心里感叹，当医生真不容易。

等再次醒来时，又是被手机震动给吵醒的。她当时真想拿起手机直接给调成静音，可手机上显示的名字却是琳达。虽说工作日琳达属办公室最活跃的人吧，但她六日只要一放假定是找不到人嘀，更何况她会主动联系谁啦。

只好清了清嗓子，“喂，琳达。什么事？”

“姜琪，快别睡啦！赶紧打车来公司吧！”

姜琪一听这语气，连忙坐了起来。赶紧询问：“出什么事了？”

“加班！时间紧，任务重啊！快点来吧！”

“What？加班？”公司规章中有一条不成文的规定，就是不主张占用休息时间让员工加班啊！

“欧阳总突发奇想，大清早六点多钟给王主管打的电话，说什么要组织郊游。我越来越佩服欧阳总了，他在我心目中就是个神！”

“郊游？他有病吧！”姜琪一想起欧阳宸，身体神经就会自动反应偏头痛。

“人家是领导，金口玉言，谁敢反抗啊！快点，别废话啦！赶紧收拾收拾过来！打车吧，公司给报销。”

琳达说完便挂断了电话，姜琪仰天长叹了一口气，现在骂死欧阳宸的心都有了。

当姜琪急匆匆赶到公司时，行政部的人都到得差不多了。除了昨天聚会喝美了的，现在还烂醉不起，剩下的都顶着一双双黑眼圈支棱着脑袋听王主管讲话。

姜琪蹭到琳达身旁，小声询问：“你们昨天几点散的？”

琳达托着头，疲惫而缓慢地回答：“今早五点！”

姜琪想了想刚才琳达给她打电话的时间，那岂不是刚到家躺到床上就起来啦！“你们可真有毅力！”姜琪不得不佩服他们，都这样了还能都赶过来。

“没办法，上级有令，谁敢不从！况且，欧阳总还把时间订到了下周二，咱们根本就没有那么多时间准备，所以加班是必须的！”

“他说要去哪儿了吗？”只要他指定的地方就好办多了，订酒店，订大巴，再做其他准备就省事了。

“没有！人老人家，根本就没说要去哪儿！说让咱们行政部自行讨论。讨论好了再跟他请示。”琳达一手揉着太阳穴，一手翻看着国内旅游杂志，还不忘递一摞给她。

接过杂志，一篇一篇地翻看着，里面全是一些著名景点的介绍。关键这些景点都适合在夏季去，现在这个季节，花也败了，树叶也快落光了。上哪儿找适合这个季节去的地方啊，除非出国，带领着大家飞马尔代夫去。

欧阳宸你这个死变态，自己不痛快，折磨别人就能痛快了是吧！姜琪恨得咬牙切齿。这是欧阳宸的一贯作风，他习惯难为别人，如果哪天不难为人了，那就不是他了。就好像只有这样，才能显示出他的地位。

“姜琪，你的电话在包里响半天了，你发什么呆呢！”琳达拿笔捅了她好几下。

拿出电话，原来是白帆打来的。姜琪拿着电话走到走廊，才按下接听键。

“喂！”

“琪琪，你怎么没在家啊？”

“哦……我在公司，今天要加班……”

“公司有急事要处理吗？行政部也要加班？”

“嗯，公司要组织郊游。时间急迫，大家都过来加班了。你到家了吗？”

“呵呵……我没到家，怎么会知道你不在家！你几点下班？晚上我去接你。”

“不用，还不知道几点可以回去呢。我坐公交回去就好了。对了我昨天穿的那身衣服没拿，先放你那吧。等有空我再过去拿吧。”

“那我帮你送去干洗。累了就歇会儿啊！”

“嗯，知道了。你也累了一晚上了。赶快睡吧，我要先去工作了。睡醒了告诉我一声就好。”

姜琪挂断电话，转过身时恰巧看到了走廊那头的人影，着实吓了她一大跳，险些叫出声来。定神一看，又是欧阳宸。

看来他装鬼装上瘾了，总是神不知鬼不觉地就出现，姜琪拖鞋扔他的心都有了。

见欧阳宸坦然自若地往她这边看了一眼，便头也不回地走了。姜琪这气更不打一处来，他是来验收大家讨论成果的吗？看行政部上下二十几口人为了一个旅游地点犯愁，他是不是心里很过瘾呢！

姜琪回到座位上继续翻看着杂志，突然想起了昨天白帆对她说的话。“西湖！”

“你说什么？”一旁的琳达耳尖，听到了她小声嘟囔的话。

“我们要不去浙江吧，离上海也不远，开车就可以去。路线可以规划成小镇古风。先去乌镇或是西塘这类的景点，然后在去西湖畔骑行看落日。而且这个季节也没什么影响。”姜琪起身向大家大声提议着。

王主管放下手里的杂志，思考着。其他的同事想了想纷纷同意了她这个想法。

琳达更是拍手肯定："姜琪，你简直是福星！现在就差王主管点头，然后去请示欧阳总喽！"

王主管连忙表明态度："我同意姜琪的想法！姜琪，走，跟我一起去找欧阳总。"

偶遇 Chapter 09

姜琪小心翼翼跟在王主管身后，尽量不惹欧阳宸注意。欧阳宸此时正坐在偌大的办公桌前擦拭着他的宝贝镜头。俗话说摄影穷三代，单反毁一生。看来这话也就说给那些小资阶级人们听的。像他这样财大气粗总经理级别的人，哪儿还会在乎这点钱啊！

见他擦拭得太过认真仔细，王主管试探着开口叫了他一声："欧阳总……"那嗓音简直像初春的阳光，既温和又舒服。听得姜琪特别想笑，又碍于站在她身后，只能低着头抿着嘴极力控制。难得一见母夜叉用这样语气说话，真后悔没用手机录下来。

可这样的嗓音并不能引起欧阳宸抬头，王主管脸面上已经稍稍有些挂不住。姜琪站在她身后又帮不上什么忙。一名普通行政部小职员，直接跟总经理汇报工作等于越级，她也只能站在原地干等。

有时候欧阳宸刻意不理人的样子，简直是欠揍，依旧慢悠悠自顾自地擦拭着手中的镜头。姜琪真想拿鞋扔他，一副欠揍的模样。亏了你爸你妈把你生了一副好模子，就这欠揍又拧巴的性格，都愧对你这身好皮囊。

"欧阳总，郊游计划我们已经初步拟定好了，请您过目。"姜琪实在忍不了他了，拿过主管手中的计划表，递到了他的办公桌旁。

欧阳宸连头都没抬，只是用余光扫了一眼桌子上的计划表。一副无所谓的样子，随口说了一句："王妮主管，这位是谁？"

好你个欧阳宸，又装不认识是吧！你行！算你狠！姜琪在心中早已骂他无数遍。

“欧阳总，她是我们部门一位小助理，叫姜琪。这次的郊游计划就是她想出的点子。您可以看看计划表，我们行政部都觉得这个想法不错。”依旧是细声细语的回答，看来平日里威风八面的王主管，在他这里顶多算是一只听话的小绵羊。

姜琪一听到母夜叉细声细语的说话声，不由自主地就想笑。可又不能笑，只能强忍着。

“那好，你留下。王妮主管你可以先回去了，”欧阳宸看了一眼腕表上的时间，“你们集体订餐吧，订好了送上来两份。吃完饭大家就可以先回家了，最终决定我到时候邮件通知你。先出去吧。”

目送王主管转身，走到门前拧动门锁，开门，走出并将门带上。姜琪这心里咯噔一下，万千个思绪瞬间挤满有限的脑部空间。这变态又要干嘛！

“一直站着你不累吗？”欧阳宸把手中的镜头放到遮光罩里，拉上了拉锁。将镜头布放到了遮光罩侧袋中，气吹放到了办公桌抽屉里。

很显然他刚刚是有意要给她们难堪，一副慢条斯理的样子，是刻意伪装出来的。姜琪真的把他看得透透的了。

“还有什么事，你快点说吧！我还要下去跟大家一起准备呢。”姜琪不耐烦地看了一眼手表上的时间，这死变态居然让她和王主管足足在这间办公室里站了半个小时。

“这个计划是你想的？”欧阳宸拿起桌上的计划表，潦草地翻看了几眼。

“对，有什么意见你直接提吧，正好人都在，好改！”姜琪没有对视他，而是看向他手中拿着的计划表。

“姜琪，没人教过你，跟上司对话要注意态度吗？”欧阳宸将计划表往桌子上一拍，起身不紧不慢地朝她走来。

姜琪继续无视他，扭过头看向窗外，嘴里吐了句：“教过，但不是对你！”

“那好！那我就教教你对我应该用什么样的态度。”欧阳宸一把将她抱起，丢到了一旁的沙发上，身体随之覆了上去。

姜琪被丢过来时头磕在了沙发扶手上，本能地抬了一下头。正巧欧阳宸覆了上来，十分狗血地嘴唇碰到了他的嘴唇上。

这一碰不要紧，欧阳宸怎么会放过这么好的机会呢，索性就此将这个意外发展成强吻。姜琪躲闪不开，只能咬牙强守。都能感觉到他逐渐紊乱的呼吸，姜琪的小心脏就跟掉进了寒窖一般。这种感觉让她极度反感，就像是那夜所发生的事情一样的感受。

泪水冰冷地滑过脸颊，目光中充斥着恐慌。姜琪不再反抗，捶打他的手也慢慢滑落低垂到两侧。

见她此状，欧阳宸立马起身。她的目光逐渐变得空洞，不再挣扎，却像是随时迎接着死亡和绝望。欧阳宸没有意识到自己会给她带来这般伤害，甚至厌恶自己为什么要这样为难她。难道只是为了解多年来的心头之恨吗？

欧阳宸蹲下身，柔声唤她：“琪琪，姜琪琪……”见她没有反应，心简直慌到不行。

“琪琪……我错了，我不该这样对你，你别这样好吗？你打我，骂我都可以。就是别吓我，行吗？”欧阳宸轻轻摇动她的肩膀，期待她能回应。

姜琪现在只想哭，放声大哭。“为什么要这样对我，我们都没有任何关系了，为什么还要这样对我！”姜琪声嘶力竭地哭喊着，仿佛要将所有的恐慌都哭喊出来。

欧阳宸将她抱起，紧紧拥在胸前。她就像个断了线的木偶，任由他紧拥，依旧嚎嚎大哭着。

琳达拎着两份饭站在总经理办公室门前试探着敲门，里面隔音非常好，根本听不到任何动静。只能一边敲门一边扯着嗓子说：“欧阳总，快餐到了！”

姜琪早就哭累了昏昏沉沉地睡着了，欧阳宸把外套给她盖在了身上。转身，走到门前打开了门。

琳达本想借势看看里面什么情形，姜琪被扣在里面已经很久了，都已经担心她的个人安危了。结果，欧阳宸接过快餐，说了一句：“谢谢！”便关上了门，根本就没给她多余的时间往里面瞅。琳达只好无功而返，十分沮丧地回去了。

姜琪睡得很不安稳，紧皱着眉头，额头还有冷汗渗出。睡梦中的她都是在恐慌地反抗着。欧阳宸内疚地坐在一旁，手轻抚在她的手背上，希望她能睡得安稳些。还好，她逐渐踏实了下来，呼吸也慢慢变得平稳。

她究竟经历过什么可怕的事，他必须要知道。这件事情似乎与他有关，所以，无论如何他也要弄个明白。

姜琪醒来时，欧阳宸的手依然握在她的手背上。转过头，欧阳宸似乎还在睡着，修长的手指支撑着头，长长的睫毛不时跳动着。看样子他很疲惫，眼下已经有黑眼圈。

曾经姜琪最喜欢他的侧脸，棱角分明弧线特别好看。深邃的眼眸，长长的睫毛，还有那漂亮弧线的唇。现在这张侧脸近在咫尺，可却不再属于她。

“如果你喜欢这样一直偷看下去，我可以保持这个动作不动。”

原来他在装睡，姜琪一时间手足无措。连忙从沙发上坐了起来。被欧阳宸紧握的手怎么都抽不回来，索性起身与他呈现拔河状。

“放手，再拉我手就脱臼了。”姜琪都听见手指骨节“咯吱……咯吱……”的声响了。血液不通，手背都已经泛白。

“你坐下，别再挣扎，兴许我就放手。”欧阳宸挑着好看的眉，用眼神向她示意。

为了不让手指再忍受皮肉之苦，姜琪只好听从，乖乖地坐了下来。

“坐近点，放心我不会把你怎么样。”欧阳宸拍了拍身旁的位置。

“这个距离挺好，有话快说，没什么事就赶紧把您这只金贵的手从我手背上移开！”姜琪不但没有靠近他，反而坐得离他更远些。

“难道你那股投怀送抱的劲儿，就只用在别的男人身上吗？相比来说，我的条件可能比他们都要强上很多！如果你能用对待那些男人的方式来服侍我，放心你绝对不亏！”他始终都在嫉妒，嫉妒她从没有那般对待过自己。

“欧阳宸你有病吧！你都已经结婚了还来招惹我干嘛！你要是闲得无聊，公司里有太多女性朋友等着您的橄榄枝。你在她们心中是神一样的人物，可在我眼里，欧阳宸你真的什么都不是！算我求你好吗，从此以后，您走您的阳关道，我走我的独木桥。咱们井水不犯河水。”凭他骄傲的性格，他是绝对不会允许别人这般无视他的。姜琪你这一招可是一步险棋，如果走对了点儿，也许可以完美脱身。万一惹火，那身后就是万丈深渊。

“呵……”欧阳宸挂在嘴角的笑变得无比僵硬，如同冬日的冰柱，因寒冷而铸就，带着锋利的刺尖。

很显然，姜琪你得逞了。对付如此自大骄傲的欧阳宸，只有无限贬低及无视，才能成功脱离狮口。

“姜琪琪，你觉得这样有意思吗？”前所未有的沉静语气，这完全不像他。

他过惯了唯我独尊的生活，一直以太阳的姿态生活，所有的人都在围绕他旋转。而现在，就现在，坐在他对面的女人却几次三番将他自动净化为空气，甚至是二氧化碳，呼出后没有任何价值。

“我不想跟你讨论这个话题。放在你桌子上的那个方案，如果你觉得不行，可以交给我的直系主管。参加此次郊游人员的名单，周一一早各位部门经理就会上报给我们行政部，也请您最晚在周一下班前确定方案是否可实施。”姜琪再度起身，这次并没有挣扎将手从他手掌中抽出，而是径直向前走，任由他拉拽着。

“姜琪琪……”欧阳宸不想松手，他明白，如果松手也许这辈子他们都只剩下错过！

姜琪停住脚步，但却没有回头。手上的知觉告诉她，欧阳宸此时已起身，并走到她的身后。

“姜琪琪……我们……”他顿了顿，曾经反复练习无数遍的一句话，如今却说得磕磕巴巴，“我们……和好吧！”最终还是说出来了。欧阳宸从未有过的紧张，他惧怕她会拒绝。

“和好？”姜琪简直不敢相信自己的耳朵，这句话居然从如此傲娇的欧阳宸口中说出。如果曾经他肯说这句话，也许他们不会像如今这般针锋相对。如果曾经他肯说这句话，也许如今他们依然相伴左右。也可能早已结婚。可他，宁愿要那该死的面子，也不愿低头说这样一句话。

可现在，就在刚刚，他居然说了。姜琪就像上了弦的机器人，机械般回过头来。这简直如同喜剧般的转化，姜琪发自内心地开始冷笑。笑自己刚刚的心动，笑自己的愚蠢，更是笑欧阳宸的异想天开。

姜琪抓起他的左手，仰起。“你刚刚说的话，对得起你这枚戒指吗？你对得起你对这枚戒指所说过的承诺吗！欧阳宸，我是傻子吗！还是我在你心中就那样龌龊，龌龊到可以低身下气做你婚姻中的第三者！你醒醒吧！”

“如果我说这不是真的，你愿意相信吗？”

“我信！”姜琪努力克制眼眸中随时都会倾泻的泪水，“我信你刚刚说过的话是假的！”

“不是，不是。”欧阳宸松开紧握她的手，想要解释，“我刚刚说的话都是真心的。姜琪琪请你相信我！”

见他松手，姜琪没有再留在这里的必要。甩开他的手，头也不回地快步跑出了他的办公室。

而欧阳宸此时右手掌心紧握颈项上的项链，也许，他还是晚了一步。

拾忆 Chapter 10

从公司出来时已是傍晚，临近入冬，天黑得越来越早。姜琪斜挎着包走在灯火通明的街道上，慢悠悠地穿越熙熙攘攘的人群。和欧阳宸分手那么久，这还是她第一次去想他们当初会分手的真正原因。也许那时太过年轻，总因为一些鸡毛蒜皮的小事争吵得不可开交。欧阳宸是她的初恋，对他的那份感情既青涩又纯真。既短暂又漫长的高中生活中有他，从步入高中校门的那天起，欧阳宸这三个字就被写进了心里。在时间的流逝中，起初写下的名字早已被深深刻入，与她的血肉融合为一体。

记得高中入学第一天，欧阳宸如同贵族王子一般，站在主席台演讲桌前宣读着迎新生入学致辞。在聚光灯下，他就像是个放光体，镶嵌着金色的轮廓。与生俱来的高雅贵族气质，搭配着一身笔直西服正装，他就像从韩剧中走出的贵公子。举止优雅，干净的气息，铿锵有力的发音，无时无刻不在向大家证明他有多么优秀。那时，姜琪只是在座新生中不为人知的一员，但她却记住了他的名字，欧阳宸。太阳系的掌管者。

欧阳宸身为学生会正主席的他，典型强迫症。姜琪他们这一批新生，从入学第一天，到军训，再到军训结束，直到欧阳宸毕业，才算正式脱离狮口。

说起与欧阳宸相识那纯属是巧合，巧合到姜琪一直以为只有电视剧或是小说中才会出现那样的情节。

高中入学的第二周，以姜琪这爱玩爱闹的外向性格，早已和周围同学打成一片。再加上她哥哥姜路就是从这所学校毕业的，以前教过她哥哥的老师们自然对她也不差。军训时又和同届其他班级的女生也都关系要好，刚刚起步的高中生活简直可以用顺风顺水来形容。

刚入学，学习压力还属于舒缓期，又是住校，每天下午下课后都有三个小时的自由活动时间。她又是个天生闲不住的人，怎么可能乖乖在宿舍补午觉。入学第一周就已经将校园内每个角落都转个了眼熟，第二周倒是没什么犄角旮旯再需要她去研究的了，反正闲着无聊干脆坐篮球场看高年级打球。不过，她对球类完全一窍不通，去看球也是陪着新认识的好姐们去看帅哥。

“姜琪，你快看。右半场那边穿蓝衣服那个，头发有些微长，眉毛浓浓的，左手戴着红护腕那人。你觉得怎么样？”说话的人正是她新认识的好姐们，与她同班，也是舍友。天生一张娃娃脸，外加与生俱来的自来卷秀发，第一眼给人的感觉活脱脱真人芭比娃娃。就连名字也很好听，叫蓝灵儿。性格也很好，又有绘画才能，小时候曾在少年宫参加过少年绘画比赛，还拿过名次。追求她的男生自然不会少，就连军训时都有教官跟她要过电话号码。也可能她早已经习惯了吧，从来就没把这些当回事，光是丢那些情书都能将宿舍垃圾桶堆满。她倒好，没事就喜欢往篮球场或是室外操场上跑，满嘴运动型男生最帅。

“还可以，好像是高三的吧？校服裤子是蓝色的边。”高一的新校服还没有发放，但是大家都已经见过样板了，白色的线条缝边。高二是绿色，高三是蓝色。为了区别年级，学校除了每年将缝边颜色做改动，款式样式完全是一模子刻的。松松垮垮的大运动服，春夏秋冬除了夏天是半袖，男生短裤，女生短裙，剩下就这一身衣服穿到毕业。

“你不知道了吧，我观察他几天了，他可是咱们学校体育部部长，校运动队队长，擅长长跑、跳高还有跳远，校跳高记录就是他打破的，”蓝灵儿凑到姜琪身旁，指给她看，“你瞧见他的腿有多长了吗？看见他的腿部肌肉分布了吗？多均匀啊！”

姜琪见蓝灵儿一副花痴样，完全败给她了。听这意思，蓝灵儿是准备和这位体育健将有后续发展喽。“那你问他叫什么了吗？文科还是理科？那个班的？”

“当然问了，理科生，三年二班。”还没说出这位体育健将的名字，蓝灵儿就已经笑脸如花了。顿了顿凑到姜琪耳边继续道：“名字叫郭庆。”

“国庆？”蓝灵儿在她耳边说的声音本就不大，又加上刚刚场上有进球，欢呼声又把她的声音盖住了一半，结果被姜琪听成了国庆。出于疑惑，姜琪大声地说了出来。恰巧场上忽然安静了下来，姜琪这一声“国庆”更像是在叫谁。

在场下原本专心打球的郭庆，在听到这声呼唤后，也朝她们俩人投来了疑问的目光。

姜琪尴尬地侧过头去，拿手掌遮住半张脸，小声对蓝灵儿说："现在好了，我这一嗓门算是让你的大国庆注视到你了。"

就见蓝灵儿不慌不忙地朝场上招了招手，然后特别自然地捋了一下卷发。看得姜琪眼珠子都要瞪出来了，佩服，这么淡定太让她佩服了。

"他不叫国庆，他叫郭庆！"蓝灵儿优雅梳理完秀发，还不忘跟姜琪纠正错误。

姜琪就此学会了汗颜两个字怎么写。

"你慢慢看吧，我刚想起来班主任找我。我先走了。"姜琪早就把班主任下午上课前跟她说的话忘脑后了，还好想起来了。要不是偶然间看见坐在对面的班长，兴许她今天晚自习就要班主任办公室做客了。

姜琪急匆匆跑向教学楼，两格楼梯、两格楼梯地往上跑。眼看再爬一层就到了，姜琪更是加快了脚步。跑到转角处也没顾上抬头看，砰地一声就撞到了人肉阻碍上。身体惯性向后倾倒，脚下一滑，姜琪只觉不妙，身后可是节节台阶，大脑刹那间一片空白。

还好被她撞上的人眼疾手快，一把搂住了她的腰，将她拉了回来。那双强有力的手臂稍稍用力，她的身体就已经从向后倾倒到惯性向前。姜琪结结实实地拥在了陌生人的怀里，宽厚的肩膀，还带有淡淡的清香。

等姜琪缓过神来，才看清被自己拥住的人，就是那位高高在上的学生会主席，欧阳宸。

姜琪连忙松手，向后退了半步，觉得脚后跟有些悬空又向前上了一小步。欧阳宸被她这个动作弄得有些好笑，嘴角稍稍上扬，却没有说话。

"那个……那个……"姜琪瞟了一眼面前的欧阳宸，"谢谢！"

欧阳宸见她低垂着头，便"嗯"了一声，绕开了她，继续下楼。

听着欧阳宸下楼的声音，姜琪心里那叫一个纠结啊！自从入学典礼见过他之后，脑海中就跟着了魔一样地想他的样貌，到最后越想越想不起他到底是什么样子。现在如此近距离接触，却还没有好好把握时机，真是笨蛋。

姜琪十分沮丧地迈步走上楼梯，只见楼梯第二节台阶上似乎有什么东西，姜琪弯腰伸手把东西捡了起来，是一个精巧的便携U盘。很可能是刚刚撞上欧阳宸时，从他身上掉下来的。

姜琪手握U盘就跟看见曙光一样，将U盘放进上衣兜内，颠颠地跑向了班主任办公室。

这次班主任谈话目的依然是跟刚开学那几天一样，让她当班级活动组织委员。她又不是诸葛亮，刘备三顾茅庐才出山，既然班主任这么信任她，那她也应该给个台阶迈上去就对了。

从班主任办公室出来时，篮球赛也已经结束了。姜琪站在篮球馆门外等蓝灵儿出来，一起去吃晚饭。左等也没来，右等也没来，人都已经走得差不多了。

姜琪站在门前往里面望了望，愣是没看见蓝灵儿人影。无奈，只能进去找。

“蓝灵儿？”姜琪站在球场一侧，叫着蓝灵儿的名字，见没人回应，她又叫了一声：“蓝灵儿……”心里嘀咕这死丫头跑哪儿去了？

叫了好几声都没人回应她，姜琪只好先回宿舍找找看。刚走半路，就见蓝灵儿正和身穿蓝色大跨栏背心的郭庆站在图书馆门前有说有笑地聊得正嗨皮。亏自己还到处找了你半天，敢情您老人家在这打情骂俏呢！

姜琪知趣地从一旁巧妙回避开了，看样子今天的晚饭蓝灵儿有伴儿。

晚自习都上五分钟了，也没见蓝灵儿来教室。姜琪心里难免不打鼓，再过五分钟班主任就要来查考勤了，她要再不来，还得想怎么帮她糊弄过去。

怕什么来什么，都点名了，蓝灵儿还没到。班主任第一个询问的人就是姜琪。

姜琪心中默默祷告，悔过，请原谅我此次迫于无奈说了谎。

她说了个最烂最俗的理由糊弄了班主任，那就是蓝灵儿吃坏了肚子。

男班主任更注重女学生的隐私，没有再追问，交代大家安静上晚自习后就回去了。

姜琪怕班主任第二次点名时，蓝灵儿还没来，只好偷偷溜出了教室。幸好下午听清了郭庆在哪班，顺藤摸瓜，就不信找不到。

姜琪偷偷摸摸跑到了C座教学楼，这个时间段所有学生都在上晚自习，校园内安静得异常。高一新生在A座教学楼，高二在B座，高三在C座。中间间隔的距离也不近，姜琪有生以来第一次感觉自己跟做贼的一样，快速穿越楼与楼之间的花坛。

就感觉自己跟特务一样悄悄钻进C座大门，顺着走廊寻觅着三年二班的位置。

奇数是文科班，偶数是理科班。按照这个排序方式，理科班应该在二层。每个年级数字靠前的四个班都是重点班级，看来这个三年二班应该属于理科中的重点。

姜琪一路偷偷摸摸终于找到了三年二班，趴在后门窗户上观望了半天，除了看见一个个埋头苦读的后脑勺，就是一摞摞堆积如山的复习资料。根本就找不到郭庆坐哪儿，更别说问蓝灵儿跑哪儿去了。

“你干嘛呢！”姜琪肩膀被猛然间一拍，耳朵里充斥着询问的声音。着实吓了她一跳，还好及时自己捂住了嘴，不然非叫出来不可。

拍她的人，不是别人，正是她心目中的男神，欧阳宸。姜琪只觉自己现在的模样肯定特别囧，弓着身子，撅着屁股，一副贼眉鼠眼的模样。

“我……我……”姜琪一见男神连说话都变得结结巴巴，“我找……我找……郭庆。”还好连贯下来凑乎也能听懂。

“你不好好上晚自习，跑这来找他干嘛？”欧阳宸双手交叉在胸前，呈现一副审问犯人的架势。

“其实……其实……也没什么，就是我班蓝灵儿不见了。”

“蓝灵儿？”很显然，他貌似不知道是谁。

姜琪刚想描述一下蓝灵儿的体貌特征，谁想欧阳宸继续道：“是那个长得很好看，酷似芭比娃娃的女生吗？”

不得不承认，男人都是外貌协会会员。长得好看就是占优势，连高高在上的学生会主席都能关注。

欧阳宸在她心中雄伟的形象，瞬间减半，出于女生与生俱来的嫉妒本能吧。

欧阳宸随后又补充道：“郭庆也没来上晚自习，我也正在找他。”

拾忆 Chapter 11

“嗯？”原来郭庆也没来上课，“你也没有找到他啊？”

“我要找到了就不回班再确认了！”很显然，欧阳宸也找了有一阵儿了。

“那我们一起去找好吗？人多力量大嘛！”其实说白了，就是想跟欧阳宸一起多说两句。

“你不上课？”欧阳宸看了看姜琪，一副逃课的样子。

“比起上课，找蓝灵儿更重要些……”因为她对老师撒了谎……当然这绝对不能告诉他，不然她的形象在他眼中更一文不值了。

欧阳宸审视了她好一会儿，才说了一个“好”字。随后从校服裤子口袋里掏出了一个挂牌递给了她。“把这个戴上，不然被督察检查到你逃课，你就直接年级主任办公室坐着上接下来的晚自习了。”

“哦……”接过挂牌，捏开曲别针，将其挂在胸前。原来是欧阳宸自己的工牌，上面还附有他的一寸照。“这张照片是你高一时候吗？”看样子很稚嫩。

“别废话，你跟在我后面走就好，督察来了别说话。他们俩人要被督察抓到可能会挨处分。听见没有！”完全一副领导的口吻。

姜琪乖乖跟在他身后走着，欧阳宸拿着手电筒左右照看着，又不能叫他们名字，只能干找。晚自习时，校外大操场上的灯是关闭的，乌漆抹黑伸手不见五指。姜琪越走越害怕，不敢离欧阳宸太远。操场一侧正在施工，预计建设露天网球场，白天走在这里还能绕过沙子和石子堆，晚上根本就瞅不见。姜琪一脚就踩到了石子堆上，脚下一滑，第一反应就是紧紧抱住身前的欧阳宸。

欧阳宸还是比较绅士的，扭过头来，拿手电照了一下姜琪脚下，看了一眼地形。关切地问：“没事吧？脚没扭伤吧？”

姜琪松开了抱在欧阳宸腰间的双手，连忙答复：“没事，没事，刚刚就是不小心滑了一下。”

就这种乌漆抹黑的地方，真是给钱让姜琪来她都不来，她不仅怕黑还有些夜盲。要不是现在身旁有美男诱惑，她真想回教室踏实上晚自习。

最可恨的是，这操场两侧种着浓密的大树，时不时还发出些怪声，大晚上听起来怪瘆得慌。风吹过树叶发出沙沙的响声，总感觉阴森森。

姜琪实在是害怕，平日里但凡跟恐怖沾边的她都不听不看，现在好了，跟身处其境差不多。

可能是欧阳宸四处晃动地手电筒光亮惊动了树上歇息的鸟儿，鸟儿飞走时穿越茂密树叶的动静更是吓得姜琪一把就拽住了欧阳宸的胳膊，说什么也不松手了。

“害怕就先回去！”欧阳宸没被刚刚的声响吓到，倒是被她猛地一拽吓了一跳。

“我不……”姜琪往他身旁紧靠，“我害怕，不敢走。”

见这小妮子畏畏缩缩的模样，欧阳宸都有些后悔带她出来了，只得硬着头皮任由她拉拽着手臂继续往前走。

绕着校外操场找了一圈也没找到，欧阳宸心里多多少少有些怄火。郭庆是跟他从幼儿班到现在一起长大的发小，郭庆的性格他自然了解，恐怕要再找不到，那事情可就不只是旷课这么简单了。

“校外操场也没有，你说他们会去哪儿呢？”都已经走出了校外操场，姜琪依旧十分自然地挽着欧阳宸的手臂。

欧阳宸没有回答，只是低头看着她的手，眼神示意她可以拿开了。姜琪似乎还有些懵，看了他半天也没反应。他只好自己动手，将她的手移开。他的手指有些温热，碰到姜琪微凉的手背上就像是冰与火相溶，如同触电一般。

收回手，姜琪尴尬地低垂着头嘴角挂着一抹笑，小声说了句：“不好意思！”

欧阳宸丢下句：“没什么。”继续往前走，没过多注意面前的人此时已是脸颊泛起微微红晕。

不知不觉中，第二节晚自习的上课铃都已经响起。姜琪拿出手机先确认一下时间，又拨通了蓝灵儿的电话，依旧是忙音。死丫头，别让我找到你，不然非好好审问审问你这么长时间跟郭庆一起干嘛去了！姜琪合上手机，心里小声嘀咕着。

经过图书馆时，欧阳宸碰巧看到了里面似乎有些微弱的光亮，像是手机屏幕的亮光。欧阳宸走上前推了推图书馆的门，已经上了锁，还是从外面锁上的，应该不会有人。可能是眼花了，于是回过头来问：“你刚看见这里面有亮了吗？”

姜琪还真没太注意，好不容易走到有灯的地方了，自己的目光多数的时间都落在他身上，哪还顾着看别处啊。只能回答“没看见。”

欧阳宸还是想再确认一下，推开一道门缝，探头看了看，声音不大不小的问：“里面有人吗？”

被锁在图书馆里的郭庆和蓝灵儿就跟看见曙光一样，噌的一下从地上站了起来，快步跑到门前。

郭庆一耳朵就听出来了是欧阳的声音，连忙回应："有，有！欧阳，我们被锁在里面了！"

听到郭庆的回话，欧阳宸这颗悬着的心算是落下来了，没有多余的询问，交代姜琪在这里等他便跑回了教学楼。

"蓝灵儿，你们怎么能被锁里面了呢，下午看见你们的时候还是在外面啊。"姜琪很是疑惑。

"别提了，一言难尽啊！等出去我再跟你细说，你先救我们出去啊！"

"我没钥匙，又没学过怎么开锁，这门我也打不开啊！你们就没看看里面有没有窗户能钻出来？"

"看了，一层二层都安装了防护栏，就三层的窗户是开着的。那我们也不能从三层跳下来吧！"

也是，从三层跳下了那不就是自杀吗，虽说也不算太高，摔不死再落个残疾，不划算。"那你们就跟里面等到明天早上图书馆老师开门吧，我先回去了。"

"死姜琪你就这么狠心让我们俩人被关在这黑兮兮的图书馆一晚上，你也不怕我们俩人明天都暴病！"

"刚跟你一起的欧阳宸呢？让他帮忙把门给打开！"很显然，郭庆已经在里面被关得很不耐烦了。

"他，他早走了！听见你们在里面后就走了。还是我比较好吧，好歹还在门口跟你们说会儿话，行啦！话也说得差不多了，我回去上晚自习了。"姜琪本想逗逗他们，故意趴在门缝上说。

欧阳宸突然在后面拍了拍她的肩膀，示意她挪挪地方。见他手里拿着个跟转盘差不多的东西，还哗啦啦响动着，是钥匙和钥匙间碰撞的声音。姜琪往一旁挪了挪，找了个不挡光的地方站好。

随着门锁被撤出把手的声响，门被从里面打开了，郭庆率先从里面窜了出来，那速度真不愧是练体育的。蓝灵儿随后也走了出来，还好两人衣衫都比较整齐。欧阳宸侧头瞅了一眼，便将门锁从新挂了上去，落锁。

回教学楼的路上，欧阳宸愣是一句话都没多问，姜琪心里直打鼓，难道他就没有好奇心吗？

回教室时，班主任也在教室里，班里一下少了两人，问谁谁还都不知道。他能不急吗！

“说吧，你俩人去哪儿了？刚入学两周就逃课，你俩胆子还不小啊！”班主任表情严肃，语气严厉地盘问着。

“老师，我肚子疼，实在撑不住了就让姜琪陪我去了趟医务室。”还好提前跟蓝灵儿商讨过应对方法，不然怎么圆场。这小妮子天生当演员的材料，说起瞎话来眼睛都不眨一下。手捂着肚子，摆出一副很难受的样子。

姜琪在一旁点头如捣蒜，在蓝灵儿身旁，她真的自愧不如。

不过男班主任的好处就在于知道怎么心疼女人。挺快的就批准了蓝灵儿回宿舍休息，姜琪可以陪着照顾。

拿班主任批准回宿舍休息的条递给宿管老师后，姜琪和蓝灵儿颠颠地就奔回了宿舍房间。难得水房不用排队洗漱，此时不洗，又待何时。俩人拿起脸盆和洗漱用品就冲向了水房。

“唉，灵儿，你和那个郭庆进展到什么程度了？”姜琪一边刷牙，一边追问。

蓝灵儿慢条斯理地拧着毛巾：“能怎么样啊，就那样呗！”

“都被关在黑兮兮的图书馆里了，还就那样呢？我不信！”

“别提了，当时站累了，说想去坐会儿。结果忘看时间了，看外面天有点黑了才从楼上往下走，谁承想被锁里面了呀。手机在里面也没有信号，在里面叫唤了半天也没人搭理我们。后来郭庆就跟我说，那个学生会主席欧阳宸一定会找到我们的，让我放心。”

“他怎么就那么肯定欧阳宸会去找他？”难道欧阳宸是怕学生会主席班里丢一个人，传出去不好听？

“因为他们俩人是发小，从幼儿班就是同班。所以喽，欧阳宸当然会去找他。”

貌似也有点道理，看来他对待哥们儿还是挺负责任的。“那……你们就没什么肢体动作？”这才是姜琪最好奇的重点。

“我说你脑子怎么那么龌龊啊，能有什么啊！当时就是聊聊天，他说他喜欢五月天，我说我也喜欢。后来他就问我有没有喜欢的篮球明星，我说有，科比。然后他就开始滔滔不绝地给我讲科比这个，科比那个的。我当时就觉得自己在听人物传记一样。”蓝灵儿耸了耸肩，继续在水龙头下涮着牙杯。

“嗨！”姜琪叹了口气，是不是自己得幻想症了，居然大脑在四处寻找他们的时候浮现出一堆不堪的画面。

“你叹什么气啊，我还没叹气呢。不过说实话，这个郭庆还是挺正直的一人。别说你会想歪了，我当时想法比你还多。但是人家就是很绅士，一直跟我保持在安全的距离内。”

呦呵，还挺欣赏对方的嘛！看蓝灵儿一脸幸福的小模样，八成她和郭庆的情侣关系算是板上钉钉喽。“瞧瞧你俩人这恋爱谈的，又让人担惊受怕，又让人异想连翩！也就是我胆儿大，连乌漆抹黑又恐怖的校外操场都去了。我能正常回来你就烧高香吧，不然我要是有个好歹，看你怎么对我负责！”

“军训的时候你连晚上的紧急集合都吓得够呛，现在居然敢去校外操场了？哇！姜琪，刮目相看！唉……不对！是不是跟咱们高高在上的学生会主席一起啊？”

拾忆 Chapter 12

“快别提了，我偷偷找你的时候正好让他撞见了。当时可没把我给吓死！你是没看见他那副审犯人的模样，就跟我犯了什么滔天大罪一般。我的天啊，我哪里犯什么错误了嘛！后来我就跟他说找不到你了，可能是和郭庆在一起。一听见你名字，他那眼睛直发光，男人都是外貌协会，看他那样儿八成在哪儿也是会长！”姜琪撇了撇嘴，侧身靠在水池台上，看着蓝灵儿的侧脸继续说着：“后来他就把他的委员胸卡递给了我，让我戴上说要是被督察查到也好躲过去。后来，我和他一直沿着教学楼找，之后就去了校外操场。我跟你说啊，我现在都怕今后走进那操场会不会留下什么后遗症。你是不知道，那简直就是伸手不见五指啊，你知道恐怖电影里面的配音吗？就跟那声音差不多。我害怕啊，他还让我自己先回去。你说有他这样的吗！我们当时都走大半个操场了，他让我一人回去，太不仗义了！他在我心中伟岸的形象瞬间土崩瓦解。”

蓝灵儿洗完头发，用毛巾轻轻擦拭着，对着镜子中的姜琪若有所思地微笑着，露出一颗可爱的小虎牙。

姜琪被她的笑容弄的有些汗毛竖立，伸手拍了一下她的肩膀：“你这是什么笑容啊，说！冒什么坏水呢！坦白从宽，抗拒从严。”

蓝灵儿不急不慢地拿水盆在龙头下冲洗干净，把洗漱用品统统都放到了水盆里。冲姜琪挑了一下好看的眉，故意在转身时扭了一下翘臀，颠颠地回宿舍去了。

姜琪胡乱将洗漱用品扔到水盆里，追在她后面也回了宿舍。到宿舍里，蓝灵儿依旧没有说话，可她故意板着的面目表情似乎快要有些撑不住。姜琪决定拿出杀手锏，咯吱她。

一番玩闹下来，蓝灵儿被迫举白旗投降。拉了拉睡衣，坐到窗旁的座位上，指着对面的宿舍楼说：“对面四层朝咱们这面，409 宿舍……”

蓝灵儿有意停顿，姜琪纳闷地趴在窗户上数四层第九个窗户，还不忘打趣：“是不是郭庆的宿舍啊？”

“bingo，你的联想能力还算是合格，”蓝灵儿把姜琪拉到一旁坐下，“不光是郭庆的宿舍，欧阳宸也住那个房间。你现在看没用，黑着灯，就你这小夜盲，能数得出那个房间是吗！”

“嘿……你故意的是吧，我都跟你说了，我跟欧阳宸没什么，况且他根本就不认识我。”说实话，一路上欧阳宸从未问过她的名字，她真的很沮丧。

“我又没多问什么，瞧给你紧张的。莫非……”蓝灵儿一脸坏笑地看着她，有意不说后面的话。

“没有莫非！”姜琪心想，倒想有个莫非着，人家也不能给这个机会啊！

“真没劲儿，到嘴边的鸭子愣是让你这笨鹅给放了。要是我，我就把他手机号、QQ 号，外加邮箱地址都要过来。”

姜琪一听，这话里有话啊，趁热打铁，故意装作随口附和着说：“看来你已经把郭庆的信息都要到手了呗。”

“那是当然！”蓝灵儿起身走到自己的床铺前，从校服上衣口袋里掏出一张纸条，高高举起在姜琪面前故意摇晃了两下，“瞧！”

“切，这有什么的啊，不就是个联系方式吗！美得你跟朵花似的。”姜琪看得出来，蓝灵儿是真的很喜欢这个叫郭庆的男生。她收过那么多封情书和礼物，从未见过她像现在这般显摆的模样。

“那你有本事去把咱们伟岸的欧阳学长个人信息要到手！”

“啊？一个郭庆你还不够，你还想把欧阳宸也霸占喽啊！那咱们全校百分之九十的女生都得视你为情敌，劝你还是收手吧。”

下课铃响了，宿舍外也开始热闹起来，跟她俩一个宿舍的还有两名好学生，都是属于在学习方面有些自虐型的。一个姓安，叫安馨，温馨的馨，天津人。一个姓邢，叫邢皖，安徽人，连名字里都带着地区简称。

姜琪是地地道道的北京人，家里祖上都是在北京。蓝灵儿一半北京人血统，一半韩国人血统，是混血儿。不过她长相居多随中国的妈妈，天生坯子较好。

平日里安馨和邢皖关系较好，姜琪和蓝灵儿关系较好。不是她们有意要分帮结派，只是好学生和平日里不那么认真学习的学生在一起怕会被带坏。宿舍里一般情况下都是两个话题组，一边讨论文言文解析，一边讨论娱乐八卦新闻。

安馨和邢皖从入学那天起就习惯抱着复习资料回宿舍复习，今天也不例外，只是……她们还带回了从医务室开的止泻药。

蓝灵儿拿着药那感激的小表情都快忘了自己刚刚装的是什么病了，愣是说自己是因为头疼先回来了。姜琪站在一旁提醒了她半天，她都没反应过来。姜琪干脆捂着肚子，期盼着她能反应过来。

没想到，蓝灵儿居然二不楞登地问：“琪琪，你肚子疼啊？”

姜琪只剩下汗颜的份儿了。

还好安馨和邢皖只是笑笑没太当回事，各自复习去了。不然，这蓝灵儿真是自己挖坑拉着她陪着一起跳。

姜琪悄悄数落蓝灵儿的时候，稀罕的宿舍电话突然响了起来。蓝灵儿瞬间忘了姜琪刚跟她讲的话，让她装柔弱点。没承想，人家健步如飞地跑到门边一把抄起话筒，甜腻腻地说了声：“喂……嗯，我就是。”

接下来蓝灵儿对着话筒说的话，姜琪选择自动屏蔽掉，不用想也知道，电话那头肯定是郭庆。

姜琪爬到上铺，从床尾书架上准备翻找一本故事书看。宿舍里有规定，书架上只能放学习读物，其他与学习无关的书籍一律不许放。否则查到一律没收，直到毕业才退还。姜琪只好把故事书和漫画书都藏在考前参考资料里面，想看的时候再翻。

姜琪趴在床上有一耳朵、没一耳朵的听着蓝灵儿讲电话，偶尔还能听见她在问欧阳宸的小道消息。估摸着，此时此刻欧阳宸也在研究着怎么防范郭庆这只家贼吧。

故事书越看越无聊，宿舍里除了能听见蓝灵儿轻声细语的对话声，就是两位好学生在练习本上“沙沙沙……”写字的声音。姜琪实在无聊，索性半身探出床外，数对面哪个是第九个窗户。

数了好几遍终于找到第九个窗户了，只可惜两栋楼中间除了隔了两条甬道，还有一个说大不大，说小不小的喷泉池。颇有些隔岸相望的意思，对望充其量只能看到从窗户里面投放出的光亮。其实，这也是为了注重学生之间的隐私。

姜琪不知道，两位好学生是在什么时候入睡的，也不清楚蓝灵儿和郭庆小朋友聊到了几点。她只知道那些发光的小亮点看得自己犯困。连闭上眼都到处是亮点。

万恶的早操时间，姜琪不得不在 6 点起床，6 点半拉着灵儿和两位好学生往校外大操场上跑。早操迟到是要被罚做值日的，姜琪这辈子最不喜欢干的事情中就有打扫卫生这一项。还好她们宿舍每天都是擦边球，卡点到达操场，还没站稳就已经散开了。

姜琪站在前面的位置，灵儿则站在靠后的位置上，今天的早操看来他们班享受了高等待遇，由校体育部长郭庆亲自督导。弄的姜琪都有点紧张，来学校也有段时间了，这广播体操也就顶多属于跟着能做下来的水平。

人家郭庆醉翁之意不在酒，几次三番地在蓝灵儿身旁晃悠，弄得班长都紧张了，生怕把蓝灵儿给拎出来单独教化。

后面偶尔有些小骚乱，姜琪好奇心强，总是忍不住回头看看。几次三番都平安无事，只是这次在回过头来时，高大伟岸的欧阳宸已经伫立在她面前了。姜琪被他吓了一跳，往后退了好几步，险些和后面的同学撞上，倒是被欧阳宸给一把拽了回来。

“干……干……干嘛？有事吗？”姜琪觉得自己前所未有过这般心跳加速。欧阳宸离她近得不到十厘米距离，让她怎么能保持平静。

“我的学生会主席证还没还给我。”欧阳宸摊开修长的手掌。

他倒是简洁明了，还以为要找茬呢。姜琪的小心脏跳动频率也缓下来不少。

“我没带，在宿舍里呢。上课时我送到你们教学楼西门。”

“不用了，我去你班找你拿。我们上午第一节是化学课，不在教室。”

“好。”姜琪点头答应。见欧阳宸走远才想起来，自己还没告诉他自己在哪班。弄得她已经无心上早操，心情格外惆怅。

随着体育主任宣布下早操，早已蠢蠢欲动的学生大军们如同饿虎扑食一般奔向食堂。

蓝灵儿跟郭庆告别后款款走向一直驻足原地的姜琪，拍了一下她的肩膀，说：“走吧！”便继续向前走，直到发现自己说了半天话身旁没人回应，这才转过身来。只见姜琪依然原地未动，半步没移。一看她那张藏不住事的脸，就能猜到这妮子八成想男人呢。

蓝灵儿叫了她半天也没应，只好又折返回来。

“唉！”蓝灵儿轻推了她一下，见她有些回神儿，“我说你想什么呢，真够专注的！你可别告诉我你这正研究学习呢啊！我可真不信。是不是在想我们伟岸的欧阳学长啊？”

姜琪倒是诚实，不假思索地就点了头。

“瞧瞧你这副思春的样儿，唉！我瞬间觉得我高估了你。”蓝灵儿为了早上不饿肚子，一边拉着姜琪往前走，一边各种言语鄙视她。

“谁思春了啊！我只是在想他都不知道我在哪班，怎么找我来拿他的主席证。”

“姜琪啊，姜琪。就你这脑子是怎么考上高中的啊？难道你初中时候就没上过早操吗？难道你们那时候早操队形都是随意站的吗？就你这脑瓜，我真为你两年半后的高考操心！”

真是一语点醒梦中人啊，既然欧阳宸都能在数千学生军中找到她，那就说明欧阳宸已经知道她在哪班了。

姜琪这个后悔啊，这么简单的问题居然让自己疑惑了半天儿……

“别磨蹭了，再磨蹭别说没饭吃了，一会儿说不定还会迟到呢。”蓝灵儿见食堂门口呜呜泱泱的全是赶来吃饭的学生，拉着姜琪跟冲锋一样穿梭在人群中。

学校食堂一直遵循一个原则，先到先得，菜品样式也多。晚到几乎就剩鸡蛋和小米粥了。中午剩米饭和鸡蛋炒西红柿较多。晚上就手擀面现吃现做。

姜琪和蓝灵儿吃饭时一直秉承一个原则，那就是：脸皮厚吃个够，脸皮薄吃不着。这可多亏了军训时的优良培养。

拾忆 Chapter 13

“姜琪，学生会主席找你。”自称魅力无敌的班花儿小雯站在教室门前朝姜琪坐的位置叫喊着。

刚才光顾着抢饭了，早把学生会主席证这事给忘脑后头去了。姜琪从起身到走到欧阳宸身旁为止，一直在思考该怎么承认自己的忘事本领。

“欧阳学长……不，不，欧阳主席……”姜琪低着头，挠了挠脸，“我……那个……我把学生会主席证给忘了……”

姜琪一直没敢抬头，也不知道此时此刻欧阳宸到底是什么表情，是很气愤呢？还是比较无奈？

“姜琪。”

“嗯……啊？”姜琪没想到欧阳宸会知道她的名字，原本只是习惯性听别人叫一声全称后回应一下，可，可这回完全是两码事。

“啊什么啊！我记得好像跟你说拿学生会主席证这件事没超过一个小时吧？你这大脑当时是放空了吗？”欧阳宸长这么大还是第一次遇见记忆能力这么差的人。

“你什么意思啊？想说我记性不好，直说不就是了。干嘛拐着弯儿的绕啊！”什么放空啊，这不就是摆明了说她没大脑吗！姜琪绝对不能屈服，虽说自己记性确实有些不强吧！

“呵呵……”欧阳宸干笑了几声，无奈地摇了摇头。心想这小妮子点火就着啊。

“呵呵什么，等下午我给你送去不就是了。大不了我记手上，有什么的啊！”

姜琪最受不了别人在她面前干笑了，她总觉得那样的人很虚伪。欧阳宸在她心中的形象算是又矮了一截。

“头次见着自己错了还能这么理直气壮的。怪不得叫姜琪呢，只可惜琪字写错了吧，应该是奇才的奇吧！”现在的女生在他面前装文静、装端庄的太多了。一般要是发生这种情况，不是柔声细语拉着他胳膊晃个不停，就是梨花带雨地可怜到不行。可面前的姜琪仿佛属于异类，暂时还无法给她规划到组别里。昨晚上胆小得要命，今儿个反而一反常态。难不成她有精神分裂啊！

“你管我是哪个琪呢，这是我爸给起的名，你没有发言权！你知道这字的字意吗，你就瞎说。这个字是珍异的意思，也就是说如同珍宝一般。你那个奇字比得了吗！”

欧阳宸还是头次领教如此强悍的女子，小腰一掐，说得句句有理，头头是道。原来好男不跟女斗这句话说得还是真在理儿。

“你下午把学生会主席证给我送到教学楼西门，行了回去上课吧！”话音刚落，欧阳宸就抬腿开拔了。

姜琪又一次疑惑了，关键欧阳宸没说下午几点啊，这不成心难为她吗！

自早自习前在班级门前跟欧阳宸对过话后，姜琪这桌子上从教室内四处传来的小纸条就没停过。不是问怎么认识学生会主席的，就是问欧阳宸联系方式的。姜琪懒得理会，看完便统统都丢一边儿去了。

不过，姜琪算是领教了部分同学的八卦精神，愣是把她说成了癞蛤蟆或是猪八戒。还好，蓝灵儿从始至终都选择保持沉默，完全不掺合。要不然，就蓝灵儿一人就够她受的了。

恰巧赶上上午第四节是体育课，运动细胞欠缺的姜琪正想着法地准备逃避这次的八百米测试，站楼梯台阶上来来回回走动着。

蓝灵儿托着腮坐在台阶上等着看她准备唱哪儿出。猜测着她是准备从台阶上假装摔下来，还是准备拿脚往墙上踢。这两招可是她平常逃避体育课惯用的。

“我说姜琪，你能不能痛快点啊！再磨蹭又迟到了。从入学到现在几乎咱每天都迟到几节课，我估计再这样下去期中考试光考勤分咱俩就不及格。”蓝灵儿看她来回转看得眼晕，愣愣转五分钟了。

“灵儿，你说，一会儿这八百怎么办啊？”姜琪终于停下了脚步，倚在楼梯扶手上琢磨着。

“凉拌，不行我再给你买两根黄瓜，拍碎喽再放点蒜。”蓝灵儿起身拍了拍裤子上的尘土，准备下楼。

“算了，破罐子破摔吧！反正横竖都是一刀，不如痛快点。走吧！就当把八百米当做冲往幸福的大路。”姜琪率先走下了楼梯，步伐看似坚定，实际发软。

随着体育老师一声哨响，班级浩浩荡荡长跑大军在橡胶跑道上开始毫无队形地奔跑着。校外操场四百米一圈，女生八百跑两圈，男生一千跑两圈半。

很显然运动细胞差的姜琪在起跑后一百米就光荣掉队了，什么狗屁幸福大路啊，那简直就是废话。在跑到二百米左右的时候，领跑的男生都已经超她一圈了。

体育老师实在看不下去了，站在操场中央草坪上对着她就开始喊话：“姜琪，你这次要还是不及格，那以后每节体育课你都给我练八百，直到你能跑及格了为止。期间不许请假，不许逃课！”

“老师，您这是剥削！严重的剥削！比旧社会的地主老财还要狠！”姜琪有些不服气，不仅不正经跑步了，还开始还嘴。

“剥削，剥削你什么了！我还没让你休息时间也练八百呢！知足吧你。赶紧跑，别人都快超你两圈了，你还跟那悠哉悠哉地闲逛。这是让你八百测试呢，不是让你跑这儿遛弯来了！”体育老师从接手她们班的体育课开始，姜琪就是他的一根心头刺，典型体育差生，运动细胞不发达，都不能用言语来形容。

“嗨！蓝灵儿，你班也是体育课啊！”

声音从远处篮球区域传来，不止蓝灵儿回过头，大部分学生也都转过了头找那个喊话的人。姜琪自然也不例外，顺着声音源头看去，一眼就看到了郭庆。当然，还有他身旁一双冷目的欧阳宸，一张扑克牌大王脸。

蓝灵儿体育跟班上女生比一直是名列前茅，早早就跑完休息了。体育老师也睁一只眼闭一只眼，默许了她去找高年级同学说话。

此时跑道上就剩下姜琪一人单枪匹马在作战，大腿跟注射了重金属一般，抬腿都费劲更别说跑起来了。

姜琪跑到终点时，八百米愣是让她跑了快六分钟。体育老师拿着计时器都不知道该跟她说点什么了，只是默默拍了拍她的肩膀，表情复杂，从嘴里挤出句：

“下次努力争取近五分钟。”便黯然神伤地走到一旁自我调节去了。

还好这节体育课主要任务就是八百测试，测试完就可以各干各的了。男生有踢足球去的，有打篮球去的。女生比较省事，围坐成一圈讲鬼故事，只有极个别运动细胞发达的跟男生一起玩去了。

姜琪看蓝灵儿完全没有要回来这边的意思，只好自己坐到小圈中听她们东扯西扯。

“唉，姜琪，你说说你怎么跟学生会主席认识的吧？”坐在姜琪对面的女生突然向她提问。很显然，这个问题勾起了绝大多数人的兴趣，各个期盼的小眼神注视着她，盯得她直发毛。

无奈，姜琪只好敷衍回答，摆了摆手，随口说了句：“巧合！”

不说倒好，一说更完蛋了，这群人简直是娱记化身。原本是块大空地，愣是要挖出金山银山来。

“你们那么迷恋他，那就去那边练球场去看呗。他就在那里面打球呢。”姜琪想起刚跑步时看见过他，为了脱身只能将这群爱八卦的人们引到那边去了。

这个办法还是比较好使的，几个顶级八卦手已经移驾篮球场了，难得清静。

姜琪盘腿坐着伸了个懒腰，然后顺势向后躺，躺在人工草坪上悠闲晒太阳。身旁就剩下些平时爱看书的好学生了，讨论的话题不是方程组就是化学课讲过的重点实验步骤。对她来说这些都是催眠的好声音，将校服外套蒙在头上准备闭目养神睡个小觉儿。

“唉……躺着的同学，快躲开。”也不知道是从操场上那个方位传来的叫喊声，既洪亮又急促。

姜琪根本就没理会，直到足球砸到头上才知道原来叫的是她啊！

足球重重地砸到了她的头上，力量之大砸得她脑袋瞬间一懵，之后就是伴随着耳鸣与空白。

闯祸的男生把她盖在头上的校服掀了起来，一眼就看见了她头上被砸得有些淤青的鼓包。又见她一动不动地躺在那里，一时间手足无措急得直冒冷汗。

体育老师也跑了过来，拍了她脸好几下也没见回应，也有些慌神。连忙让班长去医务室请校医。一时间姜琪所在的区域掀起了一股小骚动。有拍着她呼喊着她的，有站一旁围观的，也有急得跳脚的。当然，急得跳脚那人是蓝灵儿。

一边指责闯祸那人怎么踢的球，一边埋怨校医行动缓慢。

郭庆和欧阳宸也跑了过来，发挥了学生干部的风范，第一时间疏散了现场。凭借郭庆多年来的体育经验，判断姜琪应该没什么大碍，应该只是有些被砸懵了，暂时还没缓过来。

校医赶过来时，姜琪已经摇摇晃晃坐了起来，头上被砸的大包涨疼发热，她又不敢碰。校医在医药箱子里左翻翻右翻翻，愣是翻出瓶云南白药要给她往头上抹。

体育老师实在看不下去了，将班里其他同学托付给一起上体育课的老师，开车带着姜琪就冲向了医院。

又是CT又是心电图的，一圈检查下来，只是个简单皮外伤。拿到那些化验单子，体育老师才算是安心。医生给开了些祛瘀化肿的药，内服外敷的一大袋。姜琪这才饿着肚子从医院回来，头上也被裹上了纱布，弄得跟重伤员一样。

下午回班以后，姜琪就成了他们班的重点保护对象，享受国宝级待遇。弄得姜琪受宠若惊，哭笑不得。

下了课，姜琪头顶纱布，站在欧阳宸所在的教学楼门前。虽说这回伤着了脑袋，但她可没忘学生会主席证的事。可这一等就是将近小四十分钟，好不容易才把欧阳宸给等出来。

见欧阳宸一脸惊讶，姜琪心里暗自得意，原来学生会主席的记忆能力也没好到哪儿去！

欧阳宸歪着头看了看她头上里三层外三层裹得严严实实的纱布：“我以为你今天得在宿舍休息了呢！”

拾忆Chapter 14

姜琪扬了扬手里的主席证：“我是给你送这个的，怎么能在宿舍休息呢！”

欧阳宸接过主席证，又看了看她裹着纱布的脑袋，语气平和地说：“回去休息吧！”

见他一副一句话都不想多说的样儿，姜琪也觉得没意思，什么拜拜啊之类的话都没说，转身就朝宿舍楼走了回去。

“头上有伤尽量别着水，也别做剧烈运动。拜拜！”

姜琪听着有些不真切，也不确定这声音是幻觉还是欧阳宸确实这么说了。懒得理会，现在只想回去好好睡一觉，头上的伤有些涨疼。一根根细小的血管不停叫嚣，仿佛随时都会冲破阻碍，然后爆裂。

“我说您都这副模样了，不早早回宿舍休息跑哪儿去了？”姜琪刚迈进宿舍门，就见蓝灵儿小腰一掐，一副审犯人的姿态。

姜琪没有回话，而是慢悠悠地扒愣开挡在身前的蓝灵儿，晃到窗前的椅子旁，一屁股坐了上去。拿起摆在一旁的镜子，照了照头上裹得跟粽子一样的纱布。哀叹道：“本来长得就不怎么样，这回算是毁了容喽！”

蓝灵儿最受不了姜琪跟八九十岁老太太似得缓慢移动了，关键自己刚刚是被她很不耐烦地扒愣到一旁的。越想越气愤，见她受伤连跟郭庆约会的宝贵时间都腾出来陪她了，她倒好完全不领情。

蓝灵儿搬起椅子，故意使劲将椅子放到她身旁，地面被迫发出沉闷的声响。抬腿一跨坐到了椅子上，把姜琪困在一个狭小的角落里。

“说吧！我劝你坦白从宽，抗拒从严！你刚刚到底干嘛去了？是不是去密会欧阳宸啦？”

姜琪狂晕，就蓝灵儿这大嗓门，本来自己跟欧阳宸真没什么事，被她这么一嚷嚷没什么事也快成有什么事了。姜琪连忙将食指比划到嘴前，示意蓝灵儿可以小点分贝。

“我跟他真没什么，上回晚自习找你的时候他把他的主席证借给了我。我刚刚是把东西还给他。真没你想的那么丰富。你也不想想就我这幅模样，人家能看上吗？”姜琪推了推头上的纱布，耸了下肩膀。

蓝灵儿顺势看了看姜琪头上顶着的一大坨纱布，大眼睛咕噜咕噜地转了几圈，随后点了点头，表示认同。

姜琪见蓝灵儿用这般神态回复了自己的话，顿时倍感自尊心受损，一种挫败感由心而生。

蓝灵儿安慰地拍了拍她的肩膀，语气平和地说：“长得丑不是你的错，出来吓人那就是你的不对了！行了，我今天大发慈悲，晚自习我帮你请个假！”

什么叫狗嘴里吐不出象牙来，八成就这意思吧！姜琪本就挫败的小心脏，顿时更显落寞。

就这心态自然也没动力上晚自习了。这一旷就是一星期，自然这一星期里体育课和早操都不用参加，总体来说利还是大于弊的。

头上的纱布总算是摘了，瘀肿也消减了不少，只不过五米以内依然清晰可见。姜琪也懒得理会大家异样的目光，反正大家跟看异类一样都看一星期了，多少有些见怪不怪了。

再遇欧阳宸时是在食堂，姜琪和蓝灵儿排队打饭，姜琪正闲得没事揭饭卡上的塑料薄膜，余光中突然冒出一条青筋突起的手臂，挑逗般拍了一下站在她前面的蓝灵儿。一看那手臂上分布均匀的肌肉，就知道这手臂的所有者非郭庆莫属。

他们两人在前面打情骂俏，姜琪虽说被迫当电灯泡吧，但她还是有一些当电灯泡的职业涵养嘀。连头都没抬，继续揭她的饭卡。

“好像头上的瘀肿消减了不少。”

姜琪心想，废话那还用说吗！一眼就能看出来。

过了好一会儿姜琪才觉得有些不对，这声音……仿佛……仿佛……是欧阳宸的！

姜琪抬起头正对上欧阳宸的目光，和他平时犀利的目光不同，这回是难得的柔和。

姜琪也记不清最后是谁先移开的目光了，只觉得画面太过虚幻，就像是在做梦。心目中的王子就站在面前，目光柔和地与自己对视，甚至还有些略带含情。姜琪断定自己有些做白日梦，抬起手稍稍用力拍了一下头上的瘀肿处。

“哎呦！”这是真疼啊！姜琪连忙捂住头，眼泪都快下来了。

站在一侧的欧阳宸见她这般举动，完全一愣。严重怀疑这小妮子的智商是怎么考上高中的！嘴上还不忘打趣她，“你是准备加重一下病情，好继续不上晚自习吗？”

蓝灵儿和郭庆二人站在前面一脸贼笑。姜琪心想，这两人可真是幸灾乐祸二人组啊！真是绝配。

吃饭时，四个人理所当然地坐在了一起。姜琪自从头被砸伤了以后，吃饭就变成了重工程。平日里但凡需要嚼好几下的，她都放弃了。每回一嚼东西就觉得脸部的肌肉带着头上的瘀肿一起疼，为了不那么疼，她连最爱吃的鸡腿也放弃了，除非整吞。

今天的更是清淡，一叠鸡蛋炒西红柿，一碗南瓜粥，典型减肥餐。估摸着这伤要一个月以后才能好，她能瘦几斤。

见姜琪慢吞吞地喝着粥，欧阳宸疑惑地问："你减肥？"不等她回答，又补充了一句，"其实微胖的身形挺可爱的。"

姜琪差点没被嘴里这口粥给呛死。谁微胖了？谁微胖了？只不过没长开就是有点婴儿肥！回馈给欧阳宸一个大白眼。心想这一个个的，不损人会死是怎么着！

欧阳宸此话一出，坐在一旁的那对步骤一致，唰一下就把头都扭了过来，完全一副等着看戏的模样。

很显然让他们失望了，姜琪根本就没有准备搭话的打算。继续慢条斯理地喝着粥，挑着鸡蛋炒西红柿里面的鸡蛋吃。

"你这么挑食怎么长胖的？"见姜琪把西红柿都用筷子扒到一侧，一看这样，典型挑食专业户啊！欧阳宸从小家教中就包含不许挑食这一项，看到别人挑食他自然会管闲事。

坐在姜琪身旁的蓝灵儿看了一眼姜琪的餐盘，又看了一眼欧阳宸此时的面目表情。很显然，欧阳宸不喜欢挑食的人。又见姜琪一点打算解释的意思都没有，只好拿着筷子把姜琪餐盘中的西红柿都夹到自己碗里，帮忙解释道："我们家琪琪才不挑食呢！你没看她这几天都瘦了，头上的伤连带的她嚼东西都疼，医生又让她多补些营养，她就只能多吃鸡蛋了。咱们食堂做的鸡蛋炒西红柿，西红柿就跟刚放锅里就被捞出来了一样，她根本就没法吃。"

姜琪心里很感激蓝灵儿能理解，虽然自己一直都没跟蓝灵儿说过嚼东西吃头上的瘀肿也会跟着疼，看来她平日里观察得够细致啊！怪不得她从来没问过为什么总喝粥。

欧阳宸停住了手中落在餐盘里的筷子，仔细观察了一下姜琪头上的瘀肿，没想到被砸得这么严重。虽然已经消肿了不少，但瘀肿起来的鼓包颜色发紫，周围环绕一圈青绿，几根细小的血管也被迫凸起。怪不得她连嚼东西都会疼，原来连带了面部神经组织。

恰巧他今天点的是黄瓜炒鸡蛋，也有鸡蛋。欧阳宸拿起筷子把餐盘中剩余的鸡蛋全部夹到了姜琪碗里：“虽然不比西红柿炒鸡蛋那个鸡蛋软，但也还可以，你多吃点！”

欧阳宸这一举动，不禁让姜琪受宠若惊，更是让一旁的郭庆和蓝灵儿看傻了眼。这个动作到底是什么意图？难不成他……

欧阳宸察觉出他们目光中的异样，连忙解释到：“你们别误会，她需要补充营养，正好我又不太爱吃鸡蛋，恰巧中和一下。”

郭庆是他的发小，又怎么会不知道他从小到大最爱吃的就是炒鸡蛋，不管怎么炒和什么配菜一起，只要是炒的他就爱吃。

蓝灵儿明明刚刚看到他一副厌恶挑食的面容，这会儿又假装自己很不爱吃的样子，太可疑。

郭庆和蓝灵儿都是聪明人，并没有拆穿欧阳宸的刻意谎言，只是相视一笑，仿佛彼此间已是心领神会，低头继续吃饭。郭庆更是帮兄弟解围，把自己餐盘中的鸡蛋也夹给了姜琪。

自从那次尴尬共进午餐后，姜琪有一个月左右时间没再见过欧阳宸。蓝灵儿倒是每天下午依旧按时跟郭庆约会，只是这约会地点两人选得特别正大光明，图书馆。虽说偶尔有些亲昵的小动作，但外人看来只不过是郭庆在帮蓝灵儿补习理科方面的功课。

姜琪倒是悠闲多了，每天下午难得的休息时间不是窝在宿舍睡觉，就是趟床上看小说，高中生活过得也算自在。

转眼间就快到期中考试的日子，姜琪不得不放下小说，坐在宿舍里看书。她偏科偏得厉害，数学题就算再简单对她来说都是些天文数字，完全看不懂，更别说弄明白会做了。

求人不如求自己人，姜琪实在是没办法，只好去当电灯泡，关键人家郭庆是理科生，不懂的问题还能问问。起初的一两天三人一起安静复习功课倒没觉什么，但后来姜琪明显觉得自己这个灯泡有些碍事，只好坐到靠近书架边的座位上，跟那两位热恋中的人们有意保持些距离。有问题也是攒着等离图书馆闭馆时间差不多的时候再去找郭庆问，但是时间紧迫，郭庆也只能把公式和推算方法帮她备注上去，没有过多的时间一步步解析。

姜琪也就只能拿着公式，尝试着自己推断，将数值代入公式一步步推算。眼瞅着离期中考试还有一天了，姜琪彻底发扬了头悬梁锥刺骨精神，夜里四点多就爬起来看书，重点看数理化，没办法，这三门没有一个她能拿得出手的。上课愣是顶着一双大黑眼圈，不停打架的眼睛硬撑着。这种状态更是不好，老师说的重点她也没记全，还总犯困。还不如正常时间睡觉，正常时间起床呢。

下午的图书馆，欧阳宸罕见地出现在里面，一手翻书一手拿着碳素笔做笔记。姜琪不得不感叹，认真专注的男人最吸引人。一看他身旁位置上挤满冒充学习的女生们就可以证明她的审美是正常的。

姜琪依然跟往常一样，从书架上找试题解析材料，然后坐到书架旁研究。

“有什么不会的吗？可以问我！”

也不知道欧阳宸是什么时候坐到她对面的，语气很随和，没有他往日盛气凌人的语调。只是眼睛依然注视着手中的参考书，另一只手也一直没有停下手中的笔，依旧在笔记本上写着笔记。

姜琪不得不感叹他们这些理科生，根本就不太需要在一道数学题上费太多的时间，只需要随手记一些笔记就很管用。

拾忆 Chapter 15

现成的老师，不用白不用。姜琪索性把桌子上的作业本递到欧阳宸面前，指了指上面的题：“这个我不会！”

鲜红的打错叉深深画在纸上，再看一眼成绩，欧阳宸大跌眼镜。居然能考20多分，这么简单的高一数学居然考了20几分，她这脑子到底会不会转？

“你要嫌弃就直接说吧！我早就习惯了，反正我对数学很不来电！我是典型文科生苗子。”姜琪能看出欧阳宸此刻正在疑惑她的智商，不如大方承认。最重要的是还不能降低自己的士气。

“看来你基础打得并不太好，你瞧，你把这两个公式用反了……”欧阳宸把本推到离姜琪近些的地方，自己则弓着身子给她一步步细细解析。

姜琪以前一直以为欧阳宸只是长了副好皮囊，学习方面即便是不错也不会是特别好那类的。可事实证明，欧阳宸不仅有副好皮囊，上帝还赐予了他聪明智慧。不仅能把难题讲解得很细致，更能教会你如何去寻找窍门，怎么去辨别类似题组。而且，他讲解题时耐心细致，话语中的气息又特别让人觉得踏实。

多亏了欧阳宸的帮忙，姜琪从入学到现在这半年来还是头次数学及格呢。为了表达谢意，她特意借助蓝灵儿跟郭庆这道关系，辗转邀请到了欧阳宸。

11月中旬的天气已经入冬，食堂也开了暖气，姜琪还是把自己里三层外三层裹得严严实实。蓝灵儿倒显得清爽多了，里面高领毛衣，外面及膝呢子大衣。难道男生天生都不怕冷？坐在对面的欧阳宸和郭庆看样子更是凉快，连毛衣都没穿，里面薄衬衫，外面羽绒服。难道他们羽绒服牌子好，保暖更好？

进入冬季，几乎下午五点多钟天就一点点变黑了。姜琪最喜欢冬季的天空，因为天空中有她最喜欢的“猎户座”。要是赶上好天，猎户座每一颗星星都能看得很清楚。

吃完饭，郭庆要送蓝灵儿回宿舍，欧阳宸也就一起陪同了。蓝灵儿和郭庆手挽着手走在前面，姜琪只好跟欧阳宸走在一起。难得今天天气这么好，猎户座清晰可见，姜琪可不想错过这样的好机会，于是一边看天空，一边往前走。几次都险些跟对面的行人撞上，还好走在身旁的欧阳宸每次都伸出了援助之手将她拉开。

“你看什么呢？不好好走路，仰头看什么天啊？找北斗七星？”欧阳宸疑惑地仰起头，顺着她看的方向看去。

“不是，我在看猎户座。我最喜欢的星座。”

“猎户座？”很显然，欧阳宸对猎户座仿佛只是课本中的一幅图片，实体的还真不太记得长什么样。难为他这个地理尖子生，却对天文知识弱到爆。

姜琪停住脚步，伸手指给他看，“看，那是猎户座。四四方方的大四边形，中间斜着三颗星星。猎户座是全天空中最壮丽的星座了，属于赤道带星座之一，它的北部沉浸在银河之中。今天难得天气这么好，可以看清它所有的星星。”

“没想到你对它还挺有研究。”

“那是！起初是因为我是射手座，一直认为猎户座就是射手座，理所当然地就很喜欢它了。可是后来，我忘了是自然老师还是哪个学科的老师了，她上课时候特意讲解了一下猎户座，又因为每到冬季猎户座都会悬挂在天空中，所以她希望我们有时间可以多观察观察。而且她特意申明了一点，那就是猎户座不是射手座。我当时还不信，查了很多天文资料才确信的。”

“确信之后就没有以前那么喜欢了吧？”欧阳宸一直认为女生都是这样，只要起初的观点被推翻了，再喜欢的东西也会觉得厌烦。

“嘿嘿……很抱歉，让你失望了。我是查过资料后更喜欢它了！它拥有两颗一等星，其他全是二等星。因为它聚集的亮星多，而且排列规矩，古往今来，很多国家都将它视为力量、坚强和成功的象征。所以我没有理由不喜欢它。何况它又那么好认。”

“看来它的寓意不错。嗯，你这小脑袋里还是装了些知识的。”

“你这算什么话啊！我本来就很有知识内涵的嘛！只是你没发现而已！”

那你就给我发现的时间，让我了解你好吗？当然这话欧阳宸只能在心里说，他倒是越来越欣赏面前这个小妮子了。自从上次被足球闷到头，愣是没掉一滴眼泪，就已经很让他刮目相看了。现在居然能把一个远挂天际的星座说得这么头头是道，恰巧协助补充了天文知识。

“嘿！我说！你们俩跟这望什么呢？脖子疼不疼？”郭庆把蓝灵儿送到宿舍楼门前见跟在他们身后的两人不见了便回来找寻，可却看见俩人愣了吧唧大冷天地戳在交叉口仰脸望天。让他大跌眼镜的是，一向傲娇的欧阳宸居然也能做出这么愣的事。

“看星座！”姜琪转过头来回答，见郭庆似乎已是准备回去的意思，看来蓝灵儿已经先回宿舍了。

“送到了？”欧阳宸见蓝灵儿没跟来，便随口问了句。

“嗯！你是把她先送回去还是跟我一起回宿舍？”郭庆朝欧阳宸斜着扬了下下巴。

没等欧阳宸回答，姜琪连忙给出了答复：“你们一起回宿舍吧，我先走了。”说完，便一路小跑朝宿舍楼奔去。

姜琪刚迈进宿舍门，蓝灵儿又一次小腰一掐，审犯人一般拦在她面前。很显然，蓝灵儿这是又要发扬她的八卦精神。

“你想知道什么，你问吧！”索性被她拐弯抹角追着问，不如正面回答。姜琪从一旁储物架上将自己水杯拿了下来，倒了点开水涮了涮倒掉，然后又倒了半杯开水，捧着水杯绕过蓝灵儿走到窗前的椅子旁坐下。

“我觉得欧阳宸好像对你有意思！”蓝灵儿非常狗血地凑到姜琪身旁，不拐弯不抹角一针见血说出了自己的看法。

不惊讶，姜琪已经猜到八成蓝灵儿会有这看法，毕竟这几天自己跟欧阳宸走得有些近，她这么想纯属正常。

“之前吧，该跟你解释的你也没听进去。我也懒得再解释什么了。你也不想想，他那么傲娇一位高高在上的学生会主席，能看上我？别逗了！那他身边那貌美女副主席是打酱油的？”

正主席和副主席的绯闻在校园里传得沸沸扬扬，公认的一对金童玉女，光听他们俩的事姜琪就听过不下十个版本了。图书馆可真是个好地方，简直堪比小型情报基地。

“你说夏茹啊？”

“嗯！除了她难道还有第二个副主席？”

“郭庆跟我说欧阳宸对夏茹也就一般学长对学妹的关系，没有其他情报啊！”

“你也不想想，你们家郭庆和欧阳宸是发小，你和我又是好姐们他能跟你说什么吗！”

“不会！他不会瞒着我的。不行，我得打个电话问问。”

说完，蓝灵儿便起身要去给郭庆打电话。姜琪一把就把她给拽了回来。

“平时挺聪明的，现在怎么那么不开窍呢。你要是现在给郭庆打电话问这件事，不就摆明了我喜欢欧阳宸。您这不是给我挖坑顺便我把推进去还不忘添把土嘛！”

蓝灵儿想了想，确实是这么个理儿。“我这不也是为了帮你吗！我是好心。”

“快歇歇吧！我对欧阳宸是有那么一点喜欢，我承认。可是他对我来说就是那种‘可远观不可亵玩焉’的人。我就压根没想跟他有什么后续发展，所以你呀，也就别总想着撮合我们了。”

“嘿！我说，你这不是白浪费我那么长时间给你当卧底吗！我跟你说，我可是把他个人信息全都给刨来了。你瞧！”

蓝灵儿从校服裤子口袋里掏出了一张作文纸，上面横七竖八地凌乱记着一些信息。姜琪拿过纸条来回来去转，上面的字都是穿插着写的，看起来很费劲。

姓名：欧阳宸。年龄：18岁。生日：1984年8月20日。星座：狮子座。血型：O型。居住地：北京市朝阳区XX街道。中间写的字太潦草了，根本看不清什么街道。其余的都是他个人所得过的荣誉，包括哪年到哪年获取三好学生证书，优秀学生干部证书，以及一些鸡毛蒜皮的小信息。

“灵儿，可真是苦了你了！这么潦草的信息你都能记得这么满满当当的真是不易啊！我要是把这个多抄写几份拿出去卖钱，是不是还能挣个辛苦费什么的啊！”

“这些可都是我从郭庆那打探来的第一手消息，而且保证绝版。”

“是绝版，连他幼儿园的事都有，不是绝版才怪呢！”

“你说说我，费了半天力还不讨好！唉！好桑心。”

“为了不让您的心血白费，我决定……”

一听姜琪要决定什么，蓝灵儿瞬间跟打了鸡血一样精神起来，凑着耳头准备听后半句。谁想姜琪诚心不说，蓝灵儿紧问：“你决定什么啊？你倒是说啊！你是不是决定追欧阳宸试试？”

姜琪噗嗤一下大笑了起来：“蓝灵儿你以后当娱记吧！就你这天生爱刨根问底的本事，若不加以发挥，那就是人才浪费。”

“去你的！快说！决定什么了？”

“我决定把你的原稿卖掉，这样利润可能会比复制稿高得多！”

“谁要说你数学不好，我跟谁急！就你这小买卖做得多好啊！我简直对你是失望透了。好吧姜琪，您老好自为之吧！”

“感情这事强求不得，是你的终归都是你的，不是你的就算你倾尽全部所有，人家该走也是要走的。灵儿，顺其自然吧！我知道，你和郭庆这段时间一直想要蹿腾我和欧阳宸在一起。可是，感情不是强买强卖。他不喜欢我，就算在一起也是我望着他。”

蓝灵儿沉静许久没说话，姜琪说的话也不是没道理，欧阳宸这个人对待感情的表达太难以让人琢磨，如果这时让姜琪贸然出手，胜算也就百分之五十，不划算。

“好吧！既然你都这么说了，我也不好再搀和什么了。不过万一以后你们俩要真能走到一起，那我们四个就一起举办婚礼！”

拾忆 Chapter 16

唉，不对！这不摆明了话里有话嘛。一起？举办婚礼？合着这妮子跟郭庆都私定终身啦？

“你给我说实话，你跟郭庆到什么程度了？怎么连结婚都预谋好了！如实招来！”

“也没到什么程度，就是经常聊一些想上什么大学，大学毕业后是留在北京发展还是去其他城市，甚至是出国深造什么的。我是没什么，实在不行我还可以回韩国，但郭庆不一样，他跟欧阳宸一样这辈子就认准了那个美利坚合众国。就我这英语水准，看来要跟随着他还真的是件大难题。”

“为什么都喜欢美国？难怪他俩能发小那么多年，原来连志向都相投。”

“志向相投那可不一定！郭庆跟我说，他大学准备留在北京，或者去天津。欧阳宸不一样，说什么都准备考到上海去，就因为这个他跟他们家人还闹了矛盾。你没看他现在已经不那么正经复习功课了吗！郭庆说欧阳宸现在是在无声地抗议，如果他家人不同意，他甚至连破罐子破摔的打算都做好了。”

“为什么非要去上海？”

“你哪儿那么多为什么啊！我怎么知道。你说北京那么多好大学呢，他就偏偏看上上海了。好学生的大脑思维跟咱们的就是不一样。唉！”

“你唉声叹气什么，他也许有他的理由呗。”

“不说他了，对了姜琪，快到你生日了吧！你打算怎么过？”

“没想好，不太想过生日，倒想偷摸溜出学校去。”

“你脑子让门挤啦？还溜出校门！你不想活了是吗？这要是被抓到轻则处分，重则开除！这事你可千万别叫着我，我不去。”

“我生日那天星期六，你想什么呢！这样吧，我请你吃饭，然后咱们拉卡

OK 一下呗！”

也许是因为期中考试后的松懈期吧，不知不觉中一个星期过去得飞快，因为是周五，学校下午早放学，姜琪一路小跑冲回宿舍收拾东西准备回家。要说她平日里一点运动细胞都没有，可偏偏只有每周五她的运动细胞才是最旺盛的时候。

今天蓝灵儿约了郭庆一起坐车回家，姜琪最不喜欢当灯泡，收拾好东西拎起羽绒服背上书包就要开拔。

“我说，明天哪儿吃？地方你还没订呢！”

要不是蓝灵儿提醒，她早把这茬给忘了，刚刚还在心里嘀咕明天能好好在家睡到自然醒呢。

“哦！我忘了，这样吧，去你家附近那家店吧。离唱歌的地方也近。明天早上十点半，饭店门口见。我先走了。”

“唉唉，我能叫上别人吗？”

“随你吧，我无所谓。一个人也是吃，一群人也是吃，就是加双筷子的事。不跟你说了，我真该走了，不然就追不上半点那班公交车了。明天见！”

每周为了追那班公交车，姜琪都是牟足了百米冲刺的劲头，今天也不例外。羽绒服也顾不上穿了，书包带也跑歪了斜跨在胳膊上。赶在公交车快要关门的紧要关头，她一个跃步刚好跨了上去。

司机师傅被她吓了一跳，打趣地说：“同学，你是练百米跨栏的吧！”

车内顿时一片笑声。姜琪有些脸红，赶紧随便找了个座位坐了下来。长途车，要开一个小时左右才能到姜琪她家那边，反正无聊，索性找本课外书看。姜琪在书包里翻找了好一会儿，才拿出了一本漫画。

“同学，你要是平时上体育课也能以这样速度狂奔，你可能早就是你班体育课代表了。”

这声音耳熟，姜琪侧过头看向坐在自己身旁的人，等看清那人面容后，她已经惊讶得下巴都要脱臼了。

“欧阳学长，你怎么会在这辆车上？你家不是住朝阳那边吗？好像坐反了！”

“你怎么知道我家住朝阳？”

“我……我……”被欧阳宸这样一反问，姜琪霎间脸涨得通红，真是自己挖坑自己跳。装作不知道就好了，干嘛非要说出来。就跟自己刻意关注他一样。

这事闹的，真是跳进黄河也洗不清了。

“我什么我！私下里打探过我的消息？还是查过我的个人档案？”欧阳宸放下手里的书，目光注视着她，饶有兴趣地询问着。

“我没有，只是无意间看见过。”坚决不能说自己当时有多刻意去记那些资料信息。虽说除了他们家街道、楼号、门牌号没看清，但大致方位还是错不了的。

“无意间？你去过校档案室？”欧阳宸嘴角流露出一丝不易察觉的笑。

“没有！没有！是别人打探来放在桌子上我无意间看到的。再说我也没看清什么。你要是介意，我忘了不就是了，反正我也没想记住。”

“忘了？呵……那有些不太可能吧！”欧阳宸索性侧过身正对着姜琪，挑起好看的眉，有意嘲弄地说：“这样吧！你想知道什么，尽管问我本人就好。那些小道消息十有八九都是胡编乱造的。我不介意把我的个人信息告诉你。说吧，你想知道什么？”

姜琪有些懵，完全不懂欧阳宸这么开诚布公是什么意思。难道？难不成？他误会了？

“欧阳学长，你别误会，我不喜欢你！真不喜欢你！真的不喜欢你！你可千万别误会。”

欧阳宸还是头次被女生以这种方式拒绝，而且一连串说了三遍不喜欢，自己有那么差吗？用得着这么肯定吗？

“我哪儿不值得你喜欢了？”他还是想问清楚。

“没有，没有。欧阳学长，您真的快接近于完美了，学习好，家庭也不错，又有领导能力。多好啊！像我这样的小喽喽很有自知之明的，自知自己配不上，所以还不如让自己断了这个念想，或者根本就不考虑这个问题。所以你千万别有什么心理负担什么的，我是真不喜欢你，我也不会喜欢你的。”

嘿！这小妮子非要这么肯定地摆明立场。欧阳宸转回身，拿起手里的书继续阅读。

姜琪见他一副爱答不理的模样，偷瞄了眼他手里的书，科学探秘读物。天呐，天理何在，好学生就是不一样，对待漫长无聊时光都是看这些课外知识度过。再看看自己，手里拿着的却是本日本漫画七龙珠。

姜琪拿着漫画书在手中翻到背面，小声嘀咕着："我可不算是崇洋媚外。"

一路上实在是无聊，姜琪看漫画看得两眼发直，索性放松一下双眼小睡一会儿。

多亏了欧阳宸坐在身旁，不然姜琪百分之百能坐过了站。欧阳宸在她前一站下了车，下车时顺便把她推醒了。

姜琪缓了半天神儿才想起刚才欧阳宸在临下车前说的话："别睡了，把你那哈喇子擦擦都快流衣服上了。什么睡相啊！"最关键的是他那副很嫌弃的面目表情。姜琪这个悔恨啊，为什么偏偏让他看见了自己这副邋遢的模样！

高一每星期都可以回家一次，周五傍晚到家，周日下午返校。姜琪回家这两天就等于回家改善生活，平日里在学校吃饭跟打仗一样，回家好不容易可以细嚼慢咽了。今晚妈妈做了可乐鸡翅和清蒸鱼，这味道，她刚坐到餐桌旁就要流口水了。拿起筷子顾不上洗手了，先填饱肚子再说吧！

饭刚吃一半，家里的座机就响了。姜琪这屁股就跟抹胶水一样粘在椅子上就是不起来接电话。妈妈只好去放下筷子走到电话旁拿起了话筒，话筒没放到耳旁半分钟就将她叫了："过来"。

姜琪含着饭，含糊地应了一声"喂！"

"琪琪，明天你生日我想叫上郭庆和欧阳宸。行吗？"

"我说蓝灵儿你这点儿吃饭呢吗？我正在吃唉！你想叫上就叫上呗，反正人多热闹也没什么。就是不知道人家愿不愿意来了。"

"还没问怎么知道，有你这句话就行了。我一会儿打电话问问！我去郭庆应该也会去，只是欧阳宸就不好说了……"

"行啦，你慢慢研究吧，我要继续吃饭了。明天见，挂了，拜拜！"

姜琪很不喜欢饭吃一半去干别的事，接完这通电话再坐到饭桌旁食欲已经不像刚才那样胡吃海塞，啃了个鸡翅就饱了。

晚饭后，姜琪窝在沙发上看电视，爸爸在一旁看报纸。她捣鼓了一会儿遥控器，放到了茶几上。

"爸，我哥这星期又不回来啊？"

"嗯，他说有社团活动。"

"上大学就是不一样，学习也不那么吃紧了，还能到处游山玩水。"

“那你也努把力，争取跟他考同一所大学，这样他还能照应点你。”

“他研究考古，我也要研究考古去啊？我不！整天跟一堆死人的东西打交道瘆得慌。”

“嘿，你这小兔崽子，怎么说话呢。你倒想学考古，估摸着你都考不上吧。就你和你哥，唉……我和你妈好歹也都是人民教师，你妈妈教数学，我教体育。多好的先天优势啊！你们倒好，一个个都把文科学得挺好。”

“要不是您和我妈在我们小时候给我们灌溉太多理科思想，八成现在我们其中一个能学理。”

“嘿，小兔崽子还学会顶嘴了！去去去，该干嘛干嘛去！”

姜琪一副凯旋而归的小样儿溜回了自己的房间，悠哉悠哉地趴到床上。上学太累，刚趴床上就已经开始犯困了。

迷迷瞪瞪地刚要睡着，突然想起了数理化老师们还留了家庭作业。姜琪特别不情愿地撑起手臂从床上爬了起来。走到书桌台旁从书包里掏出了课本和笔，潦草地翻着页数，恰巧翻到一页有蓝黑钢笔解析的例题。姜琪倚在桌前仔细研究着上面的字体，横平竖直的，难不成这欧阳宸平日里无聊时还练习楷体书法？真是不仅有光鲜的外表，灵活的大脑，还能写出这么一手好字。真疑惑欧阳宸他爸妈到底是怎么教育的他，真是祖国未来的栋梁之才，只可惜他更喜欢美国。再怎么培养也要流失海外喽！

拾忆 Chapter 17

姜琪在生日这天起了个大早，趁妈妈做早点的时候，偷偷溜到了爸妈的房间里。坐在妈妈专属的梳妆台前，翻看着桌面上的瓶瓶罐罐，一个个小盒子都够精致的。时间不多，姜琪拿起那些化妆品就开始往脸上涂，虽说这也不是第一次偷用妈妈的化妆品了吧，但这化妆技术还真是有待提高。姜琪拿着口红研究了半天要不要涂，口红是鲜艳的大红色，她以前涂过一回，可能下手有点重，涂完跟喝了血一样血淋淋的。

顶着这副并不娴熟的妆容姜琪出了门，她一向习惯早到，这是年幼时父母的教导。

蓝灵儿还算不错，这次来得很早，跟她比起来姜琪这身连衣裙外面套着的羽绒服似乎显得有些老。略显英伦风格的呢子上衣，俏皮的小短裙，虽说穿了打底裤，但姜琪怎么看她怎么都觉得冷。

“我怎么觉得今天不像是我过生日，你更像寿星。穿得够时尚啊！”

蓝灵儿得意地摇晃着脑袋，故意轻拍了拍肩膀上落下的雪花：“你肯定不知道韩国有个地方叫东大门，也一定不知道那里是干什么的！”

每每一提到韩国，蓝灵儿就很是得意洋洋。

“我这不等着你带我去呢吗！要不你就直接告诉我！”

姜琪叹了口气，没办法，谁让自己没去过韩国呢。她嘚瑟也是理所当然的。

“好啦，好啦。不跟你卖关子了，那里就类似一个大型批发市场，里面的衣服还有饰品都特漂亮。这些就是我爸爸给我带回来的。”

蓝灵儿从包里掏出了个精致的礼品袋递给了姜琪：“给，这是送你的生日礼物。在韩国很流行的！”

只见她轻挑了两下眉，姜琪接过袋子，疑惑地瞄了一眼一脸坏笑的她，之后打开了袋子封口。

袋子里放着一件牛仔衣服，姜琪有些纳闷，这有什么可坏笑的？

“你不拿出来看看？”

蓝灵儿那表情看样子比她还期待。

姜琪心里有些打鼓，难不成这妮子又使了什么坏？在衣服关键部位上弄了几个破洞？还是，涂了些胶水？准备戏弄一番。不行，绝对不能让她得逞。

“你伸手帮我接住！”说完，姜琪直接把袋子倒了过来，以防真有胶水黏在手上洗不掉。虽说这是她小时候干过的坏事吧，但不能不防。

只见一条超短牛仔裙稳稳当当地被蓝灵儿接在手中。

怪不得呢！

“你还怕我陷害你不成，你以为都跟你似的，送人点东西还让别人付出点代价。”蓝灵儿拎起短裙两角，放在姜琪身前比划了比划，一脸奸笑地点着头。

“这也太短了吧！怎么穿啊？你看看，这充其量也就刚能包住屁股。”也太不保守了吧！姜琪完全不能接受这个尺度，对她来说过膝盖就算是短裙了，这还真是人外有人，山外有山，短裙外有超短裙。

“你懂什么啊！这叫时尚，在韩国向咱们这个年纪的女孩都穿这么短的裙子。特别招男生喜欢，回头率绝对是NO.1。”

“还是你自己留着第一去吧！你的心意我收下了，裙子留给你自己穿吧！穿这么短的裙子我能被我爸给劈死。算了吧！”

“又没让你现在就穿，你紧张什么啊！”蓝灵儿把牛仔裙叠好放回袋子里，拉过姜琪的包塞了进去，“咱们打个赌怎么样？！”

好好的打什么赌啊？姜琪刚想把衣服从自己包里拿出来，却被蓝灵儿按住了手。

“好吧，你先说是什么赌，我研究一下。”

“如果，你能和欧阳宸在一起的话，明年的夏天，你必须穿上它出现在欧阳宸面前。”

“那如果我跟他不可能在一起的话，你是不是穿上它出现在郭庆面前？”自己跟欧阳宸的事情八字还没一撇呢，这小妮子倒是有够信心满满。自己当然不能示弱咯。

“好！我给你们做见证人！虽然我没看见是什么衣服吧，但我更希望是性感内衣！哈哈……”

姜琪和蓝灵儿不约而同地将头转向了声音来源，也不知道郭庆是什么时候站到她们身旁的，但唯一能肯定的是，他听到了她们刚刚打的赌。

蓝灵儿以迅雷不及掩耳之势瞬间将自己又装回了淑女状。含羞着低垂着双眸，细声细语地问：“你什么时候来的？欧阳宸怎么没跟你一起来啊？”

“欧阳他今天中午有家庭宴会来不了，也不确定下午会不会赶过来。不过让我代替他跟姜琪说声生日快乐。”说完，郭庆从斜挎包里掏出了两个包装精致的礼品盒，递给了姜琪。

“这个粉色包装的是我送给你的，这个白色包装的是欧阳宸让我带给你的。”

郭庆见姜琪有些疑问地盯着白色的礼品盒，以为她在好奇为什么会用白色纸包装，赶紧解释道：“欧阳就是这样，他不喜欢太过花哨的包装，所以他送人礼物一般都是用白色，他说白色比较纯洁素雅。你可千万别见怪。”

其实姜琪只是有些受宠若惊，做梦也没想到欧阳宸会送礼物过来，而自己显然已经忘了要从郭庆手中接过来。还好身旁有一贯善于圆场的蓝灵儿在，帮她接过了礼物，还不忘在她被羽绒服包裹的手臂上拧上一下。

“我们琪琪从来不介意这些，没事！”

姜琪连忙附和着点头如捣蒜：“对对！我也觉得白色包装很好，我很喜欢！刚刚就是太喜欢这个包装有些看入神了，见笑了。”

“你喜欢就好，这样我回去跟欧阳也好答复！听灵儿说吃完饭要去唱歌是吗？”郭庆这心里已经从皇上不急太监急的状态中逐渐转变出来，还好姜琪没说不喜欢这纯白色的包装。

“嗯，对。只是现在人还没有到齐，咱们先去饭店里等吧，这外面实在是太冷了。”只有零上几度的温度真的很不适合长聊和等待。

随着时间一分一秒地过去，来参加她生日聚餐的人们也开始三三两两地推门入席。都是些要好的小学同学和初中同学，同龄人熟悉得特别快，不一会儿酒店包间内就已经欢声笑语一片。离吃饭时间还早，有人起哄玩真心话大冒险。

反正闲着也是无聊，姜琪起身朝服务员要了个空啤酒瓶放到餐桌玻璃转盘上，然后落座。小学同学萌萌开始站起来讲游戏规则，也不是第一次玩这个游戏了，规则不规则的已经无所谓，只要不那么点背就 OK。

姜琪美滋滋地坐在正中的位置上，以往都没有点背过，这回一定也轮不到。

萌萌提议让寿星今天最大，第一个转动瓶子。姜琪玩这么多回真心话大冒险还是头次让第一个转瓶子呢，露胳膊挽袖子，拿着酒瓶略微用力拨动了一下，然后静观其变。

姜琪头次发现自己的手气可以这么好，瓶口在郭庆面前停了下来，看来是天助我八卦也！

郭庆颇具大将风范，欣然接受了这个结果。“姜琪，机会难得，你可要知道欧阳宸跟我可是发小，我和他是从穿开裆裤的时候就认识了，我敢说除了他家人就我最了解他了。你绝对赚了！”

郭庆此话一出，可是让那些喜欢八卦的损友们窃取了小道消息，个个心里策划着如何打探个虚实出来。

姜琪自然不会问这些问题，要是这样问也未免太有些直截了当。索性问个自己更好奇的问题："你以后会不会和蓝灵儿结婚？"

此话一出，蓝灵儿直接被呛到，一副我是无辜的面容眼巴巴瞅着姜琪。郭庆也被这个问题给呛到了，完全出乎意料。问这个问题似乎有点早……

"咳咳……我想……我觉得……我选大冒险！"

郭庆的回答姜琪一愣，蓝灵儿也尴尬地垂下了头。

"算了，是我问得太不着调了。好吧，你选大冒险是吧！"姜琪眼睛里开始闪烁着金光，脸上的笑容算是坏透了。此时不整整他们又待何时。

蓝灵儿已经开始感觉不妙，看来这姜琪是憋着劲儿要整她和郭庆了。

"郭庆先生，游戏的规则就是愿赌服输！"姜琪奸笑了两声，"请亲吻你身旁的蓝灵儿女士！我们不数到十不许移开。"

蓝灵儿和郭庆这回算是被这小妮子给戏弄了一把，这个数字十说什么都不肯落下，还好餐厅已经开始上菜，姜琪这才收手。

大家玩得当然意犹未尽，不知不觉中姜琪那些损友们开始你一言我一语地询问着欧阳宸是谁？长什么样子？帅不帅？学习好不好？家里住哪儿？今天会不会来？

姜琪瞬间感觉自己到了户口调查局，只是调查的不是她，而是欧阳宸。

很显然，大家一副刨根问底儿的态势让整顿饭的话题从未离开过欧阳宸会不会来。

"没办法，谁让他那么大牌呢！不是说请就能请到的。更何况，姜琪也没亲口邀请他啊！"蓝灵儿时不时还在添油加醋，谁让刚刚姜琪这小妮子这么明目张胆地使坏呢。

迫于舆论压力，姜琪起身拍了下桌子："我赌他不会来！"信心满满地将一整瓶刚开启的啤酒放到桌子正中。

意图很明确，谁愿意赌可以加筹码，而这整瓶啤酒就是筹码。

郭庆当然不示弱，也将一瓶啤酒放到了桌子正中，比姜琪还要肯定地说："我赌他一定来！"怎么说好歹也十来年的发小呢，怎么着多少也有点默契吧。更何况，昨晚在电话里他也没肯定地说来还是不来。只要没说不来，那就有百分之五十的胜算。更何况就算输了区区几瓶啤酒根本就不算什么。

要说起哄，那蓝灵儿一定是最佳捧哏。只是纠结于更偏向哪边，一边是好姐们，一边是男朋友，这可真是难为她了。索性谁也不得罪。拎起两瓶啤酒放发到了正中："我中立！"

此话一出，瞬间迎来白眼一片。

"你中立还放什么酒啊！你要喝啊？"姜琪一看这小妮子的表情就能猜出她冒什么坏。完全一副不灌多一人不罢休的劲头儿。

恚得 Chapter 18

如果那天姜琪没有下这个赌注，如果那天他没有来，也许他们之间就不会有这么多牵扯。命运就是这样，让他们在不必要的时间相遇，却又捉弄万分地别离。

姜琪拖着疲惫的双腿走到公寓大门时，天色已经见亮。不知不觉中她已然跨越了大半个城市，而回忆却依然停留在他们最初的相遇相识。

走进电梯，按下自己所住的楼层按钮，姜琪疲惫的将身体轻倚在电梯一侧。万幸今天是周日，还可以好好睡上一觉。

在电梯门快要关闭的那一刹，突然一个人影快速闪进电梯内，吓了她一大跳，困意瞬间清醒了不少。

"你昨晚去哪儿了？"

姜琪定神一看，就见白帆面容疲惫，目光中满是担心，嘴唇上干裂蹦出的血迹已经凝固。平日里一向很注意形象的他，居然西服褶皱不堪，往常光亮的皮鞋也沾满了泥渍。

白帆见她不回话，伸手将她一把拽入了怀中，紧紧地拥抱住。这个让他发疯似的找了一晚的女人，难道她就不知道，有个人因为她的彻夜未归，手机始终无法接通而担心得要死。他有多怕那次的事情会再次发生。

"抱歉，让你担心了，我只是想走走。最近的工作压力很大，我只是有些心累。"

姜琪没有推开他，任由他紧紧地抱着，因为此时此刻她真的很需要这样一个拥抱。

原本的双休日郊游计划算是泡汤了，姜琪洗完澡将自己裹在柔软的睡衣里窝在沙发上看着电视，周末剧场都是些都市言情剧连播，比平常每天等两集看着过瘾很多。

可能是昨晚走得有些累，没看五分钟上眼皮和下眼皮就开始想要约会。她也不知道自己是在什么时候睡着的，只是迷迷糊糊中感觉自己被白帆抱到了床上，其他的就再没有意识。

把姜琪抱到床上后，白帆又折返回浴室，找了条干毛巾擦拭着头发。镜子中的自己下巴上冒出了些细碎的胡茬，只可惜这是在姜琪家没办法将它们收拾干净，他最不喜欢的就是太邋遢。

白帆怕吵醒姜琪，就躺在沙发上休息，这两天才睡了两个多小时，还好自己的职业是医生，熬夜已是家常便饭。躺在沙发上很久也没有睡着，来回翻转着，却想起了自己的手机和姜琪的手机都已经没电自动关机，便又起身去找充电器。

看来当初执意买同款手机还是正确的选择，充电器可以通用，省去了很多麻烦。姜琪平日的习惯就是常用的物品都会准备两份，充电器当然也不会例外。只不过，除了随时常用的那根在容易找到的地方，另一根就要好好找找了。

姜琪一向都是自己放的东西第二天都找不到，他要找到更是大海捞针。在客厅翻找了好久，终于在储物柜的杂物中翻找到了，而且还有意外收获。

一个厚厚的牛皮纸信封，里面似乎装着的是照片。白帆拿着信封坐到了沙发上，打开信封折口，看来他猜得没错，确实是照片，而且很多。

照片中的姜琪身穿松松垮垮的校服，梳着干净利落的马尾辫，眼睛因为笑容呈现出月牙形状，笑容里充满甜蜜，小鸟依人般将头倚靠在身旁男人的肩头。

而她身旁的男人，他却认识。

只怪这个男人学生时代太过优秀，他想不认识都难。国际金融系才子，校学生会主席，校篮球社社长，欧阳宸。

只是白帆怎么也想不到他们会认识，欧阳宸在大二上半学期还没念完就突然转学去了美国，姜琪是那年下半年才考到了这里。还好姜琪这身校服绣着学校的名称，北京市第 XXXX 中学。

原来他们很久以前就已经认识。

白帆翻看着这一张张照片，每一张照片姜琪的笑容都是那么灿烂耀眼，原来她的笑容是这般美丽。只可惜，她身旁的那个人不是我。

白帆将照片整理整齐放进信封内，却意外发现照片后面还有字：“姜子牙是我的祖先，你就是那头愿者上钩的狮子。我爱你，永远！”

我爱你这三个字看得白帆心如刀绞，姜琪跟自己在一起了那么久，可始终不知道她的过去，原来她曾经这般爱他。原来她爱一个人时可以这般可爱、温柔、顺从。笑容可以这么灿烂，脸上也会挂满幸福。

与照片中的欧阳宸相比，自己却不及他的万分之一，这份感情似乎从一开始就输在了起跑线上。

白帆，承认吧！你嫉妒，你羡慕，你恨不得奢求可以获得她对他一半的爱就心满意足。

这些照片注定让他失眠，他反复徘徊在客厅与主卧之间，看着姜琪熟睡的面容，如此真实却又如此不真实。她的嘴角似乎挂着笑，浅浅的。

姜琪睡到傍晚才从床上爬起来，白帆就趴在床畔，盘膝坐在地毯上。他睡得很轻，睫毛微微颤抖着，似乎随时都会醒来。姜琪起身蹑手蹑脚地从衣柜里翻找出一条毛毯，轻轻给他盖上。

也不知道他这个睡姿醒来后会不会腿麻。

小心轻声关上了卧室的门，姜琪走到客厅拿起充满电的手机，拔掉插头，按下开机键。刚一开机，手机屏幕瞬间被短信和未接电话提醒占满。几十通未接来电，除了一个陌生号码外，全部都是白帆。短信也一样。

“你在哪儿？”“我去你公司接你。”“我在你公司楼下。”“怎么不接电话？”“琪琪……”“回答我，你现在在哪儿？”“还在加班吗？”“你怎么不在家？”“拜托，看到信息回电话给我！”

每一条信息都是白帆的关心，姜琪看得心里暖暖的。直到她看到那个陌生号码，“姜琪琪，对不起，刚刚是我太冲动了。原谅我好吗？”她的心不自觉地沉了一下，为什么他偏偏要在这个时候出现，原本自己已经下决心要和白帆走下去时，他的出现将这一切都搅乱。

“琪琪，你起了为什么不叫醒我？”

白帆从背后环抱住了她，将带有胡茬的下巴轻抵在她的肩头，故意轻轻滑动，想用胡茬戏弄她一下。

姜琪被胡茬刺弄的瞬间打了一个寒颤，手臂上，脸颊上，泛起一片鸡皮疙瘩。

“太痒了。”姜琪有意想要闪开。

白帆却越抱越紧，似乎只要他松手，她就再也不会回来，而自己也将永远错失留在她身边的机会。

“帆哥，我们公司要组织郊游，可能下星期二就会出发，具体出行多少天还不确定，应该不会很长，毕竟这次主管以上级别的人大部分都去。”

“那你去吗？”

“行政部几乎是要全部出动，因为郊游时有很多事项都需要我们去沟通协调。”

“去哪儿？”

“西湖。还是你的话启发的灵感呢。说起来，我还要谢谢你。”

“怎么谢？”

白帆松开她，将她转向自己，目光锁定她的双眼。心里默默策划着接下来要做的事情。

“怎么谢？”姜琪明显迷茫，她还真没想过要怎么谢，毕竟以前白帆从来没这样反问过。还好，在公司工作这半年的时间，教会了她随机应变：“我本来想做一顿可口的佳肴答谢你，可惜我做的东西没法吃。要不然，先攒着。”

“概不赊账！”

白帆有意为难她，倒想要看看她能什么时候也主动一回。

“那好吧！”姜琪往后退了一步，跟白帆拉开了些距离：“穿衣服，我请客，出去吃！”

看来对她，真是奢望越大，失望就会有多大。

白帆一把将她重新拉回到自己面前：“要不这样。”话音刚落，他的吻也同时落到了她的唇上。

姜琪直接被吻懵了，白帆这些日子似乎变了很多，也可能他终于沉不住，爆发了。

姜琪还算是比较配合，没有闪躲，但却没有回应。

晚上出去吃饭时，在小区门口又见到了那辆牧马人，静静地停靠在路旁。

“帆哥，你说现在怎么那么多人都喜欢牧马人啊？你瞧，那边就停着一辆。看来我的品位可是公认的！”

“那车确实不错，只不过在咱们这里它的性能也不能得到施展，就跟在北京拥挤的街头，开着一辆超跑一样，照样堵在车流中。”

拜托，你能别总是一副理论家的模样吗！麻烦你也认可一下好吗？那可是我喜欢的车。

“好吧！我们还是说点别的吧！”

姜琪不禁感叹，跟白帆在一起那么久，难道就只是习惯了吗？平日里共同话题也不是很多，毕竟他学医，我学文。他更喜欢将问题解刨，然后对症下药，难道这也是医生的本能吗？

“原本计划假期这两天要去爬山，可惜泡汤了，要不然吃完饭我带你去电视塔看夜景？”

“改天吧，这几天真的好累。”

真的好累，心好累，大脑满满被以往的记忆填充，想要找回真的很累。

白帆自然不会强求，更何况现在他知道了她的过往，他更加不会去强求。只是不知，在她心中会不会有测量尺，在和欧阳宸的比较下，自己又会有多少胜算？

也许唯一的胜算就是，她现在真实地站在身旁。

患得 Chapter 19

“姜琪，你周六几点从欧阳总办公室走的？我那天中午去送饭时，本来打算偷看两眼的，可惜欧阳总没给我这个机会。”

琳达话音虽有些沮丧，但手上却继续拿着口红对着镜子精细地涂抹着。

“谈完就走了。”姜琪真的不想再去回想那天发生的事情。

“各位查收邮件，欧阳总已经邮件通知了大家郊游时间以及地点，咱们行政部从现在开始就要打起十二分精神来，做好各自手头工作！”母夜叉手中拿着打印件扬手挥舞着，大声通知着在座的所有人。

姜琪点开自己的公司邮箱，除了欧阳宸统一的邮件，另外还有一封人事部的调令。调令实施日期是十一月一号，也就是下星期。所要调掉的部门是市场部，职位：市场部总监特助。

姜琪心里正纳闷呢，母夜叉就已经过来招呼她去趟办公室了。

“姜琪，调令你看见了吧！齐总的意思。”

这次去母夜叉的办公室跟以往不太一样，母夜叉不仅招呼她坐下，还给她倒了杯从国外带回来的现磨咖啡。

“嗯，我看见了。只是，这个职位我不太合适吧？”她不得不说，这个特助的意思，意义真的大了去了。

“那有什么的，只要你在他们身边做好了，升职加薪不是早晚的事吗！而且那个职位也不是谁想去就能担任的。你想想他是市场部总监，那个职位就等于一人之下万人之上。他可是主管公司市场开拓大权。你要是跟萧寒一起经常见一些客户，你的人脉圈不也向上拓展了不少。一举多得，好好珍惜！”

“可是，我还是比较喜欢待在咱们行政部。”市场部那边怎么样一个情况还不了解呢，冒然去接替这个职位怕是会被原有职工排挤。

“怎么给你个馅饼你都不知道接着呢！亏我还一直觉得你挺聪明的呢！”

“王主管，这真是两码事！我是不是现在没有考虑的余地了？”

“怎么没有！一个是接受调动，另一个是主动辞职。”王妮可是一直看在外甥白帆的面子上有意提拔她，她倒好，总是不识抬举，上不了台面。

“别！别！别！我接受调动。”这份工作那么难得，绝对不能轻易辞职。

“这还像点样！行了，这次郊游也算是你为行政部做的最后一件事情了，我希望你认真对待。出去吧！”

其实做齐萧寒的助理也没什么不好，他除了有点工作狂之外，其他一切都不错。至少他在公司里的口碑比欧阳宸要好上很多。

姜琪刚坐到工位上，座机就响起来了。来电显示是公司内部号码，而且这个号还是比较简单好记的，应该属于领导层。姜琪不敢耽搁，赶紧拿起话筒接听。

“喂，您好！行政部姜琪。”

“是我，齐萧寒。”

一听这名，姜琪真的觉得这人不禁念叨，前一秒刚说完，后一秒电话就追过来了。

“哦，齐总有什么事吗？”

“调令你看到了吗？你现在来一趟市场部，我让人给你安排了工位，你上来收拾一下。”

“好。我一会儿就到。”

挂了电话，姜琪拿起工牌带到了脖子上。说实话，这个工作调动她还真不太想接受，最关键的是欧阳宸的办公室也在那个楼层，就算再怎么故意躲闪怕也会经常撞见吧，况且欧阳宸现在对待工作以及公司制度的苛刻已经到变态程度。

姜琪拿着工牌在电梯门禁开关上扫了一下，按下上行键，心里默默祈祷但愿今天别那么点背又遇见他。

“你进不进来？”欧阳宸声音中已经有些不耐烦，手却一直按着开门键没有一点想要挪开的意思。

姜琪这回算是再也不相信什么祈祷了，真是祈祷什么，反着就来什么。看来这回又要跟他同行了。为什么他总是那么悠闲，有事没事都坐电梯玩儿。真盼着哪天停电或是电梯维修，让他这么悠闲，爬楼梯爬死他。

姜琪快步走到电梯靠门的一侧，有意跟他拉开些距离，天知道这主儿什么时候又会干些什么过激行为，要有备无患才行。

“恭喜你那么快就升职加薪了！看来跟萧寒相处得还不错啊。”

又是这种没有任何语气的腔调，姜琪实在懒得理会，自动屏蔽。但凡他说话没有任何语气就证明他在隐忍，不接话茬才是最明智的选择，不然只有你想不到，没有他做不到。

“姜琪琪，你到底一脚踏几艘船？”

万幸电梯的速度还是可以的，他的话音随着电梯开门提示声一同响起。姜琪之所以选择站在门旁，主要是为了一开门就可以赶紧出去。她的如意算盘计划得还不错，这次轻而易举地逃脱了，将欧阳宸远远地甩开。

姜琪穿过市场部过道时，明显感觉到了身旁投来的不友善目光。看来这次的工作调动真的对她很不利，市场部的人没有一个是好惹的，嘴皮子利落，思路清晰，懂得评估价值。想必她在这里，早已被评估得一分不值吧。

还没等她敲门，齐萧寒就已经从办公室里面帮她打开了，友善地请她进去。

“齐总，我想，您要不要再考虑一下人选，毕竟我的专业和资历都不是很适合这个职位。”姜琪还是想把话说明白些，怕日后齐萧寒发现她什么不足会很失望。

“没关系，这个职位已经空缺有段时间，你可以慢慢适应。只要不把机密合同泄露，或是收受贿赂，其他都好说。”

“那倒不会，基本的职业道德我还是有的。我只是怕您今后会对我失望。毕竟我的专业是行政，对市场部怎样一个情况也不是很了解。要是说公司的规章制度我完全可以倒背如流，可是市场开拓我就是丈二和尚摸不着头脑了。”

齐萧寒轻勾了下嘴角，真不明白她在顾虑什么，公司有多少人惦记着这个职位看来她真的不知道。

“别在顾虑那些没用的。你的工位就在我的办公室旁边，今早已经让保洁人员打扫过了。你可以这几天一点点把你的东西搬过来，也可以等到一号那天再搬，都随你。对了，明天要组织郊游吧。今天你是不是还要安排郊游事宜？”

“嗯，要去订大巴和酒店。对了，一般像您这样的领导都不会去住快捷酒店吧？”这个订酒店真的是件大事，要是订贵了会被上级批评，如果订得不好同样也会被批评。

“我们都还好，平时出差也不会讲究那么多，除了是会见大客户需要选择五星级酒店，其他三星四星就可以。”

要是欧阳宸，他是不是会臭讲究些呢！

“那要是订四星级会不会超出预算？毕竟这次很多领导都会去，听说欧阳总也会参加。”

“你可以问问王妮，她那一般都会有个预算费用额度，她应该会给你一个很好的建议吧。往年郊游都是去些有拓展活动的地方，白天一般都是拓展活动，比如攀岩，高空行走一类。晚上就是篝火晚宴，或是露天电影。可能今年的比较特殊吧，纯属于郊游放松，所以参加的人员会比较多，还真该感谢你们行政部终于不再那么老套。”

“是吗！那齐总您先忙，我先出去了。我需要尽快落实手头工作，不然这次郊游要有什么差错我也会于心不安的。”

“去吧！好好享受在行政部最后的一个星期。”

这话也太直白了吧。不过跟齐萧寒沟通起来也算是很轻松，他完全没有什么领导架子，为人也很随和。如果长期跟他身旁工作，相信也不会觉得压力很大吧。真应该万幸，不是在欧阳宸身边工作。

“姜琪，你刚去哪儿了？我听说你要调岗啦？是真的吗？”

姜琪刚坐下，就被琳达抓着座椅拉到了她附近。

调岗这事也不是什么爆炸性新闻，不用琳达这个小喇叭亲自传播吧？为什么当初有男朋友这事，琳达这个小喇叭没有给传得沸沸扬扬呢，这样也能省去了和欧阳宸的纠缠。

“是，被迫调岗。而且还是你比较中意的那个职位，愁死。”

“那么好的职位为什么要愁呢，况且齐总那么优秀。他可是我的梦中情人。”

姜琪直接回馈给她一个大大的白眼，还真是嘴上没个把门的，什么都敢说啊。

“拜托，梦中情人这几个字藏在你心里就好，不用让大家都知道，免得惹来不必要的麻烦。”

“我怕什么啊，我还巴不得让大家都知道呢，最好能让萧寒也知道，没准他对我也有意思呢，万一我们要成了呢。这样也省了我每到周六日就要去相亲，我跟你说，我现在别说喝咖啡了，闻见咖啡味儿都强忍着的。”

我晕！难道这姑娘相亲就认识咖啡厅啊？“你慢慢幻想吧！我现在还愁酒店怎么订呢，订几星级好呢？”

“当然是订四星啊，今年去的领导层比较多，订三星级的他们会觉得不受公司重视，订高了预算开支也会增加不少。四星级属于中间，不算最好，但也不差。”

“好吧，但愿他们能满意。”

“没关系的，就算他们不满意，他们也不会说什么的。毕竟这次郊游回来你就属于市场部的人了，在齐总身旁他们还是比较懂得看人下菜碟的。放心好了！”

患得 Chapter 20

在短时间内紧张筹备的郊游终于要接受考验。姜琪起了个大早，联系了大巴司机，打车去了大巴车停靠的地点。九点就要开始登车出发，大巴必须在八点半之前到达公司楼下等候。还好司机们都很守时，一早就在车里等了。出师还算比较顺利。

可能是因为这次的郊游和以往不同的原因，公司上上下下所有参与此次郊游的员工都特别积极，大巴刚到公司楼下停靠稳，大家就已经迫不及待地准备登车了。还好姜琪事先准备好各部门车号，也算是有条不紊。

此次车程预计在两个半小时候左右，到达杭州第一件事就是要安排住宿和餐饮。姜琪站在头号大巴车门前对照着人名单逐个检查登车人员信息，时不时不忘和行政部的其他同事用对讲机核对情况。这次是她在行政部组织的最大规模的一次郊游活动，她不允许自己有任何差错。

"琳达，昨天我给你的住宿酒店都已经订好了，你那边餐饮订好了吗？"姜琪拿着对讲机按着琳达的信号，她还是有些不太放心琳达那边，毕竟昨天就没看见这妮子给哪家酒店打过电话。

"哎呀，你就放心吧。我跟你说啊，我在的这车是市场部的，今天齐总也来了。他可是一向不参加这类活动的。而且……嘿嘿……他今天穿得特别帅。平常吧总看他西装革履的都看习惯了，今儿他穿了身休闲装。那感觉就跟学生时代的体育课老师一样。"琳达完全一副花痴样儿，已经顾不上姜琪在前面向她招手了。

我去！这妮子什么癖好啊？还像体育老师。姜琪瞬间汗颜，要知道她上学时候最不喜欢的就是体育课，虽然体育老师待她不薄。

姜琪放下了手，反正跟琳达招呼半天她也不过来，索性踏实地检查登车人员信息吧。她是头车，自然而然车上的都是领导层。欧阳宸的规定就是不管在什么时候公司高层都要起好带头作用，当然坐车也不例外。只是，整个名单上没有欧阳宸的名字，很庆幸，欧阳宸应该不会参见这次的郊游了。

就在姜琪暗自窃喜的时候，手机突然响了起来，是白帆。她有些犹豫，毕竟她现在是在工作，随意接听电话说话是需要格外注意的。但铃声一直也没有挂断的意思，她只好背过身接听。

“琪琪，你到公司了吗？你们今天几点出发啊？”

白帆电话那端声音很嘈杂，甚至比她这边还要杂乱，他应该不在医院。

“嗯，我早就到了，已经开始登车了。预计九点就可以准时发车。你在哪儿啊？怎么声音这么吵闹？”

“今天早上接到的通知，需要临时去趟北京开研讨会，时长可能跟你的差不多。现在在机场。你有没有需要我带的东西？想吃什么？”

自从爸妈跟着哥哥去了新加坡以后，姜琪已经很久没回过北京了。突然被这么一问，她还真不知道想吃些什么，仿佛什么都想吃，却又什么都想不起来名称。

“我先想想吧，还不确定。到时候告诉你。先挂了，要出发了。”

“到了以后报声平安。拜。”

挂断电话，姜琪低着头转过身来，看了看手上名单上未到人员人数，还好就差一个了。等她抬起头时，欧阳宸已经站到她面前了，吓了她一大跳。

“欧阳宸，你有病吧！装神弄鬼上瘾是吧！”姜琪气得咬牙切齿。努力克制音量，尽量不让第三个人听见。

“我在等你核对信息！上班时间私自聊天我已经不追究了，你别得寸进尺。”

“我没看见你名啊？我以为你不来了呢。”姜琪再次检查了一遍手中的名册，确实没看见欧阳宸的名字。还没有来的那个人应该是个美国人，名册上面是英文名。

“仔细看。Chen.Roberts 我记着是名册上面的第一个。”欧阳宸当初有意将名字写成他在美国的名称，为的就是好让姜琪乖乖服从安排坐在第一辆大巴车上，看来他这一招很奏效。

“这是你？”很显然，她很惊讶。亏她还以为是个外国英俊小伙呢。虚惊一场。姜琪在他名字后面画了个勾。做了个请他上车的动作，随后拿起对讲机信号直播琳达。

“琳达，我这边人已经到齐了，你过来吧。我去你那车。”

琳达听得云里雾里，好端端的干嘛非要换车？好不容易有跟齐萧寒单独接触的机会了，凭什么要让它飞了呢，她当然不乐意。对着对讲机说了声“不去！”之后，赶紧上了车，并让司机师傅关上了门。

姜琪尴尬地站在车门旁，看着琳达在二号车里做着鬼脸，很是无奈。难道这是老天有意安排吗？她要认命吗？

正在犹豫呢，司机师傅提醒她出发时间已经到了，要不要发车。姜琪只好硬着头皮，坐到车门旁的导游座上。心里不断自我安慰着：没关系，反正欧阳宸坐在最后一排。

一早就赶了出来，姜琪根本就顾不上吃早点，而车上大部门人都是在公司食堂吃过早点的，顺便还买了好些零食。别看他们一个个都是高层，但这吃零食方面真跟小学生外出郊游一样一样的。打开背包，不是薯片就是火腿肠，也没新鲜到哪儿去，只不过大多数都属于进口产品。

姜琪昨天回去得也晚，根本没顾上买些零食带上，也就早上出门时买了两瓶脉动，将就着算是补充体力吧。喝了个水饱，她歪着头靠在椅背上闭目养神。要不是车内叽叽喳喳一直在聊天，她可能早就跟周公约会去了。

“就没人跟你说过，上车坐稳后第一件事是系安全带吗！”

又是这个声音，姜琪觉得自己都快魔怔了。幻听都是欧阳宸的声音，她也太对不起白帆了吧。

见她没有回应，欧阳宸拽了一下裤腿，屈膝坐到了她一旁的台阶上。

欧阳宸这一举动顿时车内一片骚乱，司机师傅也不知道他是谁，好意提醒他那个地方不能坐人，不安全。

但他是谁啊，他是欧阳宸，哪会听这些。自顾自地坐在台阶上，他就不信姜琪能一直这样眯着眼不睁开。

司机在反复提醒无果后也不再执着跟他叫板，继续专心开车。欧阳宸倒是有些无聊，打算把姜琪嘀咕起来。

他用右手食指轻轻划在姜琪的手臂上，她穿得比较厚实，跟上学时候一样，怕冷，一到冬天就把自己裹得像个粽子。这也是曾经他经常开她玩笑的话题，臃肿的身材上包裹着臃肿的大衣，活脱脱一根成熟的大玉米。

“你干嘛！”虽然欧阳宸的动作很轻，但依然吵醒了闭目养神中的姜琪。

“你说这么多年过去了，你怎么还这么怕冷？这里的天气也不是很冷吧？顶多算个潮湿，跟北京的冷不一样。”

欧阳宸可不想错过没事找茬的机会，赶紧一口气说了一堆，直接分析起气候来。

“还用你说，这里能跟北京一样吗？一个属于温带季风气候，一个属于亚热带季风气候。数字也能数出来不一样。”

“看来这几年数学有进步。”

“还用你说！你是不是无聊想找个人逗闷啊？我跟你说，我可不像你似的整天那么悠闲，为了您这突发奇想的郊游计划，我们整个行政部昨晚加班到深夜。今早又起了个大早。谁不是睡眠不足啊！快要上高速了，你坐这不安全。别打扰我休息。”

“你担心我？你刚刚是不是在担心我？”欧阳宸为了确保真实性，反复地询问。她一向不习惯关心别人的事情，以前在一起时她就从来不会过问任何事情，当初还纳闷为什么怎么做她都不会去关心。

“对，我是在关心你！您是我们的总经理，也就等同于财神爷，我可不想看着您在我面前被摔碎喽！”说白了，就是他坐这里很碍事。

欧阳宸听完这话后，神清气爽地起身拍了拍裤子上沾着的土，故作不为动容的神态，步伐稳健地走回了最后一排。姜琪也总算是松了口气。

万幸欧阳宸还是比较好骗的，不然非被这厮折腾得一路也别想睡好觉。姜琪赶紧借着这份难得的悠闲时光补了个觉。临下车时还是司机师傅把她从周公那给叫回来的呢。

姜琪睡眼惺忪摇摇晃晃地从座位上站了起来，半靠在椅背上，准备到站后通知大家下车。待大巴车在她安排下榻的酒店门前停稳后，姜琪先是通知大家下车，随后又用对讲机跟别的车联系，一边联系一边跑到酒店大堂领取房卡。

还好，一路上没有掉队的，姜琪把房卡分发给部门同事后，开始发放她所在那车人员的房卡。虽然欧阳宸是总经理，顶头上司，姜琪一样给他的待遇是人人平等。

欧阳宸拿到房卡到也没说什么，其实他现在最关心的是姜琪住哪层哪个房间，又不能直接问，这妮子一向不怕严刑逼问。

“现在是将近中午十二点钟，这家酒店每天中午的十一点半到一点半之间是自助餐时间，请各位亲爱的同事们自行安排就餐时间。”

琳达话音刚落，姜琪就冲她投来了疑惑的目光，当初选定这家酒店入住还真不知道这里有自助餐。

“你看我干嘛？我的妆花了吗？”琳达被她看得有些慌，赶紧掏出镜子开始照。

姜琪把她的镜子按了下去，拉着她一边往电梯走一边说：“你来过这家酒店？”

“秘密！这可不能告诉你！嘿嘿……”

看她那一脸花痴样也能猜出她以前跟谁一起来的。姜琪也不再追问，拎着随身携带的简单行李靠在电梯一侧发愣。

见她无精打采，琳达忍不住用手指捅了捅她，问：“今天是自由活动时间，你准备上哪儿啊？”

“还能去哪儿，”姜琪顺势打了个哈欠，“在房间睡觉。这几天睡眠不足，犯晕。”

“让你来这睡觉的啊！太浪费了吧！我跟晓群她们晚上一起去南宋御街吃小吃，你跟我们一起去吧！对了，这里有温泉，你可以去泡泡，放松一下身体。温泉在三层。二层还有游泳池和健身房，你都可以去玩玩。”

“再议吧！我现在就想睡觉，剩下什么都不想。”是啊，什么都不想。她最近脑子真的乱得稀奇，欧阳宸总会不合时宜地跳进来跳出去。时不时就会想起他咆哮的模样，他眼底含笑却故意装作很无奈的模样。他任何细微的小表情以及小动作都深深地印记在她的大脑里。

恚得 Chapter 21

姜琪理所当然地趴在酒店的大床上狂补觉，中午饭也没去吃，睡得她昏天黑地，根本就不知道到底是中午还是深夜了。直到实在忍受不了手机的震动响才从床上疲惫地爬起来。

“喂……”

“到杭州了吗？我到北京了。下午二点半就要开始研讨会了，暂时不能跟你联系。你吃过饭了吗？”

白帆温柔地语调更像是催眠曲，姜琪迷迷糊糊地嗯嗯呀呀了半天，糊弄着挂断了电话。再躺回床上时，困意却少去了一半有余。

姜琪躺在床上研究是接着睡还是出去走走，杭州这个地方她已经憧憬了好久，久到她自己都说不出到底有多少年。起初没来是因为学生时代资金有限，之后是时间有限，最后她几乎都快忘了想要来这里的初衷。

姜琪刚拿起遥控器按下电视开机键，门铃就响了。她以为是琳达，也没看门前站着的人是谁，特潇洒地随手打开了门，说了句：“进来吧！”整个动作流程都没看门前的人一眼。直到那个人走进后关上了房门，她才瞄了一眼。

待看清来者面容后，她实在是淡定不住了，噌的一下从床上站了起来，立马保持警觉。

“姜琪琪，难道就没人告诉过你，外出住宿若有人敲门需要先查看猫眼外的来者是谁吗？”

虽说姜琪特痛快地给他开了门，但从她的动作举止来看，实在是让他不放心。这要万一是小偷或是其他人怎么办。

“我以为是琳达。怎么是你？”姜琪从床上抄起个枕头抱到胸前。

看她这动作欧阳宸忍不住笑了，多年了，一直没变的动作。

“你笑什么？你怎么知道我房间号的啊？”

“别疑惑，我的职位在那摆着呢！”

“你找我干吗？”姜琪被迫转移话题。

“陪我去雷峰塔。现在，马上！”

这厮什么时候喜欢看古建了？他不是一向不喜欢去有古建的地方吗？当初因为这个问题还没少吵架呢。

“别瞪着大眼睛愣着了，赶紧的。”

欧阳宸不停地催促着她，她也没时间想太多，甚至惯性服从命令。一番手忙脚乱后，已经着装整齐，准备出发。

原本打算沿着西湖畔步行到雷峰塔，没承想，天公不作美，下起了雨。欧阳宸拉着她躲到湖畔的亭中避雨，姜琪站在临近湖面的地方往下望。说实话，她怕水怕得要命，往下看的目的只是单纯地想看看什么时候水会溢出。

“还没学会游泳？怎么这么笨。怎么教都学不会！”

欧阳宸看出了她的心思，就她怕水那小样儿，活脱脱一个胆小鬼。当年教过她无数次游泳，愣是一个暑假都没学会，肉皮被水浸泡得都快泡发了，身材也水肿了好久才消。

“天生的旱鸭子，没办法！”姜琪完全一副理所当然，虽然自己在游泳方面一丁点天赋都没有吧。

“就没见过你这样的，自己笨不说自己笨，倒是觉得这样很光荣是吧！”其实欧阳宸早已习惯她这样理所当然，也许当年也是因为她的理所当然而爱上她的吧。

“当然！”姜琪转身时正好看到摆渡车经过，也顾不得下着雨了，连忙跑上前招手，“师傅，麻烦停一下。”

她总是这样出乎意料，欧阳宸有时都怀疑是自己思维不够灵敏，还是她的思维太过跳跃。前一秒她还在你面前跟你对话，后一秒她就跟猴子一样蹦跶蹦跶地窜上了摆渡车。

摆渡车开得不快，沿着湖畔走了不久后就转向了弯曲小路。姜琪跟他的习惯一样，坐车如果前面没座位，肯定会坐在最后一排。下着雨，竹帘随着车行驶随之摆动，时不时会有些雨水趁虚而入，迫使两人不约而同地靠近。

雷峰塔距离他们上车的地方并不是很远，没多会儿就到了。因为出来时时间紧凑，姜琪也没顾上带伞，暂时只能拿背包充当一下雨伞挡雨，加快了脚步，准备冲到前面避避雨。

姜琪刚准备跑，欧阳宸就从后面一把将她拽了回来，单手把她紧紧搂在身旁，同时手中的雨伞也偏移到她上方。

“笨蛋，你要是跑过去，就别跟我走在一起。我可不跟泥人站一起，丢人！”

欧阳宸这是赤裸裸地嫌弃啊！姜琪什么时候忍受这个，干脆直接抬起脚狠狠地踩在了他脚上。面带微笑地对他说：“是啊！像您这般高贵的人怎么会在雨中行走呢，那岂不是自找弄脏鞋袜吗！”

欧阳宸脚被她踩得有些吃疼，倒吸了一口凉气。下脚真够黑的，还好鞋够硬实，不然脚趾头非让她给踩肿了。算了，忍吧。

买票进入门内，欧阳宸拉着姜琪踏上了台阶，故意不走电梯。

“为什么不走电梯？那么高，你准备走上去啊？”

姜琪望着高高的台阶，有些汗颜。这欧阳宸有捷径不走，非要一步步自己走上去。

其实欧阳宸的理由很简单，那就是，只有这样姜琪才会老老实实地待在他的身旁。他可以借助着这把伞，将她禁锢在身旁。

“对你这亚健康体质有帮助，多运动一下身体好。”

他似乎说得也有那么点道理，姜琪只好陪同。

好不容易走到塔前，姜琪瞬间眼前一亮，原来照片中的雷峰塔是这般模样，比她想象中的要大上很多，而且宽敞明亮。塔内也安装了电梯，这回总算是不用自己走上去了。

姜琪还在暗自窃喜时，欧阳宸就已经拉着她走向了一旁的楼梯。

“现在也不下雨了，为什么还要我陪你走楼梯？”

“没有为什么！只有必须！”

欧阳宸拉着她的手，强迫她陪同走着楼梯。他的手暖暖的，力气不大却很难摆脱，姜琪只好顺从。一层接一层地走着，姜琪根本顾不上观赏塔内的模样。

好不容易走到了顶层，姜琪简直都快累趴了。心想，要是下去这厮再走楼梯，说出天来也不跟他一起走了！

“说说吧，当年梦寐以求的想法实现了，现在有何感想？”

欧阳宸悠闲地拉着她的手在顶层里闲逛，那感觉，那状态就像是在逛商场。

“没什么感想，走马观花，花儿都没看见，就看见楼梯台阶了。”

没错，谁一口气从底层爬楼梯到顶层都会有这个想法吧。

“呵呵……你是在抗议吗？”

欧阳宸索性拉着她走到檐廊内，其实姜琪不止怕水，她还恐高。欧阳宸恰巧彻底发挥了雷峰塔这两项优点。最高处偏向西湖的方向，站在那里的感觉就跟踏在湖畔差不多。姜琪肯定会怕得要命。他光想想就觉得窃喜。

“咱们还是回去吧？怪瘆得慌的。”

姜琪明显中招，刚走出没多远，就开始胆战心惊，擦着墙走根本不敢靠近围栏，更别说往下看了，每往前迈一步，明显感觉腿部传来的颤抖由轻到强。

“既然来都来了，为什么不好好欣赏一下雨中西湖。”

欧阳宸见有所成效，更是得寸进尺加快了脚步。虽然身后拉着的姜琪越走越慢，索性连拉带拽迫使她跟上步伐。

姜琪怕到不行，湖水越来越近，近到随时檐廊都会被淹没一般，与其持平。“等等！我害怕！”实在是不敢再往前走了，姜琪抓住一旁的窗沿，怎么也不肯再往前走。欧阳宸的手，她怎么甩都甩不开。

目的显然已经得逞一半，欧阳宸故作嫌弃面容，略皱眉头：“你不是号称是姜子牙的后代吗？就这点胆量。”

“这句话不是用在这里的。完全不能相提并论。”姜琪将手往回拽了好几下，“你要去，你自己去。我回去等你。”

“晚啦！只要你踏出了这一步，就再也没有回头的余地了。”

欧阳宸借助巧劲儿稍稍用力一拽，姜琪身体瞬间倾斜。她现在只有两个选择，一是扑在欧阳宸怀里，二是撞到围栏上。

欧阳宸不得不感谢雷峰塔，他的目的已全部达成，姜琪不偏不移地选择了他。

搂紧她，倚靠在围栏旁，听着飞檐上悬挂的铜铃响，仿佛时间静止。

两颗心再次碰撞，姜琪不想松手，不想推开。也许这个拥抱她真的等待了许久。

“相信我好吗？”耳畔欧阳宸的声音格外温柔，就像可以融化寒冰的暖阳，她不自觉地点头。

欧阳宸缓缓松开双手，轻吻一下她的脸颊。面前的她如此不真实，如此飘渺，就像是梦醒时她的宛然一笑。轻搂她的肩，拉近彼此间的距离，步伐缓慢却又坚定地带领她走向最接近湖面的地方。他迫不及待地想要给她证明，只要在他身旁，什么都无需害怕。他的手掌，他的胸膛，他的肩膀，永远都是专属于她最强有力的后盾。

恚得 Chapter 22

姜琪双手扶撑在石质围栏上，侧头轻靠在他的肩膀。他们现在所站的地方，可以将一切美景都尽收眼底。雨中的西湖带着独有的朦胧美，神秘、端庄。就让这一切止步不前可否，就这样一直，静静地，静静地，到地老天荒。

原来曾经有意熄灭的爱情，没想到这么轻而易举地就可复燃。姜琪原本以为在时间的消磨下，欧阳宸这个人，这三个字都会随着时光流逝，可事实却是她的预料失败。她始终蒙蔽不了自己的心，她爱他。

回到酒店时将近傍晚，琳达也开始电话催促她去逛夜市。欧阳宸知趣地在到达酒店前与她拉开了距离，没有过多的表达，没有过多的牵扯。平静得出奇，却又带着几分熟悉。

这一切让姜琪在整个夜市之旅中都处在一种魂不守舍的状态中，琳达问："你吃烤鱿鱼吗？"她答："我不喝奶茶。"琳达问："尝尝那个小混沌怎么样？"她答："我不累。"

一路琳达都在不停地对她翻白眼，她答得话没有一句是对路的，典型不在状态。就连手机响了许久，也都不知道接听，最后还是琳达实在看不下去帮忙接听。来电话的人是白帆，句句不离姜琪，可惜，姜琪不在状态，琳达只好帮忙圆谎。

在姜琪这种状态下，夜市之行也草草收场。琳达看着她走回房间后，才放心地回到自己房间。完全不知道姜琪是怎么回事，还是头次见她这样魂不守舍。她下午究竟去了哪里，发生了什么事情，也不便询问，只能等她思绪正常后再说了。

姜琪稀里糊涂地洗漱完毕，继续魂不守舍趴在床上冥想。欧阳宸和她在一起时太多点点滴滴不停涌现在眼前，一起逛街时他的关切询问，一起吃饭时他的有意推让。种种生活琐碎，细致入微。他曾经说过的话，发脾气的模样，皱眉时的表情……

姜琪甚至有些迫不及待想要再见到他，就算他曾经带给过她无法抹灭的伤痛，她还是想要和他在一起，仿佛这一切都是冥冥中注定一般。

郊游的第二天安排的是乌镇古镇行，行政部提前联系了当地导游，浩浩荡荡的人群，井然有序。经过一宿的反复思着，姜琪的心平定了不少。她决定不可以对不起白帆，昨天既然已经逝去，为什么不去正面迎接今天的太阳。姜琪如同打鸡血一样干劲十足，根本没有时间走马观花听解说，而是拿着活动安排表逐项核对项目以及时间。

今天的乌镇游，欧阳宸因为有合同要洽谈，所以没来。姜琪也没有理由分心。琳达在今早就已经化身成齐萧寒的跟屁虫，围着齐萧寒前后打转，姜琪自然也指望不上她能帮什么忙。

明后两天还是按照老传统进行拓展训练，只不过这次选定的场所不在是训练基地，而是旅游景区。为了确保此次活动可以顺利进行，姜琪不敢怠慢。反复跟景区负责人逐项核对时间，项目类型等等信息。

从乌镇回来后，姜琪就把自己关在房间内补觉。这回可是谁敲门都不会冒然开门了，她不会再允许自己这样随心所欲下去。就算她跟白帆不会有将来，她至少现在也不想对不起他。

白帆不管多忙，依旧会给她一天打一通电话，今天也不例外。白帆一向不会过多询问她前一天的事情，这是白帆最大的好处。

“琪琪，今天去乌镇玩得开心吗？景色是不是很美？”

“嗯，还可以。其实也没有像照片中那么好看。不过，在雨景中会比较有意境。”

“只要你喜欢就好。累吗？晚饭吃过了吗？”

也许每天跟白帆打一通电话都已经是一种习惯，不知不觉中也说了快一个小时，他还要准备明天的病例报告，虽略带不舍，但还是挂断了电话。

已经一天没有见到欧阳宸了，她这心里反而有些七上八下不安稳。她甚至开始有些鄙视自己，为什么那么不决绝。

半夜，姜琪再次被手机震醒，只是来电的人让她有些惊奇。是蓝灵儿。接通电话，那边声音带着哭腔。哭诉着异地恋的种种不好。

蓝灵儿和郭庆的感情经历了那么多年的长跑，始终熬不过异地恋这个难题。

蓝灵儿大学毕业后，在一家双语学校教韩语。郭庆因为体育方面的优势，再加上学习的金融方面知识，毕业后就被一家知名体育品牌录取当了一名产品经理，从那以后就开始奔波于各城市之间。俩人自然聚少离多，难耐的异地恋，也开始让他们之间出现分歧与争吵。

“琪琪，我现在总算理解你当初为什么非要跟欧阳宸分手了。异地恋不好谈，真的，不好谈。”蓝灵儿声音几度哽咽，带着深深的伤痛感。

对呀，异地恋不好谈，如果不是因为这个原因，可能自己早就跟他结婚了吧。

“狮子，我们分手吧！我们今天分手一天不多一天不少。我就是这样自由惯了不喜欢被束缚，你在上海我在北京，虽不能时常见面，但我实在忍受不了太过频繁的联系。所以，我们分手吧！算是给我十八岁的礼物好吗！”

电话那端沉默了很久，姜琪似乎可以感受到从他漂亮弧线的嘴中飘渺地应了声“好！”随后他先挂断了电话，突然之间，房间内静得出奇。欧阳宸，你知道吗？到今天为止我们整整交往了 521 天。我知道，我很任性，你也时常纵容着我。我不喜欢被束缚，你总会给我足够的空间。但是异地恋不好谈你知道吗？我实在承受不住那些流言蜚语，我看不到你，不在你身边，根本就不知道现在的你到底在做些什么。我承认，现在的我不再像以前那样对你信任百倍。我开始心慌，慌得做不好任何事情，我想你，每天每夜。我不允许我们的感情中掺杂任何插曲，如果偏要这样，我宁愿舍弃。

对。宁愿舍弃。这就是分手的原因，异地恋这个致命硬伤。

姜琪不知道该如何安慰蓝灵儿，如果知道如何安慰，想必当初也不会这样毅然决然地跟欧阳宸提出分手，而且任何挽回的余地都不留。

挂断电话，她再次注定无眠，原来再坚定不移的感情也逃不过异地恋这个魔咒，她和欧阳宸不例外，蓝灵儿和郭庆也不例外。是要责怪隔阂的距离，还是要责怪相互的不信任，或是要责怪其他什么？一切都像是发生的那么理所当然，也许这就叫做注定吧。

拓展训练这天 ，姜琪顶着一双好比熊猫一般的大黑眼圈倚在酒店大堂的石柱上愣神。昨晚胡思乱想到很晚才睡着，一早又被迫起了个大早，睡眠不好也在情理之中。

“你昨晚上是去逛夜店了还是去干什么了？看你早早回房间还以为你睡觉去了呢。瞧瞧你这双大黑眼圈，可惜今天去的是公园景区，不是去动物园，你没办法与你的同类相聚喽！”琳达见她有气无力地靠在柱子上晃神，还有这一双醒目的熊猫眼，想不打趣她几句都难。

“昨晚上只是有些失眠，可能是这两天太忙了有点紧张吧。”姜琪随口找了些扑街的烂理由搪塞。

琳达听这话倒是有些在理，毕竟姜琪才毕业没多久，而且在这个职位上处理这种大型活动事宜确实是劳心伤神。但这也未免有些太夸张了吧，这几天连续着不在状态，真为她今天的攀登环节担忧。

“一会儿到景区，第一项是徒步到达指定攀岩地点，如果你不想参加的话，记住一定要假装扭伤脚踝。戏一定要演得越逼真越好。记住了吗？这可是往年多数人都会采取的办法。”

琳达好意提醒姜琪，没办法，看她现在的状态，到时候万一出什么事怎么办。

姜琪应和着点了点头，现在的大脑严重超负荷运转，又怎么会真的腾出地方记这些。

浩浩荡荡的公司郊游团大军，在下车后就呈现出三五成群的迹象，行政部没有过多干涉，反正行政部现在也是这样，自己人跟自己人组团前行。

一路上有说有笑，五公里的山路也没觉得太累，姜琪夹杂在人群中，时不时附和一两句。琳达则是一会儿追上前面的市场部，一会儿原地等待队尾的行政部。姜琪倒也没准备打趣她什么，喜欢就去自己争取，琳达做得没错。

好不容易到达攀岩地，姜琪又困又累，关键早上还没赶上吃早饭的时间，瘪着肚子长途跋涉真不是什么好事。

姜琪本打算坐在一旁的山脚下歇会儿，没想到齐萧寒也走了过来。

“姜琪，你的状态不是很好。是昨天没休息好吗？”

“有点吧。齐总，您那边都准备好了吗？市场部和销售部都是被安排在第一队，马上要攀岩了，您不做一下准备活动？”

“没关系，当年入职时拓展训练就有攀岩，只不过那是在室内，高度一般，难度较小，没有挑战性。”

“今天这个难度是分类的，您可以按照喜好挑选。”关于难度分类这一项，景区工作人员当初推荐时反复说了很多遍，姜琪不想记住都难。

“我听说这次郊游的旅行地安排是你的主意？”

“嗯，只是恰巧想到。”

“可真是行政部的新鲜血液！只可惜马上你就要来我们市场部了。不然，我相信你肯定能带领着行政部走出死板怪圈。”

姜琪一听这话瞬间眼前一亮，难不成齐萧寒他变卦了？

“那我是不是就可以名正言顺地留在行政部了呢？”

“NO！这还是不大可能的。批文已经下来了，公司一向按照规矩办事。你对市场部有什么顾虑可以告诉我，我一定尽力帮你解决。”

见齐萧寒拍胸脯保证，姜琪也不好意思再说什么。毕竟他好歹也是市场部总监，在公司里的地位也是举足轻重的。更何况，公司已经有传言说他马上要接替的职位是副总经理。

“其实也没什么，就是怕会不适应。我的适应能力并不是很强。”

“没关系。适应能力一半天生，一半后天培养。起初我的适应能力也不行，上学时总被称为特立独行，这不，现在不也一样可以带兵打仗吗！相信自己，要对自己有信心。机会总是留给有准备的人，这句话没错，机会同样也是留给自信的人。”

他的话倒是有那么些道理，姜琪不禁心里犯嘀咕，难道自己平日里畏畏缩缩已经成为一种习惯？逃避已经成为一种处事方式？

齐萧寒见她不说话深陷冥想状态，不禁感叹道：“姜琪，看你这几天都心事重重的，要不要这次郊游回去我给你安排几天假？放松一下心情，处理一下个人琐事。我可不想我钦点的特助刚上任就不在状态，那岂不是我的工作失职。”

话说这位未来的顶头上司还真是体贴，姜琪虽说真的很想欣然接受这个建议，但这未免有些太贪心了吧……

患得 Chapter 23

“放心吧齐总，我肯定会借用这几天郊游的时间调整好心态的。谢谢您对我的信任！”面对不能改变的事实，必须要让自己强制接受并做好，这是姜琪一贯的作风。更何况，齐萧寒不论人品还是处事风格都是上等，还有什么理由继续担忧？

随着哨声响起，攀岩比拼也开始如火如荼地在市场部和销售部的领衔带领下逐渐升温，平日里这两个部门就如同死对头，在竞技场上更是你方唱罢我登场。

齐萧寒身手很是敏捷，三下五除二就将同时攀登的大部分人群给甩在了下方，琳达拉着姜琪更是大喊加油给他助威。

姜琪也被气氛带动地一扫之前的萎靡，兴奋地手舞足蹈，完全忽略了站一旁被冷落的欧阳宸。其实按照规定，欧阳宸和其他的领导层应该是领衔带队攀登，只是为了突出体现他们的层次有意给他们安排到了压轴，虽说这项活动最终还是会依据用时最短的方式计算取胜。

齐萧寒更是在一分钟不到的时间内就攀爬到了顶端，很显然这一局他赢了，市场部人员在地面已经欢呼雀跃成一片。看他们一副胜利在握的表情，销售部别说多郁闷了。

接下来的几个部门都没有一个能超越齐萧寒的用时时间的，自然，齐萧寒早已见怪不怪，没有庆祝，而是坐在一旁专注看他人竞技。

姜琪和琳达还有两名岁数较年轻的员工都被选为了行政部的赛手，说实话，别说攀岩了，就连爬楼梯姜琪都觉得费劲。要不是母夜叉非逼着她赶鸭子上架，可能她这辈子也不会接触这项活动。

固定好锁绳，齐萧寒走到她身旁跟她说了些攀登要领，可她完全心不在焉，站在后方的欧阳宸始终面目平静，这一点稍稍让姜琪有些心寒。

随着哨声吹响，姜琪笨拙地摸索着可以抓抠的地方，说实话刚爬两下她就有些明显感觉到身体四肢不协调，手臂的臂力也很吃劲，似乎自己一直跟只大螃蟹一样，都在横着攀爬。

王妮跟下面看着她这缓慢动作更是急得直跳脚，指着她大喊：“姜琪，没让你学螃蟹，你往上够够，离你没多远就有抠手。”

姜琪停在原地，先是往下看了看跳脚的王妮，后又往上寻觅她说的抠手。还真是，可能一直埋头苦爬，根本没往上看，所以才一直横着攀爬。再一看，琳达都爬到一半的位置上了，距离她有小三米的距离。

姜琪深吸了一口气，准备绝地反超，动力十足地开始往上爬。可能是动作幅度有些大，有几次都险些踩空，惊出了她一身冷汗，怎么说这高度也有十来米呢，虽说自己没爬到那么高吧，但至少也爬出三四米了吧，这要万一掉下去那岂不是白爬那么半天啦。

她每踩空一下，欧阳宸这心就跟着揪起一下，这妮子一向体育方面不行，虽不知这次是否是她的毛遂自荐，但她这奋勇劲儿还真是难得。

姜琪奋起攀爬好不容易看到了八米的标示，但身体已经有些体力不支的迹象，手已经明显没多少力气抓住凸起的石头，万幸脚下踩得还算结实。就在她一晃神儿间，脚下瞬间落空，整个人沿着墙壁开始往下快速下滑。

站在下面的人顿时惊慌一片，姜琪一点防护划伤的措施都没有使用，除了身上还吊着一根锁绳保障这她的生命安全。

齐萧寒更是在下面大喊让她闪开岩壁，拉住绳索。欧阳宸以迅雷不及掩耳之势快速穿戴好锁绳朝着她的方向爬出，对于常年健身的他来说，攀岩根本不算什么。他快速到达她的身旁，一把抓住了她悬在空中摇摆不停的身体。

在看到她手臂上被划得鲜血淋淋的伤口时，他的心情已经无法言表。这个女人难道就不知道在向下下滑时拉住锁绳，避开岩石吗！

欧阳宸小心翼翼地带领着她向下滑行，有意将她护在身旁，避免她再次受伤，直到安全落地，他也不想松手。

逐渐围上的人群，让姜琪有些不好意思地脸红，尴尬用眼神示意他先松开紧拥着的双手。见他不以为然，便又小声在他耳边唇语：“大家都在看，你先松手。”

姜琪手臂上被岩石划出了一条又深又长的伤口，四周遍布着一些细小的划口，鲜血顺着手臂滑落到指尖。虽然有些疼痛，但她可以忍受，始终是面带笑容的答谢着大家的关心。

在琳达的陪伴下她去了景区医务站包扎了伤口，说实话，在涂抹酒精杀毒的时候，她险些快要掉眼泪了。实在是鲜肉着到酒精后太过痧疼，外加这位医护人员下手有点重，她真是感觉吃不消。

手臂上裹上纱布在回到攀岩场地时，最后一轮攀岩比拼已经结束了。

“你说，看刚才欧阳总救下姜琪的身手，我觉得他应该会比齐总要快，他怎么不参加了啊？”

姜琪身旁的女同事在讨论刚刚的比赛，姜琪也有一耳朵没一耳朵地听了几句，转过头寻找欧阳宸时，却撞上了他那双炙热的眼睛。

欧阳宸远远地示意她跟他过来，姜琪很明智地悄悄退出人群，走到他身旁。

欧阳宸带着她一前一后地走到了个没人的地方，随后轻轻拿起她的手臂看了看。似乎像是随口问了一句：“疼吧？”脸上没有过多的表情。

姜琪知道他肯定会看几眼就松手，也没有反抗，应付着答了句：“还行！”

“你说你怎么这么笨。滑下来时就不知道身后有一根锁绳可以拉住。也就是你膝盖上还有护膝，不然我看你怎么走路。”欧阳宸说完还不忘伸手戳一下她的脑门，真是有种恨铁不成钢的劲头。

时隔多年，姜琪再次领教到狮子的咆哮功底，还有他略微带有宠溺的一戳。还真是让人怀念。

姜琪揉了揉脑门，嘟着嘴反击：“天生就体育方面能力缺乏，攀岩我又没玩过，我怎么知道怎么操作。再说我是那种领悟能力很强的人吗！可以一学就会？”

完全一副我没错的姿态。

每次姜琪都可以把话说得那么理所当然，欧阳宸恨得真是牙根痒痒。强制管教她的心都有，真恨不得拉练她几回，看她还敢不敢说自己体育方面不行了。

姜琪有意拽回手臂，可毕竟有伤自己都不敢使劲，只好用眼神示意欧阳宸把手松开。

欧阳宸什么时候受人摆布过，他当然不会松手，怕弄疼她又不敢握紧，顺势一拉，姜琪结结实实地撞到了他的怀里。

这个突如其来的拥抱，很温暖，很结实。

姜琪有意挣扎，可越是挣扎欧阳宸就会抱得越紧。似乎这样只会更加激发他的征服欲。怕他兽性大发，姜琪也不再挣扎，只得乖乖顺从。也许他抱够了，自己就会松手了。

难得姜琪这般乖巧，欧阳宸怎会这么轻易放手。明明那天她表现得已经如此亲昵，现在却又这样有意拉开距离。短信不回，电话不接，这不摆明了又准备逃避吗！他怎么可能在让她轻而易举脱身。

“姜琪琪，你可以告诉我，我究竟对你做过什么吗？”

她几次三番提起被报复，可犯事本人却毫无知晓，见她那次的惊惶完全可以断定这件事情对她的伤害极大。

姜琪眼眸瞬间黯淡，受伤的手臂用力想要推开他的胸膛。那件事情是她的死穴，她这辈子都不想再提起。就连回忆都是可怕的，因此她也拿掉了她今生第一个孩子。

感觉到她的反应，欧阳宸更加收紧了手臂，把她抱得更紧。声音温柔地安慰她：“不管发生过什么事，你还有我。”

姜琪再也抑制不住眼泪，捶打着他的胸膛，在他的胸前哭诉着：“出事那天你在哪儿？你怎么可以这样？他们说一切都是你的安排，如果报警的话就会把你第一个供出来，第一个下监狱的人就是你。我到底做错了什么你要这样对我？”

似乎这一切真的跟他有联系，可他却根本不知道到底发生了什么。他的心头一沉，从她的话语中，他察觉到了这件事情给她带来的伤害已经无法挽回。他的思绪已经告诉了他最坏的结果。

姜琪哽咽着不停抽泣，如果那天不是白帆的出手搭救，她真的不知道还要忍受侮辱多久，那时的每一分每一秒都是那种让她几度窒息的滋味。她曾无数次想过死，如果身旁没有白帆的话，也许早已离开人间了吧。

可现在欧阳宸却义正言辞地说还有他，如果没有他这一切的一切都不会发生。

“我们就此分别吧。以后你走你的阳关道，我走我的独木桥。你我井水不犯河水。没有必要再过多交际。”

姜琪说出这句话时，情绪已经平复许多，缓缓推开他的胸怀，向后退了两步。

欧阳宸的面容一片死寂，不悲不喜，眼神中透着迷离。他现在真的很有必要知道姜琪当时究竟发生了什么。

望着她逐渐走远的身影，倔强中满是悲痛。他的心，也随着划了一道深深的伤痕。

当晚，欧阳宸坐上了返回的飞机，登机前他已然联系好了私家侦探，待他抵达后相约在某高档会所会面。刚见面欧阳宸就直截了当地说了需要调查的事情，如果此事不查清楚，想必他这辈子都要背负着姜琪的怨恨，寝食难安。

欧阳宸走后，姜琪更加魂不守舍。他终究还是这样毅然决然地走了，就像当初分手时一样，没有一丝挽留。

其他员工倒是放开了不少，没有总经理的旅行显得格外毫无章法可言。

放松的时间总是短暂的，从杭州返回这天，天空又下起了小雨。与来时不同的是，这次撑起雨伞避雨的人是姜琪自己。

她撑着伞，站在酒店门前看着大家逐个登车，行李就这样一直拎在手中，就连早已被雨水浸透也浑然不知。

从这次外出郊游开始，姜琪就一直魂不守舍，琳达几次三番打算试探出个所以然来，最后都无终而返。但从姜琪的表情以及微小细节都已经明显表现出了，她可能存在感情危机。

患得 Chapter 24

遇见姜琪这种守口如瓶的人，琳达这种小喇叭最是头疼。原本打算挖点八卦什么的，回去也好有的聊。可要是从姜琪那里挖出点消息来，那真比登天还难，琳达只好宣布失败。回程的路上，嘴也一直没闲着，凑到齐萧寒身旁一个劲儿地聊家常。

齐萧寒可是生意场上出了名的猎豹，形容他的思维敏捷程度如同奔跑中的豹子。就算琳达东绕西绕，也不可能从他这里知道什么头条新闻。

琳达可是一直都比较想知道他为什么要钦点姜琪当特助，毕竟特助这个职位比较特殊，一般都是男性来担任。生意场合既要嘴上功夫了得，又要肚量大。当然，这个肚量指的是喝酒的肚量。

姜琪可是那种两瓶啤酒下肚立马晕菜那种人，别说是陪同出去应酬了，就连普通的聚餐也能喝得迈猫步啊。齐萧寒选的这个特助也有点太不讲究了吧，虽然琳达一直是羡慕、嫉妒吧，但在整个市场部中，嚼舌根的人可是占有百分之七十的比例。就算琳达想不研究这个问题都难。

齐萧寒整整被琳达缠着问这个问题，纠缠了一个多小时。你想，一个女人不停地在你耳边喋喋不休，你受得了吗！于是，他也只能故作严肃认真正面回答这个问题。

“要是非追问为什么是姜琪，那是因为她在身旁感觉很踏实。”

“踏实？”完全是不可思议的回答。琳达根本无法理解，难道这是幼儿园吗？谁老老实实地听话谁就是最乖最懂事的那个？见齐萧寒确定地点了点头，琳达觉得再追问下去也没什么意思了。踏实就踏实吧！谁让她总能做到守口如瓶呢。

琳达心里开始不停揣摩，这齐萧寒究竟喜欢什么类型的女人。性感妩媚的不来电，精致干练的不来电，活泼可爱的不来电，可是平日里也没见他对哪位踏实乖巧的女人有好感啊！

因为行李都湿透了，姜琪也没管太多，直接丢到了车底部的行李存放区里，也没有像之前那样捆绑结实。等再拿出来时，行李箱已经惨不忍睹，箱体沾满了泥水，就连帮她取出行李的司机都不想直接用手拿。

姜琪托着泥巴巴的行李箱走进办公楼大厅没多远，大楼保洁阿姨气愤地指着拖拖拉拉一地的泥水，语气强硬地对着她开始指指点点一通责骂，最后直接把墩布推到她面前让她自己收拾干净。

无所谓了，本来就是她的不对。姜琪把行李箱放到一旁的角落里，接过保洁阿姨手里的墩布，沿着泥水的痕迹开始墩擦起来。

琳达刚走进大厅就看见姜琪拿着墩布墩地，保洁倒是站在一旁双手叉腰一副监工的模样。

“姜琪，你是找了份保洁的兼职吗？”

姜琪没有回话，对她笑了笑，继续墩地。

琳达看她貌似心情不是很好的样子，也没有过多去询问，只好拿着行李先上去了。

“姜琪琪，我怎么没发现你以前那么爱打扫卫生呢？”

又是这个声音，姜琪的第六感告诉自己，这是幻听，如果抬头寻找那就证明自己这些年的努力都白费了。

见她完全没有一丝要理会的样子，欧阳宸开始将对话转向站在一旁监工的保洁。

“这是不是应该是你的工作！”他实在是没办法忍受看姜琪被欺负，自然语气也随之变得强硬了很多。

这位保洁阿姨可是平日里号称本办公楼大妈级人物，在这里工作了也有七年的时间，也就理所当然地把自己放到了一个元老级的位置上。再说，站在她面前的欧阳宸她又没见过，更不知道是什么职位，心里琢磨着也就顶多是墩地这丫头的同事。

保洁一副爱答不理的表情，说了句：“你管得着吗！”便将头扭到了一边。完全无视站在面前的欧阳宸。

一看保洁这副表情，欧阳宸瞬间气就不打一处来。声音严肃了许多也提高了倍数，指了一下保洁：“现在去财务部结工资。直接回家吧！”

听到这声音，姜琪才抬起头来，原来不是幻觉，欧阳宸就站在离自己不到两米的地方。此时此刻他那表情分明是暴风雨来临前的死寂。姜琪赶紧拿着墩布走了过去。

保洁当然不能示弱，凭什么你让我走，我就走啊！一手继续掐腰，一手直指欧阳宸的鼻子方向，完全一副泼妇骂街前的架势。随之就开始滔滔不绝地开始骂脏话，将欧阳宸的祖宗十八代都慰问了一遍。

原本刚旅行回来的人们陆陆续续下车，被保洁这么一闹，这回倒好，全都聚齐在大厅里看热闹。虽说被骂的人是他们的总经理吧，可就正因为这一点，他们就更想看接下来欧阳宸怎么处理了。

保洁一看，这么多人围观，更是开启撒泼打滚模式，一屁股就坐到了地上，双手拍着大腿，嘴里高喊着：“你以为你是谁啊？你还想开除我！我告诉你，没那么容易！”接下来开始苦情戏，“我在这里辛辛苦苦工作了七年多，你想开除我就开除我。你自以为你是这里的总经理啊！我告诉你，开除我没那么容易！这里的总经理都得敬我三分。就你这么一个小职员，别看你穿得人模狗样的，几儿你也坐不上总经理的职位。”

可真是当局者迷旁观者清啊！一旁看热闹的人们听见这种话脸都有点发绿，更别说欧阳宸就站在她身前了。

姜琪看他额头青筋直冒，也是，他一向都是高高在上，什么时候受过这样的言语攻击啊。

不行，必须赶紧制止。

姜琪单手拿着墩布，蹲下身来，准备拉起坐在地上的保洁阿姨。

保洁心想都是因为她，直接反手一推，把她一下给推了个大屁墩。

欧阳宸这回算是彻底被激怒了，先是把姜琪拽了起来推到一边，后又大步走到保洁身旁，一把托了起来，强行拉上了楼。

三层HR总监办公室的门被欧阳宸一脚踹开，回手直接将保洁给拽了进去。顿时，整个三层一片骚动，姜琪也不好强闯进去，趴在外面的磨砂玻璃上费力地看里面的情况。

只见欧阳宸二郎腿一翘坐在HR总监的位置上，脸上没挂一丝表情。里面安静得出奇，想必保洁阿姨此时正在后悔刚刚得罪错了人吧。

里面安静了许久，欧阳宸才缓缓开口，外面实在是太嘈杂，姜琪贴在玻璃上有些费力地听着，就听清楚了一句“给她办离职。”

罪过，罪过。姜琪实在是不能再隔岸观火，于是她走到门前，没有敲门直接走了进去。

“欧阳……”宸字刚要出口，感觉不对及时改了口：“欧阳总，这件事情错在我。刚刚是我的行李在杭州时候被雨淋了，又沾了些土，所以弄得大厅里全是泥水印。保洁阿姨让我自己打扫也在情理之中。如果您对此事非要追究的话，我愿意承担一部分责任。”

什么叫气得咬牙切齿，这就是欧阳宸此时的心态。明明是在帮她出气，现在被她这么一说，自己倒成了猪八戒照镜子。

“行！你愿意承担是吧！徐总监，扣除姜琪三个月奖金，这个月工资减半。”

这个处罚未免有些太大了吧，说出去的话泼出去的水，姜琪只好打碎牙往肚子里咽。只是没想到欧阳宸下手会这么黑，一下子就把她这一季度的奖金给全免了。这样算来，年终奖也会同时减少三个月。本来还打算靠这些钱去新加坡探亲呢，看来是没戏了。

欧阳宸沉默许久也没说这位保洁接下来怎么处理，徐总监只好试探着问：“欧阳总，那这位保洁……还开除吗？”

“按照我刚才说的，开除！我说过的决定什么时候变过！自己处理。”

说完，欧阳宸头也不回地走出了HR总监办公室。

姜琪听完瞬间石化，什么叫赔了夫人又折兵，什么叫自讨苦吃，什么叫自作孽不可活。这些成语摆明了就是在说自己嘛！

被这么一番折腾，姜琪再次成为了公司的话题。一下午她走到哪儿，指指点点和窃窃私语的声音就跟随到哪儿。

要不是因为今天是星期一，她可能早拽着行李箱回家了。没办法，她今天要做工作交接。行政部和市场部两边跑，她这一下午简直充实得不能再充实了。

终于盼到了临近下班的时间，姜琪好不容易偷闲，拿着手机倚在五层的露台上吹风。

初冬，天黑得越来越早，差十分钟六点，已经是暮色沉沉。周围的商圈也逐渐亮起了灯，这是姜琪最喜欢的时间。每一盏亮起的灯光，就像是一支希望的蜡烛，更像是她的能量源。

她坐在木椅上，靠着椅背享受着难得的悠闲时光，却被手机铃声打断了。

是白帆的来电。按下接听键，将手机放到耳边，白帆的声音总能带着几分安慰，只要听到就觉得一时间放松了很多。

“琪琪，我在你们公司楼下等你。晚上一起去吃饭。”

他的话很短，但似乎也不需要很长。

挂断电话，起身再回到工位时，周围的同事都已经开始收拾东西准备下班了。

姜琪一直以为只有行政部会这么积极下班，没想到市场部也是如此。齐萧寒此时还坐在办公室里处理文件，他的那些员工们都已经蓄势待发只待六点的下班铃声响起。

说起这下班铃声，还真不得不佩服欧阳宸，又是他老人家的馊主意，上班有上班铃声，午休有午休铃声，下班有下班铃声。真不愧是当初的学生会主席。

铃声通过公司楼层内的宣传喇叭，传遍每个角落，大家拎着各自的物品热热闹闹地下班了。

姜琪看齐萧寒还没走，她也不好意思早走，在工位上借助这时间顺势收拾了一下桌子上的东西。看时间，都已经过去半个小时了，齐萧寒就跟钉办公桌上一样，一动不动，一点准备下班的意思都没有。姜琪不得不心里琢磨，要再这样等下去，是不是黄花菜都凉了？！齐萧寒坐着不动的本事她又不是没领教过，指不定他坐到几点呢。

患失 Chapter 25

姜琪试探着敲了敲齐萧寒办公室的门。直到里面传出了一声“进来”，她才推门而入。

“齐总，到下班时间了，您还不走吗？”为了可以早点回去，姜琪只好壮着胆提醒。毕竟他现在是她的顶头上司。

“姜琪，你怎么还没走啊？快下班吧。我一会儿还有个应酬，别等我。以后到点直接下班就行，除了我跟你提前交代下班有需要留下，其他时候都不用等我。”

看到姜琪站在门前，齐萧寒险些忘了从今天开始自己身旁多了位特助。以前的助理一般都到点就下班，慢慢地他也就习惯了下班自己继续处理自己的事情就好。没想到，姜琪居然这么听话。

走出公司时姜琪险些把行李箱忘了，都走出旋转门了，又转了回来。

从角落里拎起箱子，地上的水都干了。姜琪对着这片脏兮兮的地面直叹息，要不是因为这个也许欧阳宸就不会把保洁开除，自己也就不会被扣除奖金和工资。

万万没想到，欧阳宸居然还是这种处事风格，谁要是让他颜面挂不住，他准让那人吃不了兜着走。前提是，不管男女老少，他从不手软。

白帆正好在门外看见姜琪出来后又折返了回去，以为是出了什么事情，就也追了进来。看她正对着一片满是泥土的地面发呆，目不转睛地凝视着。白帆完全可以猜到，因为这个肯定发生过什么事情。

“琪琪，今天怎么下班这么晚？”白帆能做到的，就是不去多问。伸手接过她的行李，行李上沾满泥土。

“帆哥，你都到了……”这不废话嘛，他就站在面前，可不是已经到了吗！

姜琪话音落才自己反应过闷儿来，却又不好圆场，毕竟自己从来都是只会制造问题但不会解围的那个。

姜琪跟在白帆身后走出旋转门，拎着行李的白帆不忘把车门给姜琪打开让她先上车。将行李放到后备箱中，白帆用手掌试探了一下行李箱的干湿程度，还好已经差不多快干了。

坐上车，白帆抽了张湿纸巾递给姜琪，自己也拿了一张把手上的泥擦了擦。

“琪琪，我从北京给你带了冰糖葫芦，在后座上。”

姜琪转过头看向他，白帆的语气总感觉和以往的不太一样，更怪的是，他现在的表情。微微紧绷的下巴，目视前方的双眼，似乎是在压抑什么情绪。

她转过身从后座上拿过精心包装好的糖葫芦，将糖葫芦从纸质包装内取出，这可是她在北京时每到冬天就吃不够的味道。她把糖葫芦递到白帆面前让他先吃，结果白帆却往后躲了一下，继续专心开车。

原本酸酸甜甜的味道，不知道是因为太久没吃的原因，还是因为刚刚白帆有意闪躲的动作，姜琪没吃两口就把糖葫芦又放到了包装袋内。

车内安静了很久，平常白帆都会打开音响播放钢琴曲舒缓疲劳和心情，看得出他今天不想听音乐。姜琪有些不知所措，这样的白帆让她琢磨不透。难道……他在生闷气？

“帆哥……我刚刚不是故意晚下班的。是我最近被调换了岗位，今天是第一天去新岗位报道，我的顶头上司又是个工作狂人，所以……所以才在办公室等了他会儿。”

“姨妈告诉我了。”

浅描淡写的一句话，姜琪听后有些察觉到了他这个表情的原因。难道是因为没有提前告诉他？！不能吧，白帆从来都不是那种斤斤计较的人。

不想再继续这样尴尬下去，姜琪赶紧找了个话题缓解一下气氛，“我们今天晚上吃什么？”

“西餐。”

白帆的话依然是惜字如金，姜琪实在是不知道该怎么接下去了。

看着对面的他一直默不作声，姜琪就算再饿也会觉得很饱，自己原本以为白帆在自己身旁久了，所有的一切都只是习惯。没想到的是，他以前实在是太好了，所有事情都做到细致入微，他从不会去正面表达他的情绪，每每见到都是温润如玉般的姿态。

现在的他倒是跟欧阳宸有些相似，面无表情，始终沉默不语。拿着餐刀的手不轻不重地落在七分熟的牛排上，缓缓切成小块，然后递入口中。他一向不喜欢吃西餐的，他说过，拿着餐刀切牛排时总会有种正在拿着手术刀给病人做手术的错觉。只是他今天真的很怪，宁愿忍受着错觉一口口将牛排吃下，也要选择西餐。

回去的路上，姜琪实在是忍受不住这样的冷漠，她的脾气她自己知道，如果要一直这样冷战下去，那她和白帆这段感情很快就会画上句号。

“白帆，你能告诉我你究竟怎么了吗？是因为研讨会的事情还是因为医院里的事情？你知不知道你现在这样的表情让我很担心。可以跟我说说吗？我想我会是一位很好的聆听者。”

白帆一脚刹车减缓了车速，随后将车停到了路旁。他停车的地点正是繁华路段，不仅不能随意停车，要是被警察抓到，还会被罚款。而这个时间段，正是交警巡查的时间。白帆不可能不知道这个后果。

“这里不能停车。”见交警已经往他们的方向走了过来，姜琪连忙抓住白帆的手臂，希望他能先将车移开。

“琪琪，我究竟要怎么做你才能对我不再隐瞒？！”

什么？原来他这么介意没有告诉他调岗的事情，当初之所以没告诉他只是觉得这都是工作中随时会发生的事情，完全没有告诉他的必要，没想到他会对这件事这么在意。

姜琪不知该怎么跟白帆解释，交警此时已经走到车前轻敲车窗示意将车窗撂下。白帆一点反应都没有，目光始终注视着她的双眼。见他半分转身打开车窗的意思都没有，姜琪只好弓起身绕过他伸手按下了车窗。

“这里不能停车，快点开走。”车窗缓缓落下，交警的声音也随之涌入车内。

姜琪扳过白帆的脸，让他面向交警，自己则一个劲儿地点头，“马上就走，马上就走。不好意思。”

好不容易把尊敬的交警大人送走，白帆还是没有一点要开车的意思。姜琪只好举手投降，这样的白帆还是顺从比较好。

“我们先回家吧。有什么事回家再说好吗？”

到了白帆住的公寓后，姜琪乖乖跟着上楼。不管白帆现在究竟有多么心情不好，他依然会很绅士地帮姜琪拎着脏兮兮的行李箱。

一进门，姜琪连忙接过行李箱，拎到了卫生间。不用想也知道，这里面的衣服肯定都湿透了。拉开拉锁，不出所料，因为潮湿又被长时间捂着，都有些发霉的味道了。

白帆倚靠在卫生间门前，目不转睛地看着她一件件把衣服从行李箱中拎出来，嫌弃万分地扔到一旁的地上。

“帆哥……”姜琪起身甩了甩手上的水，面对着这一地的湿衣服撅起了嘴，“我今天因为这一地的湿衣服犯了个大错……”

白帆不语，却饶有兴趣地倾听，难得姜琪肯跟他说得这样琐碎。

“今天回来的时候杭州正好下雨，行李箱被淋湿了，我就直接把它扔到了大巴车的行李区，等再拿出来时就已经是脏兮兮的了。而且……还滴答了很多水。刚进公司就被保洁阿姨从头到脚数叨了一遍，还要自己把弄脏的地墩干净。最无奈的是……被总经理看到了，不仅害得保洁被开除，我这个月的工资也被扣除了一半，三个月的奖金也没了。”

无比沮丧的姜琪，走到白帆身前，搂住他，只要靠在他的胸膛上就会感到安慰。

“怎么办？我下半个月的生活费就这么没了，你养我半个月好不好？”

白帆终究还是心软的。回抱住她，将头埋在她的颈间，轻轻在她耳边说：“我更愿意养你一辈子。”

沉默的白帆原来如此好哄，姜琪原以为他会和欧阳宸发脾气时一样，像一头着了魔的疯狮子，将周围人都痛咬一遍还不忘把自己弄得遍体鳞伤。白帆终究是白帆，永远不可能被复制成欧阳宸。

接下来几天，初为市场部总监特助的日子让姜琪有些吃不消，并不是说需要多么早出晚归，而是大会小会连绵不断，姜琪把自己钉在椅子上的心都有了。几乎是齐萧寒去哪儿，就要跟随到哪儿。当然，除了去洗手间。

齐萧寒因为手头工作总会无意间错过午饭时间，姜琪有时候要配合做好助理工作，午饭去员工食堂吃的次数越来越少。别看表面上市场部总是忙忙碌碌，其实这个部门的人个比个的爱八卦。欧阳宸那次的事情，断断续续也被传了将近两星期才算是画上了休止符。因为工作需要，姜琪总会跟齐萧寒走得很近，真是躺着也中枪，她不意外地成为了大家新一轮的八卦对象。

各种各样被抨击的言论扑面而来，姜琪真是听到目瞪口呆，完全没有的事儿愣是被这群想象力丰富的人们说得神乎其神。

这天，姜琪正好帮齐萧寒去档案室取文件资料，无意间听到了市场部两位小职员的对话。

“唉，你说，齐总怎么就看上她了呢？要什么没什么，也就毕业院校比较知名，刚来公司半年就爬上了市场部总监特助的位置。你说，她是不是跟齐总发生过什么不为人知的关系啊？”

“不好说！你还记不记得有一回她还是行政部专员的时候，也不知道因为什么事来找咱们齐总，结果在齐总办公室坐了一上午。也不知道他们当时在说些什么。”

“对！对！我想起来了，我记得那天咱们都去吃饭了，他们俩人还在办公室里坐着呢。后来我听其他部门的同事说，在楼下的西餐厅看见齐总跟她一起吃饭了。后来齐总开车带着她一起走的。”

“不会吧！看样子他们之间真的有什么不为人知的秘密。要不然没过多久齐总就跨部门提升了她呢，原来他们俩人有奸情。”

“嗯，我觉得也像！看她现在那副春风得意的模样，瞧着就让人恶心。”

患失 Chapter 26

姜琪站在后排的档案柜前实在是听不下去了，这要是五年前，她也许早就拿起椅子冲着她们扔了过去。

绕过档案柜，姜琪一点不避讳地站到了她们面前，一副无所谓的表情注视着她们，“谁都有言论自由的权利，你们当然不例外。你们想怎么说我，我无所谓，我就当你们是羡慕嫉妒恨。但是，你们要记住一点，那就是，我之所以能坐到这个位置上，就证明我比你们优秀。我从来不会浪费时间在嚼舌根上面。

我劝你们在公司里议论别人最好使用网络。免得日后祸从口出，自己得罪了谁都不知道！”

没有人天生就是软柿子，姜琪可能这辈子都不是那块料。她以前偶尔也会脾气暴躁，也会跟别人吵架甚至动手，只是现在跟脾气温和的白帆相处久了，似乎暴躁脾气也被磨合了一般。

白帆曾经说过，武力不是解决问题的最好方式，没人有会指责一位就事论事的人无理取闹。

姜琪抱着找到的资料，离开了档案室，留下那两位市场部小职员大眼瞪小眼。回首想想，原来这些年来跟白帆在一起被他影响的习惯还真不少，他学医，一向仁慈大度，与生俱来温文尔雅的气质促就他从来不会因为任何不必要的事情而大发雷霆。

白帆真的与欧阳宸不同，两人的性格就如同两个极端，一个是南极温顺的企鹅，一个是北极残暴的北极熊。

为了避免在电梯里再遇欧阳宸，姜琪索性抱着厚厚一摞资料走楼梯，爬到九层时，姜琪一屁股坐到了台阶上。两条腿都走软了，还在一直发抖，颤颤巍巍地站都站不起来，这都是平日里缺乏锻炼的后果。

“姜琪，你怎么坐这啊？”

闻声，姜琪快速转过了头，只见齐萧寒右手食指和中指间夹着一根刚燃烧不久的烟。她原本以为像齐萧寒这种拥有好男人形象气质的人，日常生活中应该很注意自身保养。没想到他也会避开人们目光，躲在人少的地方默默点上一根烟，细细抽吸。

“噢，我想锻炼一下，从二层走了上来，现在有些后悔刚刚没有坐电梯了。”姜琪无奈地耸了一下肩膀，抱起身旁的资料，准备起身先回去。

“那就多休息会儿吧！”说完，齐萧寒也坐了下来。

齐萧寒突然与她并肩而坐，姜琪根本想象不到。姜琪也不好起身离开，只好又将资料放回地上。

第一次靠他这么近，之前经常可以嗅到他身上男士香水的味道，今天全部被烟味儿覆盖。难道他每次抽完烟回去都要喷上香水吗？！

“姜琪，在这个岗位还适应吗？最近是不是经常被我的职员们欺负？我看你这几天脸色并不是很好。”

不得不说，齐萧寒真是位好上司，总会将职员观察得细致入微。别看他整日里坐在办公室里处理文件，他其实还是挺关心他的员工的。

“还好吧。我的突然提升肯定会有些老员工有意见。这个很正常，我可以接受。只是调换了岗位，又不是更换了公司，没什么。”

“有这样的心态就好。我当初被提升为市场部总监时，更是闹得沸沸扬扬。老总监各种刁难，以及元老们大批离职。很多压力，压着我，也压着欧阳。他那时候也刚刚接手公司，很艰难。公司毕竟成立的年头很长，制度腐朽以及员工们适应度低下。他这位美国刚毕业归来的MBA，所承受的压力可想而知。他的到来很及时地给公司注入了新鲜血液，大批使用新人，现在大部分高管都是那时候提拔起来的。也可能是因为他学生时一直担任职务的因素吧，他制定的那些规章制度被大多数员工定义为苛刻。可就是因为有这样的苛刻，才创造了今天HM的再度辉煌。”

齐萧寒又点燃了一支烟，深深地吸了一口，缓缓吐出烟雾。

“姜琪，你是不是也很疑惑我为什么会选你当特助？”

对，是很疑惑。这里很多人都很优秀、很勤奋，为什么偏偏是我？姜琪点了点头。

齐萧寒低下头笑了，他的笑容很温和，给人的感觉很踏实，就像是一颗定心丸。

“如果你不点头，也许我会觉得你很做作。但看得出，你不是那样虚伪的人。公司里虚伪的人很多，他们习惯当着受害人微笑，背后狠插几刀。可你却不一样，你活得很真实，喜怒总会挂在脸上，就像是个天真的孩子。有你这样的人在身边我会觉得很踏实，至少我不用揣摩你心里藏着什么小私心。”

小私心，我又怎会没有小私心，我希望工资翻倍。当然，姜琪只能心里呐喊。她很感谢齐萧寒给她这个机会，这个平台很大，她可以自由发挥。

经过那次楼梯间对话，姜琪对齐萧寒的态度不再是那么拘束，工作起来自然了很多，也更得心应手。

因为同一楼层的原因，姜琪总会不经意间与欧阳宸相遇，只是这欧阳宸不知道是上哪儿吃了枪药，对她完全视而不见听而不闻。起初那几天，姜琪一直以为欧阳宸还在生她的气，毕竟他从来没有受过那样的侮辱。可事件都过去那么久了，他还是这副冰山脸，死气沉沉的。

欧阳宸这种古怪的脾气，弄得公司上下层都人心惶惶。他的秘书和助理更是时不常以泪洗面。虽说知道他向来暴躁，但他一向都会给女员工们留应有的尊严。只是，不知他这次是怎么了。

姜琪刚从洗手间出来，就看见欧阳宸的助理掩面而泣地跑了进去。看来最近欧阳宸更是变本加厉了。

她又折返回卫生间，见助理小白靠在墙面嚎嚎大哭。她走上前，从纸抽器里面抽出了两张纸巾递给了小白。

结果纸巾，小白抬起了头，对着镜子擦了擦哭花的睫毛液。

“谢谢你，姜琪。”

助理小白天生就是一副弱女子的样貌，这样一哭更显娇弱许多。原本声音甜腻的嗓音，被这样一哭倒是沙哑了不少。

“欧阳……”话说一半，姜琪停顿了一下，她原本不该问，但是要不问出个所以然来，她吃饭都会觉得不踏实。“欧阳总，最近怎么总发这么大的脾气啊？看你和小梵这些日子好像总被说……”

小白哽咽着，擦拭去刚落下的泪滴，吸了吸已经被擦红的鼻子。“他最近心情不好。半年前他并不是经常来公司，我们的日子也算是好过些。好像自从是你那次在总经理例会把笔掉地上的那天开始，他越来越勤奋地来公司了。而且，他的脾气很怪，起伏不定。也许今天遇见什么开心事了，他一整天都会笑容满面，要是万一今天他心情不好，他就会总沉着脸，说话时也会很严肃。只要他心情不好，他就会将每份递送到他办公室需要他签署的合同都细细读上一遍，只要合同有问题，他就会直接把合同退回去。他每次苛刻合同，我们就会被送合同的高层数落一遍。其实我们每次哭都不是被他直接训斥，而是间接被责怪。”

欧阳宸这奇葩的性格还真是难拿捏，姜琪也只好劝小白尽量想开点，别太往心里去，其他的，她什么忙都帮不上。

午餐时，趁大多数员工都去餐厅吃饭，姜琪悄悄溜到欧阳宸办公室门前。

犹豫的手在门前晃了好久回，还是始终没有勇气敲下。

该来的总会来，该面对的终须是要面对。

姜琪鼓起勇气，不轻不重地敲了几下门。

里面久久才传来一声“进来。”

推开门，姜琪迈了进去。欧阳宸低着头依旧认真地研究着合同上的内容。

办公室内安静了许久，欧阳宸这才抬起头来。姜琪就站在门边，并没有往前走。

看见是她，欧阳宸又将头低了回去，继续看合同。

姜琪见他一点想开口的意思都没有，又抬手握住门把手，准备出去。

“来都来了，想说什么直接说吧！”

怪不得小白会说他语气严肃呢。还真是，这话听起来更像是胁迫，如果不说出了什么来就别想出去。

“我没事，就是想看看你去没去吃饭。”

“嗯。”

“午饭时间了……”其实姜琪更想说，该休息时候就要休息一下。可惜她不好意思开口。

“嗯。”

“说完了，我出去了。”

“嗯。”

不错，这样冷漠很好，可以彻底斩断情丝。

姜琪只觉心底有些微凉，被刺痛后又被扔到了冰窖。

“等等……”

欧阳宸将手中的钢笔盖上笔盖放到一旁的皮质笔筒中。合上合同后，缓缓起身。

姜琪就站在门前，没有闪躲，目视着他一步步朝自己逼近。直到自己的下巴被他狠狠地捏在手中。

“姜琪琪，你是来挑衅的吗？！”

什么？挑衅？绝对的误会！姜琪想为自己伸冤，只可惜下巴被他捏着。

他冷笑，看见姜琪此时正被玩弄于股掌之中，他是又解气又心疼。

似乎，姜琪学乖了很多，学会了默默忍受而不反抗。可是狮子，终归是狮子，如果猎物活活等死不奋死反抗的话，他一定会想方设法让她反抗，只要这样得来的东西才有价值。

他顺势反锁房门，把姜琪一下按到了门板上。单手固定她的双手，压在她的胸前，迫使她反抗。

只要她敢反抗，一定会被吃干抹净，不留余地。

患失 Chapter 27

很显然，姜琪中计了，她开始奋力反抗，想要脱离魔掌。可惜有些迟。

欧阳宸狠狠地吻住了她，甚至连空气都吝啬于她，让她半分反抗的余地都没有。

他的吻炙热，狂烈，如同龙卷风袭来。姜琪完全措手不及。好不容易离开她的唇，却又顺延到她的颈项。姜琪被吻到缺氧，大口大口地喘息着空气。他轻咬她的颈项，然后亲吻，在她的颈项上留下深深的吻痕。撕扯开她的衣领，亲吻着她的锁骨。她曾经说过，只要在对方的锁骨上留下深深的牙印，对方这辈子都不会将他（她）遗忘。欧阳宸准备一试，虽然咬在她身上会很疼，正是因为疼她才会永远记住。

姜琪被他咬得惨叫连连，那感觉就跟锁骨上的肉要被他撕下来一样。身体因为疼痛开始扭曲，双手奋力挣脱他的魔掌。

“欧阳宸，你给我松口！你丫是不是吸血鬼转世，咬我干嘛！”姜琪眼泪都被他给咬出来了，忒疼了。

松开她时，欧阳宸的嘴唇上已经沾有血迹。姜琪捂着肩膀跪坐在地上，鲜血一股股从一颗颗牙印的破口中流出。她的手掌上已经沾满了血迹，粉红色衬衫衣领也被染得鲜血斑驳。

“这个印记是只属于我的图腾，这辈子任何人都无法替代！”他知道，自己咬得很深，他更希望深到她的心底。

“欧阳宸你疯了！疯得简直无药可救！”姜琪捂着疼痛万分的伤口，缓缓起身，只有逃离这里，才能觉得安全。只可惜，欧阳宸反锁住了房门，姜琪根本就打不开。入职时她曾听过传闻，副总裁级别以上的领导们所在办公室的房门，只要从内反锁，必须要使专用解锁钥匙来开。原来这个传闻是真的。

刚刚欧阳宸的举动让姜琪觉得恐慌，如果他没觉解恨再扑过来撕咬，那自己的小命肯定不保。

欧阳宸倚坐在沙发扶手上，凝视着姜琪的一举一动。捂着伤口，咬着下嘴唇的她就像是个不知所措的孩子，受了伤，委屈的眼睛里挂满雾气，却又倔强的仰着头，掩藏着她的恐慌。

“姜琪琪，我想告诉你，那件事，不是我做的。”

以前姜琪提起这件事来，无限的恐惧一同涌上她的心头。现在欧阳宸提起这事来，心情躁动的随时想要将那几个人碎尸万段。

他无法想象在姜琪身上会发生这样的事情，他无法想象姜琪当初要用多大的勇气撑过那段煎熬的时光。他知道，这一切不管是在她的身体上还是心理上都是一块永远抹不去的伤疤。他现在唯一能做的就是化解她对自己多年来的误解。

“对！以前我也不愿意相信会是你指示的。但现在，我相信你什么都能做得出来！”

欧阳宸一直在她心中虽然性格很奇葩，古怪，但一向很有分寸。他知道什么事情可以做，什么事情坚决不会去做。可就在刚刚，他咬下口的那一刻起，一切都变了。他残暴得简直就像条疯狗。

在一星期前，欧阳宸收到了私家侦探寄来的信封，里面不仅有照片，还有医院的检测报告以及手术单和住院信息。每一张相片都让他心如刀绞，检测报告以及医院方面的资料更是如同在伤口上撒盐。私家侦探在信函中清晰地写着事发日期：2005 年 9 月，正是姜琪考入大学的那一年。作案人员三人姓名中没有一个是他认识的。可能是私家侦探为了照顾他的心情，将事情委婉地写为“多人强行实施侵害”。而事情发生后却最终不了了之。姜琪没有报警。

欧阳宸一直不明白她当时为什么不去报警，发生了这样的事情，她居然选择了隐忍。她当时忍受的痛苦与摧残太过残酷。

正因为此，欧阳宸这一星期来都不知该如何安慰她，只能沉默以待，想让自己调整好心态后再向她解释清楚。就算这件事情姜琪不再追究，他也不会就此罢手，谁犯的事，谁就必须承担。

欧阳宸起身走到姜琪身旁，拉住不停往后退的她，拽到自己身前。姜琪捂着伤口闪躲，却摆脱不开他的手。欧阳宸将她囚困在怀中，动弹不得。

他实在还是不能调整好心态，纵他天生有理智清晰的头脑，在他知道她所承受的一切时，他终究不能理智。他看不得姜琪受到半分欺凌，何况这件事情是在他不知情的时候发生，作案人员还是顶着他的头衔。

“姜琪琪，那件事情真的不是我指示的。我不知道我该怎么做，你才能相信我。我真的很抱歉没能在你最无助时陪在你身边，请你给我一个可以证明一切的机会好吗？我是爱你的！”

“你有什么理由让我相信那件事情不是你指示的！我原本以为我可以将那件事情遗忘，可你为什么偏偏又出现在我面前！为什么要告诉我你爱我！为什么你都已经结婚了还要不停地招惹我！”每每想起那件事情，姜琪都会声嘶力竭，那块永远抹不去的伤疤在这半年来被反复撕扯开很多遍，难道非要让她昭告天下，才算安心。

“相信我好吗！你所看到的，你所听到的一切都是假象！”欧阳宸将她的手放在自己心脏的位置上，“我这里曾经有你，现在有你，未来也只有你一个人。我不会做任何伤害你的事情，因为那样，我会比你更痛苦。相信我！”

姜琪的心在动摇，欧阳宸虽然性格强势，但他并不坏。他决定的事情，一向都会雷厉风行，处事果断专权。他的这种性格也无法让他对别人背后捅刀，难道真的是自己一直错怪了他。

姜琪不再挣扎，安静地让他紧拥着。口中呢喃着：“那你就证明给我看，这一切不是你指示的。”

姜琪锁骨上的咬痕很深，欧阳宸在帮她清理时，心疼不已。手中沾有酒精的棉签，轻轻擦过伤口。他可以感觉到姜琪很疼，微微颤抖的肩膀早已将她出卖。

“为什么咬我？”欧阳宸刚刚这一反常举动真的把她吓得不轻，而且他咬得真的很重，牙齿已经深深刺透到肉里。

欧阳宸嘴角勾起一抹淡笑，姜琪这副受气包的表情甚是可爱。他轻捏一下她的脸颊，颇带严肃地说：“我要让你这辈子都无法忘记我！”

“欧阳，我们回不去了！”

时间既然已经逝去，我们只能接受现实。

“为什么回不去？！你我都没有付出努力，谈何回不去！”

“你已经结婚了，我也有我男友了。那段时间是白帆不离不弃相伴我左右，我不能辜负他的情意。”

“你不愿辜负他，那我呢？”

我苦苦用了这么多年来期盼与你再次重逢，我相信我们的缘分未尽，我相信老天是知情的，它一定会让我们相遇。就算在孤寂我依然没有低头，因为我知道，你肯定会在不远的将来等我。可你现在却对我说，你不能辜负另一个男人。姜琪琪，你知道，你对我有多残忍吗！

欧阳宸开始冷笑，他觉得自己就像个小丑，不断自说自话着，却被旁人始终视为笑话。

姜琪没有回答他，起身，拿起他办公桌上的钥匙打开了被反锁着的房门，然后离开。

这个问题，她无法回答，她依然选择了逃避。

姜琪离开后，办公室内瞬间被死寂侵袭，欧阳宸依旧冷笑着，声音是那么空洞。

天气也完全入冬，姜琪的生日也越来越近，以前行政部的同事们都在嚷嚷着为她举办个生日派对。

名义上是生日派对，实际上就是大家想借此机会好好放松一下。

自从那天被欧阳宸咬伤后，为了避免再次成为大家的讨论焦点，姜琪一改穿衣风格。从前她向来不喜欢高领毛衣，现在她除了穿高领毛衣，其他衣服一概不穿。

白帆见她穿高领毛衣，起初也觉得新奇，慢慢也算是习惯了。

只是她脖子上的吻痕，似乎高领毛衣也无法遮盖住。白帆几次盯着那个吻痕失神，就算是这样，他也愿意相信她。

再过一天就是姜琪生日，白帆特意在她生日当天调换成休息，今天更是请假提前去公司接她。

姜琪在市场部工作的也算是得心应手很多，齐萧寒是位非常好相处的上司，姜琪完全不用担心自己做错事会被责骂或处罚。齐萧寒更善用鼓励的方式让员工上进。当然，他很豪爽，从下月开始，姜琪的工资就会开始小幅度增长。

欧阳宸依旧是消失了，已经很多天没有来公司了。公司上上下下也算是过上了几天好日子。总经理秘书和助理也不用整天以泪洗面，每天都有说有笑的整点上下班。

因为跟白帆提前约好，姜琪在听到下班铃后就开始收拾东西准备下班。她不想让白帆等太久。外面这么冷，他又习惯下车等待，冻感冒的几率可是很高的。

姜琪冲下楼时，白帆那辆白色帕萨特已经停在公司门前。白帆身穿长款风衣，靠在车门旁等待着。不时从他身旁走过的女生们，都会不由自主地偷瞄他几眼。

不得不承认，白帆不仅专业方面很优秀，他的长相、他的身材也都相当不错。天生白皙的肤色，再加上高挺鼻梁上架着的那副黑边窄框眼镜，颇有些奶油小生的意思。天生上扬的嘴角，总会给人带来亲切感。比例优良的身材，天生的行走雕像。除了稍稍瘦了些，其他一切都好。

“你想什么呢？”

白帆宠溺地轻敲姜琪的脑门，从她刚刚走出大厅开始，她这双圆溜溜的大眼睛就有些发愣，一看就是在盘算着什么。

坐上车，白帆习惯性先把姜琪那边的安全带给她系好。

姜琪嘴里小声呢喃着：“突然间感觉有危机感。”

白帆听得一头雾水，轻拨动了一下姜琪身上刚刚系好的安全带，“放心，你现在很安全！”

见她依旧愣神，所有所思的模样，也就没太在意。

患失 Chapter 28

晚饭，白帆带姜琪去了她爱吃的城隍庙小吃，庆祝她 23 岁的最后一天。吃完饭又去看了场电影，等回去时已经是深夜将近十一点。

白帆开车带她回了家，也不是第一次在他家留宿，姜琪自然了许多。拿着换洗的衣服先去洗澡，站在浴室的镜子前她仔细查看脖子上吻痕印记，已经完全消退，只是这锁骨上的牙印已经结痂，不过没关系，正好能用衣服遮盖住。

洗完澡，姜琪窝在沙发上看电视。十二点刚过，客厅内的灯突然灭了，姜琪有夜盲症，黑兮兮的她什么都看不见，只能坐在沙发上叫白帆过来。

“Happy birthday to you，happy birthday to you，happy birthday to 琪琪，happy birthday to you。”

伴随着歌声，白帆手捧一个小型蛋糕，上面插着数字24蜡烛，缓缓从厨房走来。

姜琪从来没奢望过白帆会给她制造这样的惊喜，毕竟学医的白帆更讲究实际，而不是那些一时的小浪漫。

姜琪接过蛋糕，白帆这才转身去开灯。蛋糕在灯光的照耀下，显露原形。红心下面写着Please marry me. 虽然姜琪这英语水平就算是半瓶子晃吧，但这句话她还是认识的。

她真的没办法回答他。

白帆单膝跪地，从裤子口袋中掏出早已准备好的钻戒，递到姜琪面前。

“琪琪，嫁给我好吗？”他的语气中带着期待。

姜琪无法回答，她从来没想过这些。更何况，在现在这种情况下，自己始终摇摆不定的心，更怕伤害白帆的情意。

“帆哥，你先起来好吗？”姜琪把蛋糕放到茶几上，起身想要拉他起来。

“还是不能接受我是吗？”白帆的话语中满是失落。

姜琪有些为难，如果正面回答他，那肯定会伤了他的心。如果不回答他，那就代表答应了他的求婚。

“帆哥，你先起来。我觉得我现在还年轻，不想太早考虑结婚这件事情。我们可不可以再等等？”

“等？”白帆起身合上了戒指盒，落座在沙发上，表情中满是失落后的自嘲。“琪琪，跟我说实话好吗？你究竟在等什么？是在等那个在你脖子上留下吻痕的人吗？！”

纸终究包不住火，白帆还是看见了。姜琪无法再继续隐瞒。

“这个吻痕并不代表什么，真的。只是我现在有些起伏不定，结婚的事情可不可以再等等。”

“琪琪，你能不能别再对我隐瞒？我从来不问，那是因为我一直在等你亲口告诉我。如果你对我说了，也许我的心会觉得好受些。”

白帆紧握戒指盒的手指已经有些泛白，他曾想象过姜琪会这样答复自己，可没想到当她亲口说出时，自己会这般不堪一击。落寞中夹杂着自我嘲讽，多年来所付出的一切在她心中远远不及欧阳宸的千分之一。他不禁反问自己，白帆你难道就这样认输了吗？！

姜琪看他这样有些不知所措，安慰也不是，不安慰也不是，进退两难。安静地坐在一旁，注视着火光燃烧下的蜡烛。

“琪琪，我不能再等！我要你，现在！”说完，白帆顺势把姜琪拉躺在沙发上，灼热的吻逐渐蔓延在她的脸颊上。

姜琪做梦都想不到一向温和的白帆会做出这样的举动，双手被他单手禁锢在头顶，动弹不得。就算自己怎么挣扎他都不再像往常那样顾忌她的感受。

“帆哥，不要这样！你冷静一下好吗！”姜琪的腿胡乱踢踹着，希望他能将自己松开。但所做的一切都是那样的于事无补。

白帆单手撕拽着她单薄的睡衣，睡衣上的纽扣终究还是承受不住用力撕扯，应声而开。她的胸前瞬间大敞，只剩件胸衣遮挡重要部位。白帆微烫的手掌在她的身体上胡乱摸索。

姜琪想要制止却无能为力，口中不停地劝他不要这样。

白帆的手掌顺延到她的身后，解开了她的内衣扣。他单手支撑起身体，深邃的眼眸中燃烧着欲望的火花凝视着身下的她。他知道如果现在就此罢手，那也许这辈子他都错过了拥有她的最佳时机。

“不要反抗，就当这是这些年来相伴至今的回报。”话落，白帆开始吮吸着她的每寸肌肤，直到他吻到她身上已经结痂的牙印处，如同触电一般，他迅速从她身上弹开。

刚刚燃烧正旺的火焰瞬间被泼了盆冷水，白帆从恍惚中逐渐找回理智，姜琪锁骨上深深的牙印看得他触目惊心。这么敏感的位置，这么深的牙印，颗颗齿痕清晰可见。怪他这么多年来一直将她呵护得如同温室中的花朵，怪他这么多年来一直都以为她始终走不出那件事情的深渊，怪他这么好欺骗。原来她这一切都只是面对他时伪装出的假象！

白帆开始大声嘲笑着自己，这段时间来自己就像个傻子，不仅被她耍得团团转，居然还把一切都信以为真。是自己亲手将她推到了欧阳宸身边，这一切的后果如同自食苦果。

白帆此时这种表现更像是人格分裂，姜琪快速穿好了衣服，躲闪到沙发角落中。这样的白帆很恐怖，甚至比欧阳宸暴躁时还要恐怖，他就站在那里不停地狂笑，笑声尖锐刺耳。

姜琪无法想象一向温文尔雅的白帆会变成现在这般模样，他甚至开始跪地抱头痛哭起来，姜琪完全束手无策。自己终究是那个摧毁他的罪魁祸首，如果就这样一走了之，那对白帆太不公平。她从沙发上起身，缓缓靠近，伸手轻轻安抚他的肩膀，希望他可以平复。

白帆顺势双臂紧拥住她，将头依靠在她的小腹上，声音嘶哑地一声声呼唤着：“不要离开我！”

就这样的姿势持续了很久，白帆已然哭得有些耗尽心神，松开手时，自己早已疲惫不堪。姜琪费力搀扶他起身，他的大部分身体都压在了她的身上，姜琪费了九牛二虎之力才将他拖拽到床上。

这一番折腾下来，已经是凌晨三点多。姜琪去卫生间投了条温毛巾给白帆擦脸，躺倒床上白帆很快就睡着了，睡梦中的他面容依然局促不安。姜琪用温毛巾轻轻帮他擦过脸颊，刚刚的他哭得像个孩子，是那样的歇斯底里。

这样的白帆很陌生……

清晨起床后，白帆一切都恢复了常态，依然嘴角挂着笑容地对她说早安，依然帮她准备好洗漱用品，细致到将牙膏都帮她挤好。仿佛，昨晚所发生过的一切都只是一个梦，现在只不过是梦醒了。

今天白帆特意请了一天假，原定是带姜琪去外出郊游，可计划永远赶不上变化，姜琪要陪同齐萧寒去招标会。一同吃完早餐，白帆照旧开车送姜琪上班，到达姜琪公司门前后，白帆习惯性下车给她打开车门。

姜琪刚走下车身体重心还没站稳，白帆就一把将她搂到了自己胸前，在她的唇上轻轻一吻。还好，他并没打算把这个吻延续得更深，姜琪很快就被他松开了。

姜琪站稳后，整理了一下自己的衣服便转身走进了旋转门。

“我说姜琪，你也太不厚道了吧！这一大清早就让我们看吻戏，着实让我们有些吃不消啊！”琳达一手拎着包，一手搭在姜琪的肩膀上。

姜琪不知道她是从哪儿冒出来的，还有些没反应过来。

“瞧瞧，害羞了是怎么着？刚刚你们甜蜜腻歪的时候怎么没觉得害羞啊！”琳达看姜琪脸颊处有些微红，不禁打趣。

姜琪连忙摸了下脸，没感觉到热啊。“别瞎说！”又回手轻推了一下琳达。

“对了，饭店我们已经订好了。还是那回咱们聚餐的那家，你记着那吧，那家店菜味儿不错。到时候记着叫上白帆。”

行政部是三层，琳达很快就到了，比划了个到时电联的手势便走出了电梯。

电梯里人很多，市场部在顶层，姜琪往电梯后面退了几步，想给其他人腾出上下电梯的空间。这一退不要紧，正好踩在了齐萧寒的脚上。姜琪只知道自己踩到了人，但不知道踩的是谁，连忙道歉。

“对不起，对不起！”

齐萧寒看她一大早就毛手毛脚的样子，有些汗颜。不忘笑着打趣她几句。“姜琪，你要是今天把你顶头上司的脚给踩残喽，我估计公司那几位高管都不会放过你的。尤其，今天可是召开投标会的大日子。”

姜琪尴尬地转过头来，先是愧疚地看了看齐萧寒那张挂着浅笑的脸，后又低头瞧了瞧那只被她踩脏的皮鞋。

齐萧寒的皮鞋一向都是一尘不染，这回倒好，多了几道纹路花哨的鞋印。

“姜琪，今天你要跟我去招标会，你是准备穿这双帆布鞋吗？”就知道她平常爱穿帆布鞋，所以才提前告诉她要去招标会，结果她照样穿了双帆布鞋来。

“不是！不是！”姜琪连忙摆手，“我的跟鞋在办公桌抽屉里呢，一会儿就换上。”还好平时准备得齐全，不然这次又要去楼下商圈买鞋了。都怪自己这一大早一直在疑惑白帆，结果把这么重要的事情都给忘到脑后了。

齐萧寒叹了口气，无奈地摇了摇头，“我的特助，你可真是有备无患啊！希望下次在准备招标会材料方面也能做到这一点。”

他这是在赤裸裸地提醒吗？姜琪嘴角不自觉地抽动了几下。真是倒吸一口凉气啊！看来自己这特助工作做得很不到位啊！

“齐总您放心，我今后一定把一个脑细胞掰成八个来使用，绝对不经常给您丢脸！”

姜琪双手合十，眼巴巴地望着齐萧寒，看得他有些慌。

“行了，行了，到了！下去吧！”

其实，齐萧寒最大的弱点就是受不了女生在他面前卖萌的样子。刚刚姜琪误打误撞瞎猫碰上了死耗子……给他噎得一句话都说不出来。

患失 Chapter　29

招标会对齐萧寒这种人来说就是一个大舞台，他可以尽情施展才华。可对姜琪来说，那就是听不懂，看不懂、外加坐得屁股疼。万恶的招标会从早上十点半一直说到了中午十二点，还好中午管饭，姜琪不用饿着肚子撑到结束。待遇也还算不错，自助餐。

姜琪跟在齐萧寒身后端着盘子遇见自己想要尝尝的就夹点，等坐到座位上时，她的盘子已经呈现为小山状。

“姜琪，你今天早上吃早点了吗？”齐萧寒完全被她这一盘的餐点惊呆，看她瘦瘦小小的居然这么能吃。

姜琪那儿还顾得上回话啊，早就开吃上了。早上吃早餐时候没正心吃，上午的招标会刚说到一半的时候她就饿了，一个劲儿地喝水解饱。这回可算是吃着东西了，管它三七三十一呢，吃饱了再说。

齐萧寒这回可算是对她完全刮目相看，她一个人居然吃了将近三个人的菜份，真怕她再撑出个好歹来！要不是拦着，没准第四个人的菜份儿就吃出来了。

“姜琪，如果感觉有点饱就差不多了，胃要紧。”齐萧寒特意端了杯促进消化的酸奶给她。

接过酸奶，姜琪一口气就喝下了半杯。还记得第一次跟齐萧寒一起吃饭时自己还是规规矩矩的呢，现在完全没有形象可言。再加上齐萧寒现在那脸部有些抽搐的表情，没明显，一切尽在不言中。

“齐总，不要惊讶，既然是吃自助一定要秉承一个道理。”

齐萧寒有些疑惑，看姜琪一副头头是道的模样，还真想听听。“什么道理？”

“嘿嘿……”姜琪拿起装有酸奶的杯子晃了晃，“那就是扶着墙进来，扶着墙出去！”

扶着墙？齐萧寒完全没弄懂什么意思。这吃自助跟墙有什么关系？

“不懂了吧！像您这种总是吃高档餐厅的主儿，当然不易理解这句话是什么意思。这扶着墙进来呢，是因为饿的。扶着墙出去呢，那是因为撑的。”

我倒！齐萧寒挫败感十足地拍了下脑门，他可真是给自己找了位大活宝特助。不过这也好，以后不用担心没有乐趣了。

下午的招标会姜琪几乎是在打瞌睡中度过，酒足饭饱就剩犯困了。她不得不佩服齐萧寒，俗话说“春困，秋乏，夏打盹，睡不醒的冬三月”，每到中午的时候很多人都会条件反射一样，犯困到不行。可这齐萧寒就跟打了鸡血一样，依旧思路清晰，在他严谨的精打细算下最终成功为公司取得了胜利。

等回到公司时已经临近下班点，齐萧寒开车把姜琪放到了公司门口没下车，从右侧的杂物箱里面拿出来一个包装精致的小盒子递给了姜琪。

“生日快乐！你赶紧上去收拾一下去赴宴吧！”

完全惊讶，没想到齐萧寒居然知道自己的生日，姜琪惊喜万分地接过了生日礼物，一连说了好几声谢谢。齐萧寒特洒脱地说了句“小意思。”便开车离开了。

姜琪拿着生日礼物美颠美颠地走上了电梯，站在电梯里晃了好几下礼品盒，听了半天也没听出来里面装的是什么，不过有咕隆咕隆的声响，貌似是液体类的。

“姜琪琪，你这是寻了宝啦？出不出来啊！”

欧阳宸本打算去车库拿点东西，电梯刚一开门就看见姜琪一个劲儿地晃手里的盒子，瞪着一双疑惑的大眼睛，侧着耳朵听着什么。

“你管得着吗？！哼……”姜琪瞟了一眼欧阳宸，显摆着手里的盒子，颠颠地走出了电梯。典型的挑衅行为。

欧阳宸要能让她得逞，那就不叫欧阳宸了。伸手一把将她拽了回来，扔回了电梯里，随后自己也走了进去。掀起电梯右边的工程盒，按下了电梯锁，直接按了负二层按钮，直达地下车库。

“欧阳宸，我告诉你，你可别胡来啊！咱们有话好好说行吗？你这是准备带我去哪儿啊？”姜琪有点慌，地下车库灯光昏暗，人烟稀少，真不是什么好去处。

“叫你嘚瑟，我看你一会儿还嘚瑟得出来吗！”欧阳宸伸手一跨，胳膊直接架到了姜琪肩膀上，手臂一紧跟拽小鸡仔一样把姜琪给拽到了身边。

这是姜琪无比讨厌的姿势，自己被他夹在身边根本动弹不得，关键这厮下手没轻没重的，稍稍用点力就能把她勒得生疼。

“我不嘚瑟了，你先放开我。”姜琪话音刚落，电梯门就开了，她这个小夜盲算是彻底有点睁眼瞎了。地下车库，也不知道是为了省钱，还是为了什么，只有上下班时间四处的灯是开着的，工作时间几乎只有应急灯是亮着的。姜琪走在这里完全摸瞎。

欧阳宸简直诚心看笑话，刚出电梯就把她给松开了。明知道她哪儿都看不清，却偏偏要让她自己走。还时不时拍两下手，告诉姜琪自己在这儿。

“欧阳宸，你大爷的！你给我回来！明知道我看不清，你诚心捣乱的是吧！”姜琪气得掐着腰说什么也不往前走了。

姜琪站在原地一动不动，四周围一片寂静，也听不到欧阳宸的脚步声了。各种恐惧瞬间占据心头，她怕黑，因为在黑暗的地方她什么都看不见所以无法克制地恐惧。

“姜琪琪，别怕，我就在你面前。”欧阳宸本来是想跟她开个玩笑，却意外的看见了她眼睛里闪烁的泪花。

欧阳宸把她拥入怀中，轻轻抚慰她的后背，“笨琪琪，你就不会用手机照亮！”

什么叫一语点醒梦中人，这就叫。姜琪因为过度恐慌都忘了自己随身带着手机。推开欧阳宸，掏出手机，按下照明键，头也不回地就朝电梯走了过去。

欧阳宸啊，欧阳宸，没想到你这么聪明的一个人居然也能干得出搬石头砸自己脚的事来！欧阳宸摇了摇头，深深地叹了一口气。

因为开了电梯锁，所以电梯一直停在地下二层没动，姜琪直接就走了进去。

今儿这一天也真够折腾的，姜琪坐到工位上，先把脚下的鞋换了回来，随后又拿过齐萧寒送的礼物开始拆包装。包装纸里面裹着一个精致的小盒子，打开盒盖，里面被一层薄纸覆盖，掀开纸层，是一瓶香水，香奈儿五号。

没想到齐萧寒对香水这么情有独钟，自己平日里总喷就算了，这回到好，他的直级下属也要陪同。姜琪拿起香水，打开盖放在鼻子旁闻了闻，说实话她还是比较喜欢金纺的味道。

“唉……姜琪，你研究什么好东西呢。”行政部比下班铃早十分钟下班，为的就是提前去饭店。琳达拎着包准备找姜琪一起去，刚出电梯就看见这妮子拿着瓶香水闻了又闻。

拿过香水，琳达直接朝一旁的过道上喷了两下，嗅了嗅，感慨道：“怪不得这香水不便宜呢，原来这味道比空气清新剂好闻多了！”

敢拿香奈儿五号当空气清新剂，也就她能想出来！姜琪果断地白了她一眼，拿过香水盖上瓶盖，放回了盒内。

“对了姜琪，你跟白帆说了吗？”

“没有，他应该不会去，他一向不喜欢太热闹的地方。”

“唉，今天是你生日，他女朋友的生日哎，他应该不会不来吧！你打个电话问问，我还跟同事们夸你男朋友特帅了呢。还说他晚上也去，这要不去，那我岂不是很没面子。”

“我可是当事人，你为什么不提前问问我你就随便夸下海口啊！他要万一不来怎么办？！”

白帆最不喜欢的地方就是娱乐场所，除了迫不得已，他一般时候能回避就回避，能不去就不去。姜琪对他这点还是比较了解的。

“我到想问你着，你手机关机，打座机也不接。要不是我上来找过一趟，我都不知道你今天跟齐总去招标会。还害得我扑了个空回去，险些被母夜叉抓到。”

“好吧，好吧。我试试。我只是试试啊！他要是不来我也没办法。”

姜琪拿起手机拨通了白帆的电话，电话那边响了很久都没人接听。姜琪冲着琳达耸了下肩，摆了个鬼脸，准备挂断电话。

“琪琪，什么事？我就在你公司楼下，晚上我们回家吃怎么样？”

白帆的声音穿透话筒冲击出来，姜琪开的是扩音器，所以临近姜琪的那一小片都听到了白帆温柔的嗓音，瞬间一片目光齐刷刷地朝姜琪这边投来。

姜琪有些脸红，这也太被瞩目了吧。赶紧把声音调回了标准。琳达在她身边一个劲儿地忽悠她，让她赶紧问。姜琪特别无奈地又白了琳达一眼，只得硬着头皮问，“帆哥，公司行政部的同事想要给我过生日，他们邀请你也一起参加。你……去吗？”

电话那端似乎犹豫了一下，半分钟内都没有回话。姜琪连忙又说：“你要是不想去，也可以等结束了再来接我。”

“我去！你现在下来吧！带上你身边那位同事，我开车一起过去。”

姜琪有些不相信自己的耳朵，这是白帆说的话吗？最近他越来越一反常态了。他应该找个理由拒绝才对啊！

“嗨，白帆！我们又见面了。”琳达刚走出旋转门就迫不及待地冲白帆打招呼。

白帆总是一副温文尔雅的姿态，偶尔神经大条的姜琪站到他身旁，琳达总觉得两人有点不是很般配的样子。

一路上，琳达彻底地发扬了小喇叭精神，除了音响一直在响之外就是她的声音了。姜琪早就习惯了，白帆不习惯啊，从前反光镜看了她好几眼，可算是见着能说的了。完全是滔滔不绝，公司里面的大事小事统统都说了个遍。

下车时，白帆拉过姜琪，凑到她耳边小声地说：“你以后可千万别被她抓住什么把柄，要真被她抓住了，那就离臭名远扬不远了。”

姜琪笑着轻推了一下白帆，“别瞎说！”

白帆宠溺地轻戳了一下姜琪的脑门，“一定要记住啊！”

恰巧这暧昧的一幕被琳达看到，小喇叭当然不会放过这么好的话题，刚走进饭店包间就将这个消息广播给大家听。

结果，白帆和姜琪刚进包间门就迎来了齐刷刷的羡慕目光。

将爱 Chapter 30

“琪琪，我们谈谈吧。”

白帆闭上眼，修长的手指将眼镜推上去一些，捏了捏眼眶。

“我知道，我们在一起三年多的时光远远比不上你和他在一起那将近一年半的感情。我不知道我该怎么做你才会爱我。强扭的瓜不甜，这个道理我懂。但是，琪琪，我是爱你的。很爱，很爱。我愿意为你舍弃一切，真的。我不介意你有怎样的过去，就算那件事情在你心里久久不能释怀，我愿意陪着你，就像那时候一样，我始终都会在你的身旁。琪琪，我们的感情就算你不握紧也请你不要放手好吗？！不知从何时起你已然成为了我的全部，也许是那件事情发生后你倔强地强忍住泪水时的模样，也许是你走下手术台眼角挂着的泪滴，也许是你站在病房窗前双手紧紧环抱着肩膀的故作坚强。我们的感情来之不易，我不想轻言放弃，你可不可以也不要放弃。我已经订好了飞往伦敦的机票，我们一起飞离这里好吗？就像以前一样，在没有他的环境中平静安逸地生活好吗？！”

白帆眼圈中已经悬起水汽，一向泰然自若的他，现在却带着几分局促不安。

姜琪知道，他在等待着自己的答复。

“帆哥，我们一直这样不温不火地维持着，我觉得很累。就算欧阳宸不出现，我的直觉告诉我，我们这份感情并不会维持很久。”

“我们都已经这样在一起了三年多，三年多。我以为你会习惯，看来我错了。”

白帆不禁嘲笑自己的一厢情愿，面前这个女人，这个他深爱的女人，就这样轻而易举的可以摧毁他本以为已铸就的无坚不摧的堡垒。

“对不起！”

姜琪推开车门，走下了车。不知何时起，天空下起了小雨。仰起头让细雨尽情地拍打在脸上，漫无目的地向前走着。

很好，白帆并没有追上来，姜琪心里说不出是轻松还是落寞。

24 岁生日这天，她再次回归了单身。

走回公寓楼时，她已被淋得将近湿透，24 岁的第一天，她洗了个天然的凉水澡。这种潮湿寒冷的天气，她并不喜欢，也很难习惯。

迈出电梯，穿过楼道转过弯时，不意外，她家门前伫立着一个人。只是这个人并不是白帆，而是欧阳宸。

她早已恢复了平静，从容地从包内取出钥匙，打开门，走进门厅，却没有把门关上。

“很晚了，外面下着雨，你……等雨停了再回去吧。”

经过他身旁时，她已经嗅到了他身上散发着的浓浓酒气。

她又何时见过欧阳宸这般颓废。

他嘴角挂着冷笑，眼神中带着醉酒后的迷离，摇晃着身体，步伐不稳地走了进来，并随手关上了防盗门。

家里的蜂蜜早已经喝完，姜琪只好给他冲了杯蜂蜜柚子茶。她从未见过他醉得这么厉害。半倚在沙发上，一动不动，显然身体已经不太听从使唤。想要端起茶杯的手，抓空了好几下。

姜琪实在是看不下去，拿起水杯递到他手中，他的手指甚至比刚淋过雨的自己还要冰冷。

欧阳宸已无心接过水杯，而是开始慢慢将自己蜷缩起来，胃部传来的疼痛让他似乎有些招架不住。

姜琪见他额头上不知何时起已布满汗珠，顺延着他的脸部轮廓滑落到颈间。

“欧阳宸你怎么了？是哪里不舒服吗？”他现在的状况很不好，已经开始出现抽搐。姜琪完全懵了，也不敢碰他，急忙满屋找手机。

万幸救护车赶来得及时，欧阳宸强忍疼痛被姜琪搀扶着下了楼，胃疼得他有些昏沉。胃里翻腾得难受，刚上车就开始不停地呕吐，口腔内充斥着血腥味儿，直到晕厥。

姜琪站在急诊室内，守在欧阳宸身旁寸步不离。在医生的带领下迅速做了X线检查，B超以及CT，拿到结果那一刻姜琪傻眼了。

主任医师已经开始准备手术，护士小姐递给了她一张手术协议以及缴费清单。首先，是手术协议上清晰地写着病因：急性胃穿孔。其次，是那些排列成行的手术过程中随时都有可能会发生的突发情况。

姜琪不敢细看，她知道在这些情况中随便挑出一条状况都是致命的。但如果不签署，欧阳宸同样也会送命。

护士见她拿着手术单迟迟不肯落笔，便上前询问：“小姐，请问您是患者的什么人？如果只是普通朋友请帮忙通知他的家人或妻子。”

“我……是他的未婚妻。”话落，姜琪拿起笔在手术单上签了自己的名字。

姜琪积攒了半年的积蓄顶多刚够住院费，手术费和押金她实在交付不起。还好，欧阳宸西服外套一直在她手中，姜琪试探着摸索他的钱包，真不错，钱包刚好就放在上衣口袋内。打开钱包虽然里面的现金不少但交完押金，手术费还是差那么一点，姜琪随意拿出了一张他的银行卡，试探着按着密码，他的生日，他的身份证后六位，他的手机号后六位。

“小姐，再按错这张卡就要被冻结了。您再好好想想，您要不要再试试您的生日？”她按错了很多次，收银员好意提醒。

我的生日？怎么可能？！欧阳宸才不会用我的生日当他的银行卡密码呢！虽然心里是这样想的，但姜琪还是按下了自己的生日，刷卡的POS机这次并没有再次提示密码错误。姜琪的心随着金额被划进系统的同时也被划进了深渊。

很快欧阳宸就被推进了手术室，姜琪焦急地坐在手术室外等候，液晶电视上显示着患者名称，以及进入手术室的时长。

两个多小时的手术时长，让姜琪熬到了天亮。窗外的天空中弥漫着晨雾，潮湿的空气从窗户缝隙中钻进室内，微冷。姜琪拽了拽衣领尽量躲到冷空气吹不到的地方。疲惫地双眼下挂着浓墨色黑眼圈，一晚紧皱的眉头似乎快要长出皱纹，就连体能也快熬到极限。

欧阳宸从手术室里推出来时还属于半昏迷状态，被氧气罩遮住了半张脸依旧可以看出他的憔悴不堪。护士直接将他推到了他所在的病房，是一个单间，知道他不喜欢跟其他人混住，姜琪在办理入院手续时直接选的单间。虽然价钱贵了很多，但至少他能住得舒服。

“医生，他什么时候能醒？”看他一点要醒的迹象都没有，姜琪心里有点开始七上八下。

“等麻药劲儿过了就醒了，大概还得半个小时左右吧！”主刀大夫是位看样子五十岁左右的中年男人，胸片上写着主任医师几个字，不过从他的言谈举止中可以看出他的资历应该算是比较老的。

主任医师拿过病历本潦草地记录着些什么，随后又看了看欧阳宸的状态，又开始在本上书写。书写的同时不忘抬起眼看了看站在病床旁的姜琪，表情略带严肃地说：“年纪轻轻就喝成了胃穿孔，不管是交际应酬还是解闷，这喝酒都要适可而止。你们当这胃穿孔是闹着玩呢！这也就发现得及时，算是把命给保住了。他这几天是观察期，暂时不能进食，只能输营养液，他要是嘴干，你就拿棉签沾点水给他稍稍擦擦嘴。”

主任医师合上了病历本，略微调试了一下欧阳宸输液管上的滚球，把速度调慢了些。随后说了句：“有什么事情直接按墙上的红色按钮。”便带着浩浩荡荡的人群离开了。

姜琪完全被说傻眼，连句谢谢都险些忘记说。送走医生们，姜琪关上了病房门，隔绝掉外界杂音，这样也有利于欧阳宸休息。

回到欧阳宸身边，他的脑门儿上还残存着些虚汗，密密麻麻的覆盖一层。这胃穿孔有多痛，姜琪没感受过，当然不知道。但看欧阳宸被折磨的模样，疼起来一定不轻。

姜琪去水房投了条温毛巾，轻轻将他脑门儿上的汗滴擦洗干净。他这张原本俊俏的脸，被病态摧残得没有一丝血色。还好在麻醉药的药效下，他的面容还算平静。

因为刚做完手术的原因，他的上身半裸。姜琪伸手把被子拽了拽，盖住了他袒露在外的肩头。

氧气罩下他的呼吸很平稳，麻醉药本来就是促使昏迷，他倒像是睡了。长长的眼睫毛时不时颤动几下，像是在抗议着什么。

“欧阳宸，你平时说我的那些大道理都去哪儿了？现在自己不也照样躺在了病床上吗！咱俩到底是谁在拿身体和性命开玩笑。只可惜这个玩笑一点都让人笑不出来。你以前在我过生日时跟我说过，酒这个玩意儿，喝两口就行了，没必要喝得烂醉，到最后难受的还是自己。那你自己又为什么做不到呢！”

姜琪轻握起欧阳宸的右手，与他十指交叉，将他的手背放到自己的脸庞，静静地凝视着昏睡中的他。

可能是太困了，姜琪就这样抱着欧阳宸的手睡着了，睡梦中似乎感觉有人轻轻拂过她的脸颊，但她却没有睁眼。

等她醒来时，欧阳宸脸上的氧气罩已经被摘除了，她可能睡的时间太长，就连欧阳宸手上输的液也换了新瓶。

只是欧阳宸依旧还在睡着。

欧阳宸的手臂被她压出了一片红印，姜琪有些歉然地轻轻帮他揉捏。

“都被你压麻了，感觉像被针扎一样。”

姜琪猛地转过头，欧阳宸略带苍白的脸色，眼神却格外温柔。

“你醒啦！”

姜琪有些语塞，尴尬地收回了按在他手臂上的手。

“早就醒了。”

闹了半天他一直在装睡啊！姜琪微微皱起眉，斜视了他一眼。

“瞪我干嘛，你压得我手发麻，想不醒都难。看你睡得那么香，我又不能拽回来。”

姜琪无奈地叹了口气，转过头注视着他。

“胃还疼吗？”

将爱 Chapter 31

“身上疼的地方太多了，不过最疼的是这儿。”

欧阳宸拉过她的手，放到胸前，心脏的上方。因为身体比较虚弱，话说到一半嗓音就开始有些沙哑。

他的手掌力度不大，虚弱地还微微有些颤抖，只是不去注意，没有那么轻易可以感受到。姜琪没有抽回手，因为她知道那样会弄疼他，毕竟他现在是病号，刚刚从鬼门关走回来。

“身体是自己的，你自己都不在乎，那谁来帮你在乎！”姜琪终究还是心疼他的，看他这么虚弱的模样，本能的就感觉特别不适应，他一向强势惯了，柔情和虚弱这类形容词似乎特别不适合比喻在他身上。

欧阳宸笑了，笑容是含蓄的，用已经沙哑的嗓音轻轻吐出“还有你！”三个字。姜琪甚至在不经意间发现了他有些微微发红的脸颊，似乎是在不好意思。

这样的欧阳宸特别可爱，姜琪明显招架不住。尴尬地低下头，没有反驳。却又不想因为低头时间过长错过了看他娇羞时的表情。

“你脸红什么？干嘛这样看着我？”还没等姜琪发问，欧阳宸就提前开了口。他自己脸红完全可以用发烧这个词来概括，可坐在身旁的姜琪脸红得就像是圣诞节的苹果，目光更是直勾勾的好似发现了什么新大陆般惊奇。

姜琪连忙调整好姿态，坐直了身子，“我脸红那是因为房间里太热，看着你那是因为……因为……”

“因为……因为你还爱我对不对？！”欧阳宸嘴角自然上扬，他所谓的幸福也不过是睁开双眼那一霎，第一眼看到的人就是她姜琪。而这个幸福像是冥冥中注定一般如期而至。

欧阳宸这句话可真是说到了姜琪心坎儿里了，而她却不肯承认。“胡说，我哪有还爱你。我只不过是出于对一个普通朋友的关心。好了，既然你醒了，我也该上班去了。”

姜琪看了眼挂钟上的时间，她已经迟到了半个小时，如果再跟欧阳宸继续这样讨论下去，那自己千辛万苦起早贪黑半年来的全勤奖算是打了水漂啦。顾不了太多了，虽说眼下挂着浓浓黑眼圈，虽说身上的衣服还沾着泥巴，但她可不想把这福利丰厚的全勤奖舍弃。

话说，一般公司全勤奖都是每月统计一回，但欧阳宸这变态，虽说将全勤奖多添加了几次统计时间，但这福利待遇却是十分丰厚。三个月内、半年内、一年内、只要无全天不到岗的一律算为全勤，发放奖金基本工资乘以二再乘以百分之二十五、百分之五十、百分之百等比率。

“别走，留下来陪我好吗？我……”欧阳宸怕姜琪走，见姜琪刚起身连忙抓住了她的手，却不巧拉抻到了刀口。后半句话还没说出来，他的脸色就已经变得不太正常。

姜琪见他额头再次溢出了虚汗，回握住他的手，另一只手轻柔地帮他拂去汗珠。“怎么了？是抻到伤口了吗？你等等，我去帮你叫医生。”

欧阳宸只是小幅度地摇了摇头，声音更加虚弱了不少，轻轻地说了声“不用。”满足地握住姜琪的手，拉到嘴旁亲吻着她的手背。

姜琪怎么会听他的，照样按下了他床前的红色按钮。不一会儿的时间内先是护士长赶到房间，掀起了他的被子查看了一下包扎伤口的纱布，后又让一名护士去通知了主任医师。

从始至终欧阳宸一直都有气无力地轻握着姜琪的手，姜琪也能只轻轻安抚他，她现在唯一能做的就是守在他身旁。

主任医师来了以后，揭开了覆盖在刀口上的纱布，一道八厘米左右长度的刀口，身体一侧还安插了引流管，他可真是千疮百孔。姜琪不敢细看，那种血淋淋的伤口，看着就觉得疼。

“该好好躺着，不好好躺着，你干嘛嘞得？伤口有些崩线，还好不是很严重。”主任医师口气很凶，眼神的杀伤力更是让人有些发憷。

姜琪不自觉地握紧了欧阳宸的手掌。欧阳宸倒是很听话，默默地听着主任医师训话，然后咬着牙，强忍着，伤口被擦拭酒精杀毒，然后被重新包扎好。姜琪看见他在伤口被包扎好后松了一口气，刚刚忍着疼一声不吭，他也怪不易的。

主任医师对着他们两人一顿训导及提醒后离开了病房，姜琪帮他重新盖好被子，意外发现了他左胸前纹着的字。是一串字母，离得有点远，字母之间又比较粘连，她没看太清楚。

索性探过身子细看，欧阳宸倒是很坦然，更像是成心想让她看到一样，托着身子扭动了一下，想要更靠近她一些，只可惜他的扭动幅度较小。

这几个字母怎么看怎么觉得熟悉，姜琪顺着字母走势在他身体上空比划着。

“看不出是什么？”欧阳宸声音沙哑，伸手轻握住姜琪在他纹身上空胡乱比划的手指。

确实没认出来，姜琪不禁失败感侵袭地点了点头，特别后悔当初为什么不好好学习英语。

“这不是英文，你再仔细看看。”见姜琪挫败感十足的低垂着头，欧阳宸知道她一定是以为这纹身是一串英文字母，她一向对英语不灵通。

姜琪探过身又瞧了瞧，确实不认识，虽说看着熟悉，但没准儿这个词就是自己所学单词中的某一个。她没准备继续研究这个纹身，欧阳宸既然能把这串字母纹在胸前，那就证明这串字母的含义对他来说意义非凡。

“只要你的好奇心肯在为这串字母停留半分钟，也许你就知道了答案。”欧阳宸眼神中满是落寞，他虽知道姜琪本就不会把好奇心停留在一件事物上太久，但他依然奢望着她能在仔细认出这串字母的真正意义。

“看不懂，你既然把这串字母纹得那么连贯，那就让它一直那样让人猜想吧。”

姜琪终究还是把被子给他盖好，没有再继续研究下去。

欧阳宸心里说不出的不是滋味，当初纹得这样连贯是不想有朝一日她见到会骄傲，可惜他错了，姜琪根本就没想将这串字母真正的意义翻译出来。

“这……”欧阳宸举起插着输液针头的左手直指纹有字母的位置，“是你的名字。”

什么？姜琪惊讶地瞪大双眼。虽然欧阳宸声音很是沙哑，但咬字却很清晰。姜琪没有半分回避的余地，心底被触动得有些微疼。

她的手不由自主地抚向他的纹身方向，那里有她的名字，就这样，以这种方式，笔画连贯地纹在了他的胸前。

姜琪有些开始颤抖的手，轻轻将刚刚给他盖好的被子拉到胸前，那串连贯的字母随着他的呼吸起伏，就像是一颗颗肆意跃动着的音符，甚是好看。

她将手指沿着字符顺延滑过，这几个字母就像是一枚烙印，深深印在她的心头。

姜琪俯下身，亲吻着她的名字。

她没有想到欧阳宸会把她的名字纹到胸前，她原本以为一向傲娇的欧阳宸纹在胸前的文字应该是身份的象征，可这一切都让她措手不及。

姜琪缓缓落座在欧阳宸身旁，对视上他柔和的目光，也许她需要他一个正面的解释。

“欧阳宸，现在起，我不会跟你争吵，也不会跟你争辩什么。我需要你一个解释。”

“是戒指？还是纹身？”

欧阳宸面容很平静，语气很平和，纵使他不是一个习惯解释误会的人，但现在他很有必要把这一切解释给她听。

“先说戒指。”

对于纹身，姜琪更想知道他到底有没有结婚。

欧阳宸有些费力地将戒指从手指上退下，稍微倾斜地将戒指递到姜琪面前，尽量让她可以看到里面的字。

“仔细看这里面的刻字。不要再像昨天一样回避，也许你看清了，就能明白。”

姜琪没有躲闪，借助着反光，仔细地看着。待看清里面的字后，她的心更加绞痛。

“姜琪 我爱你 永远”

“对不起……对不起……对不起。”

姜琪现在想说的、能说的只有这三个字，她一直都在误会他，一直，一直。

“爱情里本就没有谁对谁错，你不用对我说对不起。如果你感到愧疚，那就用你今后的时光来弥补我。我不介意你的过去，但我要参与你的将来。”

姜琪早已泣不成声，原来分别的这些年欧阳宸的心里一直有她，只是他从来没有表达过。

“欧阳宸你混蛋，既然你爱我当初为什么没有挽留我。既然你爱我，你为什么可以毅然决然地离开。既然你爱我，为什么这么长时间来都不向我解释清楚。你知道吗？我一直在等你的解释！”

欧阳宸轻抚她的秀发，目光中满是宠溺。

“我以为你会懂我。”

“你不说，让我怎么懂你？靠猜的吗！”

姜琪已经控制不住自己激动的情绪，声音也随之变高。

这才是真正的姜琪，真是久违。

就算她冲他吼，冲他闹，但欧阳宸心里却是暖暖的，因为这一切，都是因为她还爱他。

“好了，别生气啦。我错了，以后一定会注意的。”

欧阳宸安抚着趴在他胸前的姜琪，将她滑落到脸颊旁的散发捋到耳后。

“不准有以后！”这样的误会实在是太让人难以接受，万一她要永远错过了知道这一切的机会怎么办，那岂不是错过了永远。

“好！不会有以后。”

“你保证！”

“我保证！姜琪琪……我爱你。”

将爱 Chapter 32

一番折腾下来，等姜琪想起要跟齐萧寒请假时都已经下午四点。手机早已经没电，她现在又不能离开。欧阳宸实在是体质太过虚弱，刚刚昏昏沉沉地睡着了。姜琪索性拿着手机去跟护士借个充电器。

医院里面的护士都很热心，帮姜琪找到了一个合适她手机型号的充电器。反正欧阳宸已经睡着了，姜琪索性就站在服务台一旁等待手机电量冲得差不多的时候再回去。

没什么事情时，护士们之间也会闲聊天，聊的不过也是那些各科室间的事情。

姜琪就站在一旁，有一耳朵没一耳朵地听着，也算是解闷。

听着，听着，护士们之间的话题中突然出现了个她熟悉的名字，白帆。

姜琪有意往她们旁边凑了凑，想要听得更清楚些。

“听说胸外科的白帆离职了。”

“可不是吗。我听说他离职的时候李主任不放，他还跟李主任吵起来了呢。”

“不应该啊，白帆性格不是一向很温和吗？待人也很友善，总是笑脸相迎。我可想象不到他跟李主任吵架时候是什么样子。”

“别说你想象不到了，当时在场的所有人都傻眼了。白帆把辞职信递给了李主任，被李主任扔了回来，直接就跟他说了不行。白帆当时就火了，拿辞职信往李主任桌子上一拍，说，今天您不批也得批！”

“然后呢，李主任是不是也跟他急了。就李主任那暴脾气，在咱们医院里都是出了名的。再说了，白帆是他亲手培养出来的，他怎么肯舍得。”

“那可不，李主任当然急了，险些两人动起手来。说什么白帆都铁了心似的要离职，最后给李主任气得险些犯高血压。这件事情对医院的影响也不好，院长就把他的离职申请给批了。”

“唉……怎么都想不到白帆会这样。”

对呀！完全想象不到！姜琪听完她们的对话后陷入了沉默。她甚至完全不能想象白帆发火时的模样，也许白帆平日里太过压抑自己，才会一旦爆发就是不可收拾的场景。

手机充的电已经差不多了，姜琪把充电器还给了那位借给她的护士。而她拿着手机并没有回欧阳宸的病房。

在电话里跟齐萧寒请了一段时间的假，齐萧寒问过她原因后直接就批准了。虽说她并没有告诉齐萧寒要照顾的人是欧阳宸，但齐萧寒一听她说是她比较在乎的一位朋友生病住院，不但没有不批准，反而还称赞姜琪有情有义。

挂断电话，姜琪握着手机谢天谢地感谢她有这么一位开明的上司。

姜琪倚在走廊的窗前翻看短信，平常白帆的短信总会很多，可从昨晚到现在仅有一条，就这一条短信也仅是短短的几个字。

“11 月 26 号上午十点二十分飞往伦敦的机票，如果你不来，那不见。”

姜琪不太明白这句“那不见”是什么意思，但可以明显感觉到，白帆这次真的是被自己伤透了心。

魂不守舍地回到病房时，欧阳宸还在沉睡。姜琪倚在窗前看着外面的车水马龙，又是一个晚高峰时间，熙熙攘攘的人群，车辆拥挤的道路。她的心也如同乱麻一般，理不清。

一边是曾经挚爱的人，一边是陪自己走过那段最苦痛时光的人。她难以抉择。

“你在想什么？”

欧阳宸醒来时，见她双眼迷离地倚在窗畔，一副若有所思的模样。

姜琪恍惚间回过神儿来，“啊”了一声，却不准备回答欧阳宸的问题。

“帮我回家拿些换洗的东西吧，我不喜欢用医院里的，”欧阳宸指了指挂在衣架上的西服上衣，“车钥匙在里面，车在你家楼下。”

“哦，好！”姜琪走到衣架旁，从他的上衣中掏出了车钥匙，看品牌是一辆 Jeep。“车牌号还有你家地址告诉我。”

“车牌号 J・Q1124，地址车载导航里有。”

又是她的名字，姜琪拿着车钥匙的手不自觉地紧握。原来欧阳宸一直是用这样的方式来宣泄自己的爱。

“好。那我先去了。”姜琪心乱到不行，她不愿意辜负白帆，却又不舍这份难得重圆的感情。也许现在用其他事情分散一下是最好的方法。

姜琪拿钱包里仅有的那点现金打车回了家，一番梳洗后换上了干净的衣服，带上了充电器和随身用品。下楼后在停车场内四处找寻着那辆挂着她名字缩写的车牌号。等找到后，姜琪的心再次被揪痛了一下。

是一辆牧马人，是她曾经对欧阳宸说起过的车型，也是她最喜欢的车型。

姜琪没想到，当初自己只说过一遍的话欧阳宸居然还记得。记得是高二那年的暑假，还是和欧阳宸约完会回家时跟他无意间聊起的话题，现在已经想不起来当时跟他说这款车型时那种喜爱的表情，但却记得他只是听过后笑着点了点头，并没有说任何话。

按着导航姜琪很顺利地找到了欧阳宸的住所，是一片高档的公寓楼区，按照欧阳宸告诉她的楼号和门牌号码，姜琪拿出钥匙打开了房门。

欧阳宸的家里比较单调，装修用色单调，连装饰都是简单的黑白两色。客厅很大，一套手感较好的皮质沙发，电视墙那侧被他打造成了一个小型影院，这很符合他的性格。

姜琪没有仔细参观他家，找到主卧后从他的衣柜里拿了些他平日里需要经常换洗的衣服，又去洗手间装了些洗漱用品放到包里。从洗手间出来时，正对向她的那扇大玻璃推拉门吸引住她的目光。

姜琪拉开了薄纱质感的窗帘，隔着玻璃门，几台天文望眼镜竖立在玻璃阳台上。欧阳宸曾经对天文方面一点兴趣都没有，现在家里怎么又会有天文望远镜？姜琪有些疑惑。

回到医院，姜琪拎着东西走在走廊里，恰巧碰到了主管欧阳宸病房的护士，护士一见到她就笑了，打趣着说："你可算是回来了，我刚去给他换点滴的时候，他就一直问我有没有看见你，你回没回来。你们可真是如胶似漆啊。"

姜琪被她说得特别尴尬，将手里东西换了只手拎着，莞尔一笑，说了声"谢谢。"便继续往前走。

姜琪刚推开房门，欧阳宸就醒了。没有她在身旁，他终究睡得不踏实。见她回来，欧阳宸脸上立马挂上了笑容。

"你回来啦。我好渴。"

一听到他说渴，姜琪连忙去倒了杯水，可这水杯眼看着就要递到他嘴边了，她又拿了回来。

主任医师特别叮嘱过欧阳宸现在还不能喝水吃饭，万幸姜琪想起得及时，险些铸成大错。

"你现在还不能喝水。"

姜琪把水杯又放了回去。

欧阳宸侧着头眼巴巴地瞅着那杯还冒着热气的温水，恨不得伸手把水杯拽过来，将里面的水一口气喝光。

姜琪一边收拾东西，一边打量着欧阳宸望着水杯的眼神。

要不是早已熟知欧阳宸的脾气秉性，现在还真愿意相信他是个如同小孩儿般性格的人。

那双可怜兮兮眼睛，愣是没离开水杯半寸。

姜琪跟护士要了些棉签，拿起水杯将棉签沾湿，沿着他漂亮弧线的唇形擦拭着。

“你现在只能用这种方式解渴，如果不想再受罪，最好以后滴酒不沾。”

欧阳宸不语，只是默默点着头。

接下来的几天，欧阳宸明显瘦了好多，不能吃，不能喝的日子只能靠营养液维持。隔段时间还要忍受胃管从鼻腔插入，在从鼻腔抽出。姜琪是看不了这个，但想躲又躲不开。

欧阳宸住院的这些天越来越依赖她，换药时候得拽着她的手，打针的时候得拽着她的手，安插胃管这样的事更要她在身边陪着了。姜琪不敢看，也就只能与他四目相对，看着他忍着疼时，轻轻拍着他的手背。

距离白帆飞往伦敦都已经过去了好几天，姜琪每到深夜就会感觉到愧疚，她毕竟还是负了他。

两星期后，主任医生在给欧阳宸做完检查后，宣布了他可以出院的消息。姜琪这两个星期悬着的心也算是松了口气。倒是欧阳宸莫名其妙地深沉起来，更像是有些不愿意出院。

姜琪在听完医生的嘱咐后，去办理了出院手续，回到病房时，欧阳宸依旧穿着那身病号服坐在床畔。

“你怎么不换衣服啊？”

姜琪从衣架取下衣服，递到了他身旁。

欧阳宸拉过她的手，将她拽到身前，单手将她拥抱住，将头贴在她的胸前。

“搬过来跟我一起住好吗？我现在还需要照顾。”

姜琪怎么听，怎么觉得他的话更像是在撒娇。碍于他还没好利落，又不能挣脱他，姜琪只好稍稍与他拉开些距离。

“免费的护工，您是用上瘾了吧！”

欧阳宸怎么会有这意思，他绝对是只想姜琪能跟自己住在一起，想每天都能见到她，想每天都看到她在自己身边乱转，就像这些天一样。

“我不管，反正我现在病还没好，你就要留在我身边照顾我。要不然，我就不出院。”

姜琪汗颜，心想，欧阳宸你还可不可以再幼稚些！

将爱 Chapter 33

姜琪小心翼翼地开车送欧阳宸回家，欧阳宸虽然已经可以出院，但碍于前天刚拆的线和现在身体恢复情况，姜琪也只好随他，任由他刚下车就像膏药一样黏在自己身上。

欧阳宸习惯将家门钥匙和车钥匙放在一个钥匙扣上，姜琪开的车，所以他理所当然地倚在她身上，等着她掏钥匙开门。

“我记着你好像是胃穿孔，不是腿骨折。别把自己弄得跟个残疾似的。”姜琪要拿钥匙开门，可偏偏欧阳宸把上半身大半个身子都压在她身上，头还特别自然地抵在她的肩头。

“我现在算半个残疾，这里会疼。”因为欧阳宸上半个身子都贴在了姜琪后背上，索性伸手在姜琪身上比划着。

姜琪无奈地拿开他摩挲在她身上的手，用钥匙打开了房门，随后拎起了放在地上的衣物。姜琪拎着东西走进了门厅，回身打算关门，可是欧阳宸就是站在门前不进来。

“门都开了还不进去！难不成还想让我背你。你要不怕伤口撕开，你就试试看。”

“你把东西放下，先出来。”

姜琪皱起了眉，莫名其妙，完全不知道这厮要干嘛。

“干嘛？是我可以回家了吗？那好。”姜琪转身把东西放到了一旁的平台上，从里面走了出来。

刚迈出防盗门，欧阳宸一把就拉住了她的手，与她十指交叉地拉到胸前：“这就是你家。”

话音刚落，姜琪又被他拉进了防盗门。

“你可真能折腾！”

姜琪回身关上了防盗门，错过了欧阳宸脸上洋溢的满足笑容。

欧阳宸一回家就跟大爷一样，二郎腿一翘坐在沙发上一动不动，看着姜琪在他面前忙前跑后的那叫一个享受。

姜琪从一进门就没闲着，先是把欧阳宸这几天换下来的脏衣服扔到了洗衣机里，又把欧阳宸在医院用过的那些杯具放到消毒柜里面消毒。欧阳宸住了两个星期的医院，家里面也落了一层灰尘，她又拿着布统统擦了一遍。

“那个，主卧里面衣柜右侧抽屉里有干净的床单被罩，你也给一起换了吧。”欧阳宸不仅悠闲地看着电视，还不忘指挥姜琪给他换床单。

姜琪拿他没办法，谁让他有些臭洁癖呢。只是半天没闲着，热得直出汗，索性直接把毛衣也脱了，就穿件单薄的衬衫。衬衫的质地比较轻薄微透，她又穿了件黑色的内衣，看起来很明显。

床单刚换一半，欧阳宸就突然从背后抱住了她，有一下没一下地亲吻着她的颈项。

“明明知道我现在不能把你怎么样，为什么还要引诱我。”

引诱，姜琪真是觉得冤枉，这叫什么事儿啊！但碍于他身上有伤，又不能推开他，只得扭过头来为自己开脱这个莫须有的罪名。“欧阳……”

宸字还没有说出来，话音就被欧阳宸封住，他的吻辗转却带着轻柔，没有往日的猛烈，反而有些小心翼翼。

姜琪因为顾虑不能过度反抗挣扎，只能由着他。

松开她时，欧阳宸就跟捡了宝一样，美颠美颠地拽着姜琪左右晃个不停。

“您悠着点，这可是刚拆的线。你要是再去医院躺着，我可不陪着你。你闻消毒水味儿没够，我闻得都想吐。”

“笨蛋，拆线就证明已经恢复得差不多了，虽然刀口还是得慢慢长吧，但至少不会担心崩线。所以，我只要不做剧烈运动就行。当然……某件事情也不一定不能做，如果你愿意，咱们俩换个位置也可以。”

什么跟什么啊！听得姜琪一头雾水。

见姜琪一脸疑惑，欧阳宸揉了揉她的头顶：“算了，这件事还是等我好了再说吧！”

姜琪手里还攥着刚换一半的被单，见欧阳宸一副美滋滋地模样，皱起了眉头，对着他说了句“莫名其妙。”

姜琪这次算是彻底发扬了保姆精神，欧阳宸回到沙发上刚坐没多会儿又开始一个劲儿地叫她。

“有话就说，别光叫唤。”

欧阳宸故作虚弱地捂着肚子：“我饿了。”

这欧阳宸可真是不折腾死谁心里难受，姜琪看了一眼时间，刚下午四点半，这点就吃晚饭，也忒早了吧。于是对着欧阳宸丢下了句“饿着！”又回到了卧室继续整理床单。

最终姜琪还是无法忍受欧阳宸的哀嚎声，去厨房给他熬粥吃。粥刚煮到一半，刚好洗衣机里面最后一波衣服洗完了，姜琪又去晾衣服。晾完衣服回来，炉灶上的粥都快干锅了，姜琪又连忙续了点水进去，算是没糊锅。

粥端到欧阳宸面前时，欧阳宸左右打量了好几眼，又把粥递到鼻子边闻了闻。沉闷了好一会儿才开口：“姜琪琪，粥你都能给熬糊喽，你可真是人才！”

“有的吃就已经不错啦！你还挑。你吃不吃，不吃饿着。反正饿一顿也死不了。”

说实话，别说是欧阳宸瞧这碗粥别扭了，姜琪也不例外，这碗粥的卖相别说有多难看了，可真是简直了。本来应该只是普普通通的一碗白粥，愣是让姜琪给煮得有些发黄。

“算啦！就算是有毒，我也吃。”

欧阳宸端起粥，一勺一勺地喝着，直到把碗里的粥都喝了个精光。

姜琪原本以为凭欧阳宸的性格，面对这碗都有些发黄的粥，应该直接推得远远的，然后丢下一句不喝，始终保持宁死不屈状，没想到他居然全给喝了，而且还喝得特别干净。

姜琪心里莫名感觉暖暖的。

欧阳宸现在还在不能冲澡的时期，可他又总嫌弃不洗澡臭，于是就跟姜琪商量，让姜琪帮他擦澡。姜琪都累一天了，好不容易坐沙发上歇会儿，到晚上又被这厮一个劲儿地嚷嚷要洗澡。

“不洗澡你会死啊！”

“会被臭死！”

“臭洁癖！你且臭不死呢！忍着！什么时候能自己洗了，你再洗去！让我帮你洗，做梦吧！”

姜琪就这样跟欧阳宸理论了半天，这厮愣是没妥协，在客厅里直接就开始脱上衣服了。窗帘也没拉上，客厅里还是落地窗户，姜琪连忙跑到窗前把窗帘给拉好了。还好这欧阳宸没脱个干净，身上还留了件内裤。

姜琪站在窗前，掐着腰冲着他说：“脱啊！你怎么不脱了！有本事你就脱干净喽去裸奔啊！”

激将法在欧阳宸这里从来就没管用过，姜琪以为他不会继续脱下去，没承想，欧阳宸还真脱了。姜琪连忙就转过身背过他，哄劝着说：“你还是穿上吧。不跟你闹了。我帮你擦澡就是了。你赶紧把衣服穿上。”

在医院这几天，虽说姜琪每天都会帮他擦身上，但他多半时间都是老老实实地在床上躺着，乖乖地任由摆布。可现在他线也拆了，人也比前几天精神好多了，坐在浴池边上，刚开始还算老实，姜琪拿温毛巾帮他擦拭，他乖乖配合着，可后来，手就开始越来越不老实，顺着姜琪的腰身开始来回摩挲着，脸上还带着一副坏笑。

姜琪拽开他的手甩到一边，重复了这个动作好几回，终于忍不住爆发了。

“欧阳宸，你闲的啊！你这手没地儿放吧！再闹腾我回家啦！”

“姜琪琪，难道你不想吗？”欧阳宸目光炽热，目不转睛地凝视着姜琪，“我想！这几年来，我做梦都想！”

“你想？想什么啊你想？你先想想你生活怎么自理吧！”姜琪把毛巾放在温水的花洒下投洗着，根本就没研究欧阳宸这句我想是什么意思。

欧阳宸缓缓起身，走到姜琪身后，紧紧抱住她：“别挣扎，就这样让我抱着你。”

姜琪愣住了，拿着毛巾的手僵持在空中。欧阳宸只穿了件内裤，而现在这种情形，姜琪尴尬地脸有些逐渐泛红。

欧阳宸将她转向自己，迫使姜琪与自己面对面相视。

姜琪的面容逐渐有些不自然，她几乎可以想象到欧阳宸接下来要干嘛。

他的唇慢慢靠近，直至落在她的唇上，慢慢地辗转吸吮。姜琪明显感觉到他的呼气由平稳变得急促，他的手开始在她身后上下摸索。不知何时已将她那层薄透的衬衫褪去，接下来是那件黑色文胸。

姜琪赤裸的上身在他眼前一览无余，无法闪躲。她想遮盖，却被欧阳宸将她的手拉开了。欧阳宸拉过她的双手拽到自己的颈后，双手收紧让她毫无空隙紧贴在自己胸前。肌肤与肌肤间带来的触感更让欧阳宸兴奋。

姜琪明显感觉到自己的理智逐渐被吞没，但现在她不能。

“欧阳宸……”他的吻如同雨滴般落在她的胸前颈后，姜琪努力让自己保持着理智，但声音却出卖了她，音调开始变得暧昧。

“不要说话，我知道现在还不是时候。”欧阳宸心里很明白，现在并不是做那种事的时候，一是自己的身体条件不允许，二是姜琪还没有彻底地准备好。他不想为难她，却又不想就这样轻易罢手。他的心也在纠结。

欧阳宸深深亲吻他在她身上留下的齿痕，这道齿痕印记很合他意，很清晰，很明显，深深地印在她的锁骨间，如同一道永恒的枷锁。

将爱 Chapter　34

衬衫沾了水湿淋淋的不能穿了，姜琪从浴室里随意找了件欧阳宸的衣服套在了身上。走出浴室时，欧阳宸早就清清爽爽地又坐在沙发上看电视。

姜琪这兼职保姆的一天简直累毙了，走到沙发的另一边，一屁股坐到了上面。她现在算是连抬腿的力气都没有了。

欧阳宸从沙发中间一点点凑近姜琪，姜琪也懒得躲闪，任由他伸手将自己揽在怀中。姜琪索性顺势把头倚在他的肩头，解解乏。他的呼吸很平稳。靠在他的肩头感受着他的呼吸，似乎这一切都变得那么安逸自然。

微风徐徐从窗户缝隙吹入，刚好阳台玻璃门没有关紧，将窗帘缓缓吹动。

姜琪越坐越冷，到处寻觅着到底是什么地方没有关紧，还好随风摆动的窗帘比较明显。姜琪噌的一下从欧阳宸怀中站了起来。欧阳宸转过头疑惑地看着她，纳闷地询问：“你干嘛？”

姜琪没理他，直接走到玻璃门前，拉开被风吹鼓的窗帘，把门关紧。玻璃阳台上那几台天文望远镜再次映入眼帘，姜琪侧过身看了看望远镜镜头对准的方向，天空中倒是繁星密布，就是看不出这到底在观察哪颗星。

“唉，欧阳宸，你能告诉我你这几台望远镜是看什么的吗？”

“好奇？”

欧阳宸坐在沙发上侧过身来，脸上挂着有些得意的笑容。

姜琪一看他这表情就知道准是又没什么好事。

“对！好奇！你不是一向对天文不感兴趣吗！”姜琪还记得高中时的他，对天文方面也就北斗七星和月亮外加一些比较显眼的星星能指认出来。这些年没见，愣是在家里摆了几台天文望远镜，他难不成特地钻研了一番？

“这些根本不算什么，你应该看看这个。”欧阳宸起身走到姜琪身旁，双手握住她的肩头推着她往比较靠里的次卧方向走去。

姜琪不知道他葫芦里卖的是什么药，干脆随着他先去看看。

欧阳宸按下次卧门把手，房间内黑兮兮地一片，姜琪刚迈入房间内眼睛还有些不适应，待眼睛缓过来些时却发现这间卧室居然房顶有一半是玻璃的，可以看见夜空。姜琪还是第一次见到房间可以改良成这个样子，还够新奇的。

欧阳宸将她推到落地窗前的沙发旁，然后让她坐下。随后又走到一旁，手里开始摆弄着什么东西。

“你倒腾什么呢？不会让我来这个房间就是为了让我看你把这间房改造的成果吧？”姜琪再次环顾了一下四周，“你这个设计还……”不错两字还没说出来，她就已经被眼前的情景惊呆。

她面前的白墙瞬间布满星空，星空正中猎户座每一颗小行星都清晰可见。

欧阳宸缓缓落座在她身旁，将惊讶中的她拥到怀中。“好看吗？”欧阳宸轻吻她的脸颊，“这间房间陪我走过了太多想你的日日夜夜，有时做梦梦到你，我就会坐在这间房内，看着满天的星空，看着你喜欢的猎户座，心里就会觉得舒服很多。”

“为什么不把我忘记？”

“你说得倒是轻巧，我试过……但是，没成功。当初你提出分手，我还以为你只是一时兴起，过段时间就会来找我。恰巧那段时间家里在给我办理转学，本来我是不打算去的，可后来想想，去了也好，那样你也可能会想我更多一点。那是我做的最犹豫的一个决定。离出国的前几天我特意将出国留学的消息告诉了郭庆和蓝灵儿，我以为你会来，直到那天我将登机时间从上午一改再改改到了深夜，你最终还是没来。你知道心灰意冷是什么滋味吗？我当时深有体会。”

姜琪回身搂住他的脖颈，将头埋在他的颈窝：“其实……那天我去了。”

她的声音很小，小到需要很用心很用心，才能听得到。欧阳宸本就是用心人，他原本黯淡的眼眸刹那间闪烁出明亮的光芒。姜琪说的那句话，穿越耳膜直通心脏，敲响沉睡许久的铜锣。他有必要问清楚。

“既然去了，为什么没来找我？”

“因为……”姜琪脑海中不停浮现那天的所见所闻，那是她最不想看到的场景。欧阳宸拎着简单的行李包，站在检票口，与另一个年龄相仿的女子有说有笑甚至拥吻。姜琪只觉一切都瞬间石化，欧阳宸就站在离自己不到五百米的距离内，那么近，却又那么远。

“因为什么？因为你当时拉不下脸跟我复合？因为你当时还没有做好心理准备？告诉我，到底是因为什么？”欧阳宸不想在继续猜想下去，分别的这些年来，他不止一次的猜想过姜琪不来的原因，这次他想听到原因。

“因为我看到了你和另一个女人接吻。”积压了多年的沉默终于说了出来，姜琪深深地吐了一口气。如果当初不是因为这一幕，也许那天就不会是分离。

“接吻……”欧阳宸有些疑惑的注视着她的眼眸，他实在是想不起来那天究竟和谁接过吻，那天来送他的人很多，统统都是一一拥抱亲吻送别。可这接吻，和亲吻脸颊似乎不是一个位置上吧？

“对，你们在接吻。而且是你侧过头先吻的她。”姜琪坚定地说着，她坚信自己亲眼看到的不会有假。

“我没有！我没有做过任何对不起你的事情，也不会做任何让你误会的事情。你……是不是……”

欧阳宸心想会不会是当时亲吻别人脸颊时，她恰巧因为错位的原因看错了。

“什么是不是？我相信我的眼睛，我确实看到了你们在接吻，而且当时郭庆和蓝灵儿都在场。”

欧阳宸发现如果要是这样一直跟她辩论下去，永远都不会有什么正确结果，索性求助场外“嘉宾”。欧阳宸起身走回客厅，拿来了手机，递到姜琪手中：“你现在打电话给郭庆或是蓝灵儿，问问我到底有没有跟别的女人接过吻。”

姜琪握着手机有些犹豫，现在已经凌晨快两点，不管打给他们两人中的谁都不合适，毕竟这个点儿应该都已经睡了。

见姜琪犹豫不决，欧阳宸索性拿过手机直接拨打了郭庆的电话，电话那端嘟声响了很久才有人接听。郭庆声音中带着懒散，倒是好脾气，被吵了觉也没破口大骂欧阳宸几句。

欧阳宸习惯不绕弯子直奔主题，斩钉截铁地问郭庆到底那天自己有没有跟其他女人接吻。电话那端的郭庆直接被他问懵了，反复问了他好几句是不是在说梦话，这才回答了声儿："没有！"郭庆本来还打算说些什么，可欧阳宸直接就把电话给挂了。

"郭庆刚也说了，没有！我没骗你吧！"欧阳宸算是松了口气，重新又坐回到姜琪身旁。

郭庆从来不会撒谎，姜琪沉默了。误解真是害人不浅，就因为一个亲吻动作，就可以轻而易举地让他们错过了这么多年。

"欧阳宸……我想，我看错了……"

姜琪从未有过的心虚，在他面前承认错误，居然这么困难。

欧阳宸再次将她拥入怀中，百般宠溺地轻抚着她的后背。姜琪一向不爱承认错误，可现在她却低下了头。

"我们错过了那么多年，时间永远不会倒退，我已经不再是当初头脑一热只认死理的欧阳宸，你也不是调皮任性的小丫头。岁月教会了我们成长，也教会了我们低头。也许我们的缘分就是这样，看似平坦却又充满坎坷与深渊，相互牵绊挂念却又碍于那一点点脸面。"

姜琪紧紧回拥着他，这一切真相是不是知道得有些迟？

"欧阳宸，对不起。谢谢你还守候在原地，谢谢你这些年来的坚持，谢谢你的固执。可我……却再也回不到原点。"

眼泪顺着脸颊浸湿他的衣衫，姜琪不想再克制，不想再继续隐忍自己压抑多年的情绪，这一刻，她不再顾忌。

欧阳宸轻轻安抚着嚎嚎大哭的姜琪，这些年来她压抑得太过辛苦，只有让她放肆地哭出来才能得以释放。

"我们不需要回到原点。"

“真的，一点都不需要回到原点。”

“只要你在我身边就好。”

“我们需要的是一个新的起点。”

“姜琪，答应我好吗？”

“我们要永远在一起，不管未来怎么样，就算生活会磕磕绊绊，我们也要在一起好吗？”

姜琪哭得有些昏沉，他的声音低沉得如同大提琴，足以蛊惑人心。

“好！”

姜琪也分不清这个好字到底是不是从自己口中吐出，只记得他那双充满温柔与宠溺的眼睛。

第二天，姜琪刚一睁眼，欧阳宸那张俊俏的面容就放大在眼前，距离很近很近，甚至可以看清他每一个细小的毛孔。

姜琪打算从他禁锢的手臂中脱身，挣扎了几下不但没脱身成功，反而被他搂得更紧。那感觉就跟要从他身边拿走什么宝贝一样，仿佛一松手就没了。

她索性不再挣脱又睡了一个回笼觉。

这回再一睁眼可不是欧阳宸熟睡的面容了，映入眼帘来的可是他那双柔情似水的大眼睛。

不仅吓了姜琪一跳，还惊出了她一身鸡皮疙瘩。

柔情的欧阳宸看似如同小白兔，没有半分威慑力，但真的不习惯。

将爱 Chapter 35

欧阳宸已经出院，姜琪也回到了工作岗位。回来的第一件事情就是找齐萧寒报道。齐萧寒因为近期一直在洽谈合同，低着头忙着整理手中的资料信息。可就算是工作再忙，他一样不忘关心下属。

“姜琪，你朋友好些了吗？”

齐萧寒总算是把这位特助给盼回来了，虽说姜琪给他当特助的时间不长，但大多数文件合同都是她整理的，姜琪不在的这些日子可是愁坏他了，经常要在档案室翻上好久才能找到所需资料。她回来了也算是松了口气。

“嗯，好多了。胃穿孔，手术很顺利，人也恢复得不错。”

“那就好！对了，这个月的总经理例会取消了，例会需要准备的资料你可以和下个月的一起做。我这几天一直在跑一个合同，可能需要占用你的下班时间给我当一下司机。”

当司机？姜琪有些纳闷，难不成齐萧寒的意思是让陪他一起去见客户？

齐萧寒见她有些疑虑，补充道：“放心，算加班，有加班费。”

姜琪点了点头便出去了。

两个星期没来，工位上的花儿都有些蔫儿了，桌子上也落了一层土。姜琪只好撸起袖子把工位收拾干净，刚收拾到一半，手机短信铃就响了。姜琪拿出手机一看，又是那位闲不住的欧阳宸。

“自己在家好无聊，你干脆旷工吧！我发你工资。”

还发我工资，你还是先把我的全勤奖给我补回来吧！

当然，姜琪肯定不会这样回信息，她也就自己发发牢骚。回给欧阳宸三个字“忙着呢”，便将手机调成了静音扔到了一旁。

两星期没来，虽然齐萧寒已经给她分担了大部分工作，但积压在她手中的工作依然很多。看着这些堆成摞的文件夹，姜琪直点揉太阳穴。公司个人邮箱也快爆满了，多部门的协调事宜通知，以及合同文件和齐萧寒的回复文件，忙得姜琪连中午饭都没敢吃太长时间，随便填了两口便继续回来工作。

齐萧寒也不轻松，姜琪都没见他出过办公室，坐在办公桌前一直低着头整理合同资料。低头时间过长，姜琪时不时还仰起头歇会儿，齐萧寒愣是一上午外加一个午休时间都没抬头。齐萧寒从早上坐到办公室开始到现在一口水没喝，一口饭没吃。

姜琪实在看不下去，从食堂帮他打包了份饭上来，送到了他办公室内。

“齐总，歇歇吧！我不知道您喜欢吃什么，就随便点了些给您带了上来。今天食堂做的鱼很好吃，您尝尝。”

齐萧寒始终注视着电脑的双眼终于离开了屏幕，瞧了瞧餐盒中的鱼，又看了看站在对面的姜琪。有些含蓄地笑着对姜琪说：“我……不太爱吃鱼。”

听完，姜琪想也没想，直接问了句："为什么？"话音刚落，她就有些后悔了，领导不喜欢吃的东西会告诉下属是为什么嘛！

还好，齐萧寒脾气很好，指了指餐盒中的鱼，"我不太会挑刺，以前被扎过，还去了趟医院。"

难道这就是所谓的一朝被蛇咬十年怕井绳。姜琪有些尴尬，第一次给领导带饭，居然点了个领导最不爱吃的。真是失败！

姜琪拿饭盒时，餐厅人员塞给了她两双筷子，现在干脆都派上用场吧。姜琪拿起一双筷子，把饭盒上面的塑料盖打开放到了一旁，将平鱼上面的肉一点点夹了下来，然后把鱼刺挑了出来。

"好啦，现在没刺了，您可以吃了。"姜琪把餐盒推到了齐萧寒手旁，餐盒中的鱼肉已经一块块整整齐齐地摆放在一旁。

齐萧寒被她刚刚的举动震撼得有些吃惊，姜琪是第一个为他细心挑鱼刺的人，而且挑得很认真。他原本以为自己这下半辈子基本上算是告别鱼类了，没想到，居然有人肯为自己将鱼刺挑干净。

齐萧寒不再推脱，拿起筷子开始吃饭，这些天他的胃除了忍受饥饿就是填满酒精，已经许久没吃过一顿饱饭了。

"齐总，工作固然重要，但身体才是革命的本钱。只有您健健康康的，我才有加薪的可能啊！"姜琪倒了杯温水放到了他的办公桌上。像齐萧寒这种视工作为生命的人，姜琪总是无法理解。

齐萧寒只是淡淡一笑，说了句："放心。"

说实话，齐萧寒很多地方跟欧阳宸都很像，除了日常没有欧阳宸那么霸道强势，在工作能力方面一点不输于他。欧阳宸对待工作一直处于自虐状态，什么事情都要做到最好，虽然接手的是家族企业，但他照样可以做得风生水起、有声有色。

因为临近圣诞，公司行政部已经开始筹备联欢事宜和布置公司布景。姜琪也收到了行政部的联欢通知，这次的圣诞联欢要和元旦晚会一起举办，所以举办地点订的是家五星级酒店。邮件内容中分别醒目标注了几项重点通知，不过也都是些需要大家参与的游戏娱乐项目。姜琪只是粗略一看，这些游戏她不想参加，毕竟要当着公司上上下下几千人上台献丑，她还是算了吧。

一连三天姜琪下班后都去给齐萧寒充当司机，酒桌上她眼睁睁看着齐萧寒一杯一杯地将酒灌下，却又无能为力。齐萧寒的酒品很好，喝多了总是会挂着笑脸，侧靠在椅背上沉默着。姜琪不知道他在想些什么，只觉那种沉默特别有感染，让她感觉特别压抑。

不过，巧合的是，齐萧寒居然跟欧阳宸住在同一公寓楼内，姜琪也算是省事，把齐萧寒送回家，还能顺便去看看欧阳宸。

欧阳宸最近越来越爱挑毛病，一闻到姜琪身上沾着的烟酒味儿就皱起眉头，一脸的嫌弃。

姜琪也懒得理会他那双幽怨的眼睛，总是随便问问他，有没有按时吃饭，都吃了些什么的问题后就打道回府了。欧阳宸恨得咬牙切齿，也只能在短信或是电话中宣泄，可惜姜琪从来不吃这一套，纵使他在那边气得直跳脚，她这边依旧云淡风轻。

齐萧寒的胃终于在一次饮酒过量后宣布暴病，他被迫推掉了大部分应酬，每天也开始按时吃饭。姜琪时常能在餐厅里遇到他，因为胃病，他也只能喝些粥。姜琪这回算是将齐萧寒彻底和欧阳宸绑到一起了。这二位不仅是生意场上并肩作战的队友，这回也算是胃病场上同病相怜的病友了。

但凡有一个在意自己的，也不会整天与胃药相伴。

多亏齐萧寒生病，姜琪也算是过上了几天按时下班的日子，前段时间总是要陪齐萧寒去各种酒席应付给他充当司机，现在总算是轻松几天。

圣诞节越来越近，公司内早就被行政部装饰得喜气洋洋，到处都带有浓浓的节日气息。

因为欧阳宸很长时间都没有来公司，公司上上下下都陷入了一种极其放松的模式。市场部也一样，虽说齐萧寒不建议大家彻底放松，但总会睁一只眼闭一只眼，适当放松也算是让员工们解解压。

姜琪手里的工作也不再那么繁重，也有些空闲时间可以做些自己的事情。

前两天琳达跑上楼找她，让她帮忙折一些带有谜题和写有礼品的纸鹤，她也欣然答应了，正好趁着现在悠闲可以把这个年会时用到的纸鹤给折喽。

齐萧寒有时路过她工位时，还会驻足看看折纸上的文字都写了些什么，有的谜题他觉得好玩，就会说出来让姜琪也猜猜。可惜，姜琪从来对猜谜语都不是很灵通，往往要想上好久也猜不对。

这段时间轻松的日子倒是让姜琪有些不太希望欧阳宸回来，以往他在的时候，公司从高层到小职员都时刻保持警惕状态，万一哪天他不高兴，就开始逐层巡查，谁要是在那个时候撞枪口上，就等同于在拿工作开玩笑。欧阳宸对待这种事情，一向不会手软。

姜琪原本在开始恢复上班后头一个星期每天都去趟欧阳宸家看他，之后就变成隔一天看一回，到现在更是得小一星期没去看他了。虽然欧阳宸每天都会给她发信息诉各种无聊，但他还是希望姜琪可以每天都陪在自己身边。

直到距离元旦的前两天，他实在是沉不住气了，开车直奔她家找她。

还差一天时间就要跨年，姜琪跟同事约了一起吃饭，回来得比较晚。

欧阳宸一直倚在防盗门上盼着她回来。

姜琪看到他的那一刻，表情很平淡，欧阳宸心里可是一百个不爽。

沉着脸，随着她走进了屋里。

欧阳宸刚进门厅就一把抓住了姜琪的手。

“你去哪儿了，为什么这么晚才回来？”

姜琪有些疲惫地叹了口气，随口应付了句：“去吃饭，今天聚餐。”

“为什么那么长时间都不来找我？”

如果答复他因为太忙，那纯属是瞎话，这段时间可是悠闲得很。

姜琪顿了顿，眼睛快速地转了一下。

“因为路太远。”

姜琪都有些佩服自己居然能研究出这么一个烂借口来搪塞他，他要能信都怪。

“路太远？”

完全是个不可理喻的答复。

欧阳宸不打算继续跟她讨论路远不远的问题。

直接将她拥入了怀中抱紧。

“我就知道你不想我！”

他将下巴抵在她的肩头，浅笑着说：“没关系！我想你就好！”

将爱 Chapter 36

姜琪不知道欧阳宸从什么时候开始适应了妥协。不再跟她争辩，不再对她强势。

松开姜琪，欧阳宸走到客厅，坐到了沙发上。上次来的时候喝醉了酒，而且还住进了医院，根本就没顾上环视一下她住所的模样，现在看来也算是干净整洁，原本以为姜琪还会像以前那样邋邋遢遢的，将房间弄得更像是猪窝。

“行啊！姜琪琪，你还真是长大了，都知道收拾房间了。”

欧阳宸以一副家长的口吻貌似在对自己的孩子讲话一样，姜琪直接白了他一眼。

“我饿了。本来打算叫你一起去吃饭，结果您外面聚餐到现在才回来。我的温饱问题看来需要你亲自动手了。”欧阳宸慵懒地倚靠在沙发背儿上，翘着二郎腿，顺手抄起一本杂志漫不经心地翻看着。

姜琪见他完全是一副大爷使唤丫头的姿态，直接走到他身前把他手中的杂志给拿了过来。“饿了回你家吃去！我这儿不管饭！”

欧阳宸倒是没脾气，干脆起身自己去找吃的。姜琪站在沙发旁看着他围着这仅有的几个房间打转，悠闲地四处观察一番。

“你找什么呢？”姜琪看他东瞅瞅西望望的，也不知道到底要找什么。

“不会你家连冰箱都没有吧？”欧阳宸转了两圈都没找到冰箱在哪儿，心里直点犯嘀咕。

姜琪侧身穿过客厅的过道，站到厨房门前，“你找冰箱干嘛？”

“我刚才说了，我饿了。找冰箱当然是看看有没有能吃的东西。”欧阳宸朝着她所在的方向走了几步，站在厨房门前往里面望了几眼。

姜琪推开挡在身前的他，走进了厨房，在厨房角落里打开了小冰箱的门，翻找着能吃的东西。

“姜琪琪，你这冰箱也忒大了吧！有旁边的橱柜高吗？”欧阳宸站到一旁比划了一下，目测也就八十公分左右的高度，怪不得找了半天都没看见呢。

姜琪从里面拿出鸡蛋和小香葱，家里还有些挂面，都这么晚了煮面条算是最节省时间的饭了。

“要么你就把葱择喽，要么你就出去。”本来厨房地方就不大，欧阳宸往里面一站就跟一堵墙一样，特别碍事。姜琪要去拿挂面，欧阳宸还正好挡在橱柜前面，姜琪索性直接把他拨到一边儿。

欧阳宸长这么大，借用形容女人的话来形容他，那就是向来十指不沾阳春水。他哪儿会择葱啊，简直是浪费。姜琪接个水的工夫，这厮都快把葱给择得就剩葱白了。还好姜琪发现得及时，一把把葱给抢了过来，算是抢救出了一半。

欧阳宸直接被姜琪从厨房给轰了出去，看来他也就只能坐享其成了。

没过多会儿，姜琪就端了碗热乎乎的面条出来。欧阳宸探着身一看，这碗面总体卖相还是不错的，鸡蛋也算是完整，就是不知道味道如何。

“你端详什么呢，嚷嚷着饿的人是你，现在面给你煮好了，不吃的也是你。”

欧阳宸端起面碗，三口两口就把面吃了个干净，看他现在吃饭这狼吞虎咽的样子，八成胃已经好得差不多了。姜琪也算是放心了。

姜琪拿起空碗去水龙头下刷洗干净，再回到客厅时，欧阳宸已经侧身蜷缩在沙发上了，双手抱着腹部，表情很痛苦。姜琪一时间慌了神儿，反应了几秒后连忙跑到他身旁，蹲下身伸手帮他轻抚着胃部。

“是还疼吗？刚刚不应该吃那么快的。咱们去医院吧。”

姜琪摸他的手有些略微发凉，赶紧又摸了摸他的脑门，用手背试了一下体温，还好不算特别热。

姜琪起身准备去拿体温计，欧阳宸因为疼痛带的有些无力的手一下抓住了她的手臂，不让她离开。

“我以为你这段时间恢复得已经不错了呢，没想到还没好。”姜琪再次蹲下了身，一下下轻抚着他的胃部。

“没什么，也不算特别疼。”

姜琪都看到他头上冒出的虚汗了，欧阳宸还在嘴硬。

“我扶你去床上躺着吧。”

姜琪有些费力地将他搀扶起来，让他躺到床上。又去给他找了片儿止疼药，让他吃下。

吃完药没多长时间欧阳宸就慢慢昏睡了过去，姜琪把他身上的针织毛衣给脱了下来，这样他睡得也能舒服些。隔着衬衫，他身上手术留下的疤痕隐约可见，每每看到姜琪的心就会不由的绞痛。

止疼药也算是管事，欧阳宸这一晚睡得都很踏实。姜琪第二天要上班，一早早起给欧阳宸煮了粥，看他睡得正香也没叫醒他。

欧阳宸起来时给姜琪发了条短信，姜琪叮嘱他把粥放到微波炉里面热透了再吃，如果再疼就去医院复查看看恢复情况。这种有人惦记的滋味，让欧阳宸心情瞬间爆表，美滋滋的将爱心牌早餐粥喝了个精光。

今天是十二月的最后一天，欧阳宸这位总经理也该露个面了，正好晚上是联欢晚会，他当然要去参加。回到公寓，换了身正式场合的西装，在镜子前仔细的打理了一下发型，便出发奔公司去了。

HM 公司上上下下的员工，今天从一迈进公司大门就开始沉浸在临近节日的喜悦中，外加上欧阳宸已经好长时间没来公司，更是三五成群地聊成了一片，根本就没有几个人还在坚守岗位了。

齐萧寒所带领的市场部还算好点，年底项目洽谈成功的比较多，各小组也都在做年底汇总，以便欧阳宸回来时也好汇报。

姜琪也算是轻松，拿着齐萧寒给她的年终汇总报告资料与手里的档案信息逐一核对，排查是否有遗漏项目。

欧阳宸没把车停到地下车库，而是停到了公司楼前露天停车场，拎着公文包走进公司大厅。公司前台的几个人一直忙着聊天，根本就没注意到欧阳宸沉着脸从她们前面走过。

一看前台都已经散漫成这个样子，那其他部门也不一定好到哪儿去。

欧阳宸干脆拎着包特意走楼梯逐层看了一遍，二层档案室和劳动室大门紧锁，空无一人。三层行政人力外加公关，坐在工位上的人寥寥无几，不过这也可以理解，毕竟联欢会需要提前准备。四层、六层、七层、八层就跟蛤蟆吵坑一样，完全炸开了锅，九层就市场部还算有点上班模样，大部分人员都在一个个小会议室开会。销售部也没多少人在。

欧阳宸冷着脸，走到总经办区域，他的两位专职助理，也在扎堆聊天。公司现在的情景让他气不打一处来，打开办公室的门，走了进去，“噔”的一声关上了门。

关门声刹那间传遍整片楼层，在座的所有人都吓了一跳。更别提他那两位专职助理了。

欧阳宸回来的消息一时间传遍了公司每个角落，公司里之前欢快的节日气氛瞬间降到冰点。

姜琪虽然也纳闷欧阳宸怎么心血来潮跑来上班了，但欧阳宸就是那样，时常让她猜不透，姜琪自然也不会花费时间在揣摩欧阳宸心里想法这方面。

“我不在这几天公司居然乱得毫无章法，你为什么没跟我提过。”

姜琪扫了眼欧阳宸发来的短信，显然，某人现在正在气头上。

沉寂了许久，姜琪才给他回了几个字：“下班时间不谈公事。”

姜琪可以想象到他现在正怒气哄哄地坐在办公室内暴跳如雷，公司几位高管刚刚也都低垂着脑袋进了他办公室，想必这顿骂是躲不开的。

人心惶惶间，公司多数人都认为今天晚上这个联欢晚会会被取消，因为行政人力和公关几位高管都被叫到总经理办公室训斥了一顿。以欧阳宸现在这种心情来看，取消联欢活动也在情理之中。

中午饭欧阳宸也没吃，依旧逐个找各部门高管谈话。

齐萧寒自然也在谈话人员范围内，根本就没有人可以逃脱掉。

姜琪借故去了趟总经理办公区域，不巧却看到性格比较柔软的小白又在哭鼻子。既然撞见了，姜琪也不好调头就走，只好上前安慰。

“小白，你怎么哭了？”

虽然知道一定是被欧阳宸数叨的，但姜琪还是询问了一遍。

“姜琪，你说欧阳总怎么今天突然就冒出来了呀，我们一点防备都没有，他最反感不认真对待工作的人啦。呜呜呜……”

姜琪也不好说些什么。毕竟欧阳宸他对待公司和工作都是苛刻的。好长时间没来公司，这一来就见到自己的员工们如同一盘散沙，他这心里暴躁是一回事，不是滋味又是另一回事。

“小白别哭啦，欧阳总就是一时气愤说了几句，你别太往心里去。”

姜琪抽了张纸巾递给了小白。

小白接过纸巾哭得更厉害了。

声音也开始哽咽，“他倒是没说什么特别伤人的话，就是他那表情，太吓人了。眼睛一瞪，特别恐怖。沉着脸，特别阴森。”

姜琪不止一次见过欧阳宸发火的样子，他这个人还是比较有原则的，就算是特别生气也会给别人留些颜面，只是他那表情，确实可以用阴森恐怖来比喻。

像小白这样的柔软女子，姜琪一向哄不来，她本来就不是那种小女人的材料，当然拿捏不好小女人的心理。

姜琪也只好反复说“别往心里去”以及“别哭啦”这类的话来劝小白。

齐萧寒从欧阳宸办公室里出来时表情还算是轻松，脸上依旧带着笑容。

姜琪本来好奇想要问问里面那位现在怎么样了。

可后来想了想，还是不问为妙。

将爱 Chapter　37

晚上的联欢晚会如期举行，只是这气氛一直带动不起来。

欧阳宸一直黑着脸坐在最前面那桌酒席正中的位置上，上台讲话的主持人一看他这脸色，心里都有点发虚，表情语气自然欠缺了点活跃劲儿。

这是姜琪毕业以来第一次参加公司举办的大型联欢会，可现场这气氛总带着点死气沉沉，弄得她心里都有些失落了。自从调岗到市场部，只要公司有活动她都不能像行政部人员那样忙前跑后了。说实话，她还是挺怀念那种为集体活动忙前跑后的感觉的。

台上的表演颇有些走马观花的感觉，姜琪越看越无聊，索性不如来点实际的，填饱肚子再说。对于吃这方面，HM 公司最大的优点就是，主管选菜谱的人是位名副其实的吃货，他所选出的菜式，算不上顶级，也算是一级了。

姜琪这桌都是市场部人员，齐萧寒是总监一级，早就坐到前面那排去了，她们这一桌又都是女的，姜琪根本不需要顾及吃相有多难看。倒是这桌人都看得有些傻眼，虽说姜琪调到市场部也有段时间了，但是碍于内部排挤，姜琪平时跟她们也就工作上有所交集，私下里就是另一码事了。坐在她左边的华英有意提醒了她一下，注意点形象。她倒是无所谓，摆了摆手继续吃。

“姜琪，你中午没吃饭啊？”

一听这声，姜琪放下了筷子转过头，见母夜叉单手扶着她的椅背，好像是有事找她的模样。

姜琪还是比较识相的，拿起一旁的餐巾纸擦了擦嘴，起身跟母夜叉走了出去。

走出酒店大堂，母夜叉找了个安静点的地方停住了脚。

姜琪自然也跟了过去。

“姜琪，你也知道我不是那种说话喜欢绕弯子的人。”

“嗯，知道。您直接说吧。”

“你是不是跟白帆分手了？”

听完母夜叉的问话，姜琪有些犹豫，转念一想，既然分手了，也没有必要再藏着掖着了。于是点了点头。

见到她点头，母夜叉也算是解开了疑惑。

“他没去美国深造，而是去了英国你知道吗？”

姜琪点头。

“虽然我不知道你们是因为什么分的手，但我还是要代表他的家人谢谢你。虽说他没有按照家里人的意愿去美国，但去了英国也不错，文凭也都差不多。”

白帆的家人依旧那么注重文凭，他们根本就不知道白帆这些年来为了文凭有多闹心。考大学时是他人生中第一次按照自己的想法填报了医科，为此他跟家人闹得很不愉快，家里一直逼着他出国深造，他就想用自己的实力向他们证明，其实不出国深造工作能力依然可以很强。他的家人不理解他，他有多失落，只有姜琪一个人知道。可现在，他仍然选择了出国。

母夜叉没在过多地说些什么，姜琪也始终保持着沉默，谈话也就这样草草收尾。

回到座位时，台上已经到了最热闹的抽奖环节。姜琪有意起身望了一眼坐在前面正中位置上的欧阳宸，依旧是那张让人觉得冷飕飕的冰块脸。就冲着他那张脸，也够扫兴的。

姜琪拿出手机，手指快速地在键盘上按了一行字，“你笑笑行不行，我人生中第一次公司集体聚会都快被你这张脸毁啦！”

发完信息，姜琪观察了欧阳宸半分钟，他一直都没有理会放在餐桌上的手机。算了，姜琪也懒得理会他，索性继续拿筷子夹菜吃。

“既然被毁了，我看你吃得也挺香。”信息是在姜琪吃下第三筷子东西时发来的，转过头正好对上了欧阳宸那双略带沉闷的眼睛。一看他这眼神，八成这怒气也消得差不多了。

姜琪背着人悄悄对着他比划了一个微笑的手势，欧阳宸这才牵强地勾了下嘴角。

欧阳宸这一笑刚好被洞察力敏锐的主持人发现，主持人连忙趁热打铁，把欧阳宸请到了台上充当公证人。欧阳宸一上台，刚好开始抽取前三等奖，依次由各部门总监来抽取，如果抽到自己部门人员就要用个人工资填补上一份同样的奖品，再抽取一名幸运者。

今天还真碰见那么几个点背的领导，抽了两回都是自己部门员工的人就有三人。三等奖原本设定是五名，二等奖三名。一等奖一名，愣是让这群手气好的领导们给乘以了三。

奖项抽取用的是排除法，为的就是让更多人可以参与其中，那些小的奖项，姜琪是一个都没拿到。不过也都是些吸尘器、电饭煲之类的东西，她要了也没用。

就这前三奖品比较好，三等奖五十寸液晶高清电视，二等奖八千元以上的千足金项链一对，一等奖新马泰双人游，还有个特等奖，只是这个特等奖一直没对外公布，想必应该错不了。

姜琪眼睁睁看着身边的人一个个拿着奖品高兴地欢呼，她却始终两手空空，直到最后一个一等奖被技术部门一名员工领走，姜琪这心也不对这个抽奖环节抱什么希望了。

话说这抽奖的千纸鹤多半还是出自她的手呢，居然跟她这么没缘。

到了抽取特等奖环节，所有人都心潮澎湃地期待着看奖品如何，直到人事部经理把写有奖品的告示栏交付到欧阳宸手中，欧阳宸将盖在上面的红布掀开这才公布出来。

马尔代夫十天双人游，除个人购买纪念品费用，其他费用一律报销。

一时间，酒店大堂内被一片欢呼雀跃声笼罩。那些拿过奖品的人，也就只能看着特等奖望而却步了。

特等奖只能由欧阳宸亲自来抽选幸运者。欧阳宸把手伸到抽奖箱内随意捏了只千纸鹤出来，递交给了主持人。

主持人拆开纸鹤一看姓名，满脸的羡慕嫉妒，挑了下眉，继续说着事先准备好的台词。当主持人把话筒递给欧阳宸，让他来宣布人名时，大多数人心都已经提到了嗓子眼。

欧阳宸接过展开的纸鹤一看，一下就笑了，难不成这就是所谓的命中注定？“获得特等奖的人员是市场部总监助理：姜琪！”

姜琪顿时傻眼，完全蒙圈了。似乎跟幻觉一样，这个大馅饼砸得太突然了。要不是身旁的华英推了她几下，估摸着她还以为自己是在做梦。走向前台时，脚绊到了椅子腿上，使她趔趄地向前迈了一大步。还好齐萧寒眼疾手快，一把拽住了她，不然她非在众目睽睽之下摔个狗吃屎。

姜琪走上台还有些觉得虚幻呢，从小到大，她可是那种买饮料都不中奖的主儿，这会儿居然中了个这么棒的大奖，她都不知道该怎么笑合适了。

从欧阳宸手中接过奖品，姜琪的手不由自主地颤抖着。站在她一旁的欧阳宸一脸坏笑，合影时，凑到她耳畔小声的说：“瞧给你紧张的，是不是有种上学时候获奖的感觉？！”

姜琪因为需要照相，保持着呲牙笑的表情，只好以这样的方式接了句欧阳宸的话茬。

“我觉得这比获奖实惠多啦！”

欧阳宸倒是一点不顾忌，悄悄把手拍在了姜琪的翘臀上，挑逗着说：“看吧，这就是缘分，这辈子你都躲避不开。”

“把你的咸猪手拿开。”姜琪往前挪了一步，避开欧阳宸故意暧昧行为。

欧阳宸不以为然地耸了下肩，继续把手又搭在了姜琪的屁股上。

姜琪无语，本想给他一脚的，后来想想当着这么多人呢，还是给他留点面子。

拿着奖品回到座位后，姜琪身旁立马围了一圈人，不是羡慕她运气好，就是追问她什么时候去，带点纪念品回来什么的。姜琪只好一一应付，上演了一幕点头如捣蒜情节。

慢热型联欢晚会总算在十点半左右时结束，姜琪刚刚点头点得脖子都疼了。联欢选的酒店离闹市区还有些距离，虽然公司安排了班车，但姜琪看了半天没有一辆能通往她住的方向，索性自己去坐公交车回家。

慢悠悠地摇晃着包边走边蹦跶，这是她上学时最喜欢的走路方式，因为她总觉得这样走路不会累也不会觉得路远。

“姜琪，没想到私下里你还学兔子啊！”

姜琪闻声连忙转过了头，只见齐萧寒开着他那辆沃尔沃停在了她身旁。

“齐总。”

姜琪有些尴尬，自己平日里在他身旁工作一直都是有意让自己保持成熟干练型，现在一切好形象都毁了。

“你怎么没坐班车？你家那么远怎么不坐班车回去？”

齐萧寒有些纳闷，本以为她得坐班车回去呢，可想到开车刚出来就看见她边走边蹦地往前走着。

“哦……班车不到我家那边，我去坐公交。”

“上车！我送你。”齐萧寒探身把副驾驶的门帮她打开，招呼她上来。

姜琪本来还想再推脱几句，齐萧寒直接下了车，走到她身旁几乎是把她推上了车。

虽说坐他车已经不是一回两回了，但姜琪还是头次没闻到他车上的香水味儿。姜琪特意往椅背上一靠，平常车椅上也都是带着香味儿的，今天居然也没有。

绽放 Chapter 38

“你在闻什么？”

姜琪可能动作幅度有点大，弄得齐萧寒根本无法忽视，连车都开得不再那么专心了。

“没什么……就是有些好奇……”

姜琪调整好坐姿，目视着前方。

“好奇什么？难道我车里有什么不对吗？”

姜琪转过身对着齐萧寒连忙摆手，“不是不是，只是，车里的味道没了……”

“味道？”齐萧寒挑了一下眉，“你说的是香水味儿？”

“嗯。以前总能闻到，今天突然没闻到，所以有些好奇。”

“嗨……就好奇这个啊。我以为你好奇什么呢。香水用完了，这段时间那么忙也没时间去买，今天下午新洗的车，所以什么味道都没了。”齐萧寒浅笑着摸了下姜琪的脑袋，“你这小脑袋储存量还挺大，不仅要记工作方面的事情，连我车里的味道都记得。”

看来今天齐萧寒心情不错，姜琪心里琢磨了一阵，还是想问问。

“齐总，您这么优秀为什么不结婚呢？”此话一出，姜琪看到齐萧寒脸部表情一瞬间僵硬了一下，但恢复得很快，又重新挂上了笑容。姜琪赶紧补充道：“不好意思，我不是有意想打听您的私事的。当我没说。”

齐萧寒云淡风轻地说了声：“没事。”便许久没有在开口。

车停到姜琪所住的小区楼前，姜琪心里有些过意不去，毕竟齐萧寒这么晚把自己送回家，自己还把气氛搞得那么僵。

“那个……齐总，我这个人性子比较直，有时候说话嘴上又没有个把门的。我以前男朋友经常数叨我说话不过脑子，您千万别介意。我就是好奇心比较重，真的不是故意的。那个……元旦快乐！”

说完，姜琪为了避免尴尬，快速开车门下了车，站到了路旁的行人道上。

齐萧寒自然不会在意这些，看出来她现在有些过意不去，自己也不好再说些什么，怕她更尴尬。“以后你就会知道的。行了，早点回去休息吧，元旦快乐！”

齐萧寒刚准备掉头，又想起了姜琪刚刚中了特等奖的事情，按下了车窗，探着身子对姜琪说：“你要是想休假提前告诉我一声就行，恭喜你中奖！”

姜琪大声回了句：“好！”齐萧寒便开车离开了。

走在小区过道上，姜琪本想给欧阳宸发条信息祝他元旦快乐，拿出手机一看，上面都是欧阳宸的未接来电显示。姜琪按了下回拨，手机刚放到耳畔，等待音刚响一声，欧阳宸就接通了电话。对着听筒就是一顿咆哮。

“你去哪儿啦？干嘛不接电话？现在跟哪儿呢？”

欧阳宸可真不愧是疯狮子，姜琪把手机拉开耳朵得有十厘米的距离，依然听得很清楚。姜琪故意沉默，就想看看欧阳宸还能在怎么咆哮。没成想，离开耳朵握着手机的手一下被人用力拽住。吓了她一大跳，迅速转过了身。

待看清那人是谁时，这回咆哮的人已经换为她了。“欧阳宸你有病吧！你知不知道人吓人会吓死人啊！”

欧阳宸目光专注地凝视着她，看得姜琪心里有些发慌，刚刚强硬的语气也硬不起来了，反而有些结巴的问：“你……你这么看着我干……干嘛？”

“真怀念高三那年……”欧阳宸叹了口气，这条幽静的小路，特别像学校里面那条小路，时光流逝，物是人非，还好曾经走丢的人又重现出现在他面前。欧阳宸伸手将姜琪拥到怀中，静静地拥抱着。一幕幕回忆如同电影快播一样，在脑海中一闪而过。

姜琪被他这古怪反应弄得有些摸不着头脑，五分钟前还在电话里咆哮的人，现在居然可以这般深沉。

就这样姜琪安静地被他抱了好久，久到姜琪几乎快要在他怀里睡着了。

欧阳宸撑开姜琪，看她困得都快睁不开眼睛了，特别无奈。“你说说你是不是没心没肺，这种时候居然还能困成这样！真浪费感情。”

“别贫啦！我困啦，你也赶紧回家睡觉吧！”

姜琪转身就要走，本来精神头儿还算是挺足的，可被欧阳宸这么一抱，居然被抱困了，上眼皮和下眼皮直打架。

“跑哪儿去啊你！”欧阳宸从姜琪身后一抄，直接将她打横抱了起来。姜琪瞬间悬空，精神头儿迅速回归了一半。

姜琪挣扎着想要下来，可欧阳宸偏偏不准备松手，抱着她转起了圈来。他越转越快，姜琪吓得哇哇乱叫，双手赶紧搂住了他的脖子，不敢松开。

“欧阳宸，你要是敢把我扔出去，咱们没完！”姜琪被转得有些犯晕，生怕被欧阳宸扔出去，下面可是石灰地，摔上去那可不是一般的疼。

欧阳宸停住了脚步，伫立在原地，低头吻住了她的唇，细细地辗转着，允吸着她口中的芳香。

随着爆竹声划破天际，欧阳宸这才不舍得松开她，牵着她的手，一步步向前走着。

每次被吻后，姜琪都有一段小鸟依人的时间，欧阳宸自然拿捏得恰当，这时候的姜琪简直可爱到不行，也只有这时候乖巧两个字才能用到她身上。就连说话声音也比平常温柔了许多，颇有些被蛊惑的感觉。

欧阳宸打算今晚继续留宿姜琪家，搂着姜琪肩膀走进了电梯。

“去天台吧，那里可以看烟花。”姜琪按下直达顶层的按钮。之所以她会一直住在这个老旧小区里而没有搬家，就是因为这里的天台已经陪她度过了四个元旦，加上这个已经是第五个了。

以往过元旦，她总会独自一人站在天台围栏前，望着夜空中绽放的礼花，微风中夹杂这烟花绽放后的味道，勾勒着她浓浓的伤感。

今天却不同，有个人在身后将她包裹在他的大衣中，紧紧地拥抱着她，陪她一同欣赏天空中绚烂璀璨的花火。

“还冷吗？”

欧阳宸的声音很轻，就响在她的耳畔，淡淡地。姜琪鼻子一酸，眼泪抑制不住地流了下来。似乎，心里所有的空虚都在这一刻被填满。

姜琪起先还是默默地抽涕着，后来越来越抑制不住，身体也跟着颤抖起来。她有意捂住嘴不发出声响，欧阳宸将她抱得那么紧又怎么会感觉不到她在哭泣。

“姜琪琪……”欧阳宸将她转向自己，她脸上的泪水在灯光照耀下闪着银色的微光，晶莹剔透。欧阳宸附身将她滑落在脸颊上的泪滴吻掉，她的脸颊有些微凉，泪水却是温热的。“如果想哭，那就哭吧！你身边有我。”欧阳宸拍了拍自己的胸膛，“哭累了，这里永远给你依靠。”

莫名的委屈感瞬间侵袭姜琪心头，她现在只想哭，丢弃束缚大哭痛哭一番。

欧阳宸很了解姜琪，她总是故作坚强，其实心里脆弱到轻轻一击就会支离破碎。就算是受了伤她也总会硬撑着。记得有一次她摔伤了手臂，尺骨骨折，她却不同于其他女孩子哭哭啼啼，而是自己咬着牙忍着疼托着手臂去了医院，就算是打上了石膏，骨折也是很疼的，但她却为了让他放心故作坚强装的跟没事儿人一样。他那次甚至还对她发了火，实在是看不下去她硬撑着的样子。他几乎是咆哮着吼她：“姜琪琪，疼哪怕你喊一嗓子，哭一声像其他女孩儿一样娇滴滴的也好，你别给我硬装着行吗！”他记得那次，姜琪并没有为骨折后的疼痛流一滴眼泪，却被他吼出了眼泪，还不停地劝他不要生气。

这样的姜琪真是让他又爱又恨。

姜琪在他怀里哭了很久，耳畔爆竹声已经变得不再那么喧嚣。松开欧阳宸，伸手擦掉泪水，看到他胸前被哭湿了一片，姜琪不好意思地笑了起来。

"姜琪琪，刚你还哇哇大哭呢，这会儿怎么又笑了？"

欧阳宸挑着眉，揉捏着姜琪的小脸，顺便把她脸上的泪痕擦拭干净。

姜琪有些不好意思，伸手指了指欧阳宸胸前被哭湿透的西服上衣。

欧阳宸低下头看了看，问："你是把鼻涕抹上面了吗？"

姜琪先是摇了摇头，后又点了点头，有些尴尬地拿手帮他擦了两下。

欧阳宸做了一个仰天长叹的动作，一把抓住了姜琪在他胸前胡乱擦拭的手。"姜琪琪，你这胆子可真是越来越大了，你说说，我衣服除了被你拿着擦汗、擦口水也就算了，现在居然还拿它擦鼻涕。"

姜琪戳着鼻子对他做了个鬼脸，然后已一副无所谓的样子，扭了扭脖子。

"姜琪琪，你可真是典型的三天不打上房揭瓦。还好我不是你爸，不然我真得被你愁死！"

"我爸他早就习惯啦！没办法，我这可是纯天然天生的。"

"姜琪琪……"

欧阳宸双手捧着她的脸颊，迫使她与自己对视。

姜琪有些疑惑，他的眼神很温和，让她无处闪躲。

"我需要你跟我解释一下，你之前跟我提过的未婚夫。"

"未婚夫？"

难道欧阳宸问的是白帆？他都知道了？

欧阳宸目光坚定地点着头，他虽然对他们二人之间的关系和情况大致了解，但还是想听她亲口说。

姜琪不知该说些什么。

眼神也开始不再那么集中。

绽放 Chapter 39

"姜琪琪，看着我的眼睛，告诉我！"

欧阳宸目光紧锁着她，让她一点回避的余地都没有。

“那个……那个……”姜琪有些犹豫，其实这件事她真的不想告诉他，毕竟自己最终还是辜负了白帆。

“别这个那个的！我要你清清楚楚地告诉我，究竟是怎么回事！”

要听她解释一件事情难道就这么难，她始终就爱守口如瓶，那么多事情都憋闷在心里，她的心又能好受多少。所以，欧阳宸必须强迫她说出来。

“我们回去再说好吗？这里有点冷。”姜琪躲避着，双手交叉着抱了下肩膀，让欧阳宸可以直面感觉到她冷。

这是她一贯躲避话题的方法，白帆一向很顾忌她，所以每次也都会顺从。欧阳宸那么了解她，怎么会不知道她心里怎么打的小算盘，完全一点准备顺从她的意思都没有。

“冷点好，头脑清醒！省了你糊弄我。”欧阳宸松开了捧着她脸的手，把大衣一拽，将她裹在了怀中。“说吧！现在你要还嚷嚷着冷，那我就脱了衣服站在这里冻着陪你。”

欧阳宸终究是不好糊弄的，姜琪也只好如实招来，从与白帆认识到分手统统对欧阳宸讲了一遍，毫无保留。虽然话题中牵扯到她心里无法愈合的疤痕，但她依然统统告诉了欧阳宸。

欧阳宸沉默了，这种死寂般的沉默让姜琪有些措手不及，她完全语塞，根本就不知道该说些什么。

许久后，欧阳宸才缓缓吐出句：“这些年来白帆对你是真的好，我自愧不如。但既然已经辜负了他，请别再辜负我。”

他居然用了“请”，姜琪此时此刻心情特别错综复杂。

“答应我，千万别再辜负我！”

欧阳宸此话更像是请求，姜琪根本无法回答。多年前她曾经认定过欧阳宸就是自己要一同走入婚礼殿堂的人，但他们最终还是分手了，现在她学会了面对现实，不再幻想那些不现实的想法，她无法给他任何承诺。

“欧阳宸，我们顺其自然好不好！别去强求，就这样顺其自然，如果我们都感觉是时候了，那我们就结婚生子。如果……”

“如果什么？”欧阳宸收紧手臂，语气坚定地说：“没有如果！”

姜琪淡笑着，将头埋在他的颈窝，轻轻地说：“我们不要把话说得那么肯定，爱情中没有事事如意。如果有一天你倦了，或是我倦了，那我们就很洒脱地放手，给对方自由。”

“不可能！我欧阳宸的字典里不会让轻易放手这几个字再次出现！我们错过了那么多年，人的一生中又禁得起几次错过？！既然上天安排你又出现在我面前，那就是冥冥中注定的，我是不会再次放手的！”

欧阳宸的爱坚定不移，让姜琪不知该如何承受。人们说，狮子座的人一旦真的爱上了一个人，那这个人就会是他此生至死不渝的爱，原来这句话并不是谣言。只是有些让姜琪承担不起。

回到家里，欧阳宸依旧慵懒地窝在姜琪家的老旧沙发里，沙发是原来房主留下的，很复古，软塌塌的，坐上去会沉下去的那种。姜琪特别喜欢这个沙发，后来求原房主把沙发卖给了她。没想到欧阳宸跟她的喜好相同，对这个沙发也是有一种莫名的好感。

“眼瞅着天都快亮了，赶紧洗洗睡吧！”

姜琪家里没有可以给欧阳宸换洗的衣服，还好只是他的西服外套上沾了些她的鼻涕，要是沾在他的衬衫上，他敢不穿上衣到处晃悠。姜琪站在衣柜前暗自窃喜，不巧却被欧阳宸抓了个正着。

“姜琪琪，你傻乐什么呢？不会是一想到稍后会有美男相伴入睡就春心荡漾吧？！”

“你少臭美啦！我睡床，你睡沙发！我看你刚刚对沙发颇有好感，这回让你彻底感受一下它的舒适度。”

“好！”欧阳宸答应得特别豪爽。

姜琪都有些不适应，他这么豪爽地答应一件事情可真是少见。

晚上，姜琪刚入睡不久，就感觉床的另一侧塌陷了下去。她迷迷糊糊地感觉到一只炙热的手掌从她的后背一点点滑行到她的胸前。

原来他的豪爽都只是一时哄骗她的，她真傻，还真能以为他能老老实实地睡沙发。

算了，姜琪实在是困了，不想在跟他讨论睡沙发这样的问题。

可欧阳宸放在她身上的手越来越不老实，一寸寸摸索揉捏着，让姜琪根本无法睡觉。

“欧阳宸，既然你都已经躺床上了，那你就老实点行吗？”姜琪说话声音很轻柔，依旧眯着眼睛背对着他。

这句话还算管用，欧阳宸还真老实了，手掌停在她胸前始终未动。姜琪也算是踏实了，继续睡觉。

好景不长，没过几分钟，他的手又开始不老实。

姜琪翻个了身，面对着欧阳宸，没好气地训斥着：“欧阳宸你是耗子吗？现在是睡觉时间，你给我踏实睡觉！”

感觉到欧阳宸貌似是点了点头，姜琪翻身闭上眼躺平了身体，熬夜真的很累，她现在真的很困啊！

本以为欧阳宸会就此踏乎乖乖睡觉了呢，没想到，直接跃身压到了她身上。姜琪猛地睁开了眼，却意外对上了他那双充满欲望的眼睛。

姜琪慌了，现在的欧阳宸就像是只十分饥饿的狮子，而她就是他眼下的猎物，毫无逃脱的可能。

“别……”姜琪双手推抵着欧阳宸逐渐下压的胸膛，别过脸不在于他对视。

“姜琪琪，你早晚要面对这天的。”

欧阳宸沉下了身子，压在了姜琪身上。姜琪在他身下费力扭曲挣扎着，却于事无补。

“你知道你现在在干什么吗？！”挣扎中的姜琪迫使他的占有欲增强，越发让他不好控制。“你这是在挑逗！”话落，欧阳宸狠狠地吻住了姜琪的嘴唇，容不得她一丝抗拒，他的手将隔阂在他们之间的睡衣扯开，手掌传来真实的触感让他发狂。

欧阳宸还是顾忌的，他知道姜琪心里的阻碍，他有意克制住欲望，始终让自己保持着轻柔缓慢的进度。他耐心引导姜琪将心中的恐惧第一点消减直至清除，他并不急于一时的欢快，他要的是永远。

姜琪心中的防线一点点被欧阳宸摧毁，直到那一刻，欧阳宸才占据了她的全部。

激情褪去，姜琪又困又累，窝在欧阳宸的怀里睡着了，睡梦中隐隐约约听见欧阳宸对着她轻轻呢喃着什么，但她却没听清。

“姜琪琪，现在你是我的了，永远都只是我欧阳宸一个人的了！我不会再放手，永远不会！我—爱—你！永远！”

姜琪睡到了下午才醒，身旁却是空的。姜琪以为欧阳宸已经走了，于是坐起身发了会儿呆，又倒头睡下了。

闭上眼，困意似乎没有那么浓，昨晚一幕幕不停冲击着她的思绪，让她更睡不安稳。

“姜琪琪，你准备睡到什么时候？”

闻声，姜琪噌的一下坐了起来，只见欧阳宸双手交叉抱在胸前，侧着身子倚在门框上，一副神清气爽的模样。

欧阳宸一看她的发型，没忍住，“噗嗤”一声，大笑了起来。

姜琪被他给笑傻眼了，完全没明白怎么回事，一双大眼睛呆呆地注视着狂笑中的欧阳宸。

“姜琪琪，你是把鸟窝给戴头上了吗？”

姜琪一脸迷茫，“鸟窝？什么鸟窝？”姜琪跟看疯子一样盯着欧阳宸，“欧阳宸，你没病吧！”

欧阳宸强制忍住笑，走到床畔，一条腿半跪在床上，身子探向姜琪，伸手揉了揉姜琪凌乱不堪的头发。

“这就是鸟窝。小笨蛋！”

宠爱万分地捏了下姜琪的脸蛋。

姜琪陷入了慢反应模式，眨巴着眼睛，研究了一会儿才反应过闷来，连忙用手抓了几下头发。

“我去！你是除了我爸和我哥以外第三个知道的男人！你要敢说出去，咱没完！”

姜琪斜眼看着欧阳宸，攥了一下拳头警告着。

“放心，自家的事，我当然不会外传！”

欧阳宸又揉了揉她的头发，本来就乱，被他这么一揉完更乱了。活脱脱一只炸毛小狮子。

欧阳宸一把将她拉了过来，搂在胸前，“我要是有个哆啦A梦，我肯定把你变小随身带在口袋里，一秒钟也不让你离开我的视线。”

“欧阳宸你几岁啦！还哆啦A梦呢！我要是有个哆啦A梦，我就要个任意门，去所有想去的地方！”

“我看你还是先把马尔代夫的那两张票用了吧！”

“我不准备去马尔代夫。”

“怎么了？你以前不是很喜欢那儿吗？！水清沙白，椰林树影。”

姜琪仰起头，望着他的下巴，伸手摸了摸他新长出的胡茬。

原来这些年自己的喜好他都记得，就连随口说出的几句话他都依然记在心里。

“我想把票寄给我爸妈，让他们去旅游看看，辛勤了大半辈子，始终教书育人，也该出去转转了。”

“好！只要你高兴就好！交给我帮你处理，地址告诉我就好。”

绽放 Chapter 40

短暂的元旦假期，姜琪几乎每天都和欧阳宸腻在一起。分隔多年，只会让彼此间更加珍惜。

回到公司，一点不意外，公司规章制度被添加了好几条严格的岗位规定，添加这些规定的原因很简单，欧阳宸眼里容不得沙子，他的公司坚决不能如同散沙毫无章法。

姜琪自然见怪不怪，这些规定她比任何人都提前知道，欧阳宸当时就抱着电脑盘着腿窝在沙发上，一言不发，眉头一皱，手指不停敲击键盘将这些规定一条一条拟定的。

过完元旦，大家都在盼春节，这段时间午餐时大家的话题也逐渐单调成只有两个，一个是关于新添加的规章制度看法，另一个就是春节准备怎么过。

当然，姜琪也会被问起，只要被问到对新规则制度看法，姜琪就会采取尽量避而不答。毕竟她有什么想法、看法之类的早已被欧阳宸灭杀在摇篮中了，现在说什么也都只是解闷。

今天恰巧在食堂遇到了琳达，姜琪刚和齐萧寒端着餐盘坐到靠窗的空位上，琳达就端着餐盘凑了过来，一屁股坐到了齐萧寒身旁。

齐萧寒在琳达落座的一瞬间眼神快速一闪，面容倒始终保持镇定。姜琪本来有意把身旁的空位留给了琳达，没想到她动作到快，噌一下就挤到齐萧寒身旁去了。

“唉，姜琪，你什么时候去马尔代夫啊？”琳达一边挑菜里面的花椒，一边侧着头问她。

姜琪看了眼对面的齐萧寒，见他没被话题影响，慢条斯理地吃着饭菜。

“我不去马尔代夫。”

话落，齐萧寒明显停住了手中的筷子，抬眼看着她，刚准备开口，却被一旁的琳达抢走了发言权。

“为什么啊？你怎么不去啊？春节期间去不是正好吗？多好的机会啊？要不……”琳达顿了顿，笑容满面地继续说道：“要不你把票让给我吧！”

姜琪不得不佩服琳达，自己才说了几个字，她立马能接出这么一堆为什么，最后还能特别自然地让自己把票让给她。姜琪嘴角不自觉地抽动了几下，真是倒吸一口凉气啊。

“我把票要寄给我爸妈，让他们去玩儿，反正是双人游，他们去正好。”

琳达脸上的笑容立马就消失了，以一副不可思议的神态审视了姜琪一番，许久才吐出一句：“姜琪，你还真孝顺。”便不再说马尔代夫这个话题了。

姜琪看出了琳达眼底的失落，想必自己肯定是打碎了她的如意算盘。姜琪也不好再说什么，只好继续安静吃饭。

“对了姜琪，我听你提过，你说你爸妈都去了新加坡，那你春节是不是要去新加坡过了啊？”

刚沉寂不久，琳达又再次找到话题，真不愧她这小喇叭称号。

姜琪喝了口汤，耸了下肩，有些失落，“我今年要留在这里过年了，去年办的签证到期了，我没去补办。再加上前段时间犯了点错误工资和奖金都被扣了，又请了好长一段时间的假，全勤奖也没了。就算是要去，也是有去无归那种了。”

一听姜琪提到了犯错误三个字，齐萧寒一脸疑惑，他并不太清楚姜琪究竟犯了什么错，居然还被扣了工资。

“你犯什么错误了？是被谁罚得这么狠？”

姜琪有些不好意思，毕竟被自己顶头上司询问自己曾经的过错并不是一件光彩的事。

“姜琪她上次郊游回来因为行李脏了，保洁让她自己打扫卫生，后来也不知道怎么回事保洁就把欧阳总给骂了，最后保洁被开除了，姜琪也被减了薪扣了三个月的奖金。”

琳达倒是概括得有够言简意赅，把齐萧寒听得明显有些云里雾里，不过也算是了解了些。

“那你这段时间怎么过的？怎么没跟我书面要求涨工资呢？你一个人出门在外，又在那么远的地方租房，水费、电费、交通费等一些费用你不会都欠着呢吧？”

姜琪被齐萧寒问得有点懵。没想到他这么一位市场部高管居然也会换算生活方面的费用，真是让姜琪对他刮目相看。姜琪原本以为齐萧寒也会是欧阳宸那类的人，对待生活就算不奢侈，但也要优质，像这些乱七八糟的生活费用自然不会在意那么多。

姜琪眨巴了好几下眼睛才想起应该回答，“这些我是用以前的积蓄来垫付的，再加上咱们公司三顿饭都管，我尽量都会在公司吃饭，这也省下了一笔大开销。”

齐萧寒无奈地摇了摇头，便继续吃饭。

姜琪不太明白他摇头是什么意思，但也没准备一问到底。

下午临近下班时，齐萧寒拿了张A4纸递到了姜琪面前。

姜琪抬头接了过来，齐萧寒丢下句“签完字送到HR”便转身回到了办公室中。

定神一看，姜琪有些慌神，随后她欢呼呐喊的心思都有了，当然她所在的这层绝对不允许她这么做。

姜琪粗略一看，大笔一挥在纸张上流畅地签上了自己的名字。美颠美颠地抱着这张加薪表就冲进了电梯直奔HR办公室。

她的加薪手续格外顺利，中途HR经理看过她加薪单上的加薪金额后眼神中满满的羡慕之情，还一个劲儿地说让她好好工作，珍惜这次的加薪机会。

原本当行政专员时她的工资全算上最多的时候也就四千左右，来到市场部当总监助理工资也随之涨到了五千，现在齐萧寒亲笔给她填写了加薪单，工资涨幅到了八千。她不得不夸自己命好，真是上辈子烧了高香才遇见这么一位好上司。

办完加薪手续，姜琪无法抑制兴奋的情绪，直奔五层露台，来回来去狂奔高呼了半天才安静下来。

“姜琪琪，你抽什么风？”

声音是从不远处传来，姜琪猛地回过了头。欧阳宸就站在露台并不显眼的角落里抽着烟。

“你又抽烟！”

姜琪抬手指着欧阳宸手上的烟，走近一看，地上更是一片烟蒂。

“你到底抽了多少烟？不要命啦？”

姜琪怎么会不心疼，他刚刚说话的嗓音都有些沙哑了。

欧阳宸一副不以为然的表情，继续吸了口烟，缓缓吐出。有些疲惫地说：“累，心累。”

姜琪只知道这段时间他一直在做一个投资项目，项目的进展如何，她一点也不清楚。这些天晚上吃饭时候，他偶尔也会皱着眉头，姜琪也只是细细在一旁观察没有细问。

“如果你想告诉我，那你就跟我说说。如果你不想告诉我，那我就先上去了。”

姜琪最大的致命硬伤就是不知道该如何劝导别人，纵使现在欧阳宸如此消沉地站在她身旁，她也无法去安慰他。

“别走，就这样静静地陪在我身旁，让我感觉我不是无助的，好吗？”

欧阳宸按灭手中的烟，将姜琪拉到怀中，轻轻地拥抱着。

“我以为我可以掌控所有事情，但却不如所愿。这个项目虽然拿下了，但却伤了公司的元气，而且这个项目未来的发展前景现在看来还很渺茫，谁也说不准这到底会赚会赔。如果赚了自然是好，如果赔了，那公司也会跟着遭殃。”

商务方面的事情，姜琪不好插嘴。她原本对商务洽淡方面就不是很感兴趣，现在要不是因为职位需要，她宁愿每天对着一堆杂乱琐碎的小事愁眉苦脸。平常市场部的事情她就已经半懂不懂了，现在欧阳宸跟她说的，她也就听明白了如果赔了公司也会受到牵连。

“那……你会受到牵连吗？”

比起公司受损失，姜琪更关心欧阳宸会不会也一同受牵连。他那么高傲的一人，如果他也受到牵连那他心里得多受打击啊。

“商场如战场，胜败谁都不能轻易掌控，就好比股票，前一秒它还在看涨，后一秒它也许就会跌破崩盘。”

提到股票，姜琪想起了前几年的金融危机，据说那是六十年来最来势汹汹的一次危机，那段时间很多企业都在一夜之间破产，绝大多数企业也开始大规模减员。

那年她刚好大四，学校鼓励学生提前体验社会实践，那年的街头到处可以见到因为金融危机失业的人们。因为失业人数众多，她这个刚步入社会的小菜鸟根本就没有一个岗位肯要她，就算是当餐厅服务员，她也是那个没被选中的。话说回来，当初多亏了白帆，要不是他临时起意在闹事区开了一家茶品店供她工作，她的实践证明也不会那么轻易就拿到手。

欧阳宸叹了口气，收紧了手臂，将头埋在她的肩膀上。

“放心，全球金融危机公司都挺过来了，区区一个小项目不会把公司击垮。”

“我问的是你！”

“我不会有事，公司与我是同在的。”

汗颜，欧阳宸你这是在炫富吗？！看来他没什么事。

姜琪轻拍了几下他后背。

“行啦！既然你都已经看开了，那还纠结什么。应该想想接下来该做些什么才对啊！这个小项目不行，那你再去签个大项目。就像我刚来公司参加那次例会时一样。虽然我当时根本没听懂是什么意思吧，但好歹我知道那肯定是挣了。”

欧阳宸十分欣慰地揉了揉姜琪的头，“姜琪琪，行啊！有长进啊，会安慰人了。不错！不错！”

绽放 Chapter 41

距离春节越来越近，欧阳宸规定在放假前一星期就要将工资以及奖金等福利发放到员工手中。

下午时，整层办公区手机短信铃声一个接着一个地响起，紧接着就是一片员工们的海聊声，很明显发工资了。

姜琪手机短信声都响完很久了，她也没去阅读那条短信上的金额，完全不对那个金额数值抱有任何希望。她越有意不去理会手机，这手机就越开始肆意宣泄，电话铃声伴随着震动，带得桌子都嗡嗡响。

姜琪拿起手机一看，妈呀，国际长途漫游。心里连忙盘算了一下手机话费还剩多少。

“喂……妈，怎么了？”

“小琪啊，你寄来的邮递我们收到了，你爸爸还夸你懂事了呢！”

好长时间没跟妈妈通电话了，姜琪一听到妈妈的声音心里酸酸的，尤其是在这种时候，眼前就要过春节了，她却要一个人孤苦伶仃地留在这里过年。

“小琪啊，你前段时间跟我们说你升职加薪了，工资是不是很高啊？工作强度是不是也加大了啊？”

嗯？虽然在网上告诉过他们自己升职加薪的消息，但也是三月前的事情了，更何况涨到八千工资是这个月的事情啊。

“嗯，是升职加薪了。而且这个月又加了一次薪，数值还蛮大的。工作强度也还可以，只是偶尔会加班，最近这段时间还可以，不算是特别忙。”

“那你也不用把发的十万块钱都寄给我们，自己也不留点。”

多少？十万？姜琪瞬间懵了，双眼瞪得溜圆。心里嘀咕这十万块钱是怎么回事。

“妈，您是说跟飞往马尔代夫往返机票放在一起的还有一张十万块钱的支票是吗？”

飞马尔代夫机票时间虽然是姜琪去行政部找母夜叉订好的，但邮递最后寄出是欧阳宸去办理的，记得当时他非说他家楼下不远处就有宅急送，硬是把她准备放公司前台的邮递给拿走了。

莫非……

“妈，支票上面的落款是谁啊？”

“好像是欧阳宸三个字，这签名写得还挺好看，是你上司吧？”

猜得没错，真不明白这欧阳宸是怎么想的！平白无故寄十万块钱过去干嘛？！

“不过，小琪啊，你自己攒点钱不容易，我和你爸在这边有你哥呢，你也别挂念着了。这钱我先给你攒着，等到时候你有用，我再给你。对啦，你春节过来吗？你哥哥新交了个女朋友，法国人，长得不错，性格也好。”

“妈……今年我就不过去了。”姜琪有意放低声音，“最近……最近公司挺忙的，需要加班，来回来去赶不及。”

“唉……咱们一家人都四年没有一起过过春节了，干脆你也来新加坡这边吧！我让你哥托托人帮你找份工作应该不难。你哥他女朋友家亲戚在这边有一家私立医院，挺有名气的，可以介绍白帆过来。”

“妈……其实……其实……”

“你这孩子今天说话怎么吞吞吐吐的，出什么事儿啦？”

姜琪不知道该怎么告诉妈妈自己跟白帆分手的消息，以往每年春节白帆都会陪她一起跟她家人视频，她家人也多少认定她以后会和白帆结婚。

“妈，我和白帆分手了。他去了英国。”

“什么？白帆去英国了？”显然电话那端一副质疑的口吻。

姜琪不语，只是默默点了点头，但她妈妈却看不到。电话那端安静了几秒，才传来妈妈安慰的话语。

“小琪，在那边要是太难过，就过来找我们。”

每一位母亲都是这样，永远在你最无助、最失落的时候给你一个温暖的拥抱，将你呵护起来。眼泪不经意间已经漫过脸颊，姜琪快速抹掉脸上的泪水，调整语气，故作坚强地跟妈妈说了句：“我很好！”

挂断电话，手机短信显示栏明显提示着她这个月所发工资金额，全部的失落瞬间被屏幕上的数字打破，这是她拿到的最高工资，两万元后面还挂着几个七零八碎的小数值。

姜琪连忙揉了揉眼睛，用手指在屏幕上一个字母一个字母数着，没错，最前面的大头儿就是两万元。她做梦都没想到自己会发这么多钱，要知道是这样应该提前去把签证续签才对！这样春节也不用这么孤苦伶仃一个人度过了。

没兴奋多久，姜琪就想起那十万块钱的事来了，拿起手机，在短信编辑框上面写了“十万块钱是怎么回事？”几个字发给了欧阳宸。

握着手机等了半天，也没见他回信，正好齐萧寒招呼她去档案室取个资料，姜琪也只好把手机装到外衣兜中，下了楼。

档案室这个点儿平日里本来就没什么人，今天根本就没人，姜琪刷工牌走进了档案室，沿着墙壁摸到了开关打开了室灯。走到市场部区域把工牌插到了柜锁插口内，按照数字顺序逐行查找着资料。

东西刚找一半，档案室的灯突然就灭了。吓得姜琪一慌，双手死死抱住了刚翻找出来的资料。大声喊着："里面有人！"

"我知道！"

姜琪掏出手机照亮时，欧阳宸已经站到她面前了。吓得姜琪"啊"一嗓子把手里的资料全都扔到了他脸上，转身拔腿就跑。

还好欧阳宸手快，一把将她拽了回来，赶紧把她抱在怀里哄了半天。原本只是想逗逗她，没想到吓着她了，而且还被吓得挺厉害，身体在他怀里不停地发抖。

"欧阳宸！你不吓人会死啊！也就是我命大！"

姜琪缓了半天神儿才缓过来，一把推开他，恶狠狠地瞪着他。

"行啦！行啦！揪揪耳朵吓一会儿……"欧阳宸很抱歉地拽了两下姜琪的耳朵。

"别碰我。"姜琪甩手一挥打掉了欧阳宸的手，往后退了一大步，"你离我远点！"

"那哪儿行啊！"欧阳宸往前跟了一步，再次把姜琪拽到了怀里。抱着她晃悠着。"对不起，下回不吓唬你了。"欧阳宸轻拍了两下姜琪的后背，"瞧你胆小的。不过真可爱！"

姜琪手掌使劲拍了一下欧阳宸身后，拍的声音特响，她手都生疼，欧阳宸应该也特疼。他倒是没嚷嚷疼，而是凑到姜琪耳畔细声细语地说："亲爱的，解气了吗？！下手可真够黑的，我后背上肯定留下你的五指山了。"

"活该！叫你没事吓唬我！你自找……"

姜琪话说一半，嘴就被欧阳宸炙热的唇堵住了，他的吻肆无忌惮地一点点蔓延，姜琪怎么推脱都推脱不开。

"欧阳宸……这是档案室！"姜琪可不想在这里跟他发生关系，这也太离谱了吧！

“我知道！你知不知道，你让我熬得难受！”欧阳宸一副指责的口吻。

姜琪用力挣扎着想要逃脱，欧阳宸却越抱越紧，将她禁锢在怀中，抱得她有些喘不过气来，就连骨头都发出了“咯吱……咯吱……”的声响。

“欧阳宸你是解恨呢吗……放手……”姜琪说话声变得有气无力，又摆脱不开他。

姜琪握在手中拿着照明的手机因为手被过度挤压摔落到地上，发出闷响。这声响倒是吓了欧阳宸一跳，手臂松开了不少，侧身低头看是什么东西。

“你先把我松开，齐萧寒还等着用资料呢！”姜琪趁机赶紧找理由逃脱。

欧阳宸松开她，弯腰捡起了落在地上的手机，拿起一看，手机屏幕居然是一张国外男明星的照片，脸立马板了起来。拿屏幕对着姜琪，“为什么不是我的照片？放他干嘛？！喜欢他还是喜欢我？！”

姜琪一脸无奈，抬手指了下屏保图片，“这是精灵王子，指环王里面的人物，你又不是不知道。你们没有可比性！”

“怎么没有可比性，他是男的，我也是男的。自己女朋友手机屏保居然放另一个男人的照片，你说我能高兴吗！”

欧阳宸继续不依不饶地跟姜琪争论屏保壁纸的问题。姜琪懒得理他，走到开关前打开了灯，继续在档案柜里翻找文件，丢下欧阳宸一个人为那张屏保人物纠结。

这样无理取闹的欧阳宸特像幼儿班不想去上学的小孩儿，不达到目的誓不罢休。拿着她手机一屁股坐到了地上，盘着腿翻找着可以将这张图片替换下去的照片。

“姜琪琪，为什么你手机里留了那么多跟白帆一起的合照？”

“姜琪琪，你居然这么自恋，有没有裸照？”

“姜琪琪，你爸妈这么多年都没什么变化哈。”

“姜琪琪……”

欧阳宸坐在她身后一句一个“姜琪琪”，姜琪实在忍不住了，冲着他大吼了一声“你闭嘴！”便继续找文件。他一直叫“姜琪琪”三字，姜琪险些要找“姜琪琪”这个文件。

还好姜琪有个随手记的习惯，拿出便签纸，按照便签纸上面的名称把文件都找齐了。姜琪抱着文件走到柜锁处把工牌拔了出来，听到落锁声，姜琪走到欧阳宸身旁，用脚尖踢了两下他的鞋底。

“唉……唉……你走不走啊！你不走我走了啊！”

欧阳宸这才把手机还给了姜琪，接过手机，姜琪瞬间汗颜，欧阳宸居然把她手机屏幕换成了哆啦A梦，姜琪顿时怀疑欧阳宸心里年龄到底是几岁。

绽放 Chapter 42

晚上下班，齐萧寒罕见的一回没有加班，随着下班铃声响起拎着公文包走出了办公室。

姜琪还在慢条斯理地倒腾桌子上的文件，逐个放到抽屉里。头次见到齐萧寒没加班，姜琪探着脑袋稀奇地看着他的一举一动。

齐萧寒转身时正好对上了她那双充满好奇的眼睛。“你怎么还没下班？”

“我……那个……哦，我一会儿就走。”姜琪尴尬地收回目光。

“嗯，早点回去吧！我先走了。”齐萧寒说完便往电梯方向走了几步又顿住了脚步，转过身来唤她，“姜琪，你要想去续签签证不用跟我请假，直接去办理就行。春节能跟自己家人一起过是件挺让人羡慕的事情“趁父母都还健在”，应该多去陪陪他们，省了总被他们惦记着。”

“好！”姜琪答应着点了点头，目送齐萧寒上了电梯。过了有一会儿才反应过来，齐萧寒说这话似乎有些话里有话，尤其是那句“趁父母都还健在”。

“姜琪琪，今天表现得还不错，知道等人啦！走吧！”欧阳宸站到她工位旁，敲了两下隔板。

姜琪正琢磨齐萧寒那话的意思呢，欧阳宸就出现了。姜琪心想不如问问他，他应该知道。

“欧阳宸，我有点事儿想问你。”

欧阳宸一把将她从工位上拉了起来，“有什么事情边走边说，趁现在没什么人，你快点！”

其实欧阳宸倒不是怕被员工们知道他和姜琪的关系，他无所谓。就是担心姜琪，她一个女的，整天被大家戳着脊梁骨议论纷纷，再加上她那脾气肯定受不了。避免给她制造麻烦，欧阳宸只得拉着她三步并两步地往电梯走。

“等等……等等……我东西还没拿齐呢！你先走，我一会儿去车库找你。”姜琪费力摆脱开他的魔掌，一路小跑跑回工位，把桌子上手机之类的随身用品一股脑地塞进了包里。

欧阳宸有意在电梯里等她，一直按着开门键不放手，姜琪不敢耽搁，以百米冲刺的速度跑到了电梯中。

“呦呵，姜琪琪，你这几年变化还真不小，就连跑步速度都快了不少！”欧阳宸有些吃惊地打量着她，以前让她跑步比登天还难，现在她居然能跑这么快！可真是难得。

“少见多怪了吧！我是被逼出来的，要不是每天早上都追公交车，我也不至于这么跑。”每天早上追公交，对姜琪来说简直苦不堪言，虽说每天都估摸着时间出门，但依旧总能慢那么一两分钟，错过了时间只能奋力追上去。

“怪不得！”欧阳宸把手搭在姜琪肩膀上，探过身子凑到姜琪耳边，“你要是搬过来跟我一起住，我保证帮你解决天天追公交的问题。”

“想得美！”姜琪抬手把欧阳宸搭在她肩膀上的手推了下去，“我宁愿每天都追公交车！我乐意！”

欧阳宸拿她没辙，也只能暗自叹息。

谁开车听谁的，姜琪只好顺着欧阳宸去他家过夜。车刚停到楼下，两人就因为晚饭吃什么、在哪儿吃这个问题上起了争执。

欧阳宸说吃城隍庙，在店里吃完再回去，省事。姜琪说吃川菜，带回公寓吃着自在。二人在这个问题上争论了半天，最终还是用剪子石头布三局两胜这个办法解决的争论。

姜琪习惯出石头或是布，她每回都会先出石头，然后再出布。欧阳宸早就对她了如指掌，两局下来他就已经获得了完胜。姜琪也算是愿赌服输，只好随着他。

不过，欧阳宸最后还是随了姜琪的想法，买了川菜，带回家去吃。吃完饭姜琪自告奋勇要刷碗，欧阳宸就倚在厨房门框上陪着她。

大家总说爱做家务的男人最帅，欧阳宸倒是觉得爱做家务的女人特别贤惠。

刷完碗，姜琪盘着腿坐在沙发上，一边嗑瓜子一边看电视剧。欧阳宸在一旁捧着笔记本，貌似在写类似合同类的文件，姜琪也没凑过去看，反正他写文件时候还算老实会儿，只要不抢遥控器换台就行啦！

欧阳宸鼻梁上架着一副黑框简单款型的近视镜，认真写东西时到颇有些给人一种文质彬彬的假象。姜琪偶尔偷瞄两眼，她比较喜欢欧阳宸现在的模样，类似奇葩、强势、变态这样的形容词比喻现在的他完全格格不入。

“想看就光明正大地看，别偷偷摸摸的，跟做贼似得。”

失败，还是被他发现了。姜琪装作没听见，继续嗑瓜子。

“对了，下班时候你不是说有事儿要问我吗？什么事儿啊？”

欧阳宸要不提醒，她都忘了。

“就是齐萧寒，你对他了解吗？”

“问他干嘛？别告诉我你准备移情别恋！要是真这样，我就把你调到总经办来，天天看着你！”

“你这脑子里能不能想点正经的！我就是纳闷，他今天跟我说让我最好能去跟父母一起过年，还有什么趁父母都健在。我琢磨他话里有话。”

“嗯……”欧阳宸有一搭没一搭的，继续写着手里的合同书。“然后呢？”

“然后什么啊……我问你呢！”姜琪一看他那爱答不理的样儿，“得了，问了也是百问。我洗澡去了。”

姜琪洗完澡出来，欧阳宸已经把笔记本收了起来，翘着二郎腿，坐在沙发上拍了两下身旁的位置，“过来！”

“干嘛？”姜琪依旧站在浴室门前用干毛巾擦着头发。谁让刚才跟他说话时候他爱理不理的，索性这回以其人之道，还治其人之身。

欧阳宸又拍了两下身旁的沙发，“别闹别扭，快过来。把你刚才跟我说的事情再说一遍。齐萧寒怎么了？”

好奇心作祟，姜琪只好坐到了他身旁，把刚说过的话重新叙述了一遍。欧阳宸听完后，顿了顿。

“齐萧寒挺不容易的。”

姜琪没有接话茬，安静地听欧阳宸说着。

“齐萧寒出生在工人家庭，家里一直都不是很富裕，父母加起来的工资也就将将能凑够让他上学的学费。他很勤奋也很优秀。他从毕业就一直在公司市场部工作，从一位实习生一点一点坐到了今天这个位置上，他付出的努力和勤奋比公司里面任何人都多。前几年他刚刚让他的父母生活水平过得好些，可偏偏他父母在一次过来探望他的途中发生了车祸，他爸当场就死了，他妈在 ICU 抢救了两天最终还是没抢救过来。那时候他女朋友也跟他分手了。作为男人，我敬佩他是个爷们儿！”

姜琪瞬间明白了齐萧寒那句话的含义，也难怪他会这般设身处地地为员工着想。

“这是他的家事，你自己知道就好，别外传。他不喜欢被人问起他的家人，你以后一定要注意啊！”

欧阳宸捏了一下姜琪的肩膀，他有必要提醒她注意这一点，毕竟性格越明朗的人心思藏得就越深，他可不想为此失去这么一位勤勤恳恳的优秀员工。

“我知道啦！我又不傻！”姜琪肩膀被他捏得有点疼，缩着脖子往旁边挪了挪。

“对啦！欧阳宸，你干嘛给我爸妈寄十万块钱过去啊？”

“这怎么了，寄点钱过去，好让他们能玩得更自在点。”

“不行，我得还你！钱既然已经寄过去了，我也不能再跟他们要回来了。我这个月发了两万的工资，我留五千就够，剩下都给你。等发工资我再把剩余的部分慢慢还给你。”

欧阳宸特别不喜欢姜琪这一点，对于钱这方面她一向把账算得特别清楚。以前交朋友时，从来都没有对他张嘴要过任何东西，也从来不接受特别贵重的物品。

“我不想因为钱这方面跟你起什么争执！你人都是我的了，给你家人寄点钱很正常！”

“你这样说得好像我把我自己卖给你一样！很让我不舒服！”

姜琪很反感被金钱衡量的感情，如果非要这样她宁愿舍弃这样的感情。

“以前我送你手机你不要，你说你用不上。送你项链你不要，你说这个太贵重怕丢。送你手镯你不要，你说玉手镯爱碎。现在我把钱寄给你父母，孝敬二老，你还不乐意。你到底让我怎么着才行？！”

姜琪看他有意压沉着怒火，脸也被憋红了。她却依然不想妥协。

“我不想把我们的感情建立在金钱基础上！”

“我知道你不想，你也不是那种见钱眼开的女人，但我给你父母花点钱有什么不行！”

“我不想跟你吵！”姜琪起身把毛巾放回浴室的毛巾架上。留下欧阳宸一个人坐在沙发上生闷气。

姜琪躺倒床上，把被子拉过头顶。

没想到刚复合不久的感情依然存在鸿沟，姜琪原本以为他们彼此间会更加珍惜，会相互迁就，却还是无法避免争吵。

姜琪躺在床上，听欧阳宸在外面各种摔门的声音，每一声都很震耳，每一下都让她发慌。

欧阳宸只能拿刷牙杯解气，举起瓷质刷牙杯狠狠地扔到靠近浴缸的方向。瓷质刷牙杯碰击到墙壁瞬间支离破碎，发出清脆的声响。他坐在浴缸上许久才渐渐消气。

回到卧室，姜琪捂在头上的被子拽得特紧。欧阳宸怕她缺氧，拽了好几下，她都不肯撒手。

“姜琪琪，松手。你热不热啊！”

欧阳宸怕她被被子捂得太热，一会儿着凉，又怕她在被子里憋闷坏了，手腕使劲一把将被子给拽了起来，扔到了一旁。

绽放 Chapter　43

“你干嘛！”姜琪倍感委屈，眼泪在眼圈内摇摇欲坠。

欧阳宸看到她的眼泪一下就心软了，坐到她身旁将她圈到了怀里。

“好啦！别哭了。钱的事你想还就还吧。咱们别因为这种事情争吵好吗！”

本来姜琪一直强忍着眼泪不哭出来，被他这么一说，顿时感觉委屈到不行，不停抽涕着。“为什么摔东西？”

“呃……”欧阳宸本以为自己家墙壁隔音效果还算不错，看来失策了。“手滑了一下，没拿住。”

“为什么说谎？”

“春节跟我回家。”

“你跑题了……”

欧阳宸噗嗤一下笑了起来，“姜琪琪，别委屈了。春节跟我回家吧。我们去北京。”

姜琪抬手用手背把脸上的泪痕抹干，清了清嗓子，“不去，回去也没地方住，家里的房三年前就租出去了。”

欧阳宸“嗯？”了一声，侧过头与姜琪平视，“你爸妈呢？”

“在新加坡。我哥就业分配后去了新加坡，后来在那边买了房把我爸妈也接过去了。他们说那里环境好，空气特别新鲜，气温也比较舒服。”

“那你怎么没去？”

“为了在这里遇到你……”

“这话我爱听。”欧阳宸收紧手背，让她紧贴在自己胸膛上。她简单的一句就完全可以让他感到满足。

因为知道了齐萧寒的事情，姜琪第二天上班对待工作更加认真了。偶尔闲暇时透过磨砂玻璃望着齐萧寒的身影，总是感觉到落寞和孤寂。姜琪不禁感叹，自己这个有家不能回的，过年孤苦伶仃一个人纯属自找的。他呢，他就算想与家人热热闹闹过一团圆年都不可能了。

离新年假期越来越近，公司食堂气氛也开始逐渐躁动起来，很多需要回老家过年的人们都已经早早买好了火车票或飞机票，公司里面的人一天比一天少。食堂里面来就餐的人也慢慢变少。姜琪依旧慢慢悠悠地吃着饭，偶尔抬头环视一下越来越空的食堂后，心里总会酸酸的不是滋味。

“签证怎么还不去补办？”齐萧寒早已对节假日看得云淡风轻，似乎这些节日都与自己没关系一样。日复一日地吃饭、睡觉、工作、应酬。若不是姜琪没落的眼神，他更愿意对春节这两个字绝口不提。

“来不及了。没关系，其实不在一起过春节也没什么。不用熬夜守岁，不用非得等到十二点的钟声。”越往下说，姜琪就会觉得越心酸。虽然一直让自己保持着一副无所谓的姿态，但是没有谁能比自己更了解自己了，谁心酸谁心里明白。

齐萧寒没有说话，只是淡淡一笑。

姜琪似乎看懂了他的笑容，是想将一切孤寂落寞伤感掩盖的笑容。

大年三十的头一天，公司在中午时候就给所有员工放了假。姜琪坐在工位上关闭了电脑电源，拔开了插销，将桌子上所有的物品都放到了抽屉里，桌面上收拾得什么东西都没有，特别干净。

时间过了好久，齐萧寒依旧坐在办公室内不停地敲击着键盘，姜琪在他门前晃悠了好几圈，心里嘀咕了半天要不要进去。

“姜琪，什么事？”

要迈出的脚步僵持在半空，姜琪尴尬地转过了头，见齐萧寒正注视着自己，连忙落下了脚，推门走了进去。“齐总，大家都走了，您为什么还不走？”

齐萧寒看了看她，继续低下头敲击着键盘，“你先回去吧，我反正也没什么事情，把招标合同整理好再走。”

“需要我帮忙吗？”姜琪往齐萧寒办公桌前凑了两步，背后手里的东西在手中被捂得有些微热。

齐萧寒抬起了头，目光柔和的看着她，“不用了，你赶紧回去吧。今天肯定车多人多，回去时候注意点。”

“真的不用我帮忙？”见齐萧寒点头，姜琪也就不再继续问了，背在身后的手拿到了身前，将手中的香水放到了齐萧寒的办公桌上。“这是我的一点心意，谢谢您这段时间来对我的照顾。虽然这个牌子不是什么奢侈品品牌，但是味道还是很好闻的，您可以试试。”

说完，姜琪暗自窃喜自己的推销本领，自己不干销售可真是屈才。

齐萧寒凝视着这瓶香水久久没有回神，姜琪心里直点发毛，刚才还在窃喜自己的推销本领，这会儿就已经心里打鼓了。完全看不懂齐萧寒现在是什么情况，脸色很平静没有一丝波澜，可是目光中却夹杂着些许感伤。

姜琪试探着唤了他一声，“齐总……”

察觉到自己的失态，齐萧寒连忙笑脸相迎说着“谢谢。”

姜琪这心里还是不踏实，送出去的东西，就算是不想要也不会顺手扔掉吧？！就算是顺手扔掉也与自己没有关系了。姜琪知道齐萧寒对春节的抵触，没有说那么客套话，简单地说了句“再见”后就从齐萧寒的办公室走了出来。

总经理办公区今天倒是安静，也没见欧阳宸来上班，反正这层的人都走得差不多了，姜琪索性直接走到总经理办公室门前，试探着推开门把手。

门应声而开，逐渐露出屋内的摆设。

姜琪站在门前犹豫了会儿，最终还是走了进去。欧阳宸的外套还挂在衣架上，人应该是来了，只是没看见罢了。虽然来过几次这间办公室，但一直都只是在待客区徘徊，他办公桌的正面什么样都不知道。

姜琪绕到办公桌前，他桌子上居然放了一张猎户座的照片，而且照得特别清晰。姜琪落座在他的专属座椅上，并不像想象中的那么舒适，反而有些微板，上半身也会不自觉地坐直。

“欧阳宸，你虐待上瘾吧！”姜琪双手搭在扶手上，转动着椅子，不禁感慨，这么坐着真的很不舒服。

“我也就虐待你上瘾！”

声音从身后传来，姜琪赶紧把椅子转了过来，“进来为什么不敲门！”

欧阳宸挑起眉，不紧不慢地向她靠近，“嘿，你倒指责起我来了，这是我的办公室，我为什么要敲门。”走到她身前，手指轻戳了下她的脑门，“怎么着，山中无老虎，猴子称大王了！”

姜琪抬手拍了下他的手背，“什么老虎猴子的，你自己愿意当动物别拉着我。我可不是猴子，没有那么灵活的大脑。”

“呦呵，真不错，还有点自知之明，值得表扬。”欧阳宸转过身正对着她，双手抱肩饶有兴致地倚在办公桌上。

“我值得表扬的地方还多着呢，你自己慢慢发掘吧！”

“瞧给你臭美的。”欧阳宸宠溺地捏了一下她的下巴，“怎么样，准备好明天跟我回家了吗？”

“没有……”姜琪低着头，抠着手指头。其实她挺想去看看欧阳宸家的，以前听他提过，他是跟他姥爷家长大的，据说他姥爷是位典型的老古董。

欧阳宸一把将姜琪从座椅上拉了起来，拽到自己身前，双手环绕着她的腰身，“你现在已经没有考虑的余地了，机票我都已经帮你订好了。明天上午八点二十起飞。”

姜琪有些为难，毕竟自己还没准备好见欧阳宸的家长，“其实……我不太想去，在这里过年也没什么的。况且，我就这么冒然的去你家也不太合适。”

“有什么不合适，我说合适就合适。你怕什么？”

看着欧阳宸那副你必须执行的脸，姜琪鼓着嘴，低着头，不再与他对视。

欧阳宸捧起她的脸，吻上她唇，由轻柔到猛烈，他的手上下摩挲着她的后背，将她抱起转身放到了办公桌上。

欧阳宸接下来要做什么动机已经很明显，姜琪挣扎着想要逃脱，这可是他的办公室，他可真会挑地方。

“别瞎动换！本来不想把你怎么样，你一动换那我可不好控制了。”

欧阳宸的声音十分低沉地在姜琪耳畔响起，带着蛊惑人心的感觉。

他低沉的嗓音和朴树的很像，很好听。

姜琪就觉得自己像一只待宰的羔羊，随时都有可能被这只狮子张开血盆大口将自己吞噬。

他的吻顺延到她的脖颈，轻轻地，柔柔的，不急不躁。

那种感觉让姜琪觉得特别痒，控制不住地想笑。

“姜琪琪，真不是我说你，你到底有没有心啊！这种时候你居然还能笑得这么欢。我都快被压迫死了，你要再笑我可就不压制了！”

姜琪伸手挠了挠脖子，“真的特别痒。”

“嘿，既然你都已经主动送上门来了，我还有什么好克制的。”欧阳宸拉着姜琪的手搭在自己的肩上，扒开她的双腿，将她拉到身前。把她的毛衣从下往上脱了下来，手指轻弹，她衬衫上的纽扣就开了，白皙的皮肤裸露在空气中。

姜琪缩回手，尴尬地拽住衣领，脸颊也开始发烫。

“欧……欧阳宸……别……这是你办公室。”姜琪话都已经说不利落。

自从那次以后，姜琪有意避免再和欧阳宸发生关系。这段时间虽然明显几次可以感觉到他的隐忍，虽然多次都险些擦枪走火，但最后也都是无果而终。她不想，欧阳宸又有分寸，当然就不在那么急于一时。

可现在不同。

欧阳宸似乎不再准备隐忍下去，他开始肆无忌惮地脱着衣服，用赤裸的胸膛紧紧贴靠在她胸前，不留缝隙。

绽放 Chapter 44

欧阳宸的唇在她的颈间游移，细细地，不轻不重掠过每一寸他想要亲吻的地方。

就在欧阳宸准备更进一步发展的时候，外部电话响了。他本无心理会，但响铃一遍紧接着又一遍，让他无法忽视，他也只好硬生生压住燃烧正旺的欲望，拿起听筒放到耳旁，有些不耐烦地“喂！”了一声。

姜琪趁机打算从他身前逃跑，拽起被他扔到一旁的衬衫，动作麻利地穿到了身上。刚准备跳下他的办公桌，欧阳宸一把拽住了她的手臂，侧着头把听筒用肩膀夹在耳畔，另一只手按住了她的肩膀，将她按在原地动弹不得。

房间内很安静，姜琪翻着圆溜溜的大眼睛瞪着他，他倒是细声细语地与电话那头的人对着话。姜琪也只是听了个大概，不过可以肯定的是，打来电话的人是欧阳宸的家人，好像正在询问他春节回哪儿这个问题。

欧阳宸整个通话过程都始终保持在毕恭毕敬的状态下，挂断电话，刚刚燃烧正旺的欲望也不再那么浓烈。伸手帮姜琪把衬衫穿好，一颗一颗仔细地扣着纽扣。

“姥爷打来的电话，说已经准备好过年的饭菜了，让我们明天早点回去。”

他的声音很安静并不强势，却也不是在征求她的意见。姜琪心里还是有些犹豫，去与不去之间她终究拿不定主意。

“回家吧。”欧阳宸将她从桌子上托起，放到地上，将她的衣领整理整齐。

每一个动作，都是那么的细致入微，姜琪不仅惊讶，心里还觉得有那么一些小幸福。

最终姜琪还是顺从了欧阳宸，陪他一同回了北京。

阔别多年的出生地，依旧是她熟悉的模样。

每年春节期间北京的街头都是寂静的，没有拥挤的人群，没有拥堵的道路。市区内也终于迎来了没有禁放令的日子，三五成群的人们在街道旁点燃摆放在地上的爆竹，爆竹拔地而起在天空中引爆发出震耳的声响。

出租车一路畅通无阻，从机场到达欧阳宸家才用了不到四十分钟的时间，这要是在平常根本就是不敢想象的速度。

欧阳宸用这短短不到四十分钟的时间给姜琪灌输了一路应付老古板的经验，说来倒去，其实就两字“顺着”。老古板说什么、让做什么，只要顺着就好。老古板虽然脾气不是特别好，时常暴躁，偶尔也会抡起拐棍给欧阳宸几下，但终究还是为了他好。

姜琪这点本事，平时应付一下她爸妈还有老师们还算凑合，应付像欧阳宸姥爷这种长辈，她可是特别心虚。

下了出租车，姜琪随着欧阳宸一前一后行走在胡同内，如今寸土寸金的北京城，还能残存着这么完好的胡同已经实属不易。

“欧阳宸，你们家居然不在拆迁范围内？”为了跟随时代发展，北京大多数老旧四合院还有胡同都被写上了大大的拆字，拆字外面还画了一个圆圈，远处看来就像是被勒令拆除违建一样。每一栋老四合院都是老辈儿人的心血，就这样被强制拆除，倒塌的不只是砖墙，还有历史。

欧阳宸转身把姜琪搂到身旁，指了指不远处屹立在路旁的石墩，“走过去你就知道为什么这边的胡同保护得这么完好了。”

姜琪走上前一看，怪不得呢，原来是清朝名人的故居，国家重点保护单位。

“欧阳宸，你家是不是借了他家的光啊？”姜琪走到故居门前，探身从门缝往里看了看，只可惜被影壁挡住了视线。

“别看了。我小时候还去里面玩过呢，也没什么，就只是用料比较讲究，看起来比较高贵。”

欧阳宸拽着姜琪手臂继续往前走，这些年来北京的变化很大，但这条胡同依旧还保留着原始的京味儿，十多年前他还和郭庆爬着清朝故居门前的石狮子，现在记忆还在，石狮子已经不在。

“到了。”欧阳宸搂着姜琪停在了一个红色大门前，门上的漆色有些发旧，大门被推开时发出沉重的声响。姜琪那叫一个心潮澎湃，虽然在北京土生土长，但四合院只残存在她童年的记忆中，如今再次近距离踏入这栋堪称古建的四合院内，她已经激动得无法言表。

院内建筑的中规中矩，简单，整洁，舒适。院西侧是花坛，因为是冬季，花坛内只有些干枯的枝杈。院东侧有个体型比较大的陶瓷鱼缸，姜琪凑过去瞧了瞧，里面的鱼游得正欢。

“呀，欧阳宸，你家这鱼冬天不怕冷吗？怎么还能游得这么欢？”

“别惊讶了，先去屋里吧，姥爷还在等咱们。”

欧阳宸深知姥爷的习惯，所以每回只要是到家，第一件事就是要去他的房间跟他打招呼，不然，他会很生气。

“姥爷，这是我的女朋友，姜琪。”欧阳宸把姜琪往前推了一下。

姜琪立马鞠了一躬，“姥爷好！”心里只犯嘀咕，看欧阳宸姥爷的面容，完全是和蔼可亲，怎么也联想不到老古板这三字啊！

老人家举手投足间透着一股大气劲儿，一看就是出生在名门望族。姜琪一直保持着小心谨慎，话也不敢多说。

“姑娘，听小宸说，你也是北京人，家里是什么地方的啊？”姥爷虽然已经年过古稀，但声音仍然特别沉稳有力。

姜琪总算是知道欧阳宸为什么低沉嗓音的时候声音那么好听了，原来是有遗传基因的。

似乎家长们都很喜欢充当户口调查这个角色，姜琪理所当然地被询问了一番。还好，欧阳宸提前给她打好了预防针，一切都在掌控中。

午饭时，姜琪终于见到了欧阳宸口中那位特别仁慈的姥姥，虽然岁月在她脸上留下了皱纹，但她容貌依旧较好，脸上挂着和蔼的笑容，充满慈爱的目光，让姜琪觉得特别亲切。

姜琪从小就没有姥姥、姥爷，奶奶是在她小学二年级时去世的，爷爷是在她高二那年去世的，她从小就特别羡慕那些有姥爷、姥姥的同学。以前跟欧阳宸交朋友时，她也跟欧阳宸提过，欧阳宸当时特别肯定地对她说：“放心吧！我保证让你以后感受到有姥爷、姥姥的关爱。”原来这次他这么执着地胁迫她同他一起回家过年，是在实现诺言。

姜琪完全可以感觉到两位老人对欧阳宸的疼爱，一直不停地给她和欧阳宸夹菜，姜琪不好意思推脱，结果吃撑了。

中午午休时候说什么都睡不着，在床上躺了半天，最后还是起来了。

老人家按照老理儿，把她和欧阳宸分在了两个房间，欧阳宸还睡他自己的房间，她睡客房。睡不着觉，姜琪只好悄悄溜到了欧阳宸房间门前，试探着推了下房门，依旧没锁。

刚探着身子迈进条腿，里面就传来了欧阳宸的声音。

“我就知道你得过来。”

姜琪本想去吓唬吓唬他的，可惜没能得逞。

“你怎么也不睡午觉啊？”

姜琪走进他房间，关上了房门。站在门前环视了一下四周。

“欧阳宸，不用这么夸张吧！你这也太……”

四周墙壁几乎都挂着奖状，从小学一年级的开始。

“太什么啊？！这已经很不错了！每次我回来一走进这屋就觉得像是走进了打印室。”

“专门打印奖状的！”

姜琪边走边看，这奖状还真是五花八门，有学习方面的，也有体育方面的。

“欧阳宸，我一直以为郭庆篮球好，没想到你打篮球也得过奖啊？你围棋的也有！我的天……还有奥数！妈呀，你小学时候还拿过作文大奖赛冠军呢！欧阳宸……你敢再优秀点吗？”

姜琪不得不自愧不如，从小到大，她的奖状屈指可数，关键，在可数的范围内也没有一个是关于学习的……

“我小时候太淘气，不是今天踢球闷到了人，就是拿石头砸坏了别人家玻璃，每次干了坏事回家总会挨一顿揍。后来越揍越皮，家里没办法就给我报了一堆兴趣班，开始我也不愿意学，后来在武力镇压下被迫学这些不感兴趣的课程。那时候老师们最大的乐趣就是开家长会，每次开完家长会，回家准会被暴揍一顿。”

“难怪你有暴力倾向的，原来这也是遗传！”

姜琪坐到欧阳宸书桌旁的座椅上，趴在桌子上看着欧阳宸小时候的照片。

欧阳宸也起身走到了书桌旁，一只手搭在姜琪的肩上，一只手拉开书桌右侧的柜门。

“给你看样东西！”

姜琪侧身一看，柜子里整整齐齐放着好几摞颜色粉嫩的信封，不用猜也知道，这玩意儿八成是情书。

欧阳宸从众多信封中最下面拿出了一个白色信封递到了姜琪面前，“打开看看。”

姜琪接过信封有些犹豫，信封外面没有文字，不好确定是不是一封情书。

“别显摆！小心显摆出感情危机。”姜琪晃了晃信封，故意警告他。

欧阳宸倒是一副不以为然的样子，耸了下肩，淡淡地说：“没关系，谁让我先爱她了呢！”

“嘿！欧阳宸，你可别得寸进尺啊！”姜琪狠狠地瞪了他一眼，手里却有些犹豫。

“别犹豫了，打开看看，这可是我今生第一个喜欢的女人！”

欧阳宸一副迫不及待想要让她看的口吻，姜琪更犹豫了，说实话她有点怕。

她怕自己一会儿会心胸狭窄跟他发起争执，她怕自己在他心中的地位会有所动摇。

温恒 Chapter 45

“姜琪琪，你在我心目中可不是胆小鬼啊！快点，打开看看！”欧阳宸很少见过姜琪这么犹豫，如果不讥讽她一小下，可能她会把信封放下不看，那不前功尽弃了……

“切！这有什么的啊！看就看！”

姜琪轻捏了一下信封，将信封开口朝下，把里面的东西倒在了桌面上。

目测是有五六张照片和一张信纸，姜琪先拿起了照片，每一张照片中都有一个女孩儿，梳着高高的马尾辫，照相的角度有近有远，充当着欧阳宸的人肉背景墙。

“这是你什么时候照的？我怎么不知道？为什么偏偏是我当这个背景墙！”姜琪把照片依次平铺在桌面上，一张一张仔细地看着，有她初中的，也有她高中的。

欧阳宸以一副特别深沉的表情注视着她，“姜琪琪，我以前最不相信的一件事就是缘分，直到我有一次偶然间翻看相册时，不光是我，跟我一起看照片的郭庆也惊讶了。你有六次巧合地出现在我的身后，这概率，比中六合彩要高的高！”

姜琪拿起一张她初中时候的照片，“这张照得不好看，这角度照的特别不好，我这眼睛都没睁开，太难看了。”

照片中阳光直射着她，她正皱着眉眯着眼准备伸手挡阳光，手臂定格在半空中挡住了她的半个下巴。姜琪越看越觉得搞笑，尤其是她当时那副嫌弃阳光暴晒的表情，可真是够难拿的。

欧阳宸拿过相片看了看，没忍住爆笑了起来，“姜琪琪，哈哈……你知道郭庆看完这张照片说什么吗？”看姜琪正恶狠狠地朝自己翻着白眼，欧阳宸收敛了一下大笑的声音，清了清嗓子，“郭庆说这张相片中的你演女鬼完全不用化妆，瞧着表情拿捏得多到位，简直堪称抢镜最佳女演员！”

“欧阳宸，你和郭庆欢乐还挺多啊！”姜琪手指使劲戳了戳照片，“我要告你侵权！未经他人允许私自窃取他人肖像权！”

“我冤枉……”欧阳宸蹲下身，双手拉住姜琪的手，抬起头仰视着她，“姜琪琪，你看我们这么有缘，是不是也该进一步确定我们之间的关系了！”

姜琪不语，脑海中第一个闪现出的想法就是，难道欧阳宸也准备求婚？这两年自己的被求婚运要不要那么强啊！

“那个……”姜琪有些磕巴，“我还是想……顺其自然……水到渠成……”

欧阳宸倒是不强求，双手握紧了一些，“好！我希望顺其自然的那天快点到来！”

姜琪“嗯嗯”地点着头。

“这个给你。”欧阳宸侧身从裤兜里掏出了那条一直想要送给她的项链，递到了她面前。

戒指依然坠在项链上。

上次在医院只看了他手上的戒指里面刻的字，这条项链上的戒指应该也刻了字。姜琪捏住还在摇晃的戒指，拿到眼前，稍稍倾斜着，里面确实也刻了字。姜琪把戒指转到有字的方向，仔细地看着。

欧阳宸 此生相伴 到老

“这是你什么时候定做的？”戒指的款式太过简单，一点也不像欧阳宸对物品那么讲究的性格。

欧阳宸浅笑着，缓缓起身，坐到一旁的床上。

“这本来是准备送给你的十八岁礼物……是我从大一开始当家教挣钱攒了一年半才买下的。”

“谢谢你欧阳宸，谢谢你的一如既往。”

姜琪起身弓下腰，在欧阳宸嘴唇上轻轻落下一吻。难得她主动，欧阳宸有意加重了这个吻。

晚上要包饺子，姜琪也算是会点，帮着姥姥打下手，她擀皮，可是姥姥捏饺子捏得太快她总是供应不上，最后姥姥跟她换了个顺序，让她来包。

厨房的窗户正好能看到院内，欧阳宸正在陪姥爷下象棋，象棋拍打在棋盘上的声音格外清脆，总能吸引姜琪伸着脖子看上几眼。

“小琪啊，你跟我们小宸认识很久了吧！以前偶尔总能听见他念叨起你来，后来他去美国以后就不再提了。你们是不是分手了一段时间啊？”姥姥一边擀皮一边面容和蔼地询问着。

姜琪有些尴尬，问她话的人可是欧阳宸的姥姥，这种话题不是一般只有妈妈那一辈儿的人爱问嘛！原来姥姥也爱刨根问底啊！

“姥姥，我和欧阳宸确实分手了一段时间，那段时间他去了美国，我又恰巧临近高考，后来就不了了之了。”

“我们小宸呢，脾气是倔了那么一点儿，喜欢控制人，但他心眼儿不坏。对待家人特别孝顺，做事也很懂礼貌。上学时候学习优异，工作以后能力也不错，你要嫁给他也不算吃亏。”

怪不得越听越不对劲儿呢，原来是这个意思啊……

姜琪有些不好意思，毕竟跟她说这些话的人是欧阳宸的姥姥，是长辈，她如果推脱，显得她高傲，如果不推脱，那就是答应了这门亲事。她也只能不语，低垂着眼眸，继续包着手中的饺子。

姥姥也算是点到为止，没有继续跟她深谈这个话题。很快，饺子就已经包好了，姜琪总低着头脖子都酸了，把包好的饺子放到橱柜上，跟着姥姥一前一后地走出了厨房。

天色见暗，院落里亮起了灯，欧阳宸还在跟姥爷下象棋，姜琪凑到欧阳宸身旁，坐到马扎上观棋。

象棋她并不太懂，也看不出现在谁更占优势，索性问问。

“欧阳宸，现在是你输着呢吧？”

欧阳宸把手中拿着的马往棋盘上一拍，特别自信地说了句，“开玩笑，我现在赢着呢！”

还没等姜琪斜视他，姥爷就发话了。“你小子可别得意太早，一切可都在我的股掌之中！”

姜琪赶紧拍马屁讨好万分地点着头。

结果这回改欧阳宸送给她一个白眼，嘴里还嘀咕着：“墙头草，两边倒……立场一点也不坚定！”

这场象棋拉锯战，最终在欧阳宸有意认输的情况下收尾。

院外爆竹声越来越频繁，还没到十二点姥姥就已经把饺子下锅了，说是好让欧阳宸早点带姜琪去外面看放炮仗的。

第一次在别人家过年，姜琪出乎意料的没有太过拘谨，姥爷虽然不是很爱笑，但也并不像欧阳宸口中的那么古板。姥姥不停地给她夹着菜，叮嘱她多吃点。姥爷今天比较高兴，还让欧阳宸陪着他喝了几盅，虽然姜琪比较担心欧阳宸的胃能不能顶住，但欧阳宸几杯下肚依然面不改色。

晚饭过后，两位老人一向不熬夜，所以准备看完春节联欢晚会就睡觉了。欧阳宸不想错过十二点最热闹的北京城，拉着姜琪穿梭在胡同中。

地面上到处都是爆竹的碎屑，空气中弥漫着烟火味道，像是起了一层雾。

就这样与欧阳宸十指交叉漫步在北京街头，姜琪心里满满的幸福，欧阳宸也一样。两个人在一起不一定要生活过得多么奢华，就这样平平淡淡，相互依偎，才是真。

十二点将近，天空中礼花四起，划破天际绽放出绚丽多彩的图形。姜琪驻足原地，遥望天空，时不时看到既大又漂亮的烟花还不忘指给欧阳宸看。

欧阳宸站在她身后环抱住她，一同仰头张望。

“欧阳宸！”四周太过嘈杂，他的名字听的并不是很明显，还好那个叫他的人拍他后背那下不轻，欧阳宸急时回过了头。

看着欧阳宸回过了头，姜琪也跟着转过了头。

两人几乎异口同声叫出了一个人的名字。“郭庆！”

多年未见的旧友，三个人高兴得笑成一团。欧阳宸更是主动地拥抱了一下郭庆，郭庆一点都不放过机会，连忙追问他跟姜琪的事，弄得姜琪特别尴尬。

为了叙旧，三个人找了一家KTV，准备好好聊聊近况。在郭庆的一再追问下，欧阳宸一点不忌讳地从头到尾跟郭庆说了一遍自己是怎么跟姜琪和好的，和好以后都干了些什么，等等。

姜琪也就只有坐在一旁汗颜的份儿，时不常插一句，还都被欧阳宸反驳了回来。

聊着聊着，欧阳宸突然想起了什么，连忙从兜里掏出了手机。

姜琪似乎猜到了他这是要打给谁，索性没问。

郭庆倒是有些面露难色，抬手按住了欧阳宸要拨打号码的手，说了句“我来”，便起身走出了KTV包间。

姜琪虽然平时不爱八卦什么，但站在好姐们的角度，她还是想问问，于是凑到了欧阳宸身旁，手臂搭在他肩头，有意压低音声询问。

“郭庆和蓝灵儿还没和好吗？”

欧阳宸挑了一下眉，侧过头在她靠近的脸上轻轻一吻，云淡风轻地说了句：“快了，也许就这两天。”

晕，问了等于白问，姜琪干脆直接等到时候蓝灵儿报喜的电话了。起身走到点歌台旁，翻找着想听的歌曲。

姜琪坐在点歌台刚点了两首歌，郭庆握着手机挂着一脸灿烂笑容走回了包间。

很明显，还真是就这两天，也许就是今天。

姜琪一气点了好几首朴树的歌。

刚听前奏，郭庆就把话筒递给了欧阳宸。

意味深长地说：“知你者，莫若姜琪！”

温恒 Chapter 46

“怎么个意思？”姜琪向郭庆投去一脸疑惑的表情。虽然自己平时还算是了解欧阳宸，但这跟朴树的歌有什么关系？

郭庆一脸坏笑，拿了瓶啤酒喝了几口，“爽快！”特意点的冰啤，在这大冬天来瓶冰啤也算是解解这些天来伙食太好压在胃里的存火。这才慢悠悠地开口，“你觉没觉得欧阳宸有时候低沉着嗓音跟朴树的声音很像？”

总算是找到同胞了，姜琪毫不犹豫地点了点头，嘴里还不停地说：“对！对！对！真特像！”

“他没给你唱过歌？”郭庆一看姜琪这点头如捣蒜的表情，原来她不知道啊！

姜琪咧了下嘴，摇了摇头，特别无奈地对郭庆诉苦，“他说他五音不全，连生日歌都不会……”

郭庆一听，捧腹大笑了起来，指着坐在中间的欧阳宸，一副你真行的表情。

姜琪被他笑得一头雾水，怕欧阳宸脸上挂不住，手上连忙小动作提醒郭庆别再笑了。手指指了两下欧阳宸，口型对郭庆说：“别笑了，再笑他该生气了……”

郭庆起身坐到了欧阳宸身旁，伸手拍了一下他的肩膀，“我说哥们，咱不用在女朋友面前也深藏不露吧！”

欧阳宸没搭话，笑着喝了口啤酒。

郭庆又起身绕过欧阳宸，坐到了姜琪身旁，拿了瓶啤酒递给了她。“来一口，我记着你当初挺能喝的！”

人都说往事不能再提，更何况是这样不堪回首的往事，姜琪有些不好意思，接过酒瓶，与郭庆碰了一下，仰头喝了一大口。

“痛快！我跟你说姜琪，我最喜欢的就是你这痛快劲儿。你知道吗？当初欧阳宸和你交朋友，我可是第一个举双手赞成的。虽然灵儿跟你一样都大大咧咧的吧，但她有的时候比较爱计较小事，不像你，时常不管不问。其实这话说回来，你这习惯也不好，总这样不管不问也不是回事，也就是欧阳他自制力比较强，像他这样的人身边要说没有糖衣炮弹那纯属是扯淡！不过他这人认死理，一旦是认准了，那就是一辈子。”

郭庆拿酒瓶碰了一下姜琪手中的，意思是再来一口。姜琪看出来他还有后话，也就随从着又喝了一大口。

“我跟你说姜琪，你别看欧阳宸外表特别强势，其实他心里脆弱着呢！那年你跟他分手，别看他装的跟没事人一样，一副看淡一切的模样，其实这暗地里指不定拿着你照片哭过多少回了呢！”

“嘿！你可别瞎说啊！我才没干过这么丢人的事呢！”欧阳宸一听郭庆说到他当初最脆弱的那段日子，连忙为自己伸冤，要是让姜琪知道自己曾经为她落泪那岂不是很没面子。

“去去去！赶紧接你那电话去！别插话。”郭庆指着桌子上不停叫唤的手机，把欧阳宸打发到一边接电话去了。

“咱俩继续说，别管他！”

郭庆手里的啤酒喝完了，转身从桌子上又拿了一瓶，仰脖喝了一口，继续给姜琪叙述着欧阳宸那回元旦联欢的事。

“你跟他刚分手的那段时间，正好元旦我们高三同学聚会。你这届没来学校之前，欧阳宸可是连续两届的红五月歌唱比赛冠军，可是后来不知道怎么回事他就不唱了，直到那天。你还记着那天我给你打电话吧？！那天欧阳喝多了，抱着麦克风不撒手，一个劲儿地唱个不停，堪称麦霸！那天他把朴树的所有歌都唱了一遍，高兴的，不高兴的，通通唱得都特低沉。直到唱到那首，好像叫‘我爱你　再见’的歌，他那声音特别哽咽，眼泪更是稀里哗啦地往下流。最后醉得晃晃悠悠被我扶回了家，拉着我的手一个劲儿地问‘我做错了什么？’，你说我怎么知道他做错了什么啊！也只能连哄带骗跟他说，姜琪只是一时兴起才跟你分手的，你们还会和好的。”

姜琪听完郭庆跟她说的话后，沉默了……

她不知道一向好强的欧阳宸居然也会落泪，他的一切洒脱原来都是对她施的障眼法，而她恰巧上当，始终被蒙在鼓里。

那种发自内心的亏欠感将她充斥。

姜琪许久后才回过神来，对郭庆深深地说了一声，“谢谢你，告诉了我这一切！”

姜琪坐到点歌台，点了一首朴树的《生如夏花》，待欧阳宸刚挂断电话，她快速将麦克风递到了他手中。

“唱一首给我听好吗？”姜琪略带恳求地对欧阳宸说着，圆溜溜的双眼满是期待地注视着欧阳宸的双眼。

欧阳宸见她可怜兮兮的，只好接过了话筒。一看歌名，他的嗓子不自觉地犯疼，那年可真是把嗓子给唱毁了，嗓子肿了两个星期才慢慢恢复的。

没办法，既然她想听，欧阳宸只好舍命陪君子。

“也不知在黑暗中究竟沉睡了多久；也不知要有多难才能睁开双眼；我从远方赶来，恰巧你们也在；痴迷流连人间，我为她而狂野；我是这耀眼的瞬间，是划过天边的刹那火焰；我为你来看我不顾一切，我将熄灭永不能再回来；我在这里啊；就在这里啊；惊鸿一般短暂，像夏花一样绚烂……”

姜琪已经忘了要拍手叫好，欧阳宸的声音跟朴树的契合度不是百分之百也得有百分之九十九，简直太好听了。

“呦，我刚走在走廊里就听有人在唱朴树的歌，我当时还感慨呢，这声音真够像的！没想到是你啊，欧阳宸！”

蓝灵儿人刚进门，话音就随之响起，正好是伴奏那段，所以听得很清楚。

姜琪更是跟兔子一样，窜到了蓝灵儿身前，多年没见，两人深深相拥在一起。

欧阳宸特别愤愤不平，对着话筒说：“姜琪琪，你要是哪天也能对我这么激动，我就烧高香感谢祖宗！”

话音刚落，欧阳宸立即迎来了两双白眼。

郭庆没发表任何言论，继续坐在一旁喝着啤酒。

姜琪拉着蓝灵儿，坐到郭庆身旁，有意把她往郭庆那边挤了挤。

“以前总看你们二位如胶似漆，现在是不是也该让我们继续看看啦！”

欧阳宸放下话筒，一把把姜琪搂到了身旁。

“没事！你们不想让我们看也行，那我们让你们看！”

说完，单手托住姜琪的后脑，直接吻上了她的唇。

欧阳宸的吻特别猛烈，姜琪被亲得有些发懵。

呼吸也变得有些混乱。

被欧阳宸放开后，姜琪大口大口地喘了好几下气才缓过劲儿来。

但只要能让蓝灵儿和郭庆和好，姜琪也豁出去了，直接软塌塌地依偎在欧阳宸的怀里。

“你们俩人……要不要……那么腻歪！”

蓝灵儿实在是看不下去了，可算是明白当初为什么姜琪不愿意当电灯泡了……

“只要你们和好，我们就不这么腻歪！”

姜琪话音刚落，欧阳宸就接了一句“为什么？”

姜琪转过头，捏着他的下巴，用唇语说：“别插话！”

“凭什么！”欧阳宸头往下一沉，再次吻上了姜琪的唇，细细地亲吻着。

蓝灵儿直接扭过了头，不再看他们腻歪，顺手拿起一瓶啤酒仰头喝了一口。

“你喝的是我的！”

郭庆的话语中并没有对蓝灵儿喝错酒的责怪，反而有些欣慰，就像又回到了分手前。

蓝灵儿倒是一副我喝了就是我的啤酒的架势，拿着啤酒直接仰头喝了个精光。

“别喝那么猛！”

郭庆想把啤酒从她手里抢过来，只可惜慢了一步，抢来的只是个空瓶。

“蓝灵儿你没事吧？！干嘛喝这么猛啊！”

姜琪直接把欧阳宸推到了一旁，上前拍了拍蓝灵儿的后背，看她刚刚好像被呛了一下，现在咳个不停。

欧阳宸虽然被姜琪一把推开，心里颇有些被抛弃的感觉，但还是大方地把他手旁的果盘推到了蓝灵儿面前。

“吃瓣西瓜往下压压吧！”

姜琪捏起一瓣西瓜递到蓝灵儿嘴边，蓝灵儿就势咬了一口。看得欧阳宸心里这痒痒啊！姜琪怎么就没对他这么温柔过……

蓝灵儿喝得太猛，没多会儿就醉得有点晃，姜琪本来还想跟她好好叙叙旧，没办法，只好帮郭庆打了辆车，让他把蓝灵儿先送回家。

夜空中爆竹声已经不在那么密集，偶尔稀稀两两的几响也算是寓意着新年已经迎来。

欧阳宸轻搂着姜琪的腰，漫步街头。

街道上环卫人员已经把碎屑打扫干净，路面又恢复了整洁。

“我想回学校看看，自从毕业以后我就没回去过。”

也许多半是触景伤情，姜琪突然很想再回学校看看，在哪里她认识的欧阳宸，在哪里有她初恋所有的记忆，在哪里也有她失恋后的落寞伤情。

“好！我陪你！”欧阳宸回答得很干脆，他知道姜琪一定是想起了那条通往学校的马路，夜晚也如现在这般灯火通明，偶尔会有三三两两的学生骑着自行车快速飞驰着。他们曾彼此腼腆地在那条马路上相拥，也在那条那路上彼此献出了初吻，那是一条充满他们美好记忆的马路。

“谢谢你！狮子！谢谢你懂我……”

温恒 Chapter　47

欧阳宸特意选了初六这天去学校，原因很简单，还是他当学生会主席时知道的消息，因为这天才是学校真正意义上的建校日。后来学校在旧址上修建的新址，校庆日也变为了新址开始启用的那一天。

知道这天是建校日的人不算特多，除了老师剩下都是些历届学生会的干部。学校门前的停车场照样停满了车，欧阳宸开着家里那辆老款奥迪在停车场里转了两圈都没找到车位，最后干脆停到了学校附近的商场地下车库。

停到商场车库正和姜琪心意，拉着欧阳宸直奔超市买了好几份水果，欧阳宸拎着大袋小袋的水果堪比苦力。

欧阳宸站到姜琪身前，再次提醒，“你确定你都买齐了吧！走过去我可不陪着你再拎回来啦！”

姜琪低着头把欧阳宸手中的购物袋数了数，最后确定地点了下头，招了下手，“走吧！”特别轻松地走在前面又蹦又跳。

欧阳宸现在揉碎了她的心都有了，还不如开车过去呢！两只手里加起来得拎了十袋水果，每个袋里都是足斤足量，还好路不算太远，不然非把他手给勒断喽！

姜琪走在前面欢快地跳转过身，手掌握成拳头，充当着话筒。

“那个……不好意思，我现在采访一下欧阳学长，哦，不，欧阳主席，您现在拎着这些沉甸甸的水果去探望辛勤培育您的那些老师们有什么感想？”

“一个字，累！”欧阳宸累得在这大冬天里都冒汗了，小时候家庭比较优越，脏活累活从来都轮不到他，现在却要被姜琪压迫着当苦力。

姜琪掉转过身，继续蹦跶蹦跶地往前走，双手背在身后，大声地说着：“你现在发牢骚也没用，一会儿都送出去你就轻松啦！”

刚进校门，说来也巧，第一个碰见的人居然是教了姜琪三年的体育老师。姜琪变化并不大，体育老师一眼就认出了她。姜琪更是欣喜，直接奔到了体育老师面前，就她刚刚那被追公交练就的速度，把体育老师看得直惊讶，一个劲儿得夸她有进步，大学没白念！

姜琪这心里直平反，自己大学四年学的真不是体育！

拿过欧阳宸手里的一袋水果，姜琪递给了体育老师，嘴里客套地说了好几句好话，体育老师还要筹备会场，这才匆匆告别。

“还有一袋水果是要送给我班主任的，其他你都拿给你要送的老师吧！如果少，你就一个办公室送一袋吧。怕你太累，我没敢多买……”

到头来，她倒混个好人缘。欧阳宸看她转身就要走，连忙叫住了她。

“姜琪，一会儿礼堂有典礼仪式，我们在哪儿见，如果找不到就给我打电话！”

欧阳宸后几句直接是喊给她听的，姜琪刚听完前几个字，就拎着东西朝教学楼走去了，根本没搭理他这茬。

没办法，姜琪就这性格，改变不了。欧阳宸也只好认命，拿着这堆水果，把那些学生时代对他特别照顾的老师们都送了个遍。

终于把所有水果都送完了，路上也遇到了不少曾经一同共事过的学生委员，学生时代大家都是特别熟络的朋友，这么长时间没见面话题更多了不少，天南海北一统海聊。

大家混得有好有坏，公认三好学生的学习部部长，大家都以为她得是某著名上市公司高级白领一层的人物，没想到居然大学都没毕业就辍学了，最后嫁了一位土豪过上了丰衣足食的日子。

生活部部长大学学的法律，连续考了三回律师执照才考了下来，现在在几家私企做兼职法务。

欧阳宸想起姜琪以前跟生活部部长较真的那段日子就想笑，因为她太倔，弄得她们班级都随着一起被扣分，姜琪也没少被罚打扫卫生。那时候欧阳宸虽然身为学生会主席，但却被姜琪这小妮子坑蒙拐骗来帮她一起打扫卫生。不知不觉，看学生会主席扛着笤帚打扫校园卫生也成为了校园一景。只不过那时，他们两人还没有确定关系。

欧阳宸站在礼堂最高处看了一圈也没看见姜琪的身影，只好坐到了最后一排，好方便让姜琪找到。

与以往校庆不同，建校日并没有举办得那么隆重，校长在台上念着简单的致辞，接下来就是一些颁奖环节。

欧阳宸看了一下表，整个典礼仪式都快结束了姜琪也没来呢，干脆拿出手机直接打给了她。

电话那端的“嘟……”声响了一遍又一遍，姜琪始终都没接听，欧阳宸直接急了，起身快速地跑出礼堂，奔教学楼就去了。

按理说典礼时间所有老师都应该去了礼堂，姜琪不可能还在教学楼，欧阳宸直奔她以前班主任的现办公室，办公室内空无一人，欧阳宸又开始逐层找着。

刚跑到姜琪以前班级所在位置门前，就看见姜琪一个人坐在窗台上望着窗外的篮球场。欧阳宸悄悄推门走了进去，走到姜琪身后，一把把她抱到了怀里。

姜琪被吓得“啊……”的一嗓子，震得欧阳宸耳膜都疼。

紧接着就是姜琪一贯的训骂方式，数叨了欧阳宸好半天。

欧阳宸反正也听惯了，无所谓了，一耳朵听一耳朵冒……

待姜琪平静下来后，欧阳宸这才缓缓开口。

“你以前是不是经常坐在这里偷看我打球？”

姜琪一脸嫌弃，转过头看着他，“别给自己脸上贴金了，我是在看景儿！”

欧阳宸没理会，继续说着：“我打球是不是特帅？比郭庆还要帅！”

姜琪彻底汗颜……

见过脸皮厚的，没见过像欧阳宸这么脸皮更厚的！

姜琪懒得接话茬，挣脱了欧阳宸的手臂，从窗台上跳了下来，拍了拍裤子上的土。

“中午有个聚餐，都是些以前学生会的干部，大家好久没见了，想一起喝点。”

欧阳宸看似在征求姜琪的意见，实际上是想让姜琪当司机。

姜琪一眼就识破了他的意图，翻着白眼对欧阳宸说：“让我当司机你就直说，什么时候学会绕弯子了！”

欧阳宸上前一步贴到了姜琪身前，嘴唇在她脑门上轻啄了一下，一脸坏笑地揉了揉姜琪的头发，“以前你们总说我强势，什么事情都跟强迫你们似的！现在不强势了吧，你们又说我绕弯子，我到底怎么着好！”

“做你自己就好！”

姜琪踮起脚尖在他的薄唇上印上一吻。

其实姜琪还是喜欢以前那个强势的欧阳宸，虽然经常是一副命令的口吻，经常喜欢折腾人，但他就是他。

“我现在对你，捧在手里怕摔了，含在嘴里怕化了。生怕你哪天发神经，又提出分手。”

欧阳宸终于说出了心声，说实话这段时间总要刻意板着自己的习惯，挺累的。但为了姜琪，一切都是值得的。

“狮子，我们别去纠结那么多好吗？就让我们好好珍惜眼前吧！你也知道，我不喜欢被束缚，也许哪天我觉得我累了，自然而然就会安定下来。”

欧阳宸捧起姜琪的小脸，十分深情地说：“我在等！一直在等！我的高傲都是装饰给别人看的，对你，我愿意谦让。”

中午吃饭，姜琪终于和生活部部长再次狭路相逢，只是这次姜琪是以欧阳宸女朋友的身份出现在酒席上。

相隔多年，那时的一切恩恩怨怨现在说来都是一场笑话，姜琪还是第一次正面与生活部部长解开矛盾，两人相视一笑，均以茶代酒，一笑泯恩仇。

欧阳宸碍于这学生会主席的身份，谁敬酒都要喝，一点不意外，他喝多了。

姜琪不知道他一直硬撑着，故作没事人一样，待将人员一一送走后，他实在是撑不住了。

姜琪还没反应过来，欧阳宸就一个箭步冲向了洗手间。

男卫生间，姜琪也只能站在门口左右徘徊，时不时还有一些男宾向她投来异样的眼光。

欧阳宸跑到卫生间的时间太长，姜琪在外面越等越不放心，毕竟他胃才刚好没多长时间，真怕再次出现上回那样的状况。

姜琪站在男卫门前朝里面喊了几嗓子“里面有没有人？”在反复确认没人应答后，姜琪快步走了进去。

为了更快找到欧阳宸在哪儿，姜琪索性蹲下身子，从门与地面间的缝隙往里望。

依旧是欧阳宸的习惯，最靠边的那一个。

姜琪推了几下门，门被锁上了推不开。

“欧阳宸！你把门打开！”

姜琪用力拍了好几下门，里面都没动静。姜琪一下就慌了，绕到旁边踩着马桶，趴着隔板往里面瞧着。

“欧阳宸，你不会睡着了吧？”

感觉他身体呼吸起伏得还算均匀，头上也没有溢出冷汗，姜琪这才放心。

姜琪正扒着隔板往欧阳宸那边望，正好被一位前来上厕所的男士撞到，两人都被吓了一跳。

还好，在那位男士的帮助下，终于把欧阳宸从卫生间里弄了出来，抬上了车。

姜琪一边开车一边对欧阳宸发着牢骚。

“欧阳宸，你混蛋！别人灌你多少，你就喝多少啊！你怎么那么实诚啊！就不知道该推脱的时候就推脱啊！还总说我笨，我看你也没聪明多少！”

当然，欧阳宸早就睡着了，根本就没听到。

姜琪也只能自己过过嘴瘾……

温恒 Chapter 48

欧阳宸迷迷瞪瞪睡到了第二天清晨才醒，还有些酒劲儿残留在体内，头依然有些昏昏沉沉。

经过几天的相处，姜琪跟欧阳宸的姥爷关系相处得特别融洽。昨晚欧阳宸喝多了，姜琪没什么事，吃完晚饭也早早地睡觉去了。今早起了个大早，正好姥爷正在院里打太极，姜琪也就跟在姥爷身后学，瞎比划着。

“姜琪琪，你快别比划了，跟偷鸡的一样！”

欧阳宸倚在门框上，看着姜琪有些夸张的动作，越看越觉得逗乐，连忙招呼她打住。

“你小子昨天喝得跟醉猫一样，我不愿意说你就得了。人家小琪跟我一起练练太极，修生养性，你哪儿那么多废话！”

姜琪这些天已经成功把姥爷收买了，一脸春风得意地冲欧阳宸做着鬼脸。

欧阳宸本还想反驳几句，但看姥爷难得这么有雅兴一个动作一个动作地教着姜琪，索性搬了个板凳坐在台阶下面看他们打太极。

姜琪貌似就跟天生运动细胞弱一样，学了半天也没学会什么。欧阳宸在一边看得直着急，干脆也加入到打太极的队伍中，还不停地提醒着姜琪这个动作没做到位，那个动作做错了。

下午就要从北京起飞回去，姥姥做了一桌子的拿手菜，都是欧阳宸小时候特别爱吃的。姜琪也算是沾了欧阳宸的光，饱饱地美餐了一顿。

临行前，姥姥送给了姜琪一只玉镯，用红布包裹着。姜琪起初推脱了半天，最后姥爷发话了，让她必须拿着，她也就只好收下了这个贵重的礼物。

坐在飞机上，姜琪从随身的双肩背里拿出了这个被红布仔细包裹着的玉镯，捧在手中仔细观察着。

“你看出什么来了？知道这是什么玉啦？”

欧阳宸一手撑着脑袋，一手轻轻沿着玉镯轮廓滑了一圈。

姜琪琢磨了半天，也没看出了所以然来，她一向对这些身外之物不是很感兴趣，更何况这东西看着就很贵重。

“我就知道这个应该有年头了，其他的不知道，你告诉我，我不就知道了！”

还好姜琪算是比较虚心的学生，知道不懂就问。欧阳宸比较欣赏她这点。

欧阳宸从姜琪手中拿过玉镯，将玉镯竖立捏在手中。

“这个叫贵妃镯，是翡翠手镯中的一种。这个手镯本来是要传给我妈的，可是我妈生下我后就一直没在我身边待过多久，姥姥就把手镯给收藏起来了。这个手镯年头可不短，听说从清朝初年就开始一辈辈地往下延传。欧阳家族历代书香门第，清朝时还有当过官的，这个镯子就是当年皇上赏赐的。所以，你现在拿着的可是我们欧阳家的传家宝。”

姜琪听完，都不敢再接欧阳宸递给她的这个玉镯。

“太贵重了！我接受不了……”

“你既然已经接受了，现在反悔也没用，除非你执意要驳回老人家们对你的喜爱，那你就亲自给他们送回去。我看你到时候好不好意思还给他们！”

欧阳宸把玉镯硬塞到姜琪手中，一点反抗的余地也不给她留。

姜琪捧着这个传家宝，手和心同时变得沉甸甸，仿佛瞬间压下了重担。

“欧阳宸，我干脆把它存银行吧？我怕弄丢喽……”

“姜琪琪，戴你手上不就丢不了了吗！”

“我怕弄坏……”

“随你。”

很少见到姜琪这么重视一样东西，难得她这么上心，不如随她处理就好。

长假后恢复正常工作，难免员工们还带着些假期的懒散，欧阳宸不可能强迫所有人都如他一样，刚一上班就跟打鸡血一样埋头苦干。春节长假期间手头积压的事情比较多，欧阳宸连开会的时间都顾不上腾出。

因为欧阳宸通知会议取消，所有部门高管都松了口气，看来春节长假过的都不错，个个都春光满面的，当然，除了齐萧寒……

姜琪从北京带了盒稻香村的点心给他，坐在工位上犹豫了半天才去敲他办公室的门。

“请进！”

听声音状态还可以。

“齐总，我从北京给您带了盒稻香村的点心。”

姜琪把点心放到了他的办公桌上，见他凝视着包装精致的外盒眼眸略带些感伤。姜琪有些慌神，生怕自己礼物选得比较失误，不小心勾起了他伤感的记忆。

“谢谢你姜琪，这个点心我已经很多年没吃过了，还挺怀念的。记得还是在北京读大学的时候，有一年也是春节过后，同宿舍的一名同学的妈妈给我们买了一盒稻香村点心，包装虽然没有现在这么精致，但味道却特别好。后来我也买了一盒带回了老家，我妈妈很喜欢吃，每天就只吃一小块，结果点心放的时间长了，上面发了毛，她都不舍得扔掉。”

齐萧寒的声音始终起伏不大，听的姜琪心里酸酸的。不会安慰人的她，也只能默默地站在原地陪着齐萧寒。

“不好意思，可能最近总是爱触景伤情，你别在意。先去工作吧！”

姜琪嘴角稍稍往上勾了一下，点了点头便转身走出了他的办公室。

想必齐萧寒这些天来一直在触景伤情吧，一个人过春节的日子不好受，虽然姜琪前几年一直独自一人在这边过春节，但白帆总会在吃完团圆饭后过来陪她，也算是好很多。

可那种思亲之情，如此般的感同身受。

假期恢复正常工作的适应期已经过了，公司上上下下又进入了那种抗战模式。欧阳宸依旧每天对待工作都很亢奋，为了避免冲突，姜琪时不时刻意避免在工作方面跟欧阳宸有太多接触。

譬如说，齐萧寒让姜琪把文件递交给欧阳宸审核签字，姜琪走到总经办就会把文件交给欧阳宸的助理小白，小白跟她相处得还算不错，这点小事经常会发扬举手之劳精神帮姜琪搞定。

之前工作比较忙，欧阳宸也不注意这些，他也习惯有问题直接打电话找合同负责人，也就没留意送文件来的人是谁。姜琪倒是倚在小白工位隔板上，等着小白把签好字的文件拿出来。

日子久了，欧阳宸开始慢慢察觉出不对劲儿，其他部门的文件都是各部门高层助理送过来，唯独市场部不同。直到再一次小白把姜琪递给她的文件拿给欧阳宸时，欧阳宸看了看封皮，写着“市场部”三个字，便将文件合上了随手扔到了一旁。

助理小白生性胆小，也不敢问，只得站在欧阳宸对面，隔着办公桌等着。

欧阳宸见助理小白一直没有出去，抬起了头，面无表情地看着她，“还有事吗？”

“那个……那个……欧阳总……刚刚那个文件……”助理小白一紧张就有点磕巴，虽然已经在欧阳宸身边做事有两年多的时间了，但她还是打心眼里看着欧阳宸就发憷。

“夏白，你是我的助理，不是市场部的助理，让市场部的助理自己来取文件，她要是不来，就让他们齐总来！”

姜琪在门外等得脚都酸了，小白也没从里面出来，只好来回来去活动活动，到处走走。刚溜达到销售部，就看小白垂头丧气地从欧阳宸的办公室走了出来，而且还两手空空。

姜琪快步走到了小白身旁，见她眼里又有些泛泪花，姜琪顿时不知所措，赶紧欠着腰从小白工位上拽了几张面巾纸递到小白手中。

“小白，是欧阳总又说你了吗？对不起，都是我不好！”姜琪拉起小白的手，轻握着，心里愧疚到不行。

“没有，没有，姜琪，其实欧阳总也没说什么，就是没能帮你把文件拿出来，我挺抱歉的。”

看着小白眼里满满的歉意，姜琪更是觉得过意不去，也算是明白了欧阳宸为什么在身旁安置这么一位爱哭的助理了，虽然很不符合他做事风格，但夏白真的很单纯。

“姜琪，对不起，我帮不了你了，以后也没办法再帮你了。欧阳总让你自己去取文件，他说你要是不去取文件，就让齐总自己来取。”

欧阳宸你这个死变态，这是又抽什么疯啊！姜琪照以往一样，心里默默地把欧阳宸痛骂了一遍。

姜琪已经有两个星期没有见过欧阳宸了，起初是因为欧阳宸一直忙，总是挂她电话，后来纯属是自己跟欧阳宸较劲儿，欧阳宸打电话来不接，去她家敲门也不开，最后干脆直接避而不见。

现在可好，偏偏要自己送上门去！姜琪心里可是一千一万个不甘啊！

犹豫了半天，姜琪还是敲了敲欧阳宸办公室的门。在门外站了好一会儿里面也没有个动静，姜琪索性加重力道又敲了几下，嘴里还喊了一句：“欧阳总，我是市场部总监特助姜琪。”

姜琪心想要是这奇葩再不开门，自己就把他办公室门拆喽！

拍门声太大，小白连忙从工位跑了过来。

“姜琪，小点声儿……一会儿欧阳总该生气了。这可是公司财产，破坏公司财产是要被扣钱的。”

小白话音刚落，门就被从里面打开了。

温恒 Chapter 49

欧阳宸一手拿着手机，一手按在门把手上，皱着眉头，一脸不耐烦。

站在姜琪身旁的小白顿时惊慌满面，大气都不敢喘。

欧阳宸指了一下屋内，转身回到了座位上，继续讲着电话。小白那双无辜的眼睛朝姜琪投来复杂的目光，姜琪早就见怪不怪了，就没把这些当回事，拍了拍小白的肩膀，特别安慰地说了声：“没事，放心。”便走了进去，关上了门。

姜琪落座在与欧阳宸隔着办公桌的座椅上，见他打着电话便自顾自地欣赏着窗外的雨景。入春这些天一直春雨绵绵下个不停，天空一直灰蒙蒙给人的感觉特别犯困，姜琪听着欧阳宸讲电话，越听越像催眠曲，眼皮也开始越来越沉。

欧阳宸挂断电话后，手肘撑在桌面上托着腮深情凝视着睡梦中的姜琪，她的睫毛微微颤动着，似乎像是在做梦，嘴角挂着淡淡的笑容，八成还是个美梦。欧阳宸缓缓起身，小心翼翼地把姜琪从座椅上抱起，放到沙发上，把抱枕颠到她头下希望她能睡得舒服一些。

时间一分一秒流逝，本就灰蒙蒙的天空逐渐变的黑暗，欧阳宸怕开灯会打扰到她休息，就只开了办公桌上的台灯，并且还把亮度调到了最暗，眼睛有些费力地继续看着文件。

办公室内安静得可以听到呼吸声，笔尖在纸上沙沙的写字声。

这种安静最终还是被急促的敲门声打破，声音很大，姜琪噌的一下从沙发上坐了起来，定神看了一眼正襟危坐在办公桌前的欧阳宸，见他就跟没听见一样，继续写着手头的文件，姜琪有些犹豫要不要开门。

“欧阳，我是齐萧寒！”

一听这名，姜琪顿时手足无措，要是让他知道了她和欧阳宸之间的关系，那以后工作起来肯定特别不方便。

姜琪凑到欧阳宸身旁，拽了下他的衣袖，小声地问：“要不要开门？”

欧阳宸没有理会，继续写着文件，头都没抬一下。

姜琪最讨厌他这样，气得直跺脚，直接伸手狠狠地拍了一下他肩膀，“到底开不开门？你说话！”

“你再嚷嚷他可就听见了，你在我办公室这么长时间，不想让别人误会都难！”欧阳宸揉了揉被她狠拍的肩膀，这小妮子小手总是那么黑。

姜琪彻底没辙了，虽然他们真的什么都没干，但现在要开门可真是跳进黄河也洗不清了……

“那怎么办？”姜琪只好询问欧阳宸意见，这种时候听他的总比自己想办法要靠谱。

欧阳宸依然稳坐泰山，手指指了指斜对面的洗手间，示意让姜琪先躲到里面避避。姜琪一看，二话不说，一阵小跑冲进了卫生间，锁上了门。

敲门声越来越大，欧阳宸这才慢悠悠地从椅子上起来，去开门。

门刚打开，齐萧寒一脸急促地走了进来，环视了一圈，这才开口询问：“我听夏白说姜琪进了你的办公室就没出去，她人呢？”

欧阳宸继续跟没事人一样，坐回座椅上，继续看文件。随口说了句：“早走了！”

姜琪爬门上听着，心里不得不佩欧阳宸这说瞎话的本事，都能想到是多么的以假乱真。

齐萧寒半信半疑，便又看了一遍，确定姜琪真的不在欧阳宸办公室，这才准备离开。手刚放到门把手上，突然想起了文件，“欧阳，我的那份文件呢？”

欧阳宸一笑，抬起头来，“你的文件当然是被你的助理拿走了！”

齐萧寒这才放下心来，心想可能姜琪出去的时候夏白没看见，这才大惊小怪的吧！

听到关门响，姜琪先是把卫生间门开了一小道门缝，趴在缝隙上看了看，确定人已经走了后才出来。

“欧阳宸，你说你怎么练就的说瞎话不眨眼啊！？”

姜琪走到欧阳宸身旁，倚在办公桌上，双手交叉在胸前，审视着说谎都能面不改色的欧阳宸。

欧阳宸根本就没想回答这个问题，继续处理着手头工作，要说这个本事，可真不是一天两天就能轻而易举练就出来的。

“得！你爱说不说，我还不问了，看见你这张扑克牌大王脸，我就不烦别人！”姜琪懒得理他，欧阳宸总是一副爱答不理的模样，弄得她特别不爽。

听到这话，欧阳宸到有些饶有兴趣，把手中钢笔盖上了笔帽，放到笔筒中，往后一靠，靠在了椅背上，伸手打算去捏姜琪的下巴。

姜琪心里有些气愤，抬手打开了他的手，嘟起嘴瞪着他。

“接下来是准备，一哭二闹三上吊了吗？”欧阳宸拿她打趣，她嘟着嘴的模样特别可爱，就跟小学生打架时候一样，打不过就嘟着嘴赌气。

“放心，这三件事我姜琪这辈子都不会做！尤其是为你！”

“是吗？”欧阳宸从座位上起身，站到姜琪身前，捧住她倔强的脸，“你知道吗？这就是我最喜欢你的地方，从来都不矫情。”

“切！”姜琪对着他翻了个白眼，想扭过头不看他，但却被他控制着。

“好啦！姜琪琪，你前几天不接我电话，也一直没给我开门，我也没什么怨言吧！你瞧瞧你还生气了！”

想起前几天去敲姜琪家的门还闹了个笑话呢，姜琪的邻居大妈看欧阳宸在门外敲了半天门都没人给开，凑到他身边就跟他说：“八成她老公回来了！你还是别敲了，这个……婚外恋吧不是什么光彩的人，可能她老公知道你们的关系了！小伙子，我劝你，好姑娘多的是，我看你也不像什么不求上进的人，还是趁早收手吧！”

害得欧阳宸当时跟那大妈解释了半天，那大妈才半信半疑地回自己家不再多管闲事。

“是你先挂我电话的，我只是以其人之道还治其人之身！”

“好一句以其人之道还治其人之身，那我每次亲你的时候，你怎么不还回来？！”

姜琪一时语塞，这欧阳宸正经时候比谁都正经，不正经时候比谁都不正经……

“怎么不说话了？不反击怎么行！不反击还是姜琪琪吗？！”

欧阳宸故意挑衅，看着姜琪那小脸涨得通红，心里那叫一个得意。

“你成心的吧！”姜琪刚抬起手要拍他后背，欧阳宸的吻比她的手掌更先落下，带着浓浓的侵略感，狠狠地吻在她的唇上。

姜琪僵持在半空中的手臂缓缓落下，环抱住欧阳宸的背部，紧紧地抱着。

这个吻融化了多天来的冷战，欧阳宸视她如珍宝一般，小心翼翼地拥在怀中，手掌游移在她的后背。

“欧阳宸，你说我们究竟是因为性格不合还是血型不合，或者是八字不合的原因总吵架啊？”这确实是个问题，以前也经常吵架，关键是谁都不让着谁。现在好不容易重圆，直接升级为冷战了。

“吵架才正常，证明我们都很在乎彼此！不吵架才不正常呢！”

谬论，欧阳宸这个纯属谬论，姜琪直接自动屏蔽。

姜琪躲在欧阳宸办公室到下班才回工位，齐萧寒依旧还没走，继续处理着文件。姜琪想了想，还是去跟他说一声比较好。

“齐总，您找我？”明知故问，姜琪想做到像欧阳宸说瞎话时面不改色心不跳的模样，可惜僵硬的嘴角出卖了她。

万幸，齐萧寒抬头时，她已经调整好状态。

“你去哪儿了？”齐萧寒本以为她有急事先走了，没想到又回来了。

“哦……那个……那个……我……嗯……”

“怎么这么一会儿变磕巴了？是遇见什么难事不好开口吗？”

“呃……对！”姜琪低下了头，不敢直视他，“是有些急事。”解决内部矛盾，也算是急事吧？万一一直这么冷战下去也算是大事吧！

“那都处理好了吗？”齐萧寒见她没事便放心了，继续低下了头写着资料。

“处理好了！都处理好了！”内部矛盾已经解决，冷战警报已经解除。

“那就好！赶紧回家吧！”齐萧寒抬起头看了一眼姜琪，便继续工作。

真是不得不感叹齐萧寒的好脾气！

要是欧阳宸有他一半的气度，八成也就不会冷战这么久了！

“姜琪琪！”

真是不禁念叨。

姜琪转过头，看他正快步朝自己走来，便停下了脚步。“干嘛？！”

“姜琪琪，我跟你说过多少次了，别低着头走路，你捡不到钱！你怎么就不听呢？！”

姜琪被他说得一头雾水，完全没懂，自己低着头走路碍着他什么事了！

“你别那么无辜地看着我，你自己看看你前面是什么！”

欧阳宸指了一下她身前，姜琪也就顺势转过了头。

不看不要紧，一看吓一跳，又是那种棱角玻璃墙。还好！还好！

姜琪自我安慰地轻抚了几下胸前，随后指着这个棱角玻璃墙，对着欧阳宸一通数叨，“欧阳宸，你说你是不是脑袋让门挤了，安这么个破玩意儿！也就是我姜琪命大，几次三番躲过了此劫难，不然，有你好看的！”

欧阳宸挑着眉，一脸坏笑，“没关系，就算你毁容了我也要你！这个叫艺术，是我专门请设计师设计的！”

温恒 Chapter　50

姜琪狂晕，“欧阳宸你审美有问题吧！还专门请的设计师？！难道这个设计师是设计防撞击武器的吗？！你也不看看，有哪家公司在通道转角处放个棱角玻璃的啊？！也就你能想出这么个馊招来！”

这妮子不仅下手黑，损人更是一套一套的！欧阳宸走到她身旁，手臂一伸一下给她拽到了身前，将她禁锢在臂弯里。

姜琪挣扎着想要挣脱开欧阳宸的手臂，可偏偏他越勒越紧，姜琪灵机一动，狠狠地拧着他的手臂。

欧阳宸被她拧着又不能叫唤，也不想放手，只得咬着牙忍着。

“姜琪琪，松手！”欧阳宸几乎是咬着后槽牙发出的声音，疼得他直皱眉。

姜琪摇晃着脑袋，乐滋滋地说：“你要是不松手，那我也不松手！有本事你就耗着，看咱俩谁耗得过谁！”

欧阳宸拿她没辙，也就只好先松开了手。姜琪也算说话算数，同样松开了手。看欧阳宸侧着手臂看着被她拧红了的肉，姜琪这才觉得有些愧疚，拽过他的手臂，仔细看了看。看来下手真有点重了，不出意料的话被拧得这块可能会变紫。

还是有些疼，欧阳宸反复揉搓着手臂。“姜琪琪，如果我不松手，你是不是准备把我这块肉硬生生给拧下来？”

姜琪摆了摆手，“不能！拧你半天我手都拧红了，我顶多把你这块肉咬下来！”

“你够狠！”欧阳宸拍了拍姜琪的头，搂着她的肩走向电梯。

车开到半路，欧阳宸和姜琪又因为吃什么这个问题起了分歧，最后在谁也不顺从的情况下选择了最中立的方式，回家订快餐。

姜琪刚到欧阳宸家就去舒舒服服泡了个热水澡，要不是欧阳宸敲门提醒她披萨已经到了，她还想再多泡会儿。

姜琪捧着披萨拿着番茄沙司往上面挤了一圈，然后用筷子把番茄沙司涂抹均匀，咬上一大口浓郁的番茄味占据了大部分披萨原有的味道。这是姜琪一贯吃披萨的方式，欧阳宸以前还纳闷披萨上面挤这么多番茄酱酸不酸，直到那次姜琪把刚咬两口的披萨塞到他嘴里，他也算彻底地打消了这个疑问。

从那以后但凡有姜琪抹上番茄酱的东西，他都不会吃，那可是一次惨痛的教训，简直忒酸了！现在想想，那个味道依旧记忆犹新。

“姜琪琪，一口酸的，一口甜的，你受得了吗？”

欧阳宸给姜琪倒了杯温开水放到一旁，看她左手托着披萨，右手拿着蜜汁鸡翅，左右开弓地吃着，在他面前根本无需注意吃相。

“你也这么尝尝，真的挺好吃的！”姜琪举着披萨递到他嘴边。

欧阳宸条件反射一样快速弹开，那个味道如果可以他这辈子都不想再尝试。

姜琪冲着他直撇嘴，吐出句“胆小鬼！”便继续左右开弓接着吃。

“姜琪琪，你胆大是吧？那咱们看恐怖电影！”欧阳宸最不能忍受的就是被说胆小鬼，所以打算彻底地进行一下小报复。

恐怖……电影……，姜琪心里不由得一颤，这个真不敢看……

别看心里怂到要死，但姜琪嘴硬的本事可是一流，虽然也有些犹豫，但还是欣然答应了欧阳宸这个烂提议。她毅然决然地点了点头，扯出一副无所谓的面容，高喊一声："奉陪！"

"呦呵，姜琪琪，真有志气！行啊，值得表扬一下！"欧阳宸拿起遥控器选择网络，在电视搜索栏输了"死神来了"四个字，界面刚转到电影画面，姜琪原本就硬撑着的嘴角更加僵硬了不少。

欧阳宸眼神快速瞟了一下姜琪，想笑，没敢笑。拿起遥控器再次返回搜索栏，重新输入了"惊声尖叫"四个字，按下确定键。

上一个是死神，这个是惊声，姜琪这心里直打鼓，眼神也不再那么坚定，手心直有点冒冷汗，心里默默地慰问了欧阳宸一千多遍。说出去的话，泼出去的水，姜琪决定硬撑到底，坚决不服软。

"姜琪琪，你说咱们是看死神来了呢？还是惊声尖叫呢？或者其他的？你有没有想看的可以推荐？像什么咒怨之类的还是免了，我怕你晚上睡不着觉，我还要陪着你一起熬夜。"

"谁跟你说我会失眠啊！我可没那么胆小……"话说到一半姜琪就已经有点心虚，她怎么会不胆小呢！

欧阳宸猜到她心里去了，最后还是找了个"生化危机"给她看。琢磨着都是丧尸，姜琪应该没那么害怕。

为了营造电影院效果，欧阳宸拉上了窗帘，关闭了屋内所有的灯，回到沙发上时才按下了开始键。

姜琪起先看得就颤颤巍巍，丧尸一出来更是躲在沙发回弯处不动换，欧阳宸一边看电影一边看她，可就是故意不去搂她，倒想看看她什么时候才肯服软。

直到一大批丧尸出动的时候，姜琪噌的一下窜到了欧阳宸身旁，一把拽住了他的胳膊，手被汗浸得有些打滑。不再硬撑，连忙小鸟依人状伏在欧阳宸肩头，单手蒙着眼睛。

"怎么了？有那么害怕吗？"欧阳宸也算是小算盘得逞，将她搂到怀中，安慰地轻抚着她的背。

"欧阳宸你百分之一百是成心的！你故意想看我认怂！"姜琪不敢回头看电视，把头埋在他的胸膛，依然保持着嘴硬。

欧阳宸笑了，特别无奈地回手捏了一下她的脸，“你可真是死鸭子嘴硬！”看她已经怕得不行，拿过遥控器，返回到了电视界面。他故意把电视声音调小，吓唬姜琪说：“你还不赶紧看看，丧尸吃人呢！”

姜琪一听双手立马抓紧了他的衣服，说什么都不敢回过头来，一个劲儿地摇头。

目的已经得逞，姜琪又抱着自己不撒手，欧阳宸心里那叫一个得意，恨不得哼上一曲小调来庆祝胜利。

“姜琪琪，以后只要你不听话，我就拉着你看恐怖电影，下回我可不会像今天这么好心给你看恐怖指数这么低的电影了！该示弱时候你就投降吧！”

姜琪窝在欧阳宸怀里小声反抗着，“欧阳宸你这个大奇葩！死变态！”

欧阳宸不以为然，随她发泄几句也好。

晚上睡觉时，姜琪理所当然地失眠了，睁着眼睛躺在床上翻来覆去，就是睡不着。

欧阳宸工作一天已经很累了，临睡前又做了运动，现在困得连眼皮都不想抬。可姜琪在身旁来回来去地折腾，他再困也不能安稳入睡。

“姜琪琪，别折腾了，早点睡！”欧阳宸声音沙哑，带着浓浓的倦意。

“都怪你！”姜琪小声嘀咕着。

要不是因为看恐怖片，现在脑海中全是丧尸，她能睡不着吗！

“怪我什么？”欧阳宸转过身面向她，手臂轻搭在她的腰间，微睁着眼，注视着双眼睁得圆溜溜的姜琪。不一会儿脸上就挂上了坏笑，特别暧昧地说：“你是怪我刚才太卖力了，所以睡不着吗？”欧阳宸完全把刚才胁迫姜琪看恐怖片这件事给忘了，满脑子都是春光思想。

“去你的！”姜琪嫌弃地推了一下欧阳宸，“你满脑子都想什么呢！我睡不着是因为刚才看电视看的！你要不放恐怖片让我看，我至于的吗！”

没想到恐怖片效果这么强悍，姜琪居然被吓失眠了！欧阳宸一副欠揍的模样大笑了起来，不忘打趣姜琪，“姜琪琪，你不是不怕吗！怎么也怕了？看看自食其果了吧！”

“欧阳宸，你能别那么欠吗！我这怕得要死都失眠了，你还幸灾乐祸！真不仗义！”姜琪被他嘲笑得特别不爽，直接翻过了身背对着他。

欧阳宸克制了几秒，在确保自己不会再笑后贴上了姜琪的后背，将她再次搂到怀中。

“姜琪琪，别怕！有我呢！我就在你身旁，你还怕什么！”

姜琪还是有些生气，所以不想理她，什么都不说，也不反抗，任由他从背后抱着。

“还生气呢？”欧阳宸看她没搭理，手欠地捏了捏她肚子上的小赘肉，更是嘴欠地说：“姜琪琪几天没见，你怎么胖成这样了！”

什么？胖？欧阳宸这是挑衅吗！

姜琪快速反转过身来，瞪大眼睛，特别气愤地说：“我胖吗？哪儿胖啦！”

女人的体重永远是不能涉足的闲聊范围，姜琪决定给自己讨回公道。

“还是这个话题好！还害怕吗？”

虽说这个话题真的很嘴欠吧，但至少姜琪不再纠结丧尸了，这也算是一小妙招吧！

“你别得意，我跟你说，我这个身材已经很标准了！你别看我平时吃的多，但我也运动啊！我还办了张健身卡呢！”

“嗯嗯，我知道！我们家姜琪琪就算是胖成猪样，我保证不会嫌弃！”

其实欧阳宸心里还有些许期盼姜琪更胖些，那样她就跑不动了，再也没有理由离开了。

“你才胖成猪样呢！你们全家都胖成猪样！哼！”过完嘴瘾，姜琪又想了想，改口，“算了，你们全家就免了，还是你自己变吧！”

“那实在是感谢姜琪琪侠女，您大人不记小人过，肯大发慈悲放过我的家人。”

“这还差不多！”姜琪压在肚子里的气也消了，逐渐有了些困意。

欧阳宸这么一折腾倒是来了神儿。

这回换他睡不着觉了。

索性……

欧阳宸颇有些趁机报复的想法，手掌开始在姜琪身前上下游移。

刚才让着她，不代表不用其他方式征服她。结果姜琪又被他狠狠地折腾了一遍，直到筋疲力尽，才昏昏睡去。

温恒 Chapter　51

转眼间，又要放假，五一长假。

欧阳宸对待放假这件事还是比较放宽的，总是会多放几天供员工们休息。午餐时间的话题又开始不断议论放假。

齐萧寒外出办事，姜琪凑到行政部跟琳达她们一桌吃着饭，琳达依然是那个话题最多的人，大家都有一搭没一搭地闲聊着，居多的话题还是在聊放假去哪儿。

“姜琪，你放假去哪儿啊？我去泰国，要不你也跟我一起去。”琳达用胳膊肘碰了一下坐在身旁的姜琪，兴奋地提着建议。

姜琪也没想好放假要去哪儿，但是泰国，她现在还不想去，如果要出国，她更乐意先去新加坡见见家人。

“我还没想好……也可能……去个想去的地方。”

“哦！”琳达吃了口菜，自我安慰道：“没事，到时候你要想去提前告诉我，我给你订优惠的票！”

“咦……对啦，琳达，你可以问问姜琪的上司齐总啊，他应该有空吧！”一名行政部的同事，突发奇想突然冒出了这么一句，把大家都听愣了。

姜琪大脑中快速筛查了一遍琳达有没有得罪过此人。这种话这么高嗓门说分明是想制造点花边新闻嘛！

琳达倒是接得挺快，见招接招，“是啊！我是应该问问齐总，没准还能有意外收获呢！”

我晕，姜琪这口汤差点呛到，咳嗽了好几下才停息。

其实姜琪很久以前就已经在纳闷为什么大家都那么喜欢齐萧寒了，同样优秀的欧阳宸怎么就没人喜欢，甚至日常聊天时都很少提到他的名字，难道他已经强势到让员工们都对他闭口不谈的份儿上了吗？！

“琳达，你们为什么都那么喜欢齐总啊？”姜琪实在是太好奇了，还是忍不住想要知道。

“这你都不知道，他是黄金单身汉啊！而且他风度翩翩，偶尔又带着那么点小幽默，工作能力强，待人和善，好多优点呢！”琳达一时半会儿说不全齐萧寒的好处，总之归根结底就是很适婚！

“欧阳……”还好宸字及时在嘴边打住，姜琪磕巴了一下，继续说：“欧阳总也不错啊？为什么没人喜欢呢？”

一听姜琪提的人是欧阳宸，大家瞬间静止，眼神相互对视了一下，谁都不想来接这个问题。最后还是派琳达当的代表，解答了疑惑。

琳达小心翼翼，弓着身子，向前探着脖子，“欧阳总，还是算了吧，我劝你也别打他的主意！他可真不是一般人能承受得起的。咱先暂且不提他的家庭，咱先说说他的性格，他这个人为人正直，强势，要求苛刻，想必他对待女朋友应该有过之而无不及吧！况且……”琳达左右巡视了一下，不提后半句。

姜琪有多讨厌琳达这种说话卖关子的劲儿，只有姜琪自己知道。索性装作不再继续往下听了，照样津津有味的吃着饭。

“哎呀，我还没说完呢！你等会再吃。”琳达显然撑不住，凑到姜琪耳畔小声地说：“况且他还戴着婚戒，我们谁都不想破坏他的家庭，所以早就断了这个念头。我记着有一年公关部有个长得挺漂亮的女的，每天都打扮得花枝招展的，为的就是能让欧阳总注意到她，可惜失算了，直接被开除啦！从哪以后更没人敢招惹他了，他应该很爱他老婆吧！不然也不会这样洁身自好。”

瞧瞧，瞧瞧，欧阳宸你在员工心目中评价是什么样的！看来你戴着戒指还是很有用途的！姜琪这心里也算是踏实了。

下午姜琪要陪齐萧寒去招标会，依旧是齐萧寒开车，姜琪心里嘀咕了半天，也不知道该跟他聊点什么……

“姜琪，五一公司放了十天假，你没想想要去续签签证？”

呃……他居然还记得，姜琪本以为时间过了这么久齐萧寒应该早忘了才对。

“我也在想，不过……还在研究。”

“研究？不想去探望一下父母？”

齐萧寒的语气中没有带任何的个人感情，没有听到那种失落，姜琪也算是松了口气。太怕他会想起伤心事，他那么好，老天真不应该对他这么残忍。

“会去！但我更想去放松一下，回家会被追问婚事，我还是想再等等……”

“追问婚事？你有男朋友？怎么从来都没听你提过？”

“哦，可能吧！我的感情挺乱的，但也算是回到了原点，我和他之间分别了很长时间，现在又在一起了。”

“好好珍惜！一生中遇到一份真感情不易！”

姜琪点了点头，转头看了看一旁专注开车的齐萧寒，依旧认真地开着车，脸上没有一丝波澜。

也许他对这一切都已看平淡，也就不会再那么情绪起伏。

姜琪还是想问他为什么不找女朋友，但话到嘴边又止，还是没有说出口，那次问过他后，他当时的神情依旧历历在目，还是不要让他伤感最好。

“我前段时间去相亲了。”

依旧没有波澜，但听到姜琪耳朵里却如同炸弹一样劲爆。

什么？有没有搞错？相亲？姜琪都不知道该怎么接话，满脸的不可置信，呆呆地望着他。

“你这是什么表情？”齐萧寒勾起嘴角，拍了下姜琪放在腿上的手臂，眼神中却带着些尴尬。

姜琪连忙回神，完全太不可思议了，公司上上下下那么多爱慕他的人他不找，非跑出去相亲！简直忒……不……靠……谱……了！

姜琪意识到自己刚刚有些失态，连忙追问：“那结果如何？有没有遇到心仪的对象？”

“不太理想……”齐萧寒摇了摇头，“不是太年轻和你的岁数差不多，就是太花枝招展。”

岁数小怎么啦！岁数小也不行啊！姜琪连忙为像自己这个岁数的人平反，“现在流行老夫少妻，岁数小也不是什么坏事啊！况且，您也没比我大多少，这个年龄差还是可以接受的！”

“NO！ NO！我无法接受！”

齐萧寒回答得特别坚定，姜琪都疑惑了，真不明白自己这个岁数到底怎么招他惹他了！

好吧，姜琪虽然为这个年龄差辩解了半天，但依旧敌不过久经沙场的齐萧寒，他可以从小细节列举到大事件，完全把姜琪说到哑口无言。

晚上回到家后，姜琪窝在沙发上，用脚踹了踹坐在一旁弯着腰弄笔记本里面文件的欧阳宸。

“今天齐萧寒跟我说他去相亲了，我当时特别震惊，完全不能相信，你说你信吗？”

欧阳宸目光直视着电脑屏幕，有一搭没一搭地点了点头，很肯定地说了声：“信！”

“为什么？”姜琪不明白欧阳宸为什么会信，一定要追问清楚。

“没有为什么！”欧阳宸继续整理着文件，然后保存，从始至终眼睛都没有离开过电脑屏幕。

姜琪觉得他肯定是在糊弄，根本就没听懂自己说了些什么。

姜琪跳到欧阳宸身旁，扳过他始终面向屏幕的脸，让他注视着自己。

“欧阳宸，我再问你一遍，你为什么会相信齐萧寒会去相亲？如实地告诉我，也让我这个特助了解一下详情！”

欧阳宸也回捧住她的脸，揉捏着，“我为什么就不能信，他本来就是那种人，从来不会惦记窝边草，所以你在他身旁我很放心！”

“啊！不会吧！那琳达岂不是努力了半天都是对牛弹琴吗！白费她这么用心啦！”

“你说行政部的助理琳达？”见姜琪点了点头，欧阳宸继续说道，“嘿……无所谓了，这个琳达之前一直追原销售部总监，后来那总监跳槽走了，她就转战齐萧寒了，在齐萧寒这里得不到回报，她还会换其他人。”

不会吧！连个行政助理的感情生活他都这么清楚，欧阳宸，你每天是在上班吗？

“你怎么会对她这么关注？”姜琪故意装成吃醋的样子，想要探出个虚实来。

欧阳宸捏了捏她气鼓鼓的脸，淡淡地说：“职责需要。”

职责需要，欧阳宸你每天究竟是坐在办公室处理文件，还是在办公室看监控啊？姜琪真的完全无法想象，不过这种事，欧阳宸还真干得出来！

“职责需要你研究公司上上下下所有的女员工？”

欧阳宸有些无奈地笑着，拍了一下姜琪的脑袋，“你这小脑袋瓜里都装了些什么啊！整天都想什么呢！我是当初调查原销售总监跳槽这事才注意到她的。”

“噢……”姜琪也就将信将疑，也算是认同了他这个说法。

不过关于琳达这人，姜琪到有些疑虑了，看她每天都风风火火地到处传播着话题，没想到关于她感情的事话题也不少。

“对了，过两天就是五一了，打算怎么过？”

其实欧阳宸早有打算就是想暂时保密，索性先问问她准备干吗。

“我还没想好，可能去续签签证，飞新加坡看看我爸妈。”

最近想去见爸妈的念头太多了，姜琪越来越动心。

难道预谋多天的计划就这么被摧毁了吗？

欧阳宸才不是那么轻易放弃的人！

“这个五一你要陪我过，我要带你去一个地方，那里真的很美，去了你一定很喜欢，你可以有发言的权利，但绝对没有反对的权利！”

可以发言但不能反对，欧阳宸你这句话说得很矛盾！

温恒 Chapter 52

为了养足精神迎接第二天的长途驾驶，欧阳宸在五一长假的前一天吃完午饭就把姜琪送回到她自己的家中，叮嘱她需要带齐的旅行物品，包括略厚些的衣服后便回自己家了。

回到家，仔细检查了一遍需要携带的行李后，随便又吃了些东西便很早睡了。

姜琪闹不明白欧阳宸葫芦里卖的是什么药，一边收拾行李一边纳闷。欧阳宸很少这么神神秘秘，这次一定是提前就预谋好的，而且计划得很周密，不然他才不会隐瞒得这么滴水不漏。

姜琪左猜右猜，最终得出的结论是，自己根本就不了解欧阳宸！

天还没亮，欧阳宸就已经站在姜琪家门前按了好几回门铃，姜琪睡得太死，根本就没听见。欧阳宸附在门上听了半天里面都没动静，掏出手机开始不停地给姜琪打电话，最终在电话铃声与门铃声的双重夹击下，姜琪才从床上爬起来给开的门。

姜琪还没睡醒，还在犯迷糊，欧阳宸就已经拿起她的衣服往她身上套了，时间紧迫，必须赶在明早前到达目的地，欧阳宸绝对不会浪费时间让姜琪自己慢悠悠地穿衣服。

姜琪还在揉眼睛就被欧阳宸扛下了楼，塞到了副驾的位置上。

“欧阳宸，你怎么早急急忙忙地是要干嘛？”姜琪牙也没刷，脸也没洗，顶着一头乱糟糟地头发坐在副驾的位置上发懵。

“带你去看明天的日出！”欧阳宸给姜琪调整了一下座椅，让她可以继续睡，还拿了条薄毯帮她盖在了身上。特别轻柔地抚摸了几下她的额头，轻轻地说了声：“睡吧！”

待她慢慢闭上了眼，欧阳宸这才将车子启动，为了缓解疲劳以免分神，欧阳宸把车窗开了一道小缝隙，微冷的空气吹打在他的太阳穴上，可以时刻保持着清醒。

姜琪再睁眼时，看着车外飞驰而过的树木以及建筑物，吓得连忙看这辆车的迈速表，一百七十迈的车速。

“欧阳宸，你要疯！开这么快！”

“呦，你醒啦！”总算是熬过了最寂静的时间，欧阳宸也算是松了口气，长途驾驶就怕太寂静，眼睛始终要高度集中在面前的道路，神经过度紧绷，开车很容易走神。

“还好我醒了！不然我根本就不知道自己坐在这么快的车上跑了这么远！”想想就觉得心慌，她平时开九十迈的车速就已经觉得很快了，照现在这个车速完全不敢想象！

“路上没什么车，自然就会开得快！你睡醒了就陪我聊会天。”

姜琪更想陪他探讨一下现在车速的问题，不知不觉就到了下午四点多钟，两顿饭没吃，姜琪早就饿得不行了，钻在主驾驶和副驾驶座位中间的缝隙内探着身子找吃的。

还好欧阳宸准备得充足，姜琪直接把其中一袋零食抱到了身前，拿出里面的蛋黄派打开一袋伸手递到了欧阳宸嘴边。

欧阳宸也早就饿了，一连吃了好几个蛋黄派外加两根火腿肠，为了提神特意储备了一箱红牛，体力也补充了不少。

晚上要走夜路，欧阳宸意念中就定下了不许犯困的规定，他以前为了工作也经常熬夜，所以也不算是太辛苦，一直硬撑到临近目的地，他才找了个服务区休息了一下。

清晨，他已将车行驶到了提前订好的旅馆门前，在旅馆值班人员的帮忙指引下，终于赶在太阳升起前到达了最佳观景地点。

“姜琪琪，别睡了，快看！”欧阳宸看到太阳一点点缓缓升起，连忙把还在睡梦中的姜琪拽了起来。

姜琪根本就没反应过来，迷迷糊糊的还想继续睡，但面前略微有些耀眼，亮度照射在她的脸庞。待清醒时，太阳已经升起了一半，姜琪噌的一下坐直了身子，简直太不可置信，太阳就在眼前。

“欧阳宸，这就是你连夜赶路的原因？”

见欧阳宸点了下头，姜琪立马扑到了他怀里，“欧阳宸，谢谢你懂我！这是我最想看到的！我太喜欢啦！”姜琪兴奋地在欧阳宸唇上落下了一个重吻，来答谢他的良苦用心。

天色慢慢见亮，姜琪这才看清自己已经身处草原，绿油油的草地一望无际。这一切都来得那么突然，让她不知所措。

姜琪打开车门，直接从车上跳了下去，太兴奋，头险些磕在车门框上。欧阳宸就知道她会喜欢，拿了件长外套追上了疯跑中的她，一把将她罩在了衣服里。

姜琪来到草原就像是一匹脱了缰的野马，没有一丝束缚，恨不得在草地上打滚，欧阳宸也就只能在后面一直追着她。

中午吃饭，欧阳宸带姜琪去了蒙古包，姜琪对着蒙古包研究了半天，捅捅这摸摸那过足了眼瘾。还不忘拽着欧阳宸一通问，关键欧阳宸只知道蒙古包搭建原理，其他也一窍不通，答不上来，索性用吃的应付，堵住姜琪的嘴她就不会再继续追问了。

开了将近二十四小时的车，欧阳宸已经累得有些提不上神儿。姜琪特别体谅，下午乖乖在旅馆陪欧阳宸休息，窝在欧阳宸怀里，比什么时候都觉得幸福满满。

有这么一个知心的爱人，足矣！

“姜琪琪，你睡着了吗？”不知道是困过了劲儿，还是怎么了，欧阳宸趟在床上反而有些睡不着。

“没有！我好像是上午太兴奋了，所以现在一点也不困……”姜琪乖乖窝在欧阳宸怀里，用鼻头在他胸前蹭了两下。

“喜欢吗？”虽然从她表情中早就已经看出她很喜欢了，但欧阳宸还是想听到她亲口说出来。

姜琪仰起头，轻吻他下巴，轻轻地说：“我，很喜欢！”

欧阳宸收紧手臂，把她抱得更紧，“我就知道你会喜欢！”

对于姜琪自由奔放的性格来说，去旅游，貌似只有大草原最适合她不过了。欧阳宸在策划这次旅行之前特意查看了资料，五月要找春意盎然的草原真的不简单，他足足查了一天才决定的目的地。现在她这么喜欢，也算是他所做的一切都是值得的。

最终还是累了，姜琪和欧阳宸聊着聊着就睡着了。梦境中都是大草原上的景色，美丽的湖泊，成群结队的牛羊，狂野奔放的野马，民风淳朴的牧民。

带她看了日出，当然也不能错过美丽的夜空，还好欧阳宸在睡觉前订好了闹铃。疲惫的身体在睡醒一觉后也精神倍增了不少，欧阳宸神清气爽地穿好了衣服，坐在发上上喝着茶，看着姜琪忙忙叨叨地在面前打晃。

“姜琪琪，你是觉得时间拖得越久，出去会越暖和吗？”见姜琪拿着裙子和短裤一件件在身前比划着，欧阳宸有些无奈。

“呃……这边夜里很冷吗？”姜琪有些纳闷，以前课本上不是说这里阳光充足吗？！

欧阳宸真想把姜琪脑袋打开往里面多灌输些地理常识，起身走到她身后，环抱住她，下巴抵在她的肩头，“姜琪琪，你觉得我穿得少吗？”

姜琪摸了摸他的衣袖，穿得很厚实，颇有些入冬时穿衣的风格。“你穿这么多干嘛？！不怕外面闷热吗？就像三伏天的北京一样，闷热到衣服都黏在身上。”

“姜琪琪，看来我很有必要给你上一堂地理课！”欧阳宸低头轻咬了一下她的肩膀，不得不感叹她的地理知识多么差……

“我说错了？不可能吧！我以前上地理课时前半堂课都不睡觉，后半堂课才睡呢，关于草原气候我还是学了一点点的！”姜琪很自豪自己地理课只睡了半堂课，不然不可能知道这么多的理知识，虽然自己是文科生吧，但地理也就那么回事……

“姜琪琪，前半堂课只告诉了你草原白天的气候，后半堂课告诉的你是日夜温差大，而你却很巧妙地避开了这么关键的部分！”姜琪一向随性生活，对待学习也一样，所以她才会偏科偏得厉害。欧阳宸表示特别理解。

“好吧！咱们不能因为一个气候问题在上一节地理课吧！”

这也太……姜琪表示不想接受……

关于穿什么，姜琪折腾了半天，最后还是随便穿了条长裤，套了件长袖帽衫追在欧阳宸身后跑了出来。

旅馆周边都是些农家院，特别热闹，空中绽放着烟花，星星点点的孔明灯飘在空中，时不时还有骑着草原摩托的人们从身旁飞驰而过。

欧阳宸驱车带姜琪去了一个比较安静的地方，从后备箱里取出了帐篷，借助车前灯的光亮搭建好支在了草坪上，下面铺了厚厚的几层防潮垫才让姜琪坐到了里面。

提前准备好的篝火的用品，现在终于派上了用场，还好欧阳宸在美国时参加过野外生存拓展训练，现在点燃个篝火简直是小菜一碟。

姜琪坐在一旁的折叠椅上，手里捧着保温杯，看着为了她而忙碌的欧阳宸，再冷也会觉得暖暖的。

“姜琪琪，冷吗？”

看她冻得有些哆嗦，欧阳宸从车上取出了薄毯给她围上。

“欧阳宸，我现在算是知道你为什么反复跟我说让我带厚衣服了！原来你还准备露营！”

“傻瓜，要露营我们至于跑这么远吗！”

欧阳宸盘腿坐在帐篷里，仰起头，望着夜空。

“姜琪琪，这里的夜空很美！”

姜琪顺势仰起了头，没有高楼大厦的阻挡，这里的夜空既宽敞又明亮。

没有城市的喧嚣，这里的一切都是那样的美好！而且，身旁有他，一切足矣！

裂痕 Chapter 53

临近假期结束，欧阳宸和姜琪同时接到了郭庆和蓝灵儿打来的电话，电话内容一致，那就是：“下月六月一日举办婚礼。”

姜琪和欧阳宸听后一同僵化，反应了几秒才反应过来，两人不约而同地说着恭喜。

为了庆祝，欧阳宸和姜琪直接从草原驱车回了北京，车刚停到酒店门前，郭庆和蓝灵儿就迎了出来。

“蓝灵儿，你太不仗义了吧！今天订婚为什么没提前告诉我们一声，非要弄得我们这么措手不及。”准备得匆忙，姜琪和欧阳宸只能当时就近购买的礼品，一副纯手工的羊毛毡画，姜琪从后座上拿了下来递给了蓝灵儿。

“呀！你们去大草原了啊？！”蓝灵儿把毡画拽平借助灯光仔细地看了看，是一副骏马奔驰在草原上的图像，骏马画得栩栩如生，格外富有草原野马的特征。“姜琪，这个我喜欢！大庆，等回家咱俩把挂在客厅的婚纱照拿下来换上这个吧！你瞧，多好看！特别自由奔放，带着与生俱来的冲劲儿！”

“不会吧！你们连婚纱照都照完了？动作真够快的！”姜琪的大脑记忆还停留在他们两人闹别扭的那一幕，现在就已经把婚纱照照完了，这准备工作做得也太隐蔽了吧！

“走走，咱们先进去说吧！”郭庆拍了一下欧阳宸肩膀，招呼他们进去，要等这两女的打开话匣子，估摸着他们四个人能在停车场站到酒席结束。

欧阳宸和郭庆走在前面，姜琪和蓝灵儿跟在后面，话题一样，那就是一方追问，一方答解。

“你小子动作够快啊！说结就要结了！”欧阳宸虽然心里有谱郭庆会跟蓝灵儿结婚，但没想到这么快。

“也该结了，再过九个月孩子都要出生了！”

“什么？！”欧阳宸不得不佩服他这位发小，向来不按章法出牌，连结婚都这样。

“别大惊小怪的，这忒正常了，你说咱们这岁数也到适婚年龄了，这个结婚吧，该结就得结，越拖越日长梦多，我看你也抓点紧吧！”

郭庆话说得还有那么点道理，欧阳宸回头看了眼身后的姜琪，此时脸上洋溢着特别灿烂的笑容，跟蓝灵儿有说有笑的，不过，也没看出她有多羡慕。

“你说我，平时强势惯了，但跟姜琪面前吧，就怎么都强势不起来，恨不得对她是百依百顺，有时候我就纳闷，难不成我上辈子欠她的？”欧阳宸思考这个问题很久了，这回总算是搬上台面跟自己的发小一起探讨一下了，跟发小说自己的弱点不算丢人。

郭庆表示非常理解，拍了拍欧阳宸的肩膀，“兄弟，哥理解你！我也有一样感触。”

真不愧的一起长大的兄弟，就连对待感情都相同，欧阳宸和郭庆落座在酒席旁，分别举起了酒杯，撞了一下，一切尽在不言中。

姜琪和蓝灵儿不想管他们，高兴的日子就让他们喝个痛快，好不容易聚到一起，还不如多聊会儿天。

“姜琪，春节时候看你和欧阳宸和好，我挺惊讶的，后来想想也挺欣慰的，你们又能在一起真不容易！”她们彼此是彼此间的见证人，当局者迷旁观者清，蓝灵儿在一旁看得很清楚，欧阳宸的隐忍和屈服，她统统看在了眼里，但却不能说。

“说来也巧，就跟天意安排一样，突然间他就出现在了我的面前，我躲闪不开，推脱不掉。”

“为什么要躲闪推脱，他那么爱你，这么多年都没变，你应该欣然接受，然后好好珍惜！”

欧阳宸和郭庆相比，他要比郭庆强很多，他的强势带动着他的上进心，可能是他性格的原因，总会给人一副难以接触的假象。郭庆不同，他比较喜欢安于现状，过度开朗的性格时常会招蜂引蝶，蓝灵儿因为这种事没少生闷气，不过现在好了，两张红本解除了所有隐患。

“有时候我也很想珍惜，可不知道为什么我和他总会有那么一两天不合。以前上学时候岁数小吵两句就好了，现在不同，谁都不想争吵，可谁又都不肯低头。”

“姜琪，有的时候你需要换位思考一下他的感受，你想想他一向强势惯了，而且欧阳宸又特别好面子，当然不会轻易低头承认错误。”

“我也不想低头！”

“你们两人就是典型死要面子活受罪！活该冷战！”

蓝灵儿真不知道该怎么劝姜琪了，姜琪确实总是碍于面子，别看她总是整天嘻嘻哈哈的，但她要是倔起来跟头驴一样，特别难伺候。

“有时候我也想换位思考，可是后来越想就越生气，你说他一大老爷们，让着点我怎么啦！可他就偏不，一生气掉头就走，要不然就站卫生间里面摔杯子撒气。”

“我理解，这事儿郭庆也特别爱干。摔完杯子消了气就再自己打扫干净，有时候我就纳闷，你说他是不是闲的，劳民伤财！”

“哈哈……不会吧！郭庆也这样！”

姜琪本来以为向郭庆那种特别外向的性格，发泄情绪的方式应该是那种暴走或是打篮球啊，没想到也跟欧阳宸一样，难不成发小间发脾气的方式都是会传染的？！

“你们聊什么呢这么开心？”看她们俩女的聊的特别带劲儿，姜琪还哈哈大笑了起来，郭庆被好奇心指引，直接凑到了她们一旁旁听。

“去去去！该干嘛干嘛去！我这跟姜琪说悄悄话呢！”蓝灵儿伸手推了一下郭庆，让他离得远点，要不然说他坏话说得都不爽。

“得，一看你这表情就知道，你俩肯定没说什么好话！”郭庆虽被蓝灵儿推了一下，反而靠得更近，非要问出个所以然来。

姜琪靠在了椅背上，喝了口茶水，慢悠悠地对郭庆说：“对啊！确实在议论你们！”

“欧阳宸，你媳妇背后议论你，你还不赶紧过来整治她一下！”郭庆站起身，伸着脖子对正在门前打电话的欧阳宸喊着。

姜琪瞬间汗颜！

谁说男人不会告状，这不，身旁就有个典型！

欧阳宸站在门前示意接完电话在过去，姜琪赶紧趁机拍了一下郭庆。

“怎么现在改行当小报告专家了吗？”

“唉，我说欧阳宸口中的姜琪琪女士，这欧阳宸可是跟我从穿开裆裤时候就认识了，你说我能不向着他吗！”

我晕……

郭庆你能别拿你跟欧阳宸这二十多年来的交情压我吗！姜琪虽然心里嘀咕，但嘴上却一时词穷。

“怎么着，我们家姜琪琪又说我什么坏话啦？”欧阳宸把手机放到裤兜中，单手绕住了姜琪的肩膀。

“我能说你什么啊！”不就是议论一下你这难拿的脾气吗！

当然姜琪不能说得太直白，多少也得给欧阳宸留点面子，“我就是议论一下同样是一起长大的兄弟，为什么人家郭庆就没你这么强势呢！”

“嗨！这有什么好议论的，郭庆这是遗传，他爸就这性格！”

郭庆他爸在郭庆还上幼儿班的时候就已经是星级饭店的掌厨了，手艺好，说话冲，典型外场人，欧阳宸小时候经常去他家蹭饭吃。

“那你遗传谁？也不完全像姥爷啊？！”姜琪还真有些纳闷，欧阳宸虽说多少有些随姥爷的性格，但他强势起来比姥爷有过之而无不及。

“姜琪，这你就不知道了吧！他遗传得比较中和！”郭庆代替欧阳宸解答了姜琪的疑惑，欧阳宸的强势纯属是遗传外加家庭原因。

“他……算中和？”姜琪简直不敢置信，还有连强势的性格都中和的人呢！

“瞧，你还不信了吧！他就是这样！不过这得让欧阳宸自己跟你说，我说算怎么回事！”

姜琪转过头，注视着欧阳宸，欧阳宸却淡淡地吐了句：“以后细说。”几个字便扯开了话题。

一群人聊到了夜里三点才回去休息。

姜琪没把行李拿上来，嫌累。欧阳宸也就顺从了她，反正酒店里洗漱用品都齐全。

欧阳宸先去洗澡，姜琪趴在床上看电视，晚上只有少数电视台还有频道可以看，姜琪胡乱地播着，看看这台又看看那台。

“姜琪琪，你去洗吧！”

欧阳宸下半身只围了条浴巾站在浴室门前用手甩了两下还带着水的头发，姜琪完全看直了眼。

莫怪她犯花痴，只裹了一条浴巾的欧阳宸真的很性感，胸肌腹肌尽显，时不时还有水滴顺延一寸寸滑下。

“怎么了？看直眼啦？”

欧阳宸故意往她面前凑近了几步，做了个准备解开浴巾的动作。

姜琪的脸瞬间红成一片，眼睛想不去看，但又不舍得转移视线。

“姜琪琪，你先去洗澡，一会儿让你看个够！而且还让你摸得着！”

欧阳宸声音特别暧昧，姜琪更有些承受不住，就知道女人诱惑男人是天性，没想到男人诱惑女人更让人承受不了。

姜琪直接从床上跳了下来，一路小跑冲到了浴室，关上了门。

洗澡时躁动的心都很难平复，姜琪干脆把开关调到了凉水，凉水刚从头上浇了下来，立马就淡定了不少。

洗完澡，姜琪穿了件浴袍出来，屋内只有电视还亮着，其他的灯都关了。

姜琪几乎是摸索着爬上了床，钻进了被窝。

刚躺好，欧阳宸就从身后环抱住了她。

姜琪开始还以为他睡着了呢，合着是装的啊！

“干嘛把灯都关了？”

姜琪转过身勾住了他的脖子。“既然没睡觉，为什么不开着灯？”

欧阳宸没有说话，只是静静地注视着她，眼神中的复杂，姜琪这个小夜盲无法看到。

裂痕 Chapter　54

“姜琪琪……”欧阳宸停顿了几秒，“我们生个孩子吧！”

什么？“欧阳宸你说什么？”姜琪完全一惊，噌的一下坐了起来，回身打开了壁灯。

“欧阳宸你再说你一遍？你准备干吗？？？”

欧阳宸也坐起了身，双手握住姜琪的手掌，特别郑重地对姜琪再次重复了一遍，“我们生个孩子吧！我是认真的！”

“欧阳宸你没病吧？大半夜的你抽什么风啊？你不会被什么脏东西附身了吧？说什么胡话！”

“姜琪琪，看着我的眼睛，我现在非常肯定地跟你说，我想要个孩子！”

简直不可理喻，姜琪伸手摸了摸欧阳宸的脑门，确定一下欧阳宸有没有发烧。大夜里冷不丁冒出这么一句，真让人不好接受。

欧阳宸把姜琪放在他脑门上的手拉了下来，放到自己的胸口，“姜琪琪，我说的不是胡话，我也没发烧，也没被什么脏东西附身，我确确实实想让你给我生个孩子，我们的孩子！”

姜琪一下甩来了欧阳宸的手，站起了身，踩在床上居高临下地俯视着盘腿坐在床上仰着头的欧阳宸。

“我不同意！”姜琪特别肯定地对欧阳宸说着，虽然孩子是二人之间的粘合剂，但对现在的姜琪来说，那可就是个累赘，牵绊着她自由的沟坎。

欧阳宸仰视着她，同时也皱起了眉头，“为什么？”欧阳宸认为自己这个想法合情合理，怎么就不行了！

“没有为什么，就是不想！我不可能跟你不结婚就生孩子吧！”

“我没有未婚生子的打算！”一听到姜琪说“不想”两个字，欧阳宸心中莫名的就会有些气愤，从床上站起了身与姜琪对峙着。

“你没有未婚生子的打算，我还没有要结婚的打算呢！”姜琪气得直跳脚，东扯西扯照样还是那个结婚的话题，听到就觉得头疼。

欧阳宸一听气得青筋直冒，自己有这么差吗！结婚就这么让她排斥！

欧阳宸多少有些压制不住情绪，双手掐住姜琪的双肩，对着她大吼。“你说！我到底哪儿配不上你？你说啊！”

“放开我，我不想跟你争执！”姜琪扭动着身子，使劲地推着死死掐着她欧阳宸。

“你怎么就那么多不想，为什么你每次一说不想我就要顺从！我偏不！”

欧阳宸一把将姜琪拽到身前，用力地紧锁在怀中，不在顾忌是否会弄疼她，坚决不松手。

“欧阳宸你放手，你弄疼我了！”姜琪费力地想要挣脱，后背被挤压得骨头生疼，甚至发出了声响。

“疼……呵呵……姜琪琪，你知不知道你刚刚狠狠地在我心头割了一刀，我这才算得上是疼！”

“欧阳宸，我们需要些时间静静！”姜琪不想再与他争辩，只想尽快与他拉开距离。

“静？你让我怎么静，我就想跟你结婚怎么就这么难？！”

欧阳宸实在是压不住心中的怒火，根本没办法让自己冷静保持理智。

“欧阳宸，你松开我！”

姜琪最忍受不了欧阳宸骂人，欧阳宸在她心中虽然一直很霸道，但却家风尚好，损人但却从来不骂人。

“我不松开！”欧阳宸决定用强硬的方式解决问题，双手从姜琪背后狠狠地将她身上的浴袍拽了下来。

姜琪身上只剩下内衣遮挡暴露在空气中的身体，此时的欧阳宸更像是禽兽！

欧阳宸把姜琪扳倒压在身下，一手按住她的双手禁锢在头顶上方，一手毫不温柔地撕扯掉她身上的内衣，动作粗暴带着愤怒。

“欧阳宸，如果你这样做了，那我们就真完了！”姜琪知道他接下来要干什么，但她心里从来都不会顺从自己不愿意的事情，她知道警告只会更加激怒欧阳宸，但她依旧不惜以分手来威胁。

“姜琪琪，你应该知道，我从来都不怕威胁！”

欧阳宸沉下身狠狠地咬住姜琪的唇，直到咬出了血腥味儿才肯松开。姜琪疼得呜呜直叫，但欧阳宸不打算心软。欧阳宸狠狠地吸吮着她的身体，强迫地在她身上留下印记。

欧阳宸狠狠地要了她，没有一丝怜惜，恨不得想将她融入自己的身体，直到累得躺在床上喘着粗气。

姜琪实在是太委屈，有意与欧阳宸拉开距离，蜷缩在床畔，躲在被子里暗自落泪。

欧阳宸闭上了双眼，刚才的一幕幕如同幻灯片一样，一张一张地展现在脑海中。姜琪通红的双眼，咬着嘴唇痛苦地承受着。她的目光太过复杂，有落寞，有痛心，有倔强，还有失望。

欧阳宸侧过身，望着那被子下颤抖的姜琪，心如刀绞一样，万千悔意顿时涌出。轻轻挪动身体，想要靠姜琪更近些，但姜琪似乎察觉到一般，更向外挪了挪。

“姜琪琪，别哭了好吗？我是因为太在乎你了，才会……”才会，才会这么不择手段地想占有你，才会这么强硬地想把你留在身旁。

“欧阳宸，你混蛋！”姜琪捂在被子里大骂，声音闷闷的，带着囔囔的鼻音。

“好好，我承认我是混蛋，都是我不好！”欧阳宸听到姜琪还肯理自己，连忙凑了过去，从后面环抱住了她。

“松开我！”姜琪扭动了几下身体，“离我远点，我不想看见你！”

谁让刚才是自己太冲动了呢，欧阳宸把手臂轻搭在她的腰间，任由她撒气，她说什么也都不再还嘴。

许久后，责骂声才慢慢平息。

姜琪也说累了，也懒得再来回来回把欧阳宸搭在腰上的手推掉，拽过枕头，依旧侧躺在床畔。

“姜琪琪，往里来点，要不然你一翻身就掉地上了。”

“用你管！我乐意！”

姜琪还有些气鼓鼓，不打算再对欧阳宸好脾气说话。

“你是我未来的老婆，你不在意，我在意！”

欧阳宸伸手一搂，直接把姜琪搂到了床中间。

“欧阳宸你有病吧！闲的！别动我！我不想靠你这么近，我嫌堵得慌！”姜琪又挪回到床畔，蜷缩着身子，把被子紧捂到脖子，只露了个脑袋在外面。

“姜琪琪，别闹别扭了，快挪到中间睡吧！以后我们在一起的时间还很漫长，别这么早就跟我闹分裂啊！”欧阳宸很意识自己刚刚犯下的错误，也只能嬉皮笑脸地往上贴。

“欧阳宸，为什么你总是这么强势，喜欢胁迫别人做自己不想做的事情，我不想结婚有错吗？你为什么非要这样对我？把你的想法强加给我，我很不能接受！也不想接受！”姜琪刚止住的眼泪又开始往下流，沿着眼角滴落在床单上。

“姜琪琪，刚刚是我想得不够周全，又太气愤！我想结婚，很想，甚至买下这对戒指时就想了！”欧阳宸早已认定姜琪就是自己这辈子要相伴终生的人，他不想再错过。

“可是我不想，因为我觉得我还年轻。像我们这样的岁数就应该去享受生活，可以无所顾忌到处旅行，说走就走无需挂念。但结了婚一切都不一样了，两个生活在不同家庭的人，融合为一个家庭，生活中会开始有摩擦。不会再因为一句我爱你这么虚无缥缈的话维持着生活，我们要面对的是柴米油盐，然后开始因为两个家庭不同的生活方式而争吵。要是有了孩子，我们就会为如何教育孩子的问题争吵，那样，我们的生活里不再是单纯的那么一句我爱你，取而代之的只剩下无休止的争吵。”

“姜琪琪，为什么要把婚姻想得这么复杂？！没有谁和谁天生契合度就很高的，只有不断磨合才可以更了解对方，熟悉对方的生活方式，接受对方的生活方式，融合对方的生活方式。这一切只要直面面对，不逃避，一切都会迎刃而解。”

“我从来都不这样想！”

姜琪能想到的都是些不好的结果，她很认可那句话：“婚姻就如同坟墓。”

“姜琪琪，你不会是恐婚症吧？”

姜琪的种种迹象和报道中的恐婚症症状很像，欧阳宸立马警觉了起来。

“我也不知道……”姜琪仔细想了想，沉默了几秒，“可能，真的有些……”

欧阳宸恨不得现在就起身去楼下地库取笔记本上网查查如何诊治恐婚症。如果姜琪真有恐婚症，那想必她会无休止地逃避下去！万一真这样，那岂不是要时时刻刻提心吊胆。

“欧阳宸，可能我这个是心病，再给我些时间好吗？我真的不想这么早就结婚，我不想把青春献给婚姻。”

“可是你想想，姜琪琪，我们现在没有结婚在一起生活得不也很快乐吗！那是因为你不会去顾忌，结了婚你也可以一样，就当我们还是在谈恋爱。”

姜琪转过了身，与欧阳宸四目相对。

“不，不一样，谈恋爱我们没有任何负担，但结了婚就不一样了！”

“有什么不一样，我认为都一样！只不过多了两张红本，一份保障。”

“不……我就是觉得不一样，欧阳宸，就让我们还维持现状还吗？”

因为我还需要自由，我的血液中流淌着的是寻觅自由的向往，欧阳宸愿你能依然懂我！

裂痕 Chapter 55

原本愉快的假期旅行就这样在冷战中收尾，欧阳宸始终冷着脸，不多说什么，更像是什么都不想说。把姜琪送到她家楼下，连一句再见都懒得说，开车调头就走了。剩下姜琪一人独自站在原地黯然神伤。

望着那辆渐渐远去的牧马人，姜琪心里有种说不出的滋味，涩涩的，想哭却哭不出来。

姜琪托着行李箱迈进了电梯，按下自己所在楼层的按钮，向后退了几步，倚在电梯的角落里，缓缓蹲下了身。抱着头的双手狠狠地拽着头发，头皮传来的痛感让她麻木的疼痛神经逐渐觉醒。心里闷闷的，有些压抑，她不知道该如何缓解跟欧阳宸的冷战气氛，她真的不知道该怎么办……

假期开始恢复上班的第一天，姜琪请假了，病假。

原因很简单，回来的那天她站在浴室里足足冲了将近一小时的冷水澡，冰冷的水从喷洒中绽放，她就那样垂着头站在中央，任由冷水从上而下。冷战，心痛，再加上冷水澡，一切都快接近冰点，冰冷刺骨。

姜琪头昏沉沉地趴在被窝里一动不动，这一切都是她咎由自取，凉水澡，包括冷战。

头疼得难受，发烧烧得浑身没有力气，手也软绵绵的甚至握不住水杯。家里的感冒药吃完了，姜琪也就只能硬扛。人在最虚弱的时候往往会回忆起最幸福的那段日子。她想起小的时候每次生病，妈妈都会拿着药端着水杯站在她的床前劝她吃药，她可以尽情地撒娇。

现在呢？她还可以向谁撒娇？家人都在海外，这里只有她一个人，那个她深爱的男人现在正与她冷战，她只能反复地对自己说要坚强，可脸上早已布满委屈的泪水。

姜琪委屈地抹着眼泪，不停地说着要坚强，直到门铃突然响起。

姜琪以为是欧阳宸来了，虽然有些犹豫但还是去开了门，防盗门打开后，她不知道该用失望还是用欣慰的表情来面对眼前的这个人。

有些意外，齐萧寒一手拎着果篮一手提着装有各式各样感冒药的袋子站在门前，依旧是一身笔挺的西服，怎么看都像是参加商务洽谈来的，就是看不出是来探望病人的。

“你说你病了，正好我今天没什么事情要忙，顺路就来看看你，怎么样，好点了吗？”

姜琪病的腿有些发软，原本想往后退一步让齐萧寒先进来，没想到刚好撞在了鞋架上，趔趄着直接就要与地面来个亲密接触。

齐萧寒眼疾手快，一把拽住了险些摔倒的姜琪，把她扶了起来。

“看来病得还挺严重，量体温了吗？多少度啊？”

齐萧寒看她脸颊发红，眼眶红肿，眼睛里布满了红血丝，想必应该发烧了，而且还是高烧。

姜琪站直身，虚弱地摆了摆手，有气无力地说：“我没事，只是小感冒，不要紧。”

齐萧寒把她扶到沙发旁，让她坐下，回身把落在门厅的果篮和药拿了起来，关上了防盗门。走回客厅，把果篮和药放到茶几上，齐萧寒看了看四周，体温计就被姜琪放在电视柜上，一眼就看到了。

齐萧寒拿起体温计娴熟地甩了甩，然后递给了姜琪，“先测测体温，不行我带你去医院。”

姜琪本来不想接温度计的，可齐萧寒一个劲儿地往她手里塞，她也就只好顺从。

齐萧寒坐在一旁，双手交叉手肘撑在腿上，探着身子，一会儿看看晕晕欲睡的她，一会儿抬头看看挂钟上的时间。

“把体温计给我吧，五分钟了。我看看！”齐萧寒朝她伸着手。

姜琪乖乖地取出了体温计递交给一旁的齐萧寒，头晕的她眼皮发沉，也就没看上面的度数。

齐萧寒接过体温计一看，直接站起了身，“姜琪，你发烧了，我带你去医院，你衣服放哪儿了？”

姜琪晕得难受，不想说话，只想睡觉，眯着眼不再理会齐萧寒说的话。

醒来时，姜琪已经躺在了病床上，左手手背上被扎了针，打着点滴，头上药瓶中药水剩下不多。转过头，齐萧寒就坐在一旁的座椅上，倚在椅背上翻看着杂志。

看到姜琪醒了，齐萧寒连忙起身走了过来，“你醒啦，等这瓶点滴输完了就可以回家了，再忍忍。”

姜琪眼角泛起了泪花，轻轻点了点头。她真的很感激自己会有这么一位好上司，居然可以在她生病的时候陪着她的身旁照顾她。

“怎么还哭了？别哭啊！你这一哭我就更解释不清楚了！”

想起刚刚抱着姜琪到医院的时候碰巧遇见了分手多年的前女友，齐萧寒本想解释，但却越解释越说不清。

姜琪本来没那么想哭，被他这么一说，所有的坚强瞬间土崩瓦解，委屈占据心头，拉着齐萧寒的手嚎嚎大哭了起来。

齐萧寒看她哭那么伤心也不知道该怎么劝，只得轻拍她的肩膀，安慰道：“哭吧，哭吧。哭痛快喽也许烧就退了。”

姜琪越听越委屈，哭得更加声嘶力竭，连隔壁床的人都看不下去了，举着吊瓶闪出了病房躲清静。

齐萧寒把姜琪送回了家，却在姜琪家门前意外巧遇了一个人，欧阳宸。

欧阳宸起先看姜琪病怏怏地倚在齐萧寒的怀里，瞬间两眼就冒出了怒火，随后又见齐萧寒一脸疑惑地望着他，便克制住了气愤的情绪。

“欧阳你怎么在这？”

齐萧寒扶着姜琪向前走着，离欧阳宸越来越近。

“我来看我女朋友！”

欧阳宸不打算隐瞒，指着姜琪说着来由。

显然，齐萧寒很惊讶，但很快又恢复了以往挂着笑容的面容。

“你和姜琪是……是男女朋友？”齐萧寒多多少少还是有那么点疑惑，一个是公司总经理，一个是市场部总监特助，怎么都没法把这两人联想到一起！

“对！姜琪是我女朋友！”欧阳宸回答得很肯定，斩钉截铁一般。

既然他们是男女朋友，齐萧寒也不好意思再继续搂扶着姜琪，走到欧阳宸身前，让他来扶。

姜琪因为生病的原因，昏昏沉沉，他们之间的对话她也听得稀里糊涂，只知道欧阳宸还是来找她了，她心里的寒冷总算可以得到融化。

欧阳宸用手背放到她的额上试探了一下体温，还是有些烧，脸也烧得发烫。

“刚带她输过液了。”齐萧寒把手里提着的一袋药也交给了欧阳宸，“这是医生给开的退烧药，药盒上写着服用次数和计量，刚在医院她一直昏睡着，一会儿回去你先给她把药吃了。”齐萧寒仔细地叮嘱着，因为医生说了，点滴需要和药物一起配合治疗才能退烧得更快。

说完，齐萧寒很知趣地便先离开了。

欧阳宸搂着姜琪，打开了房门，扶着她走门厅，关上了门，一把将她打横抱起，快步走到主卧将她放到了床上。

“姜琪琪，昨天还好好的，今天怎么就能烧成这样？你干什么着？”欧阳宸单膝跪在床上，把姜琪身上的衣服脱了下来。虚汗已经把衣服都浸湿了，欧阳宸怕她着凉，连忙把被子给她盖在了身上，掖了掖被角。

“欧阳宸，你能来真好，我冷！”姜琪虚弱的手握住欧阳宸的几根手指不想松开，就算是输完了液，但依旧浑身难受。

欧阳宸转身坐到床畔，轻抚着她的额头，帮她把沾黏在脸颊上的碎发缕到耳后。

“姜琪琪，你是不是只有在这个时候才会想起我？”

欧阳宸看她这样病怏怏的，恨不得想要替她难受。她额头上依旧冒着虚汗，微皱着眉头，眯着眼睛仿佛随时都会睡着。

欧阳宸起身去卫生间投了条毛巾放到了她头上，效果还可以，似乎微凉的毛巾缓解了热度，姜琪缓缓闭上了眼睛，踏实了很多。

“姜琪琪，跟你说过无数遍，生病别硬撑你为什么不听！为什么生病了也不给我打个电话，要不是因为齐萧寒没来上班，我可能就不会知道你生病的消息！你知道吗？！你这么做很自私！”

欧阳宸怎么可能怨她，那是心疼她。

姜琪的性格他了解，伤了病了从来都不会喊疼或是难受，她习惯一个人默默忍着。

欧阳宸拿着手机思考了许久，才写了封信息发给了齐萧寒。

内容很简单："萧寒，请帮我们保密，我不想姜琪太为难。谢谢！"

齐萧寒很快便回复了信息："放心！"

短短的两个字，欧阳宸很信任齐萧寒，他一向说话算话，就算他知道了自然也不会为难姜琪。

欧阳宸换了条毛巾敷在姜琪的头上，她的脸色也没有刚才那么红了，应该是降了些温度下来。

姜琪睡得很踏实、很乖巧，一动不动地保持着一个姿势。

欧阳宸从西服裤兜了拿出了那枚被她拒绝过很多次的戒指，抬起她的左手，将戒指套到了她的无名指上。

欧阳宸缓缓低下头，亲吻着姜琪戴有戒指的手指。

"也许……"

"只有这一刻……"

"你才真正的属于我！"

"等你睁开眼，面对我们的又会是现实，请你别放弃好吗？！姜琪，我爱你，永远！"

裂痕 Chapter 56

早上醒来，嗓子干干的痒痒得特别难受，姜琪咳嗽了好几下也没觉得舒服，一杯还带着雾气的开水递到了她面前。

姜琪顺着水杯看向了那个递给她水杯的人，欧阳宸半裸着上身，只穿了一条西裤，但西裤已经不再笔直，上面满是褶皱。

"起来，喝点水。"欧阳宸弯腰把她扶坐了起来，将水杯递到了她的嘴旁。

姜琪乖乖地喝了两口，便将水杯推开了。

“再喝两口。多喝水好得快！”欧阳宸又将水杯递到她的嘴旁。

“太烫了……”只是比温水稍稍烫了些，生病中的她就是有那么些别扭，所以不想再喝。

欧阳宸坐到床畔，将她搂到怀中，对着水杯吹了吹，自己先抿了一口试了一下水温，再次递到了她嘴旁。“好了，这回不烫了，多喝几口。”

姜琪也不再闹别扭，乖乖地喝了大半杯，嗓子也湿润了许多。她知道，欧阳宸天生富贵命很少这样照顾人，自己还是知足吧！

虽然烧已经退了，但感冒带来的嗓子疼和流鼻涕更让人难受，鼻子不通气，姜琪从床头纸巾盒里抽了几张纸巾擤鼻涕。左手无名指上的戒指在阳光的照耀下闪着银光，姜琪这才注意到自己的手上对了枚戒指。

“别摘下来！”欧阳宸刚把水杯拿到客厅再倒了一杯水回来，就看见姜琪在摘手指上的戒指。

姜琪把手背举起给欧阳宸看，“你什么时候给我戴上的？有点紧，摘不下来了……”

欧阳宸看她一脸无辜的表情，再看那只已经被她拽得有些发红的手指，哈哈大笑了起来，“姜琪琪，你看，连这枚戒指都不想离开你，你就认命吧！”

这是什么歪门理论，姜琪皱着眉头，嘟着嘴非要把戒指取下来不可。

欧阳宸的手掌一把按住了她的手，弯着腰对视着她，“姜琪琪，别弄了，除非你把手指头剁喽！不然，它跟我一样，你这辈子都别想摆脱掉！”

完全汗颜，欧阳宸你不用一大清早就说这么……这么暧昧的话吧！姜琪直直地看着他，接不上话茬。可能是感冒的原因，大脑不够用，平时的伶牙俐齿现在一点用处都没有。

“我去给你拿早餐！”

欧阳宸拿枕头在床头放好，让姜琪倚在上面，便去了厨房。

不一会儿欧阳宸就拿着早餐走了回来，递到了姜琪面前，姜琪看着这碗面条傻眼了……

“欧阳宸……这……是不是……你做的？”

面条几乎都已经快煮碎了，上面的鸡蛋也是黑乎乎的，蛋清碎得跟面条混在了一起，碗里一点多余的汤都没有。

欧阳宸一愣，大笑着说："怎么可能，你知道我不会做饭，这个当然是我去楼下买的！"

姜琪呆滞地看着欧阳宸，自己家楼下早点做成什么样都已经吃了这么多年了，自己怎么会不知道。"欧阳宸，这肯定是你做的！"

欧阳宸实在是隐瞒不下去了，有些泄气地说："有这么差？"

"没有！"姜琪接过了面条，拿筷子夹了一下，都已经碎了，根本夹不起来。不想让欧阳宸尴尬，姜琪索性把碗拿到嘴边，用筷子沿着碗边像吃米饭一样吃了一口。

甜，特别的甜，甜到有些呕人。姜琪也想假装很好吃的样子，可是实在是太甜了，又粘又甜，咽不下去。

"你这是什么表情啊！有这么难吃？"欧阳宸看不下去了，拿过她手中的碗，自己也吃了一口。

显然他也咽不下去，直接托着碗跑到厨房把嘴里的那口吐了，整碗面条也都倒在了垃圾桶里。

欧阳宸站在客厅里喝了好几口水才解甜。

"姜琪琪，这么甜的面条你干嘛还咽下去不吱声！"

"我觉得还可以，只是稍稍有点甜。"第一次吃欧阳宸做的饭，姜琪心里暖暖的，怎么还会刻意挑剔。

欧阳宸回到卧室，从衣柜里拿出衬衫穿上，"我下楼给你买点早点吃吧，你想吃什么？"

姜琪想了想，"粥！"妈妈煮的粥，青菜粥，有淡淡咸味的粥。

"行！等我，我一会儿就回来！"

也不知道欧阳宸已经出去了多久，姜琪躺在床上左右翻转就是睡不着，可能是昨天睡多了吧，现在精神头很足。姜琪抱着被子，光着脚跑到了客厅，打开电视拨换频道找着可以看的电视剧。

"你怎么跑这来了？"欧阳宸蹑手蹑脚地托着粥盒走到客厅，本以为姜琪在睡觉，谁想这妮子居然抱着被子在客厅里乐滋滋地看电视。

姜琪躺在沙发上仰着头看着居高临下的欧阳宸，"你怎么这么半天才回来，我都饿了……"

欧阳宸把粥拿到厨房，倒到碗里，拿了个勺放到碗里，递给姜琪。“慢点喝，还有点烫。”

姜琪坐起身，捧着粥碗，是她刚刚想的那种青菜粥，还带着浓浓的香味。

“欧阳宸，这个粥不是楼下粥铺老王的手艺！”

楼下粥铺老王做的青菜粥怎么看怎么像泔水，可这碗色香味都俱佳。

“呦呵，现在嘴可真是越来越刁了啊！这是百年粥铺的粥，我排了半天队才买到的，人可真多！”

“欧阳宸你疯啦！跑那么老远，还排队就为了买这一碗粥！”

“不是一碗是两碗，反正也是开车去的没觉得远！”

欧阳宸从自己碗里舀了勺粥送到姜琪嘴边，“你尝尝这个，这个味道也很好。”

姜琪一看，直接闪开了，皮蛋瘦肉粥，上学时候都给吃伤了，几乎每天早点都是这个。

“你自己吃吧！我不想吃，上学时候天天吃，现在连这个味道都不想闻更别说吃了。”

“算了，不吃得了，我自己慢慢享用吧！”

吃完早饭，欧阳宸按照药盒上的计量给姜琪把药都放到了药盖上，“吃药吧！”

“欧阳宸，你可真贴心！”姜琪仰脖把药放到了嘴里，接过欧阳宸递来的水杯，喝了几口把药顺服了下去。

“姜琪琪，你是不是发现得有点晚！我一直都这样，就是你从来都没在意过！”

“是吗？那我怎么才发现？可能是因为你平时太变态的原因吧！哈哈……”

“姜琪琪，你是要上房揭瓦吗？！”

欧阳宸捧过姜琪的小脸，宠溺地揉捏着。

“可是我现在还病着，就算想上房揭瓦也不行啊，怎么也要等病好了吧！我怕到时候腿软再掉下来！”

“你理由可真多！”欧阳宸吻上了她的唇，刚撬开她的贝齿，就被她推开了。

“我还生着病呢！”姜琪怕传染给他，有意跟他拉开些距离。

“我知道，放心我不欺负病号！”欧阳宸看她有意拉开距离，黯然地松开了手。

“没有，我的意思不是说你欺负我，我绝对没有那个意思，我的意思是说别传染上你！”姜琪解释得都快把自己给绕进去了。

欧阳宸挑着眉，单手搂着姜琪的腰，“姜琪琪，你说绕口令呢！”说完一把将姜琪拽到了身旁，狠狠地吻住，“可是我不怕被传染。”

姜琪生病的这几天，欧阳宸一直在身旁悉心照顾着，冷战也如寒气一样遇到暖流自动蒸发。回到公司，姜琪第一件事情就是去找齐萧寒报到，齐萧寒依旧很忙，没多说也没多问，只说了些让她注意身体的话便让她先回去了。

这几天，天天都跟欧阳宸腻在一起似乎都有些习惯了，刚坐回工位上姜琪就拿着手机给欧阳宸发信息，“你在干嘛？”

姜琪翻转着手机等了很久欧阳宸也没给她回信息，姜琪有些坐不住，从桌子上随便拿了份文件，颠颠底跑到了总经办区域。

“小白，欧阳总在吗？”

“欧阳总半个小时前就走了。”

“走了？那什么时候回来。”

“哦，具体时间不好说，最少一星期回来吧，他去美国了，好像是总部那边让他回去了。姜琪，是有合同需要他审批吗？可以发电子版给他，他要是有空就会给你批的。”

“好吧，那我先回去了。”

这欧阳宸一声不吭地就飞美国去了，姜琪就跟失了魂儿一样，拿着手机总在发呆，直到半夜欧阳宸才回了条信息给她，内容简单的不能再简单了，“我在美国，有事处理。”一句多余的话都没有。

那种感觉就跟前几天所有的甜腻都是假象一样，这才是现实，也可能欧阳宸早就有些倦了。姜琪控制不住地瞎想，哪怕欧阳宸再多说一句，她也不会这么在意。

用情越深就会越在意，一个星期内，欧阳宸一通电话都没有打给她，短信也没有。姜琪心里沉沉的，压抑的似乎感情出现了危机一般，思绪更是混乱不堪，工作也不再那么上心，颇有些大错没有小错不断的迹象。

齐萧寒看出她心情不太好，每次看到姜琪犯的小错误一直都很包容，直到那次姜琪又把文件拿错给他，他没法再继续沉默了，拿着文件又递回给姜琪，“姜琪，用不用我给你放几天假让你放松一下，看这几天我把你给累的，都有些蒙圈了吧！文件又拿错了……”

裂痕 Chapter 57

姜琪已经明显意识到自己的情绪逐渐严重影响到了日常工作，努力让自己克制住不再去想欧阳宸，那种感觉如同失恋一般。她不断提醒着自己：不要去想，就算再落寞也要坚强地挺过来！

临近六一，姜琪主动跟齐萧寒请了几天假，回北京给要结婚的蓝灵儿帮忙，齐萧寒二话没说就给批准了，而且还准了姜琪提前半天下班。

回到家，姜琪收拾着简单的随身行李，六月的北京虽然早晚还有那么点微冷，但太阳出来后温度相当舒适，不需要穿过多的衣服，行李自然空闲的地方大了很多，心也随之有些空荡荡的。

姜琪订了一早的机票，欧阳宸一个星期都没有跟她联系，她同样也没有主动去跟欧阳宸联系，两人的关系开始变得有些僵持。

她甚至都没有告诉欧阳宸她已经飞抵北京。

因为时差的原因，欧阳宸每次忙完想给姜琪打电话时中国时间已经入夜，他不想打扰姜琪休息就没有跟她联系，刚一回国第一件事就是给姜琪打电话，可电话那边始终是关机状态。欧阳宸以为姜琪可能是去跟齐萧寒参加投标会了，从机场匆匆忙忙赶回公司，却看到齐萧寒正坐在办公室内忙工作，而姜琪却并不在工位。

欧阳宸拎着手提电脑包敲了两下齐萧寒办公室的门便走了进去。

齐萧寒一看是欧阳宸，而且还是一副风尘仆仆的模样走了进来，便站起了身。

“欧阳，你刚回来？”

欧阳宸把电脑包放到一旁的座椅上，没有拄完抹角直奔主题，“姜琪怎么不在？”

一猜他就是问这个，齐萧寒笑着摇了摇头，再怎么强势的一个人，碰到感情照样会百般依附。原以为欧阳宸不会，看来是高估了。

“姜琪昨天下午就休假了，现在可能在家，也可能飞北京去了。你没跟她联系？”见欧阳宸皱了下眉头，不语，一看就是两人这段时间没什么联系。“别怪我向着我特助说话啊！你这次去美国真是太突然了，也没提前告诉她，也不跟她联系，弄得她这几天每天都魂不守舍的，工作效益严重下降。”

欧阳宸去美国的消息，齐萧寒今早才知道，公司所有高管也都是今早才收到的总部邮件，全英文邮件，个别英语不太好的高管只能让助理给翻译邮件内容。不过欧阳宸这几天去协助完成了什么项目邮件上面写得很清楚，总部正在筹备投资国内某时尚杂志，欧阳宸被任命为总负责人。

“姜琪这几天说过什么吗？”欧阳宸想知道她都说了些什么，虽然她善于隐藏情绪，但往往她要是专注一件事情时，那就证明她心里还装着其他她在意的事。

“我想想啊！”齐萧寒起身从饮水机旁拿起个一次性杯子，接了杯水放到了挨着欧阳宸的桌畔，“她这几天几乎没怎么说话，唯一说的比较多的就是她好姐妹要结婚了。”

欧阳宸也算是大致知道了情况，突然想起了什么事，拿起电脑包从里面取出了一份文件交给了齐萧寒。

“萧寒，我这几天要回趟北京，姜琪好姐们要嫁的人是我发小，我也得过去帮忙。这个是GM时尚杂志的资料以及财务信息，你抽空和理财投资经理研究一下，重新定位一下市场战略规划。这件事我就交给你了！”

关于时尚杂志的事情欧阳宸原本不想接手，可是没办法，老董事长钦点，他推脱不掉，谁让那个人是他爷爷呢！

重新定位市场战略，看来这家杂志社目前正处在亏损状态，难怪欧阳宸脸色不是很好呢，原来除了因为姜琪，这件事也占了一部分。齐萧寒拿起GM杂志社财务报表粗略看了一眼，还真是亏损严重，而且还欠着银行的抵押贷款，光给他们融资想必就是一笔大数目。

“这件事情，我只能说我尽量，你应该比我清楚这家公司的现状，就算是重新规划未必能立竿见影。”齐萧寒把资料合上放到了一旁，摇了摇头，这几年做风投的还真是不好做。

“没关系，你看着办吧！不行咱们就花重金请明星代言，除了要动百万以上大笔资金，其他统统交给你处理！”

欧阳宸拿着电脑包，站起了身，看了眼腕表上的时间，说了句：“我先走了。”便匆匆离去。

姜琪的电话依旧打不通，欧阳宸索性直接打给了蓝灵儿，蓝灵儿接电话倒是挺快，说了一堆没用的，没有一句挨到姜琪边上，欧阳宸半天询问无果便挂断了电话。

从公司出来，欧阳宸开车直接去了姜琪家，按了半天门铃也没人给开，还好碰见了上次那位爱管闲事的大妈，告诉了他姜琪天一亮拖着行李走了的，欧阳宸这才赶紧订的飞北京机票追了过去。

姜琪到了北京，没有先去找蓝灵儿，而是拉着行李箱回了趟住了十多年的小区，房子早已经被租了出去，姜琪也只能在楼下徘徊。

姜琪走到小时候经常玩耍的秋千旁坐了下去，太多年没有荡过秋千了，荡起来的感觉依旧如少女时那般美好。

欧阳宸一到北京家都没回，直奔郭庆家，小院里已经被装饰得特别喜庆，大红喜字早早地就贴在了门上和玻璃上。

郭庆一看他来了，连忙迎了过去。“怎么就你一人回来了？姜琪呢？”

“姜琪没来？”欧阳宸手掌不禁紧握了一下，皱起了眉，难道姜琪准备玩失踪？

“没来啊！我以为她跟你一起来呢，你还问我！”郭庆看他挺着急的，便拿着手机给蓝灵儿打了个电话，电话那头蓝灵儿也说没看到姜琪，郭庆有些犹豫，一看欧阳宸现在这状态就能猜到这二位又在闹别扭。

“姜琪又不是小孩儿，没事！”

郭庆拍了拍欧阳宸的肩膀，安慰着，其实心里多少也有那么点担心，毕竟姜琪在北京能去的地方不多。

姜琪预约了一家离她家比较近的酒店，随便在外面吃了点东西便早早回去休息了。

躺在床上，姜琪这才想起给手机开机，手机刚开机，短信就开始提醒着有多少通未接电话。

姜琪一看，居多都是欧阳宸打来的，便又将手机丢到了一旁，不打算回拨回去。

洗澡时，手机又响了，姜琪没管，懒得去接，索性就让它这么一直响着吧！

好不容易不是“您拨打的用户已关机”了，现在改成“您拨打的用户忙，请稍后再拨。”欧阳宸摔手机的心都有了，要不是为了能让姜琪第一时间联系到他，八成他早就把手机摔粉碎了。

最烦打电话没人接，欧阳宸一回到家扎在屋里就开始不停地给姜琪拨着电话。

姜琪洗完澡，慵懒地伸了个懒腰跳到了床上，打开电视，这才想起看一眼手机。

手机都已经被电话打得提示电量低，姜琪刚从行李箱里面把充电器翻了出来，欧阳宸的电话就又打了过来。

看出来了，再不接电话，这厮能急死。

按下接听键，姜琪没着急说话，就这样静静地听着。

电话那端欧阳宸也没说话，同样静静地听着。

过了许久，欧阳宸才缓缓开口：“姜琪琪，你现在在哪儿？”

姜琪有些犹豫，毕竟自己还在生闷气，简短回答着：“旅店。”

欧阳宸继续追问：“什么旅店？在哪？叫什么名儿？”

姜琪特别生气地回了句：“在家。”

姜琪以为欧阳宸会在电话那边发挥他的狮吼功，没想到他只是淡淡说了声：“好！”便将电话挂了。

依旧一句多余的话都没有。

姜琪再次陷入了沉默……

心乱如麻，姜琪无心看电视，就算电视里的综艺节目很搞笑，但她却一点都笑不出来。

那种感情危机感侵袭着心头，姜琪不知所措。

实在是磨不开面子，姜琪拿着手机犹豫了半天也没按下播听键，时间一分一秒过去，姜琪感觉落寞和孤寂感把她包围得慢慢开始恐慌，她越是不想再去想和欧阳宸的感情，那种思绪就越将她脑海占据。

一个小时，两个小时，三个小时……距离那通电话挂断的时间越长，房间内就会显得越寂静。

姜琪窝在被窝里，将自己裹了个严实，可是心冷用这种方式是捂不暖的，也许……可能……是时候说再见了。

姜琪好不容易鼓起勇气要给欧阳宸打电话，门外就传来了敲门声，声音显得很急促。姜琪有些犹豫地走到门前，从猫眼往外看了看。

待看清来者后，姜琪一愣，赶紧手忙脚乱地将门打开。

“欧阳宸，你怎么来了？”

提供的信息这么简短他都能找到，完全不可思议。

欧阳宸见到她，二话没说直接就把她搂到了怀里，紧紧地抱着，仿佛有种失而复得的感觉。

“姜琪琪，我警告你，你以后坚决不能不接我电话，坚决不能悄无声息地玩失踪！”

那种四处寻找的滋味和焦急等待的滋味一点都不好受，欧阳宸不想再承受第二次，他有必要恶狠狠地警告一下这个从来都不知道什么叫在乎的人。

“我以为你早就把我忘了。”看到欧阳宸顺着脸颊滑落的汗水，虽然姜琪心里已经有些原谅他这么多天的冷漠，但还是有些生气。

“屁话！我要是把你忘了就不会马不停蹄地刚回国连时差都没倒过来就追到这里找你！”

欧阳宸为了找到她，甚至动用了很多人的关系，一家酒店挨着一家酒店地找，费了九牛二虎之力才找到了这里，这妮子居然还生起闷气来了！

裂痕 Chapter 58

“我不打算信你！你们男人说谎跟呼吸一样，太正常！”姜琪推开他，走回房间内，坐到了床畔。

“姜琪琪，你成心的吧！”欧阳宸不明白她究竟为什么这么闹别扭，擦了一把汗，关上了房门并上了锁。

姜琪气鼓鼓地撅着嘴不再理他，拿起手机开始翻看QQ信息。

这可是，赤裸裸地无视啊！欧阳宸伸手一把将姜琪手中的手机抢了过来，扔到床上。

“姜琪琪，你这是又闹什么别扭啊？”欧阳宸就不明白了，才短短一星期，这妮子态度就能来个一百八十度大转变，连点征兆都没有，莫名其妙。

姜琪瞪了他一眼，转身从床上拿回了手机，继续翻看消息。居多都是齐萧寒和琳达发来的信息，琳达问的是她怎么没和齐萧寒一起吃饭，齐萧寒问的是她和欧阳宸联系了没有。姜琪一一答复后便将手机放到了一旁。

欧阳宸就戳在一旁注视着她，没有说话也没有再去抢夺她的手机。

房间内一片死寂，寂静得让人发慌。

姜琪有意避开欧阳宸的目光，低着头抠着手指。

欧阳宸就这么站了许久才移步到窗前的沙发旁坐下。

沙发离床的距离并不算有多远，但姜琪却觉得如同天际，远远的隔阂。

两个人就这样一直僵持着，夜色越来越深，晚风吹起窗帘微微飘动，天空中飘起了细雨，滴滴答答的雨滴拍打在护栏上的挡板上，映衬着房间更加沉静。

“早点休息吧！”欧阳宸从沙发上起身，没有停留，快步走到门前，打开门锁。

姜琪迟疑了一下，立马站起了身跑到了他身后，从背后紧紧地搂住了他。

欧阳宸没有动，握在门把手上的手指稍稍握紧，始终面无表情，等待着姜琪先开口。

“狮子……我的心特别慌，慌到不知所措。我控制不住瞎想，我们的感情是不是出现了无法愈合的裂痕？我怕！特别怕！”

姜琪哽咽着，抱得更紧些，脸颊贴在他的背上，依然无法感觉到安心。

欧阳宸停留在门把手上的手掌将门重新锁好，转过身来，捧起她已经哭花的脸颊，轻轻拭去她的眼泪，深情地凝视着。

“姜琪琪，别再胡思乱想了好吗？”

欧阳宸俯身轻吻她的额头，将她拥入怀中，细声在她耳畔询问着：“为什么生闷气？”

不问还好，一问姜琪就觉得更委屈了，轻捶了两下他的背。

“都怪你！为什么去了美国都不跟我联系！”

合着这妮子是因为这个啊！一直以为她一向不在意这些的，看来还是大意了。欧阳宸勾起了嘴角，侧头吻了一下她的脸颊，轻说：“傻瓜，在美国白天我要工作，腾出时间时你也可能早就睡了。”

姜琪嘟着嘴，“那为什么连个邮件或信息都没有发给我？你是不是一去美国就把我忘得一干二净了？”

“怎么可能，我每天都想你，特别想！只是太忙了，多少有些顾不上。”

“如果结婚了，是工作重要还是老婆重要？”

“当然是你重要！”欧阳宸轻捏了下她的脸颊，特别感慨地说：“可惜你不愿意嫁给我，襄王有意神女无心。”

姜琪语塞了几秒，静静地说：“我们以后可不可以不再冷战？”

“别想那么多了好吗！”欧阳宸轻抚了几下姜琪的后背，希望姜琪可以安心。

睡觉时，姜琪小鸟依人般依附在欧阳宸怀里，静静地听着他沉稳有力的心跳声，慌乱的心逐渐变得安定。

欧阳宸隔着浴袍摩挲着她的背，按耐着心中的躁动，俗话说得好，小别胜新婚，欧阳宸自制力再强也有按耐不住的时候啊！

翻身压覆在姜琪身上，双手支撑着身体，将她困在手臂间。虽然他的时差还有些没缓过来，但现在他更想要她。

“欧阳宸……我这几天有些不舒服，可不可以不……”姜琪咬着下唇不好意思开口说那暧昧的两个字，即便早已对彼此的身体很熟悉。

欧阳宸压低身子单侧着用手肘支撑着，一只手将她散碎的头发别到耳后，手指轻轻摩挲着她的脸颊，“是大姨妈来了吗？”

姜琪摇了摇头。

“没有，但是在危险期，不适合……况且……况且我们这样……很不安全……”姜琪红着脸，话也说得断断续续，起先还敢看着欧阳宸的眼睛，越往后说就越不敢看，直接别过了头。

欧阳宸坏笑着，扳过了姜琪的头，轻捏着她的下巴让她与自己对视。“没关系，有了，就生呗！”

姜琪一脸窘态，这厮想得可真简单。“别逗了，还生下来，要生你生，反正我不生！”

“那怎么行！我一个人怎么生孩子，怎么也得借你的肚子用用！”

姜琪直接白了他一眼，推了他一下，“想得美，不借！”

“不借就不借吧！怎么还动手啊！君子动口不动手你这个学文的应该比我这个学理的还明白这个道理吧！”

“我又不是君子，人家女子！”姜琪双手勾住了欧阳宸的后颈，得意洋洋地显摆着。

欧阳宸顺势直接吻上了她的唇，细细地辗转着，吸吮着。由慢到快，气息也逐渐变得混乱。

姜琪心里还在挣扎，但身体已经背叛了她，欲望逐渐占据主导。欧阳宸肆无忌惮地挑逗着，直至她心甘情愿就范。

激情退去，房间内还残存着暧昧气息。

姜琪依偎在欧阳宸臂弯中，眯着眼，手指在他精炼的腹肌上打转。

“姜琪琪，这次如果怀孕了，我们就生下来吧！如果没有，那我们继续顺其自然，好吗？”

欧阳宸更希望是前者。

“随缘吧……”姜琪有些困了，也不想再因为孩子的问题继续跟他争论，这也许是最好的答复。

清晨，恼人的手机铃声发扬了一下闹铃精神，把睡梦中的两人给吵了起来。

姜琪伸手往床畔摸索了半天也没找到手机，索性钻到被窝里隔绝着闹心的声音，不再理会。欧阳宸实在是无法安心睡觉，坐起了身，眯着眼环视着手机的位置。

“喂……”沙哑的嗓音极具诱惑力，带着慵懒。

“妈呀！怎么是个男的！”显然电话那端的人惊讶不已，高高的嗓门，吓了欧阳宸一跳，直接把手机移开了耳朵，人也清醒了不少。“欧阳宸！你是不是欧阳宸啊？我是蓝灵儿，姜琪呢？”电话那端依旧嗓门很大，躲在被窝里的姜琪都听得一清二楚，从被子里探出个头来，伸手接过了欧阳宸递来的手机。

“喂……怎么了？”姜琪躺在床上伸了个懒腰，揉了揉眼睛。

“什么怎么了！明天我就结婚了，你这个伴娘怎么不早点过来！别跟欧阳宸腻歪了啊！赶紧过来，家这边都快忙翻了！”蓝灵儿如同机关枪一样，叨叨说了一堆，姜琪听得稀里糊涂，应付地“嗯！”了一声，挂了电话继续睡。

“姜琪琪，你这心可真大啊！不准备起床啦？”欧阳宸把姜琪拉到了怀里，挑逗着抚摸着她的小腹。

“别闹！困着呢！”姜琪特别嫌弃地扒愣开欧阳宸的手掌，转过身背对着他继续睡。

嘿……又一次被嫌弃了。欧阳宸这次不准备放过她，一把将她翻转了过来，压在身下，在她耳畔特别暧昧地说着：“姜琪琪，放心，我让你马上就清醒过来！”

姜琪可真是被迫清醒过来的，一大早就已经累得浑身酸痛，站在花洒下简单洗了个澡，随便找了身衣服穿好，把行李收拾了一下交给了欧阳宸，便去办理了退房手续。

欧阳宸把她的行李放到了后备箱里，拉开车门坐了进去，姜琪坐在副驾上侧头靠在椅背上闭目养神，欧阳宸捏了一下她的脸蛋，开车直奔蓝灵儿家。

路上姜琪睡着了，醒来时还迷迷瞪瞪地就被欧阳宸拉着上了楼。敲开蓝灵儿家的房门，屋内格外热闹，姜琪依旧有些困，不停地揉着眼睛。

一看姜琪和欧阳宸来了，蓝灵儿立马奔了过来，一点儿要当新娘的紧张劲儿都没有，稍稍用力地拍了一下姜琪的肩膀，叫喊着：“姜琪，你怎么这么困啊！欧阳宸这可就是你的不对了啊！她可是我的伴娘，这个状态可不行！”

欧阳宸笑着点了点头，也没说什么。

欧阳宸特别放心地把还犯迷糊的姜琪交付给蓝灵儿后便去了郭庆那边，姜琪直到下午才缓过劲儿来，跟在蓝灵儿身边忙前跑后端茶倒水、收红包。

忙到很晚姜琪才和蓝灵儿踏踏实实地坐在饭桌前吃一顿饱饭，两人你一言我一语地闲聊着，聊到欧阳宸，姜琪才想起来应该给他打一通电话。可是左翻右翻找了半天，怎么都找不到手机。

对于姜琪这种丢三落四的毛病蓝灵儿早就习以为常，把自己的手机递给了她，便去卸妆了。

姜琪拿着手机给欧阳宸打了好几通电话，他都没接，琢磨着八成是在跟郭庆他们喝酒。

姜琪试探着再打最后一回，心想如果他不接电话，那就不再继续打了。

裂痕 Chapter 59

刚准备挂断电话，欧阳宸的声音就从听筒那端传了过来，即使隔得很远姜琪似乎也已经嗅到了浓浓的酒气，声音特别深沉带着醉意。

“欧阳宸，少喝点，郭庆明天还要早起，你们点到为止啊！”姜琪更担心郭庆，他可是新郎，明天一早可还要过来接亲的。

电话那端的欧阳宸只是“嗯嗯！”两声，姜琪更好奇他到底喝了多少酒。“欧阳宸，你到底喝了多少？”说话都已经不利落了，肯定喝得晃晃悠悠了。

“没……没喝多少，就是帮大庆挡了几杯……”

这话说得跟嘴里含着热茄子一样，含糊不清，姜琪有些担心。挂断了电话，把手机还给了蓝灵儿，顺便跟她打了声招呼打车直奔了郭庆家。

都已经夜里十一点多了，郭庆家依然热热闹闹。姜琪眼尖，一眼就看到了窝在沙发上一动不动的欧阳宸，正往他那方向走，就看见一个穿着暴露的女人一屁股坐到了他腿上。

姜琪瞬间就皱起了眉头，停住脚步，注视着欧阳宸接下来的举动。可能欧阳宸喝得真有点多，纵使那女人百般妩媚妖娆地在他面前扭动，他依旧保持原样。姜琪也算放心，刚抬腿想要靠近，那女人直接吻上了欧阳宸的唇，姜琪的拳头立马攥了起来。

欧阳宸好像被吻得有些回应，垂放在沙发扶手上的手臂一把搂住了那女人的腰，上下摩挲着。姜琪实在是看不下去了，酒后乱性这句话说得一点错没有！

姜琪快步走到他们两人身前，一把拽住了那女人的头发，硬生生给他们两人拉开了。

欧阳宸的唇上还挂着鲜艳的口红，迷惑的眼神中带有与生俱来的诱惑力，醉醺醺的状态更像是尚好的猎物。

“怪不得呢！”姜琪拽着那女人的头发不打算松手，难怪会有女人对他这般献殷勤。

那女人挣扎着尖叫着，身旁的人群逐渐把目光都投向了他们三人，欧阳宸醉着当然不知道此时此刻有多丢人。

姜琪也不知从哪儿来的那么大力气，直接把那女的从欧阳宸腿上拽了下来，那女人趔趄着双膝重重地磕在了地上，包身超短裙也撕开了一个道子，露出了里面的奶白色内裤，直接变成了短款高开叉旗袍。

郭庆也从另一个房间赶了过来，一看这场景，都不知道该说什么好了。别看姜琪总是跟欧阳宸闹别扭，但她很少发脾气，真要是急了，那可是谁都拦不住。

郭庆站在一旁看了一下局势，还好姜琪脾气并没有要爆发的迹象，连忙走上前拉架。

“姜琪，咱们有话好好说，你先把她放开行吗？”郭庆低头一看，嘴角抽搐了一下，又是这女人，这么多年过去了她怎么还不死心，今天又是怎么混进来的？

“呵……看来你们认识！”姜琪松开了手，双手交叉端在胸前，准备好好听听解释。

“那个……大家伙都别围着看了，先出去，咱吃好喝好啊！”郭庆先招呼客人去院子里休息，将他们三人隔离在屋内。

姜琪伫立在原地目不转睛地盯着蹲在地上的女人，长发将女人的脸遮住了一半，姜琪看不太清她的面容，就是觉得有些眼熟。

大约过了十分钟，郭庆才从外面走了进来，拉起了蹲在地上的女人，待该女人将长发别到耳后，姜琪这才算是认清了这人是谁，高中时期的副主席夏茹！

老天真会跟人开玩笑，又是她！

姜琪不禁冷笑起来，这一切可真是造化弄人。

郭庆见夏茹这般狼狈，便顺手将欧阳宸搭在椅背上的西服外套递给了她。姜琪凶狠的眼光立马投向了他，郭庆这才意识到自己失误了。

欧阳宸窝在沙发上已经睡着了，姜琪冷冷地看了他一眼，又看了一眼郭庆，勾起一边唇角冷笑着。

“原来发小是这样的！郭庆，我真看错你了！欧阳宸也一样不是什么好东西！”

姜琪丢下这句话，转身头也不回地跑出了郭庆家。

郭庆左右为难，当年欧阳宸酒后做过一件错事，就是跟这个夏茹，现如今这女人依旧死心不改，他绝对不能在让欧阳宸后悔一回。

姜琪一路狂奔，似乎把这二十几年积攒起来的跑步速度及耐力都用上了，嗓子干痛着宣泄着不满，体力透支，小腿也开始抽筋，小腹传来的疼痛感更让她难以承受。

姜琪捂着肚子坐到了马路牙子上，来来往往的车辆从她面前飞驰而过，小腹已经疼得让她有些虚脱，姜琪硬撑着站起了身，拦了一辆出租车回了蓝灵儿家。

蓝灵儿接到了郭庆的电话，郭庆在电话中一五一十地跟蓝灵儿全部交代清楚了，挂断电话蓝灵儿就开始坐在楼门前等姜琪回来，这一等就是将近一小时。

姜琪脸色惨白地走下了出租车，小腹依然很疼，但又不像是痛经。

蓝灵儿赶紧上前扶住了姜琪，看她疼痛万分地屈着身子，连忙弯下腰询问：“是肚子疼吗？要是特别疼我们就去医院吧！”

姜琪有气无力地摆了摆手，眼前一黑，直接就晕倒在地。

还好出租车没走，看到有人晕倒了连忙帮忙把姜琪送到了医院。

姜琪经过急救醒了过来，大脑依旧有些缺氧，头沉甸甸的。

医生抽了管血拿去化验，姜琪有些费力地从床上坐了起来，蓝灵儿在一旁一个劲儿地劝她：“放宽心，要相信欧阳宸！别想那么多……”之类的话，姜琪也是似听非听。

姜琪起先被初步诊断为痛经，手背上被扎了针，输着止疼药。

医生把化验结果拿给她看时，她大脑顿时嗡了一下。

“你可真命大，是不是做剧烈运动了？跑步了吧？以后一定要注意啊！现在只是有点先兆流产迹象，如果想要这个孩子自己就要注意点！”

医生的一番话让站在一旁的蓝灵儿大脑也懵了一下，反应过来时姜琪已经把检验报告单撕碎握在手中。

“姜琪，刚刚医生的意思是说……你怀孕了？”蓝灵儿不可置信地注视着姜琪，这也太突然了吧！

姜琪摇了摇头，淡淡地说："不可能！"

拔下手背上的输液针，鲜血一下从血管中涌了出来，姜琪稍稍地按了一下，便拉着蓝灵儿走出了医院。

"灵儿，这件事情你一定要帮我保密，就当一切都没发生过一样！答应我，行吗？"

姜琪不愿意相信这个结果，她刚刚才目睹欧阳宸出轨，现在医院居然检查出自己怀了他的孩子，这让她心里特别不舒服。

"为什么？这是好事啊！"蓝灵儿不解，怀孕这么好的事情为什么要隐瞒。

"不要问了，说点别的吧！"姜琪静静地向前走着，回过头来问："灵儿，为什么这么急促就要结婚啊？"

蓝灵儿就知道她会问这个问题，早就已经想好了要怎么答复她。

"我也怀孕了，两个多月了！我们打算生下来，我们都觉得是时候要个孩子了。姜琪你知道吗？我和郭庆在一起这将近十年的时间，如果再不结婚，也许我们就只能做路人了！"

姜琪心头一沉，难道……难道自己和欧阳宸以后会沦为路人的下场吗？

见姜琪不语，蓝灵儿继续说道："姜琪，一生遇见一个你爱的人同时也是爱你的人不易，该抓住就要抓住，不要等到他成为别人的你才知道珍惜！"

姜琪不知道明天要用什么样的心情来面对他，亲眼看见他拥吻着其他女人，虽然那并不是他主动的，但他照样回应了。

第二天蓝灵儿的婚礼格外热闹，姜琪虽然心里多少有些隔阂，但郭庆毕竟是蓝灵儿的老公，自己也不能一直再执拗下去。

郭庆几次试图想要跟姜琪解释误会，但每次姜琪都避开了跟他谈论这个话题。

对待欧阳宸更是有过之而无不及，直接选择无视他，纵使从他面前走过，也依旧保持着沉静。

蓝灵儿因为怀孕的原因，所有的葡萄酒都换成了葡萄味儿的饮料，姜琪拿着装有饮料的酒瓶跟在蓝灵儿身后帮忙倒酒。

走到郭庆大学同学那桌时，郭庆那帮大学同学说什么都不肯放过新娘，硬是要她将一大杯白酒喝干净，郭庆想替，但那群人没同意。姜琪直接接过了酒杯，替蓝灵儿一饮而尽。那桌人顿时看傻了眼，反应快的又给姜琪手中的酒杯斟满了一杯，高喊着：“伴娘要替，就得替双倍！”

蓝灵儿比较担心姜琪的身体，想要将酒杯推回，结果姜琪又是仰头一饮，喝了个干净。

“你别喝了，你这肚里还有一个呢！”蓝灵儿小声在姜琪耳畔提醒着，但很明显，姜琪不准备听这些，硬是替蓝灵儿喝了好几杯。

欧阳宸坐在一旁默默地看着，一早就听郭庆说了昨晚的来龙去脉，姜琪心里难受，他看得出来。

姜琪终于被灌多了，快步跑到洗手间，抱着马桶就开始吐，吐得感觉连胃都快出来了！

穿着礼服裙，行动不便，姜琪也不能席地而坐，只得倚在卫生间单间门上缓着酒劲。

姜琪晃晃悠悠扶着墙走出了洗手间，在门口等待多时的欧阳宸一把拉住了她的手臂。

“姜琪琪，我们谈谈吧！”

姜琪转过头，冲着他冷笑着，昨晚上心就已经冷了百分之八十，没必要再想办法回暖了！

“没必要！”

姜琪挥手甩开了他的手掌，继续扶着墙往前走着，不回头坚定地迈着步伐……

裂痕 Chapter 60

欧阳宸快步上前将她搂到了怀里，纵使她奋力挣扎着，他也不打算松手，将头抵在她的颈间为自己昨天所犯的错误检讨。

“欧阳宸，你放开我！”姜琪有些生气，两只手使劲掰着他搂在她身前紧握的双手。

“姜琪琪，我错了，原谅我好吗？”欧阳宸不停悔恨昨晚为什么要喝那么多酒，为什么每次喝多了酒都能把那个女人误认为是她！

“没有那个必要！”姜琪话说得很坚决，带着无法形容的失望和心痛。

欧阳宸越抱越紧，不愿松手，尽管她挣扎得越发厉害。

小腹传来的疼痛感再次侵袭，姜琪疼得额头上渗出了细细密密的虚汗，一种不祥的预感突袭心头，姜琪不再挣扎，眼泪逐渐抑制不住地滑落脸颊。

欧阳宸手背上滴到了她滑落的泪水，冰冰凉凉的如同他们两人此时的关系一般，如入寒窖。

蓝灵儿担心姜琪，趁空闲赶紧赶到卫生间这边来找她，恰巧看见欧阳宸正从背后紧拥着她，姜琪已经哭花了脸，脸上的妆容遇到温湿的眼泪也开始脱落。姜琪此时此刻的心痛蓝灵儿可以理解，毕竟撞见自己爱的人亲吻其他女人，不是任何一个女人都能承受的。

也许……他们需要好好把误会解开。

蓝灵儿拖着长裙返回大厅中，趴在郭庆耳畔告诉了他刚刚所见。郭庆脸色沉了一下，挂在嘴旁的笑容也有些僵硬，他不希望再次看到悲痛欲绝的欧阳宸，那种神情不应该属于他。

欧阳宸把哭虚弱的姜琪拦腰抱起，小心翼翼地开车带着她回到他自己的家，位于望京的房子。

太久没回来，房间里四处都落上了一层厚厚的尘土，欧阳宸把姜琪安置在一个还算干净的地方，便去卧室换床单。

欧阳宸把换下来的床品扔到了洗衣机上，走回姜琪身旁时，姜琪依旧捂着小腹，额头上冒着虚汗。

将她抱到床上，盖好被子，欧阳宸拿温热的毛巾将她额头上的汗拭去，轻拍她的肩膀哄她睡觉。

姜琪疼得实在难受，紧闭着双眼。

“姜琪琪，我们去医院吧！”

欧阳宸看她疼得实在难受，伸手将她拉了起来，给她披上了件外套，弓着身将她抱了起来。

“我不去！”

姜琪有气无力地反抗着，欧阳宸依旧执意按照自己的意思去做。

到了医院，姜琪被安排了一堆更详细的检查，拿到手中的结果依旧是“怀孕！”

欧阳宸看见报告单时眼睛瞬间瞪得特大，嘴里不停地说着：“我要当爸爸啦！我要当爸爸啦！”

医生将欧阳宸单独请到了就诊室内，表情略显严肃，缓缓开口对他说：“您妻子肚子里的孩子现在的情况并不乐观，有明显先兆流产现象，您妻子饮过酒，对腹中胎儿的影响极大，你们还年轻，孩子以后还会再有。作为医生我们本应该劝您留住这个孩子，但出于医生的职责，我们必须提醒您，这个孩子我们建议实施人流手术。”

欧阳宸听完这番话心里咯噔一下，拿在手中的检验单被狠狠攥在手中揉成了纸团。

“如果我们执意要生下来呢！后果会怎么样？”

欧阳宸不想放弃一丝希望，就算这个孩子生出来是残疾还是智障，他都愿意接受。

“不好说！我们是为了您着想，也为这个孩子以后着想，希望您考虑一下！”

“不用考虑，就算有一丝希望我也不会放弃！”

欧阳宸头上的青筋直冒，他绝对不会妥协这个残害生命的建议。

返回病房时，姜琪正安静地坐在窗前，低垂着头像是在想什么心事。

欧阳宸走到她身旁，温暖的手掌轻握她的肩头。

“姜琪琪，我们结婚吧！给孩子一个名正言顺的名分。”

姜琪不语，只是静静地摇了摇头，这个孩子她不想要，这段时间对胎儿的残害太大，如果执意要留下那才是作孽。

欧阳宸没有跟她争吵，现在只有顺从着她，她才能保持着好心情，对肚子里的胎儿也好。

回到望京的家中，欧阳宸细心呵护着她，怕她着凉把被子向上拽了拽。

姜琪拉着他希望他能躺在自己身旁，欧阳宸脱掉外套解开衬衫上面的几颗纽扣钻到了被窝中，把姜琪搂到了怀里。有一下没一下地轻拍着她的背，希望她能感到安心。

“欧阳宸，你还记得我们上个月争吵吗？孩子……可能就是那次怀上的……”姜琪昨晚琢磨了一宿，反复回想才想到那次他们之间什么安全措施都没有采取。

欧阳宸想了想，“嗯！”了一声。心里也琢磨着就是那次的误打误撞才得以老天的眷顾。

“欧阳宸，这个孩子我不想要，我们打掉好吗？”姜琪心平气和地与他协商着，她希望欧阳宸可以同意。

可惜，她的预算失误了，欧阳宸瞬间暴跳如雷，对着她怒吼道：“姜琪琪，你想都别想！这个孩子必须生下来！如果你敢私自打掉那我这辈子都不会原谅你！”

姜琪吸了两下鼻子，将头埋在了被子里，眼泪又一次决堤，她以为欧阳宸会同意，原来只是自己的一厢情愿。

欧阳宸翻过了身背对着她，他们之间也许真需要静静。欧阳宸在床上躺了一会儿便坐起了身，穿上拖鞋，走到门前，丢下句：“你自己好好想想吧！”便走出了房间，顺手关上了房门。

房间内瞬间一片死寂，姜琪哭得更加大声，那种心灰意冷的滋味太难受。

欧阳宸站在阳台抽着烟，一根接一根地抽着，跟姜琪在一起的这段时间他一直克制着烟瘾，可是今天他不想克制。

手旁的烟灰缸里已经堆满烟蒂，嗓子特别不舒服，沙哑着。肺部似乎还有些不适应这种频率的吸烟，引得他不停地咳嗽着。欧阳宸的指间依旧夹着刚点燃的香烟，他心烦得已经开始自虐。

躺在被窝中的姜琪哭累了，蜷缩着身子睡着了，可注定睡不安稳，就连做梦也都是在哭泣。

欧阳宸轻轻推开房门，坐到床畔，手指极轻地将她脸上的泪痕拭去，睡梦中的姜琪紧皱着眉头，面容狰狞。欧阳宸把手伸进温暖的被窝内，轻覆上她的小腹，那里住着他的孩子，他和姜琪的孩子，想想就觉得欣慰。

从北京回来以后，两人谁都对这个孩子闭口不提，欧阳宸总是有意悉心照料着姜琪，姜琪也开始逐渐听天由命，如果这个孩子真那么命大，那就留下吧。她也不再那么执意要将他（她）拿掉，反而也慢慢重视起这个小生命。

欧阳宸提前跟齐萧寒打好了招呼，告诉了他姜琪已经怀孕的消息，齐萧寒理所当然地给姜琪减轻了很多工作量，自己揽下了大部分工作，更是忙得抬不起头来。

眼看就要熬过最危险的前三个月，恰逢再过两个星期就是欧阳宸生日，姜琪想要给他准备一份合心意的生日礼物，下了班没事就去商场四处寻觅着。

今天正好欧阳宸要开会，所以她的时间很充足，走得有些累，姜琪随便找了家咖啡厅坐了下来歇脚。

姜琪点了一杯柠檬水，抿了一小口，酸酸的正合胃口。最近妊娠反应特别大，总是想吐，也就只有酸酸的东西才能让胃里感觉舒服些。

“姜琪，你怎么在这儿？”

齐萧寒的声音，姜琪转过头看向了他，他的身旁还站了一位年轻貌美的女子，看样子知书达理，笑容甜甜的。

“我来买点东西，您怎么也在这儿啊？莫非……”后面的话姜琪没有说，看他们两人的样子不像是初相识的拘谨。

齐萧寒看出了她的意思，笑着搂过身旁女子的肩膀，“姜琪，给你介绍一下，这是我表妹，应诗。做媒体工作，娱乐版块记者。”

啊？姜琪一愣，怎么看怎么都没觉得他表妹像是做娱记的人，安安静静的性格跟他可真像。

姜琪礼貌地站起身，伸出了手，“应诗你好，我叫姜琪，是齐总的特助。”

“别那么拘谨，我听我哥提起过你，工作很认真，性格也很乐观！在他身边工作也真是难为你了！”

此话一出，姜琪算是认可了她的职业。

应诗外表看着很内向，但要是聊起来性格相当活泼，总能找那么点新鲜话题跟姜琪探讨，姜琪上学时候追星，工作以后也就不再像以前那么疯狂了，只是还会听偶像的歌曲，看偶像的电视剧罢了。应诗说的那些都是紧追时尚前沿的话题，姜琪和齐萧寒一样都是一位合格的旁听者。

一聊起来，时间就过得特快，姜琪看了眼时间，也是时候该回去了。因为之前把欧阳宸的西服送到了干洗店清洗，现在也是时间要去取洗好的衣服，姜琪只好匆匆跟齐萧寒他们告别先走一步。

干洗店在商场二层电梯旁，姜琪想多运动运动，并没有坐直梯下行，而是走到商场中央踏上了高高的直行滚梯。

电梯刚开始下行，身后就传来了特别嘈杂的吵闹声。

一群小孩儿正沿着滚梯往下跑，姜琪扶着扶手左右闪躲着，也为他们这种玩闹方式捏了把冷汗。

吵闹的声音越来越远，姜琪这才放心地松开了握着扶手着手，将手包换了只手来拿。

“别跑！等我……”

小孩儿话还没说完直接就撞在了姜琪身上，由于惯性原因姜琪一头就栽了下来，重重地摔在了地上。

相望 Chapter 61

小腹传来的剧痛，姜琪艰难地爬起了身，鲜血缓缓从下身涌出。姜琪慌了神，那种不祥的预感席卷心头，这个孩子终究还是保不住。

躺在病床上的姜琪脸色如纸白，齐萧寒守在她的床前，看着她微微颤抖的睫毛发愣。欧阳宸在电话里说的话现在还反复在他耳畔响起，“她终究还是不想要这个孩子！”齐萧寒听出了他声音中夹杂的哽咽声。

欧阳宸赶来得很晚，眼眶有些浮肿，眼睛里充满了红血丝，一向高傲强势的欧阳宸，齐萧寒还是第一次看到他这般落寞。

欧阳宸的身上带着酒气，很浓烈，姜琪知道他来了，但却没有睁开眼，心如刀割一般。

齐萧寒不便久留，走到欧阳宸身旁安慰地拍了两下他的肩膀，“想开些！”虽然他很担心欧阳宸现在的状态会和姜琪发生争执，但他还是选择了离开。清官难断家务事，他不宜插手。

欧阳宸坐在姜琪病床旁的座椅上安静地注视着还在装睡的她，她眼角的泪滴早已将她出卖，欧阳宸努力让自己平心静气，他知道如果自己太过追究必定会一发而不可收拾。

虽然这件事实属意外，欧阳宸努力劝说着自己要体谅姜琪，但一切无果，他的心里早已认定姜琪就是那个残忍杀害他们孩子的凶手，这个偏激的想法始终残存在大脑中无法转变。

一个鲜活的小生命，还未出世就这样没了，姜琪怎么会不心痛，那是从她身上掉下的一块肉，在她的体内存活了将近三个月的生命。

可她心里的苦又有谁可以理解，欧阳宸的冷漠让她跳动的心接近冰点，冷，特别冷，冷得感觉四肢发木，始终都无法回温。

姜琪住院的这些天，欧阳宸除了在她出事的那天来过，之后就跟凭空消失一般了无音讯。姜琪无数次告诉自己要坚强，可眼泪依旧湿了脸庞。

出院那天，医生细心嘱咐着她要好好休息，不要着凉，要保持愉快的心情。来接她出院的人不是欧阳宸而是齐萧寒，那种心灰意冷让她根本没办法保持愉快的心情。

琳达知道她生病住院，在她出院的第二天就拎着大包小包的营养品来探望她，还不忘跟她说一些这些天来公司里面发生的事情供她解闷。

姜琪半躺在床上，脸上虽有些血色但还是发白，琳达干脆盘腿坐到了床上陪她聊天。

“姜琪，亏了你这些天病了，你可不知道这几天公司被阴森恐怖气氛围绕着，压抑得我们连大气都不敢喘。”

姜琪能猜到，欧阳宸这些天肯定脾气很不好，但还是很附和着问琳达，“为什么？”

“欧阳总每天都沉着脸，弄得整个总经办都死气沉沉的。夏白最惨，整日以泪洗面，听说她连辞呈都写好了。公司高管也都个个人心惶惶，欧阳总每天都亲自严格把控他们的工作效率。八成就齐萧寒没受到什么太大的影响，照样和以前一样有条不紊地工作着。他也是我们唯一一个可以在食堂看到的高管，其他高管一到饭点都订餐在办公室一边赶工一边吃饭。”

欧阳宸就是这样，习惯用这种方式发泄私愤，殊不知又有几个人可以接受他这种发泄方式。

姜琪低着头淡淡一笑，她不知道该说什么，要是以前她肯定会骂欧阳宸是奇葩，是变态，但现在不会。她理解欧阳宸心里的痛，可欧阳宸却始终不能理解她的痛。

琳达跟她说了很多她不在的这段时间公司里的变化，以及欧阳宸是怎么变态整治下属的。闲聊之余琳达无意间发现了靠着窗户那侧床头柜上的照片。起身走了过去，拿起端详了一下。

姜琪就知道她看到照片后会惊讶不已，姜琪不知道今天琳达会突然到访，这张和欧阳宸在大草原的合影她还没来得及藏起来，她甚至已经做好了最坏的打算，如果这件事被曝光，那她会主动选择离开公司。

琳达拿着照片，朝向姜琪，“姜琪，可以跟我说一下这是怎么回事吗？”

该来的总会来，逃脱不掉！

姜琪接过照片，放到了一旁，很安静地对琳达说：“我和他是男女朋友。”

男女朋友？琳达的脑袋里顿时炸开了锅，原以为姜琪是一挺老实靠谱的人，插足别人婚姻的事居然也能发生在她身上？！

“姜琪，你是……”琳达有些说不出口，顿了顿，“姜琪，你不会是……第”

“我不是！”琳达的话还没有说完，姜琪就已经否定了她接下来的话。

琳达更纳闷了，欧阳宸手上的婚戒从他接手公司的那天起就看他始终都佩戴着。姜琪来公司时间也就刚刚一年多，若不是第三者那又会是什么？

这可是个不得不让人疑虑的问题，琳达的目光中充满疑惑。

姜琪伸出了左手让她看。

和欧阳宸一模一样的戒指，琳达惊讶得捂住了嘴。

这……这也……太……

琳达真不知道该说些什么，她曾刻意偷看过欧阳宸手指上的婚戒，是一个特别简单的款式，磨损程度可以看出佩戴的时间已经许久。万万没想到，原来那枚戒指的另一半就戴在姜琪手上。

“很惊讶对不对？”姜琪眼神清澈地注视着琳达。

琳达点了点头，握住姜琪的手掌，近距离地观察着姜琪手上的这枚戒指。

“其实我和欧阳宸在高中时候就认识了，只不过后来分手了……”姜琪不打算隐瞒，她想告诉琳达她和欧阳宸的事情。

姜琪话说到一半，琳达突然想起了一个人，“那白帆呢？”对呀，那个姜琪曾经正式给她介绍过的白帆呢？如果姜琪和欧阳宸是男女朋友，那白帆又是什么？

姜琪眼眸一沉，黯然了许多，“白帆……白帆他去英国了。我和他去年年底就已经分手了……”

如果白帆在，自己还会这么孤寂吗？曾经那段最艰难的日子里有他的陪伴也不像如见这般痛心疾首。姜琪甚至有些怀念那些白帆在身旁的日子，虽然平淡如水，但总是温馨的。

琳达感觉知道欧阳宸和姜琪是情侣的事情就跟一个重磅炸弹一样。平日里偶尔跟姜琪讨论欧阳宸那些不靠谱的话，她会不会告诉过欧阳宸？琳达现在更担心这个。

“姜琪，我以前跟你说的欧阳宸那些坏话，你别介意好吗？”

小喇叭也有怕被打小报告的时候，姜琪笑着摆了摆手，“放心！我从来都没告诉过他，他的脾气我比你了解。”

听到姜琪这样答复后琳达这才安心，随便找了个理由便匆匆离开了姜琪家。关键，她更怕撞见欧阳宸。

琳达走后，房间内又恢复了寂静，曾经一个人住时从未觉得房间这么空荡荡，这仅有不到五十平的居室，现在却连空气中都充满死寂。

姜琪拿起手机再一次确认是否有未接电话或是短信，这已经是她今天第二十次查看手机了。欧阳宸依旧对她冷漠，这些天来没有打来一通电话，甚至没有发过一条短信。

这可能就是心灰意冷吧！

姜琪把手机放到一旁，蜷缩在被窝里，挂钟指针走动的声音听得格外清晰，姜琪突然很想回家，她想爸爸妈妈，想小时候总会照顾她的哥哥，现在的她思念家人的情绪比任何时候都要浓烈。

姜琪的身体还没有完全恢复便回到了工作岗位。她曾用心策划的欧阳宸生日庆祝，最终还是没有派上用场。欧阳宸生日那天她主动给他发了条信息，但欧阳宸并没有回复。硬装出来的坚强轻而易举地土崩瓦解，那一夜姜琪哭了一宿，哭到泪干，心也随着彻底凉透。

这次琳达很义气，姜琪和欧阳宸的事情，琳达对所有人都只字未提，姜琪也算是耳根子清静。

阴森恐怖的气氛依然压抑着所有人，夏白终究还是向HR部门递交了辞呈，姜琪不想管太多，只是跟夏白寒暄了几句便继续投入到工作中了。

欧阳宸一直都在公司，虽然公司内气氛阴沉，但欧阳宸从不踏出办公室，姜琪也算是避免了尴尬。齐萧寒自从知道他们两人间的关系后，为了避免他人的闲言碎语，他都会亲自将文件拿给欧阳宸批复，即便他很想撮合他们二人，让他们解开矛盾，但他也不愿轻易冒这个险。

日子一天一天过去，公司内人心惶惶的气氛也缓和了许多，姜琪依然有意避开欧阳宸。

欧阳宸也一样，始终过不去心里那道坎，对待姜琪多少有些记恨，恨她残忍地杀害了他们的孩子。

欧阳宸这么长时间的冷漠和不闻不问让姜琪心灰意冷，那条分手的信息早已编写好储存在手机草稿箱中，可她始终没有勇气按下发送键。

落寞、孤寂、失望充斥着姜琪心头，迫使她不得不每天都在这种心情中度过。

齐萧寒眼看着姜琪日渐消瘦，却无能为力。他劝过欧阳宸，可惜没有用，欧阳宸根本就不听。

这天，姜琪像往日一样用工作来麻痹自己，直到工位上的座机响起，她才将放在键盘上的手指移开。

是母夜叉王妮的电话，电话那边话不多，归根结底就是让姜琪去一趟她的办公室。

姜琪没有迟疑，带上工牌便走到电梯旁按下了下行按钮。

上行的电梯“噔”的一声打开了门，那个她一直回避的人就站在里面，一时间四目相对。

姜琪往一旁让了一步，腾出了足够大的地方供欧阳宸行走，眼睛始终看着手指下按着的开门键。

欧阳宸迟疑了几秒，便头也不回地走开了。

姜琪走进电梯，强忍着随时都会溢出的泪水，大口大口地喘息着。

走到行政部时，姜琪调整了一下状态才上前去敲母夜叉办公室的门。开门的那个人并不是王妮，也不是公司里的职员。这个人她却认识，虽然只有几面之缘，但她不会记混。是那个曾无数次极力反对她和白帆在一起的女人，白帆的母亲。

相望 Chapter 62

见姜琪站在门前有些迟疑，白母勾起嘴角对她露出了亲近的笑容。

姜琪有些懵，以为是自己唐突打扰了她们谈话，便对母夜叉说了声:“您先忙，我一会儿再来。”转身就要离开。

“姜琪，等等！”白母纤细的手指不轻不重地拉住了她的手臂，姜琪有些疑惑地转过身来，“有什么事情吗？”

白母笑容有些僵但却一直刻意保持着笑脸，姜琪更看不明白了，虽然只见过她不到四回，但她每次几乎都是凶巴巴的，甚至还有一次对着姜琪破口大骂，说姜琪是狐狸精，妖媚，勾引她儿子。

母夜叉从工位上走了过来，也拉住了姜琪的手臂，姜琪有些弄不懂她们是什么意思，心里琢磨着难道是为了白帆的事情？

姜琪被请到了屋内，十分文静地坐在座椅上，任由白母端详。

虽然不知白母准备这样观察多久，姜琪从始至终都很配合。

“姜琪，请原谅我这次的冒然到访。”白母的话很是客气，第一句就是请求原谅。

姜琪忙着摇了摇头，淡淡地说了声：“没事！有什么事您直接说吧！”

不想拐弯抹角兜圈子，姜琪习惯直接点题。

“原来你这么爽快，不愧我们小帆喜欢了你那么久。好，我也不说什么废话，我这次来是想恳求你救救白帆，他在英国过得很不好。我的一位英国朋友告诉我，他经常出入是非场所，甚至跟一名中年男士走得很近。我怕他会误入歧途。”

白母顿了顿，抹去一把心酸泪，继续道:“姜琪，我知道我以前对你太过苛刻，甚至有过侮辱，请你原谅我好吗？错都在我，小帆是无辜的。我希望你可以去英国帮帮他，我保证以后不会搀和你们之间的感情，在我知道你们分手的消息后，我的心也沉了一下。那几天小帆每天都回家住，眼神空洞又装得跟没事人一样，他越是这样就证明他越在意，他是从我身上掉下的一块肉，我又怎么会不明白他心里的痛。”

姜琪依旧沉默着，白帆曾经在她身旁陪伴她走过了那段最艰难、最伤痛的日子。现如今他竟然此般自甘堕落，姜琪的心被愧疚感满满充斥着。

白母为了儿子不惜低下高傲的头，姜琪还有什么理由再去拒绝。

送白母下楼时，姜琪的手一直被她紧握在手心。姜琪同时也回握住了她的手，安慰地说着：“您放心！”

返回工位时，姜琪有意看了一眼欧阳宸办公室的方向，依旧紧闭房门。

姜琪把辞呈递到齐萧寒手中时，齐萧寒一点都不意外，他知道这封辞呈自己早晚会收到。姜琪从来都不需要刻意挽留，齐萧寒很痛快地在审批单上签上了字，递回给姜琪时，他有些犹豫。

“姜琪，这张离职审批单最后一个签字需要我帮忙吗？”

最后一项是欧阳宸，想必姜琪此次离职欧阳宸根本一概不知吧！

姜琪的手迟疑地停在了半空，对啊，最后一项是总经理审批，是去面对还是逃避只在一念之间。

“那……谢谢了！”

姜琪终究还是选择了逃避，辞职手续转交给齐萧寒来办理，她现在就可以走了。

“齐总，我很感谢您这段时间来对我的照顾、包容以及培养，能遇见您是我的荣幸。”

姜琪站在门前深深地向齐萧寒鞠了一躬表示感谢，便走出了他的办公室。她想，日后她一定会很怀念这个磨砂玻璃搭建而成的办公室，包括里面的人。

把自己的东西都收拾在一个纸袋中，姜琪将办公桌从里到外统统擦拭了一遍，拿着工牌，拎着物品下了楼。把工牌递交给前台行政人员的的手中后，姜琪回过身定神环视了一下四周。再见了，HM。

在等待签证续签的这段日子，姜琪乘大巴去了趟杭州，站在雷峰塔高处遥望西湖，曾经的胆小现在早已消失灭迹，没有恐慌，没有胆怯，当年的那份心已经很难找回。

因为是续签所以等待办理的时间没有初次办理时那么长，从杭州回来后，姜琪把房子彻彻底底地大清理了一遍，几乎该扔的扔，剩下带不走的就送给了房东。信封里那一摞厚厚的照片，姜琪不舍得撕掉，也不想带走，犹豫再三最终还是留在了抽屉里。

姜琪把房子办理好退租便拎着行李箱打车去了机场，这里有人归来，有人离开，而她属于后者。

办理登记手续，过安检，每一步都显得很是漫长。欧阳宸依旧没有和她联系，姜琪几次说服自己要习惯，习惯就好了，只不过是失恋。

可心里谁痛谁知道！

此次一去不知何时能归，也许这将就是别离。

飞机滑行的那一刻，姜琪哭了，眼泪静静地滑过脸庞，她哭得无声无息，满载着伤痕。

姜琪没有直接飞往伦敦，而是飞往了新加坡，只有亲情才是永恒无法割舍掉的。

亲人在哪儿，家就在哪儿。

多年未见家人，姜琪几次都忍着眼泪拉住妈妈的手不松开，就像高中那年军训回来一样。

晚饭时姜琪见到了那位法国籍的准嫂子，活泼的性格站在哥哥姜路身旁还真是一动一静。名字起得也好，跟她的性格很搭，叫笑笑，程笑笑。

姜琪总觉得叫嫂子太生疏，程笑笑也是这样认为，索性直接称其为笑笑姐，既顺耳也不觉得别扭。

原本程笑笑打算带姜琪去看看新加坡的夜景，可是姜琪实在是身心俱疲不想动换。妈妈看出了她有心事，又不好直接询问，所以就打发姜路来刨根问底儿。

姜路站在门前像以前一样敲了敲她的房门，虽然门是开着的，他还是习惯先敲门，不是有意生疏而是尊重。

“哥，妈是不是打发你来打探消息？”姜琪正蹲在地上把行李箱里面的衣物逐个拿到床上。

姜路耸了下肩，“说说吧，最近发生了什么事？”

姜琪的手停在了半空，压抑许久的心痛感轻而易举地逆袭。眼泪又开始在眼圈打转，这次分手太过无声无息，让她接受得很吃力。

姜路随手关上了房门，坐到临近姜琪的床畔，手掌搭在姜琪的肩头，“小琪，想哭就哭吧！有哥呢，放心，哥肩膀的位置二十四小时供你依靠。”

姜琪的性格，姜路这个当哥哥的非常清楚，别看她在外面既坚强又能咋呼，其实心里可脆弱着呢，别人不经心随口说的一句话，要是戳中了她的软肋，她心里能忧虑好几天。看似大大咧咧，其实心重，典型外在热情内在冷静。

“哥……我失恋了……”姜琪委屈地抹着眼泪，声音哽咽。

“绝对不是为了白帆，对吧！”姜路记得第一次见到她这种神情时还是在几年前，她高三那年。同样也是失恋，请了假天天趴在被窝里面哭，整整哭了一星期，眼睛肿得像金鱼，脸也浮肿着。为此，姜路记住了一个男孩的名字，欧阳宸。

姜琪和白帆在一起是什么样子姜路看得很清楚，总是不温不火，很平淡，没有激烈争吵，没有过分甜蜜。如果分手姜琪绝对不会像现在这般情形，哭得撕心裂肺。

姜琪缓缓起身，坐到姜路身旁，趴到他的怀里，把鼻涕眼泪统统都抹到了他的衣服上。姜路安慰地轻拍着她的后背，在她耳畔小声问着：“是又遇到类似欧阳宸那样让你爱得死心塌地的人了吗？”

一听到欧阳宸的名字，姜琪哭得更厉害，紧搂着哥哥的脖子，抽涕着说：“不是又遇到，那个人就是他！”

这两人可还真是剪不断理还乱。

姜路拍着她的背，轻声地说：“哭吧，爱情中不经历痛苦不算是完美，没有分离怎么知道加倍珍惜。小琪，我希望你哭过后继续做你自己，不要变，永远都不要改变，你就是你，不需要为任何人、任何事改变！”

在每个人都对你说要随着社会、生活而改变自己时，只有哥哥会说不要变，做自己就好。只要他在身旁姜琪就会觉得特别安心，这种与生俱来的惺惺相惜就是亲情。

在姜路面前，她从来不用遮挡隐瞒，只需要将所有事情统统告诉他就好，就算是有多大的心痛在他面前都会变得轻如鸿毛。

姜路没有多说什么，只是要过了欧阳宸的电话，姜琪能猜到他要欧阳宸的电话干什么，但还是给了他。

她相信哥哥不会对欧阳宸说任何偏激的话，也不会去责怪任何人，他一直用他的方式维护着他这个不太让人省心的妹妹。

姜琪哭得有些累，躺在床上蜷缩成婴儿状，拽着姜路的手。

“小琪，这么大的人了，怎么还这么爱撒娇！”

姜路轻抚着她的头，宠溺着任由她撒娇。

“你不是说过吗，妹妹就是要宠着的，这都是上辈子欠的债啊！”

姜琪哭得鼻子囔囔的带着浓浓的鼻音，姜路递了张纸巾给她。

“就你这个邋遢样儿，欧阳宸还能跟你在一起那么久真是怪难为人家的。”

不用这么嫌弃吧！

姜琪拽过姜路的衣角，直接把鼻涕蹭到了他的衣服上，特别解恨地说：“该！叫你说我！”

姜路倒是好脾气，连眉头都不皱一下，拿起纸巾擦了擦衣服上的鼻涕，叹了口气，“唉……我在你面前就是个软柿子，任你欺负！”

相望 Chapter 63

姜琪的不辞而别，欧阳宸反应了许久才反应过来，拿着齐萧寒递给他的文件，盯着上面那个名字看了很久，久到连齐萧寒都不知道该说些什么来缓解这种冷漠的气氛。

“欧阳，情侣之间就怕冷战，时间越长，隔阂就会越大。我觉得……”齐萧寒看欧阳宸脸色并不是很好，便停住了口。

“萧寒，你说如果一个女人反复拒绝你的求婚，好不容易怀上的孩子还被她打掉了，你可以接受吗？”

显然他还在为那个孩子的事情耿耿于怀，齐萧寒坐在一旁转动了一下手中的签字笔，“如果我爱她，我会包容她，体谅她。”

体谅，欧阳宸手中的钢笔笔尖戳在纸面上，笔头印晕开成一个黑色的小圆点，如同他对她的爱一样，误会晕开后有那么个黑点擦抹不掉。

“是我太过苛刻了吗？难道……是我错了？”

欧阳宸沉下头，拿起姜琪的离职单撕得特别碎，扬手一扔纸屑散落一地。

齐萧寒坐在一旁不语，心病还须心药医，欧阳宸心中的心结还是需要他自己来解开。

“萧寒，陪我喝一杯去吧！”

欧阳宸丢下手中所有紧要的工作，就连他平时惜爱的钢笔都开着盖丢到了一旁，推开一切事物，只拿了手机和钱包便拉着齐萧寒匆匆离开了办公室。

欧阳宸一路狂飙，连闯了几个红灯最终停在了一家酒吧门前。这是齐萧寒坐过的最快的车，一路狂飙得他甚至有些晕眩，下了车扶着车门站了良久才缓过劲儿来。

名义上是陪着喝酒，实际上是看着欧阳宸灌酒，典型自己找罪受，齐萧寒又不好阻拦。欧阳宸更是喝酒无度，不分品名，不分年份，不分度数，是酒就行。

“欧阳，差不多就行啦吧！”齐萧寒夺下欧阳宸手中的酒杯，连同酒瓶也一起抢了过来。

欧阳宸已经喝得有些醉，手也有点不太受控制，想要抢回酒瓶，却扑了个空。

“萧寒……你别……拦着我，我就是……心里难受。”欧阳宸醉的话语有些含糊不清，手指胡乱抓挠着，执意要抢回齐萧寒手中的酒瓶。

齐萧寒回身把酒瓶放到了一旁的吧台上，保持在欧阳宸够不到的距离。“我知道你心里难受，姜琪不比你好受多少！你有想过她吗？她是因为意外才失去了你们的孩子，她的痛苦你又体谅她多少！欧阳宸，姜琪失去孩子时惊慌和空洞的眼神你见到过吗？她知道你很在意这个孩子，当孩子没了时，她的自责你又知道多少！你只知道一味地责怪她、埋怨她，从来都没有站在她的立场为她着想过！”

齐萧寒说得很对，这些天来满脑子的责怪和埋怨占据了欧阳宸所有的意念，有意的避而不见，有意的冷漠，换来的只有姜琪的不辞而别。

欧阳宸沉默着低下了头，手机安静地放在桌子一旁，已经许久没有姜琪的信息了，难道她真的准备消失在我的世界里了吗？！

欧阳宸终归还是喝多了，眼泪不自觉地滴落，心疼痛难忍。

多日前他还自认为自己这样做很洒脱，现在才看清，原来自己一直在逃避现实。

齐萧寒没有在劝他，任由他发泄着心中积压多日的情绪。

深夜，齐萧寒费力地搀扶着烂醉的欧阳宸回到了欧阳宸家，家里收拾得很整洁，四处摆放着他和姜琪的合影，看的出他还是很在乎姜琪的。

欧阳宸说了很多胡话，句句不离姜琪，醉得吐字含糊不清，齐萧寒听得云里雾里没弄明白他都说了些什么，貌似像是在说姜琪喜欢吃的东西是什么，喜欢的明星是谁，最喜欢什么景点之类的话。还真是不得不让齐萧寒佩服，都醉成这样了，欧阳宸的大脑里面还能把姜琪的喜好背得这么清楚。

真弄不明白这两人是何苦呢！

齐萧寒在回家的路上犹豫再三后还是给姜琪打了通电话。

虽然已经是深夜，但姜琪依旧很快接听了电话。

听声音，姜琪现状也不是很好，声音嘶哑，还一直伴随着咳嗽。

“姜琪……你现在怎么样？”齐萧寒第一次觉得自己说话这么笨，都不知道该怎么跟姜琪开口说欧阳宸喝醉的事情。

我可以说很不好吗？当然不行。姜琪避开手机话筒咳嗽了两声，再将手机重新放回到耳旁。声音依旧沙哑，可能是水土不服的原因，姜琪在到新加坡的第二天就开始发高烧。

“齐总，这么晚有什么事吗？”

“叫我萧寒就好！你都已经离职了，别那么拘谨。”齐萧寒还在想怎么说，只能先扯些闲篇说说。“姜琪，在英国怎么样？哪里感觉还好吗？”

“呃……我在新加坡……”

“噢噢！是去探望父母了吗？你之前随口说起过你要去英国，我以为你去了英国。回新加坡更好，可以陪在父母身旁。”

“嗯……”只是……去英国的签证已经下来了，这几天就会出发。当然，姜琪不会跟他说那么多，毕竟自己此次对待欧阳宸实属不辞而别，如果让他知道了行踪那还算不辞而别吗？况且齐萧寒跟他关系那么好。

“姜琪……”齐萧寒顿了顿，良久才开口，“姜琪，欧阳宸今天跟我在一起，他喝多了。他很后悔……”

“别说了！”齐萧寒的话刚说一半就被姜琪打断了，姜琪不想听这些，这段时间心都已经凉透了，不想再难过了。

“我觉得你很有必要听一听，酒后才会吐真言。”

“我只知道他会酒后乱性！”

姜琪硬生生地反驳着，齐萧寒又并不是很知情，顿时语塞。

看来欧阳宸八成干过酒后乱性的事情，不然姜琪不会这么说。

齐萧寒有些尴尬，本打算告诉姜琪此时此刻的欧阳宸心里已经在开始忏悔，可话到嘴边硬是被姜琪拦腰截断。

潦草挂断电话，姜琪握着手机开始发呆。

齐萧寒则是深深地叹了口气，清官难断家务事，但又不能看着欧阳宸这么痛苦置之不理，真是左右为难。

姜琪在办理好所有手续后才告诉家人要去英国的事情，家人没有反对，也没有支持。

傍晚，程笑笑拉着姜琪到海边散步，出发前姜路把打探消息的重任交付给了程笑笑，接此重任程笑笑不敢怠慢。

“小琪，我听你哥说，你的男朋友很优秀，比他要优秀一百倍，是真的吗？能跟我说说他是个什么样的人吗？”

欧阳宸是什么样的人？呃……这可真是个值得思考的话题，他骄傲自大，蛮横不讲理，典型帝王专制病毒携带者！当然，这些姜琪都不可能跟别人说。

“我觉得我哥要比他优秀，我哥的性格很好，他……”

姜琪耸了下肩膀，没有继续说。

程笑笑，一看，这个话题不行！她根本就不想多说什么，于是换了另外一个话题，“你哥告诉我，你和你男朋友在一起很久了，是吗？那这次是因为什么事情闹得这么僵啊？”

这么僵……的确，很僵！姜琪低下头看着脚下的海沙，她不可能告诉他们自己是因为孩子意外流产而跟欧阳宸关系僵持，所以她只能沉默。

“……”程笑笑没想到姜路口中那个活泼外向的妹妹居然这么话少，弄得她特别尴尬，显然打探消息的任务挑战失败了……

距离飞往英国的日期越来越近，姜琪也开始准备着随身行李，手机就丢在一旁，虽是手机，但貌似没多大用途，没有电话要接，没有短信可回，它就是一个废物。

另一边的欧阳宸也在望着手机发呆，一直犹豫，又不肯先低头。

驱车到姜琪住的公寓楼下，欧阳宸倚在车前引擎盖上抱胸仰头看着，没想到意外看到了一个陌生女人正在收拾阳台。

欧阳宸想都没想就冲上了楼，甚至连电梯都没有乘坐。气喘吁吁地敲着房门，不一会儿那位陌生女人就将房门打开了。

“你找哪位？”陌生女子皱着眉，挑着眼，一脸疑惑地仰头望着欧阳宸。

欧阳宸调整了一下呼吸，“我找这个房子的房主。”

“哦！我就是，有什么事吗？”

“不是您，我是说前段时间一直住在这里的那个人！”

“你说的是不是一位姓姜的小姐？”

欧阳宸点了点头，“对对对！就是她，您知道她的去向吗？”

房东女士一笑，“我怎么知道，她只是租住在我这里，我不能限制她的自由啊！”

欧阳宸探头向屋里看了看，收拾得很利索，看来姜琪走之前就已经将这里打扫过了。

“这样吧！你要是不放心你就进来看看吧！要是有她落下的东西你也可以帮她保管，这个房子反正也要挂网上卖了，到时候里面所有的东西都会被清理掉！”

这个提议不错，欧阳宸笑着点头走进了房间。里面的东西几乎都保持着原样，左右环视时，欧阳宸的目光被电视柜上的信封所吸引住了。欧阳宸拿起信封打开一看，是一摞厚厚的照片。欧阳宸拿出照片一张张翻看着，所有关于青春的记忆一下涌入脑海，那时的姜琪笑容天真，顽皮。

欧阳宸眼眸慢慢变得黯淡，看着这些照片他不断反思，究竟是谁这么残忍地夺走了姜琪的天真，是时光还是人为？

相望 Chapter 64

姜琪在出发去英国前几乎把大部分物品都留在了新加坡，只带了些简便的随身衣物告别了家人登上了飞往英国的飞机。

拿着白帆母亲留下的联系方式，姜琪从机场辗转来到了白帆攻读博士的大学。姜琪心里打鼓，不知道一会儿见到白帆要怎么打招呼，毕竟他曾经说过：那不见。

虽然对白帆那句话还有些半知不解，但大概意思还是明白的，白帆不想再见到她了。

姜琪坐在座椅上发呆，手机的突然响起将她惊醒，是那个久未见到的熟悉号码。姜琪把手机调成静音，任由屏幕不停闪烁着。欧阳宸的头像在屏幕上忽明忽暗，姜琪干脆直接把手机塞到了包里，不再理会。

再见到白帆时，姜琪惊讶得下巴险些脱臼，他的身上似乎褪去了以往的温文儒雅，取而代之的是一副妖里妖气的装扮。

浓郁的眉毛，淡淡的黑色眼线，闪着光亮的嘴唇，微长梳在脑后的头发，衣着中性略带花哨。

白帆见到姜琪后，如若不是眉头在瞬间一蹙又恢复平静，根本察觉不到他的任何惊讶或喜悲。

显然，姜琪的突然到访对白帆来说如同路人，白帆只是平淡地看了她一眼，便继续向前走去。姜琪拉着行李紧追在他身后，直到看见他与一位中年男人亲昵拥抱。

姜琪的腿如注入铅水一样停在原地无法前行，望着白帆轻快坐入跑车内而无能为力。

伤痛、惋惜、愤慨、自责等一众复杂思绪沉浸在脑海中，姜琪终于无法承受，蹲在原地大声嚎哭起来。

她从来都没有想过白帆会变成这样，让她真的无法接受，那么好的一个人，好端端地将自己自暴自弃成这般模样。

接下来的日子里，姜琪每天都守在白帆所读的大学门前，等着他从此经过。

白帆依旧是那副中性装扮，每天都会画淡淡的眼线，说实话，姜琪看着特别不顺眼，虽说看了将近一个月，但始终看不惯。

姜琪几次想要上前和白帆搭话，都被白帆无情地闪躲开了。

望着他渐渐远去的背影，看着他更加消瘦的身材，姜琪心里特别不是滋味，罪恶感将她包裹严密，她不想再让白帆这般下去，她的要求不高，只要白帆变回原来的模样就好。

这天，姜琪和往常一样坐在座椅上等白帆经过，不巧天公不作美，下起了雨。姜琪没带伞，又不想提早离开，只好硬着头皮被雨淋着。

雨越下越大，座椅上方没有任何遮挡，姜琪被淋得几乎湿透，头发散落垂贴在脸颊两侧，她没有丝毫动摇，如同没事人一样稳稳地坐在座椅上等着白帆经过此地。

雨水滴落在对面草坪上泛起薄薄雾气，凸显朦胧，三三两两的人们不时转头向稳坐泰山的她投来莫名其妙的目光。

姜琪没有理会，只是这样静静地，静静地坐着，等着。

直到有一个白色人影举着一把伞向她的方向跑来，姜琪才有些木讷地转过了头。

白帆依然是那个心软的白帆，站在姜琪面前把手中的伞移到了她的上方，安静地站在她身前，不语，眼神中充满复杂的情绪。

姜琪迟缓地仰起头来，对视着他那双本该清澈的眼睛，眼泪一下子涌了出来，无声地，倔强地滑过脸庞。

姜琪看得很清楚，白帆的眼圈也红了，只是他一直瞪大眼睛强忍着。姜琪哭得更加厉害，起身一把搂住白帆消瘦的腰身，靠在他的胸膛嚎嚎大哭起来。

“白帆，为什么会这样子！为什么？”

这一切的一切，姜琪都不想接受，她习惯了逃避，当她逃避不开时，现实狠狠地将她击垮。

她曾不顾一切地回到了欧阳宸身旁，不惜以辜负白帆的情感为代价，换来的却是这种不尽人意的后果，她再也没有理由去逃避。

这段时间的苦心等候终于没算付诸东流，姜琪跟随白帆去了他在伦敦的家中。是一间不是很大的房子，很简单，除了日常所需，没有多余的家具。色调依旧是单调的白色，一尘不染，四处都很干净。

姜琪有些犹豫地光着脚丫踩在洁白的羊毛地毯上，软绵绵的很舒服，身上的衣服还在滴答水，地毯也被湿成一片。

白帆拿了件衣服扔给了她，姜琪接过衬衫拽平一看，通透的白色。

站在洗手间，姜琪望着这件白色衬衫犹豫了半天，太过尴尬，这样穿实在是裸露。

挣扎了半天，姜琪才里面裹着浴巾，外面套着衬衫从浴室走了出来。白帆正在看电视，姜琪安静地坐到了一旁。

白帆看似随性了很多，赤裸着上身，下面穿了一条舒适的休闲裤，双腿交叉着搭在茶几上，手指间夹着一根细细的香烟，香烟带着轻微的薄荷味道。

虽然烟的味道不是很浓烈，姜琪还是无法接受，偏过头尽量离这个味道更远些。

“白帆……”

太过尴尬，姜琪试探着叫着他的名字，显然他并不想理会，姜琪也只好闭嘴。

姜琪在英国对白帆束手无策，欧阳宸在中国更是坐立不安，他把姜琪丢弃的那些照片分别装订在相框中，挂在了星空房内，他几乎每晚都会在这间屋内过夜，似乎离开这里就会失眠。

齐萧寒时不常就会被欧阳宸拉去当陪客，陪着他喝酒买醉，最后当车夫把他送回家。几次三番后，齐萧寒明显感觉从未有过的疲惫，身心俱疲！无数次的旁敲侧击，欧阳宸始终保持按兵不动的策略，话说多了无益处，齐萧寒只好随他。

“自作孽，不可活！”欧阳宸每次醉酒后就会嘟囔这句话，齐萧寒看得出他心里苦，其实他早已明白事理，只是自己不愿低头罢了。

白帆的冷漠让姜琪不知如何是好，总是这样死乞白赖守在他身旁也不是什么长久之策，白帆照旧和那个中年男子走得很亲近，姜琪甚至和那个中年男子直面对视了好几回。

如果无法逃避，那就只能直面抗击。这天，姜琪向往常一样坐在长椅上等白帆，远远就看到那辆跑车停在了校门前，姜琪原本还有些犹豫，但看白帆连头也不回的朝跑车走去时，姜琪坐不住了。噌的一下站起来身，快步走到白帆身旁，挎住了白帆的手臂，尽可能装出一副亲密无间的模样，小鸟依人般侧头靠在白帆肩头。

白帆停住了脚步，没有推开她，也没有配合她，手臂很僵硬地垂着，目光复杂地注视着姜琪。

姜琪凑到他耳畔小声的说："别推开我，求你！"便有意让自己笑得很开心，手指轻划过白帆瘦的略显棱角分明的脸，有意亲昵做戏给那个中年男子看。

显然这个办法很奏效，中年男子僵持在远处，脸上原本挂着的笑容也凝结住了显得格外的不自然。姜琪心里泛起一阵阵小得意，口中不停地嘟囔着："别推开我……别推开我……"白帆也算是配合，虽然手臂僵硬，但却没有将她推开。

走到中年男子身前，姜琪有意装成很大方的模样，伸出手来，"您好！我是白帆的女朋友！"成心谎报家门。

中年男子脸色明显一沉，姜琪心里简直要乐开了花，白帆没有说话，不做任何解释。

姜琪搂着白帆的手臂不撒手，中年男子见白帆也没什么反应。虽然脸色上多少有些挂不住，但却又不能不绅士，只好回握了姜琪对他伸来的手掌，强扯出一个特别牵强的笑容，说了声："你好！"

什么叫皮笑肉不笑，八成也就是这样，姜琪心里那叫一个暗爽。

中年男子实感没趣，便先行离开了，姜琪这才算松了一口气，放开了白帆的手臂，揉了揉几乎快要笑僵的脸。

"姜琪，为什么要这样？"

这是姜琪到英国这段时间来白帆对她说的第一句话，姜琪双眼瞬间睁大，白帆总算肯跟自己说话了。

"你终于肯理我了。"姜琪叹了口气，暗暗欣慰。

"为什么要这样？"白帆依旧执着想知道姜琪为什么要这样做，这么明目张胆、这么不给她自己留任何余地。

“没有为什么，只是不想看你……”这样一直堕落下去。后半句话姜琪只能心里默默地说着，她知道，这句话说出来很不好听。

“不想看我什么？”

白帆不想轻易让姜琪把这个话题躲闪开，只得穷追不舍一再追问。

姜琪大脑中快速翻找可以替代这句话的形容词。

真是书到用时方恨少。

姜琪顿时语塞，“那个……那个……”说话也开始有些结巴，“我……我……觉得……”

很明显，她不知道该说些什么了，白帆有些失望，原以为她会如实说来，可惜……

“算了……”白帆转身向前走去，不再回头，原本就在流血的心又被划破一刀。白帆曾不止一日期盼姜琪会来，现在她虽然来了，但结果还是一样的，他依旧是那个完败者。

相望 Chapter 65

姜琪追上白帆，拉住了他的手，“白帆，我希望你可以变回以前的你。”

“以前的我！呵呵……”白帆勾起嘴角冷笑着凝视着姜琪，“还变成以前那个对你死心塌地痴心一片的白帆吗！？不可能！我记得我曾经对你说过，如果你不来，那不见！难道你没看懂那是什么意思吗？”

姜琪拉着白帆的手手指缓缓松开，收回垂落到身侧，她从没想过白帆会对她这样冷淡，这样的白帆看似很决绝。

“白帆……”姜琪不知该如何跟这样的白帆对话，陌生得如同路人。

心寒莫过如此，也许这就是姜琪对待不爱的人的方式吧！白帆冷笑着承受着，她依旧没有任何挽留，哪怕是只言片语。

白帆冷笑着转回头去，不紧不慢地向前走着，姜琪一直僵持在原地，看着他渐渐远去的背影，心酸得难受。为什么老天要这样对她，明明已经心痛入谷底还偏偏要更加落井下石。姜琪站在原地发着呆，目光空洞，心早已乱如麻团。

拖着筋疲力竭的身子回到住处，姜琪一头栽倒在门前，世事无常将她早已折腾得不成人样。一直硬撑着的虚壳也在这一刻土崩瓦解，累，心累，累得她恨不得一觉睡过去永不醒来。

不知究竟沉睡了多久，只觉醒来时浑身僵痛，姜琪本想用手掌撑起身体，可手心传来的麻胀感瞬间重重将她又摔回到床上。由于惯性身体重重倒下后又被弹力甚好的床垫弹了起来又再次重重地摔在上面。

一番折腾下来，身体似乎要被摔散了架，骨头疼痛得难受。

姜琪本想在尝试一次起身，却正对上了抱胸倚在门旁的白帆那双平静的眼睛。

“白帆……”

姜琪沉下了头，避开与他四目相对，眼神轻扫房间内的装饰，姜琪也算是知道了现在自己身处何处。

“如果病好了，那就请自行离开，如果还病着那就老实躺在床上休息。”

白帆说完便关上了房门，走回客厅内。

姜琪目光呆滞地望着那扇被他用力关上的房门，心情很是复杂。

接下来的日子里，注定是煎熬的。白帆每天都会把饭给她端到房间内，之后便返回客厅该干什么干什么去了。姜琪细细地咀嚼着饭菜，很可口，是白帆的手艺，看来厨艺又精湛了不少。

要比……欧阳宸……好上许多……

姜琪还是会控制不住地想念欧阳宸，曾经的点点滴滴一遍又一遍在脑海中穿梭，甩不掉，逃避不开。

白帆有意制造出返回客厅的假象，其实他并没有走远，只是贴在卧室门旁的墙边静静地站着，似乎更像是一种守护。

姜琪几次三番想要开口跟白帆说点什么，哪怕只是简单几句问候也好，可次次都被白帆冷漠地自动忽略掉了。日子越久，姜琪就越觉得闷的喘不过气来。终于，压抑在沉闷中爆发。

“白帆，我知道你恨我，是，我是做了对不起你的事情。我承认我爱欧阳宸，爱得铭心刻骨，就算我和他之间时常会争吵冷战，但我也爱他。我真的不是有意想要辜负你，我不会祈求你能原谅我，因为就连我自己都无法原谅自己。我只希望你可以善待你自己，我想要你好好的！”

“姜琪，我终于等到了你说这些话。”

白帆面容平静，手肘倚在沙发扶手上，没有慵懒的姿态，反而更显得有些将一切看淡。

“别再这样继续下去了好吗？算是我求你，以前的白帆温文尔雅，笑容中带着温和谦逊，那才是你，那才是我认识的白帆。你现在的样子，让我很痛心，你的家人也很痛心。帆哥，现在的你我真的觉得很陌生。”

“姜琪，你知道吗？”白帆缓缓低下头，“我尝试过恨你，恨你辜负了我们的爱情，但……我做不到。”

白帆慢慢起身，走到姜琪身前，双手轻握姜琪两侧肩头，平静地注视着她的双眼。“你知道我有多爱你吗？我愿意放弃一切来交换与你在一起的时光，可你……却不曾珍惜。从我爱上你的那天起，我就知道自己选了一条不归路，前面的崎岖以及沟壑我预感得到，但是我不想放弃，真的不想放弃。我拼尽全力却依然换不来你的半分真心。你的心里只有他，不曾减少。将你推到他身边的那个人是我，归根结底我就是那个始作俑者，我虽不愿承认，但却无法否认。我没有想到，经过了这么多年，他在你心中的位置依旧无法动摇。我是那个惨败者，败得一塌涂地。”

“白帆……”

姜琪听得心如刀绞，这些话白帆以前从未对她说过，原来他一直都在隐忍。

白帆说想好好静静，所以把姜琪送回住所后就失去了联系。

姜琪担心他，却又不想打扰他，只好每到傍晚就会溜达到他家楼下，见他家中亮起了灯光方才安心回去。

一直在纠结白帆的事情，姜琪已经许久没有接触网络，等打开邮箱时，收件箱几乎堆满了邮件。

姓名倒是屈指可数，欧阳宸、齐萧寒、琳达、蓝灵儿包括哥哥姜路。

欧阳宸发来的邮件居多没有邮件名，姜琪试探着点开几封，全是空邮件。姜琪自我嘲笑着，本以为欧阳宸已经原谅了她，看来是她太过自作多情罢了。

点开齐萧寒的邮件，内容均很简洁，多数都是好好照顾自己等嘘寒问暖之类的话语，只有极少几封邮件提到了欧阳宸，内容却并不多，更像是随笔记录一般，写着年月日，还有欧阳宸都喝了些什么酒说了些什么话。

琳达的倒是不同许多，日期久的那几封都在询问她为什么离职，日期近的倒是更像是在倾诉衷肠。

内容大致是这样的。

姜琪，我不知道我该跟你说些什么，你走以后欧阳宸的状态很不好，听说他是从齐萧寒那里知道你辞职的消息的。那几天他一直喝酒买醉，在公司很少能见到他，偶尔见到他时就算离得很远也能闻到他身上散发的酒味儿。齐萧寒总是被他拉去陪着喝酒，日子久了，齐萧寒的状态也开始变得不太好，我时常看到他大把大把地吃着胃药，两个人都消瘦了不少。欧阳宸因为这种工作状态被总部勒令停职反省，但却没说什么时候可以复职。后来听说他去了新加坡，想必是去找你了吧。齐萧寒因为工作一向认真负责，总部也顺水推舟地将他提升为了副总，只是他特助的位置一直都空着。对了，我升职了，现在是行政部主管，母夜叉也升职为HR部门总负责人。那次我们无意中提到了你，母夜叉一反常态，对我们说如果你想回来，她会第一个给你签字。好了，时间不早了，愿你在异国他乡一切安好！——琳达

欧阳宸曾说过，工作就是他的命，现在他却被停了职，姜琪可以感受到欧阳宸那种失落，只是无能为力。

点开哥哥姜路发来的邮件，里面的内容更让姜琪心头一颤。

小琪，你在英国还好吗？前几日欧阳宸来新加坡找过你，被爸妈拒之门外了很多回，他很执着，不管刮风下雨还是旭日当头都站在楼下等候着。你对我说他是个傲气十足的人，我看不然，他并不像你说的那样高傲，对爸妈即恭敬又孝顺。他虽并未说明来意，但我们大家都看的出，他很想你。有一次偶然中妈妈无意间发现他站在你的房间内，抱着你的照片暗自落泪。妈妈便上前安慰，你肯定想象不到他抱着你照片不停说对不起的样子，连带着妈妈都心酸了。我们告诉了他你去了英国，他的眼神瞬间黯淡了下来，沉沉地说了句：要给你自由。第二天便收拾行李离开了。我看得出他很爱你，也很想你，只是以他的性格比较难表达吧！小琪，感情这件事，缘分到了你是闪躲不开的，缘分走了你是挽留不住的。白帆和欧阳宸都是好男人，其实并不难选择，你的心已经告诉了你

答案。——爱你的哥哥，姜路

并不难选择，心已经告诉了答案，姜琪把鼠标箭头停留在这句话旁边，默默地沉思着。

这几个月来她经历了许多，对于欧阳宸，她心存挂念。对于白帆，她心存亏欠。

她不曾想过要伤害任何人，到头来每个人却都伤痕累累。

点开最后一封欧阳宸近期发来的邮件，字数不多，简单几行。

姜琪琪，你曾经对我说过，说一句“我爱你”很容易，说一句“对不起”很随意。我不想容易也不想随意，只想恳求你能回到我身边。孩子没了时，我是想恨你，但却始终都恨不起来，因为我太爱你，却无法体谅你的痛，但是我并不比你好受。我的心已经被你射穿，那里只有你一个人。愿得一人心，白首不……

相望 Chapter 66

白首不相离……

姜琪关上电脑，倚在窗旁，这座陌生的城市，显得分外孤寂。

拿起手机，姜琪试探着拨打着欧阳宸的电话，“嘟嘟……”声在耳畔响起，委屈却占满心头。

伦敦的凌晨，北京的清晨，想必现在欧阳宸还在睡梦中。

姜琪将手机从耳畔移开，手机屏幕突然一闪显示着对方已接通的计时提示。姜琪连忙把手机放到耳旁，仔细地听着，电话那端却也同样安静。

俩人谁都没有先开口，一直保持着倾听状，听着，听着，姜琪的眼泪就开始不自觉地流了下来，泪滴滑过脸颊缓缓滴落。姜琪努力克制着抽泣声，可越是克制越是控制不住。她开始握着手机放声大哭起来，撕心裂肺。

“姜琪琪……”

欧阳宸的声音很疲惫，略带着醉意，虽然只说了三个字，姜琪依旧可以听出他声音这么细微的变化。

“回来吧！好吗？”欧阳宸的声音带着恳求。

他几时这般低声下气过，姜琪更加委屈，他可是一向高傲的欧阳宸，这种低声下气的语气不应属于他。

“狮子……”姜琪抽泣着吸了吸鼻子，倔强地擦去脸上的泪痕，努力调整了一下语气，“我们……不可能再在一起了……”

一切如同过眼云烟，还没来得及珍惜就已经消逝。姜琪捂着心头蹲在地上，头压得很低埋在膝盖上痛哭着。

“姜琪琪，我告诉你，我不同意！”欧阳宸的话很坚决，带着些嘶哑。姜琪不知，此刻的欧阳宸早已褪去坚强的外衣，眼泪无声滴落着。

“狮子……”这份感情原来割舍起来这样难，这样心痛，姜琪原本就不坚决的心，不停地动摇着。

“回来吧！求你！”欧阳宸更加卑微地祈求着，只要姜琪能回到他身旁，他愿意放下所有的高傲和强势。

“狮子，我们回不去了！我不想再次辜负白帆。”现在，姜琪不得不顾忌白帆，这个曾经被她狠狠伤害过的人。对白帆的愧疚，让她无法再忽视白帆曾经对她所付出的一切，以及他现在的状况。

电话那端传来了欧阳宸招牌冷笑声，笑得姜琪如入寒窖。

“姜琪琪，我问你，那我算什么？我究竟算什么？你一声不吭地说走就走了，我们谁更像被抛弃的那个？对，之前是我对你太过冷漠，你知不知道当我听到医生说你怀孕了的那一刻我有多激动！我不只一次的感谢老天如此厚待我！可结果，孩子就这么没了！他才在你肚子里存活了多久？你知不知道我就连做梦都是在祈求这个孩子能够平安！你为什么要这样对他？我憧憬着我们一家三口幸福的生活，可一切就这么毁了。”

“欧阳宸……孩子没了我也很心痛。他是从我身上掉下的一块肉，我比你更疼！你为什么就不能理解我？为什么？那次真的是意外，你为什么不信我？我们连最基本的信任都这么难吗？”

“姜琪琪，我这段时间里找过无数个借口想要说服自己，最终还是失败了。这件事如同沟壑一样深陷在我的心底，我找不到任何理由可以搪塞。我在乎这个孩子，很在乎，那是因为他是你和我的孩子，你姜琪和我欧阳宸的孩子！”

为什么当所有人都在劝说着孩子还会再有的话时，他却不去理会。为什么？

姜琪只觉心寒。

她与欧阳宸的心如同赤道的长度一样，相隔甚远。

这次的通话，注定不愉快。

挂断电话，姜琪再次站到冷水下任由冰凉的洗澡水从头顶冲刷而下，她现在只想大病一场，只有病得稀里糊涂才可以暂时忘记伤痛。

如她所愿，第二天便一病不起。

姜琪安静地躺在床上，望着洁白的屋顶，眼睛因为发烧连带着有些昏花，模模糊糊看得吃力。

陌生的城市，最熟悉的陌生人，没有治疗发烧的药物，没有贴心关切的人，孤寂侵袭，这种滋味就像等待着死亡。

人只有在这种时候才能激发自己更加坚强，姜琪躺在床上一动不动，没有力气烧水喝，也没有力气下楼买饭，两天的不吃不喝外加生病，把她折磨得人也消瘦了。

握着已经没电的手机，姜琪甚至病得没有力气起身给手机充电。

孤寂、落寞、绝望，将她包裹得快要喘不过气来。

姜琪昏昏沉沉地睡着，门铃却意外响了起来，一声接着一声伴随着重重地敲门声。

姜琪颇有些费力地从床上爬了起来，趔趄着走到门前，打开门一看，有些愣神。

是白帆，确确实实是白帆。

随性整洁的着装，修剪整齐利索的发型，干净的脸庞上戴着依旧是那副简单的眼镜。

一见姜琪这样憔悴，白帆立马伸出手摸了一下她额头的温度。

“琪琪，怎么烧得这么厉害？”

白帆有些着急，顾不上手上还拿着东西，搂着姜琪的肩膀快步走到了床前，让她坐下。

“琪琪，体温计有吗？”见姜琪摇了摇头，白帆接着又问，“那退烧药有没有？”姜琪还是摇了摇头。白帆有些急了，沉着脸问，“病多久了？为什么没告诉我？”

姜琪伸手比划了个二，白帆马上就皱起了眉头，姜琪的手掌发红，看样发烧的度数还不低。

白帆把手里的东西放到一旁的桌子上，“钥匙给我。”

“什么？”姜琪没明白，听得稀里糊涂。

白帆走到门前鞋架的位置，还好姜琪的习惯没变，她习惯把鞋架上方安装一个挂钩，专门放钥匙。取下钥匙，白帆叮嘱姜琪躺下休息，便离开了。

姜琪听得云里雾里，大脑被烧得发顿，也懒得理会那么多，蜷缩在床畔昏昏沉沉地睡着了。

直到迷迷糊糊中感觉有什么东西被放到了耳朵里，随后传来了“噔”的一声，姜琪这才睁开了眼。只见白帆正拿着温度计看着上面的度数，眉头一直紧锁。

“琪琪，起来，我们去医院。”白帆几乎是连拉带拽地把姜琪从床上扶了起来。

病得难受，姜琪连反抗的力气都没有，任由白帆把外套一层又一层地套在了身上，姜琪只是隐约感觉自己被捂得有些像企鹅。

可恨的英语，姜琪只是略微听懂了部分，被白帆搂着站在就诊室听着白帆跟医生对话，把她听得晕头转向。

姜琪还有些犯迷糊呢，手臂就被白帆极其轻柔地拽了起来，脱去了上面里三层外三层的衣服。

“你要干嘛？”

姜琪的话音刚落，就看一根细细小小的针头扎到了胳膊上。

姜琪直接被扎得一激灵，白帆立马把她搂到了怀里，轻抚着她的头，安慰地说着“没事，一会儿就好了。”

打完退烧针，白帆轻挽着姜琪，穿梭在医院内。他的手暖暖的，冰凉的手指被他捂得逐渐回温。

医生给开了些药，上面都是英文，别说看看说明了，就连如何服用姜琪都得研究上半天。白帆开着车，看姜琪拿着药盒来回翻转着研究上面的文字的意思，宠溺地伸手轻捏了一下姜琪的脸蛋儿。

“怎么，还没看懂？”

要是能看懂就不这么研究了，姜琪把药盒放回袋内，点了点头，“看不懂。没事，看不懂就不吃了，反正现在也没那么难受了。”

“学英语就这么难吗？”想起当初胁迫姜琪考四级的那段日子，白帆真是捏了一把汗。每天他都要定早上六点钟的闹铃，然后赶到姜琪的住所，给她做早点，督促她背单词，复习英语。忙活了大半年姜琪还是没考过，劝她再考一遍，结果人家直接撂挑子不干了。

“学不会的东西，没必要那么较真！”姜琪按下车窗，清新的空气瞬间融入车内，心情也跟着好了许多。

算了，以姜琪的性格，越是强迫她，她越是撂桃子，索性随着她喜欢吧。

“琪琪，搬过来跟我一起住吧，相互也可以照应。以后就算你病了我也可以照顾你，不会再像今天这样了，病那么长时间也不吱一声，也不怕把脑子烧坏喽。”

姜琪没有点头，也没有反对。

白帆好不容易肯变回以前的模样，终于不再觉得那么陌生，姜琪没有理由反对，毕竟在这个陌生的地方，有他在身旁也算是安心。

她的不反对，白帆直接默认为同意，回到姜琪的住所，帮她把东西分类打包后统统装到了车上，东西很少，全部放进去后备箱都还要些富余。

白帆考虑得很周全，把主卧腾给了姜琪，自己住到了次卧。

曾经跟白帆一起生活的感觉一点点浮现，白帆是典型巨蟹座居家好男人，家务几乎都是由他来做，姜琪倒是每天无所事事坐享其成。

生活越是平淡，人的心就越不能安逸。

姜琪还是对欧阳宸念念不忘，就算白帆对她再好，欧阳宸在她心中的位置永远无法动摇。

白帆心里明镜一样，他又不是瞎子，姜琪时不时的落寞，他看得一清二楚，只是不愿多说罢了。见姜琪有时捧着手机发呆，白帆可以猜到她在想什么，但从来不会拆穿，他更愿姜琪可以留在他身旁一辈子。

相望Chapter　67

“孩子于今早六点十分出生，男孩，母子平安！——郭庆”

姜琪收到信息后，握着手机愣了几秒，紧接着噌的一下蹦了起来，吓了白帆一跳。

“我的干儿子出生啦！我的干儿子出生啦！”

姜琪手舞足蹈地欢呼着，看得白帆一头雾水。

“白帆，白帆，你快看，我的干儿子出生啦！”姜琪把手机塞到白帆面前，不停摇晃着。

白帆想看根本看不清，姜琪的手一直晃着手机，屏幕上的字晃晃悠悠模糊一片。

“我知道你高兴，来来来，先坐下。”白帆抓住姜琪欢快摇晃的手臂，把她拉坐回沙发上。拿过她手中的手机，看过屏幕上的信息后，嘴角挂上了暖心的笑容，眼底却浮现出一丝丝难以察觉的复杂。

“蓝灵儿和他结婚了吧？”郭庆和蓝灵儿这两个名字对白帆来说一点都不陌生，虽然从未谋面，但经常能听姜琪提起，这两人可是姜琪口中以及心中认定的金童玉女，终成眷属也算是好事。

“是啊！今年五月结的婚，看来明年一月就要办满月酒了。”

白帆听后没有说话，只能笑着点了点头。姜琪太兴奋了，根本没有注意到白帆目光中的细微变化。

姜琪估摸着时间给郭庆打了通电话，可以从电话那端周遭有些喧杂的环境中感受到迎接新生儿到来的喜悦气氛。

姜琪还没来得急先开口说那些祝贺的话，就被郭庆先质问了一番。

“姜琪，在英国过得很滋润吧？是不是早就把我们这些祖国人们忘到脑后了？今天欧阳来过了，看样子很颓废。你也许想象不到他究竟可以颓废成什么样子，但我告诉你，他如今的模样不应该属于他。他从小就要强，什么都会努力争取，唯独在爱情方面，他彻彻底底是个失败者。你们俩人的事情是当局者迷旁观者清，我们站在一旁看得清清楚楚真真切切，你们相互深爱却又相互伤害！谁都不肯先低下这个头。看得出，欧阳他后悔了，什么叫自作孽，哼，就他现在这样。我知道我多说无益，但我只想让你知道，姜琪，欧阳宸再强硬的外表都是装给别人看的，最重要的是你懂不懂他。你也许不知道吧，他前段时间一直在英国，本来这些我都不想跟你说，但他是我发小，我没办法看着他这样一直自暴自弃下去！”

“郭庆……别说了，好吗？”

姜琪无法再让自己保持理智地听下去，眼泪滑落脸颊带着凉意。

为什么老天要这么折磨他们，爱得铭心刻骨却又不断抛下深渊将彼此阻隔。

“姜琪，我只希望你们能和好。真的！欧阳他今天静静地看着孩子看了好久，他抬起头时我无意间看到了他眼圈红了。我是男人，我可以理解他当时为什么会对你那么爱答不理，如果灵儿没能保住这个孩子，可能我也会这么做。孩子不仅仅是纽带，还是希望。欧阳跟我谈过，他说，你不想结婚。我问他为什么，他说他也说不清。我就觉得你俩特别逗，好的时候如胶似漆，冷战起来真是简直了！”

“郭庆，帮我转告他，让他照顾好自己。”

“这话不应该我说，行啦，你那边也不早了，早点休息。”

姜琪发呆地握着手机听了许久挂断后的忙音，心乱如麻的滋味将她摧残得久久不能回神。

站在主卧门外的白帆，手指停在空中一直僵持着，手臂因为长时间举着有些酸麻，他还是没办法敲响面前的房门。他现在无法确定，自己和姜琪之间阻隔的究竟是时间还是欧阳宸。一次又一次的隐忍，不代表他从不会去想，一次又一次的谅解，不代表他可以一直这样下去。

转眼间，又是一年圣诞节。

走在异国他乡的街头，感受着浓厚的节日氛围，伦敦的雨季透着一股侵心的寒冷。姜琪拽了拽围脖裹得更严实些，冷空气穿透厚厚的手套，手指冷得几乎快要冻僵。雨伞伞面传来滴答滴答雨滴砸落的声响，姜琪彷徨地看着周围的一切，陌生得不能在陌生的环境，她无比期待一个温暖的怀抱可以将她紧拥，就像去年的圣诞节一样。

姜琪走到与白帆约定的地点，只见白帆伫立在咖啡厅门前，双手插兜，目光平静地注视着前方。

姜琪走到他身旁，轻拍他的手臂，“想什么呢？这么入神。”

回过神的白帆，勾起嘴角，宠溺地轻捏了一下姜琪的脸颊，“怎么这么晚才到，快进去吧，外面太冷了。”转身推开店门，让姜琪先走进咖啡厅内。

“怎么选择咖啡厅？”

白帆制作咖啡的东西很全，他向来更喜欢亲手制作，他说亲手制作的咖啡味道显得更加纯正。

“时间差不多了，一会儿你就知道了。”

这里的店员像是跟白帆很熟的样子，递来茶品单，顺便寒暄了几句。几句基础英语，姜琪听了个大概，便转过头注意到了咖啡厅吧台前的座椅上多了位抱着吉他的年轻人。

“这里是有驻唱吗？”

姜琪话音刚落，吉他试音的声音通过话筒传递到咖啡厅内。姜琪立马坐直了身子，目不转睛地期待着。

“我就知道你会喜欢。”白帆目光柔和地凝视着姜琪。

Have you seen the old man;In the closed down market;
Kicking up the papers with his worn out shoes;
In his eyes you see no pride;
Hands held loosely at his side;
Yesterday's paper, telling yesterday's news;
So how can you tell me you're lonely;
And say for you that the sun don't shine;
Let me take you by the hand;
And lead you through the streets of London;
……

“这是什么歌啊？很好听。”这样的天气，搭配上这么抒情的歌曲，别有一番情调，姜琪听得入神。

“歌的名字是伦敦的街道。你喜欢就好。”看到姜琪黯淡许久的目光中终于再次晶莹闪烁，白帆心满意足地细细品了一口咖啡。

回到住所，可能颇受歌曲的感染，晚餐是白帆亲自下厨做的牛排，为了添加些节日气氛，白帆还特意准备了一瓶零九年的拉菲。

“烛光晚餐吗？”讲究的摆盘，浓醇的红酒，透明玻璃杯中点燃着几只红色的蜡烛。本以为白帆从来都不会浪漫，原来他一直深藏不露。

白帆笑着点了点头，走到姜琪身旁，帮她将座椅拉开。

“你今天怎么了？感觉怪怪的……”

白帆今天的反常态，姜琪想不起疑心都难。

“别忘了今天可是圣诞节，我们不应该庆祝一下吗！”白帆坐到对面举起了酒杯，“干杯！”

姜琪想了想，也是，今天圣诞节，是应该庆祝一下，可能是自己想得太多了吧……

几杯红酒下肚，姜琪看什么东西都已经出现了重影，托着腮拿着酒杯还在喝。

白帆没有阻拦，任由她肆意喝着。

抱起喝得烂醉如泥的姜琪，白帆亲吻了一下她的唇，放到床上，帮她盖好被子。静静地坐在床畔，深情凝视着。这也许是最后一次可以和她同坐在一个床上了吧。

白帆在床畔坐了很久，久到似乎时间都已停滞。缓缓起身，轻手轻脚地收拾着属于姜琪的东西，一一整齐地放到行李箱中。

姜琪睡到中午才起，红酒的后劲太大，现在还有些晕乎乎的。起床没走两步就踢到了行李箱上，姜琪站那直纳闷，“难不成昨晚梦游啦？”

白帆已经做好了午饭，正在收拾东西准备出门。

“不是放假了吗？你干什么去？”姜琪有些纳闷，白帆前两天刚说过放假一星期，这刚过完圣诞就要去上学啊？

“我……有些事情。”白帆迟疑了一下，正在系鞋带的手停滞了几秒。

“哦！”姜琪慢悠悠走到餐桌旁，缓缓坐下，“那个……我……我昨天是不是梦游了？”梦游都可以把行李箱摆放得那么整齐，难不成做梦都想奔到欧阳宸身旁？姜琪尴尬地默默擦去心头的冷汗。

“你是说行李箱？”白帆停下了系鞋带的手，站起了身。

我晕，还真是梦游……姜琪尴尬地低垂着脑袋，号称脸皮比城墙拐弯还厚的人也有不好意思的时候。

“行李是我给你收拾的。”

“呃？”

“琪琪，这段时间来我仔细思考了一下我们两人间的关系，也许我现在唯一能做的，唯一可以做的只有这个。”

白帆从裤子口袋中掏出了一个信封，不再犹豫直接递到了姜琪面前。

姜琪接过信封，迟疑地注视着，她猜不出信封里面装的究竟会是什么，但可以确定，这里面没有类似戒指形状的物品。

“请等我走后再拆开看好吗？我怕我会后悔。”

白帆温热的手掌轻抚着她的脸颊，他想将她每一个细微的表情都深深印记在脑海中。深情亲吻她的额头，也许这个吻将会成为永远。

姜琪站在原地一脸迷茫地望着白帆转身离开的背影，他从转身走出房门的那一刻起就没再回过头，迈出的每一个脚步都是那样的坚定。摆动的衣衫，将他勾勒得那样孤寂落寞。

姜琪趴到窗前，探身寻觅着，人海中再也望不到白帆的身影。姜琪缓缓回过神来，拿起手中的信封，沿着边缘撕开。

里面是一张飞往上海的机票和一封白帆的亲笔信。

信的内容很简单，只有潦草的几个字，姜琪从未见过白帆把字写得这样潦草过，显然在写这封信时他的心情是多么复杂。

琪琪，过多的牵扯只会带给我们更多的伤痛，你的心里有他，我唯一能做的就是送你回到他身旁。祝你们幸福！感谢老天让你出现在我的世界中！——白帆

直到临近启程的时间白帆都没有回来，姜琪拖着行李箱，站在门前犹豫地关上了房门。

机场检票时姜琪一直给白帆打着电话，每次都是刚响两声后就被挂断了，姜琪环视着四周，站在安检口看着手表指针间的距离和登记时间越来越近，姜琪还在期盼白帆能来。

广播不断地播放着航班号催促着马上登记，姜琪这才拿着票通过了安检，

转身刹那间熟悉的身影就站在离安检处不远的地方，微微勾起的嘴角上挂着他的招牌笑容，眼神中带着从容和祝福。

复杂的思绪占据着姜琪的一切，白帆的从容让她有些手足无措，这个温柔的男人，终究不是那个陪伴她走完今生的人。

姜琪推着行李车走出通道，刚走到出口方向，欧阳宸的身影就显现在她的眼前。一身笔挺银灰色西服，外面套着一件长款黑色风衣，英俊挺拔的身姿在人群中很是显眼。散碎清爽的发型，棱角分明的轮廓，深邃的眼眸，薄唇微微上扬带着久违的笑容。

这一刻，所有的想念都得以宣泄，姜琪停住了脚步，眼泪一涌而出。

你走，我不送你。你来，不论多大风多大雨我都要去接你。

——全文完——